PARADIS

du même auteur
chez le même éditeur

BELOVED
LE CHANT DE SALOMON
DISCOURS DE STOCKHOLM
JAZZ
L'ŒIL LE PLUS BLEU
PLAYING IN THE DARK
SULA
TAR BABY

TONI MORRISON

PARADIS

Traduit de l'anglais
par Jean GUILOINEAU

CHRISTIAN BOURGOIS ÉDITEUR

Titre original :
Paradise

© 1997 by Toni Morrison
© Christian Bourgois éditeur, 1998
pour la traduction française
ISBN 2-267-01455-6

Lois

*Car nombreuses sont les formes agréables qui
existent dans le péché,
dans l'impureté,
dans les passions infâmes
et les plaisirs fugitifs,
auxquels (les hommes) se livrent
avant de devenir
sages
et de s'élever vers leur lieu de repos.
Et ils me trouveront là
et ils vivront
et ils ne mourront plus jamais*

Ruby

Ils tuent la jeune Blanche d'abord. Avec les autres, ils peuvent prendre leur temps. Inutile de se dépêcher ici. Ils se trouvent à vingt-cinq kilomètres d'une ville située à cent trente-cinq kilomètres de toute autre ville. Les cachettes doivent être nombreuses dans le Couvent, mais ils ont le temps et la journée vient juste de commencer.

Ils sont neuf, plus de deux fois le nombre de femmes qu'ils sont obligés de mettre en fuite ou de tuer et ils ont tout ce qu'il faut pour cette tâche : des cordes, une croix en feuille de palmier, des menottes, des grenades lacrymogènes et des lunettes noires, ainsi que de beaux fusils bien propres.

Ils n'ont jamais pénétré si loin dans le Couvent. Certains ont garé une Chevrolet près du porche pour prendre un chapelet de piments ou sont entrés dans la cuisine pour y chercher un bidon de sauce barbecue ; mais quelques-uns seulement ont vu les salles, la chapelle, la classe, les chambres. Maintenant, tous vont les voir. Et ils vont enfin voir la cellule et ils vont en exposer la saleté à la lumière qui décrassera bientôt le ciel de l'Oklahoma. En attendant, les vêtements qu'ils portent les inquiètent — ils ont brusquement conscience qu'ils ne conviennent pas. Car à l'aube d'une journée de juillet, comment auraient-ils pu imaginer le froid qui règne à l'intérieur du Couvent ? Leurs T-shirts, leurs chemises de travail et leurs tuniques africaines absorbent le froid comme une fièvre. Ceux qui ont mis des souliers de travail sont effrayés par le bruit de leurs pas qui résonnent sur les sols de marbre ; ceux qui portent des Pro-Ked, par le silence. Puis il y a le caractère imposant des lieux. Seuls, les deux hommes qui ont des cravates semblent comme chez eux, et chacun à son tour se souvient qu'avant d'être un Couvent, cette maison était une folie construite par un escroc détourneur de fonds. Une demeure où les sols de marbre rose et blanc succèdent aux parquets de teck. Du mica qui retient une lumière d'autrefois et des murs décorés, qu'on a dénudés et blanchis à la chaux il y a cinquante ans. Les accessoires fantaisie de la salle de bains, qui soulevaient le cœur des religieuses, ont été remplacés par de simples robinets ordinaires mais les baignoires et les lavabos princiers, qu'on n'aurait pu remplacer sans de grandes dépenses, restent calmement impurs. Ce qu'on pouvait détruire de la joie de vivre de l'escroc l'avait été, principalement dans la salle à manger, que les religieuses transformèrent en salle de classe où de sages jeunes filles Arapaho s'assirent autrefois et apprirent à oublier.

Aujourd'hui, des hommes armés fouillent des pièces où des paniers de macramé se balancent à côté de candélabres flamands ; où le Christ et Sa mère irradient dans des niches décorées de grappes. Les Sœurs de la Sainte Croix firent sauter toutes les nymphes au ciseau mais les courbes de leurs cheveux de marbre enserrent toujours les feuilles de vigne et se glissent entre les grappes de raisin. Le froid devient plus vif au fur et à mesure que les hommes se répandent dans les profondeurs du Couvent, ils prennent leur temps, regardent, écoutent, vigilants à cause de la malice des femmes qui se cachent partout ici et de l'odeur, levain et beurre, de la pâte qui lève.

L'un d'eux, le plus jeune, se retourne pour s'obliger à voir comment le rêve dans lequel il se trouve peut se poursuivre. La femme abattue, allongée sur le sol de marbre dans une position incommode, lui fait signe des doigts — ou c'est ce qu'il semble. Son rêve se déroule donc comme il faut, sauf pour la couleur. Jamais encore il n'a rêvé dans des couleurs comme celles-ci : un noir profond dans lequel s'étale une violente traînée de rouge, puis un jaune épais et fiévreux. Comme les vêtements d'une femme qu'on a eue facilement. L'homme de tête s'immobilise et lève la main gauche pour stopper les silhouettes qui le suivent. Elles s'arrêtent, reprennent leur souffle et replacent de façon amicale leurs mains qui serrent des fusils ou des pistolets. L'homme de tête se retourne et sépare ses hommes d'un geste : vous deux par là vers la cuisine ; deux autres là-haut ; deux dans la chapelle. Il se réserve, ainsi que son frère et celui qui croit rêver, pour la cave.

Ils se séparent avec grâce sans un mot et sans hâte. Tout à l'heure, quand ils ont fait sauter la porte du Couvent, la nature de leur mission leur donnait le vertige. Mais, après tout, leur but, ce sont des détritus : des gens dont on se débarrasse et qui parfois reviennent dans un courant d'air après qu'on les a chassés d'un coup de balai. Maintenant ils peuvent contrôler le venin. Tuer la première femme (la Blanche) l'a clarifié comme du beurre : l'huile pure de la haine au-dessus, la partie dure stabilisée en dessous.

Au-dehors, la brume est à hauteur de la taille. Bientôt, elle deviendra argentée et rendra les arcs-en-ciel de l'herbe assez bas pour les jeux des enfants, avant que la chaleur du soleil ne la dissipe, révélant des arpents de pâturin et peut-être des traces de sorcière.

La cuisine est plus grande que la maison dans laquelle chacun de ces hommes est né. Le plafond de poutres plus haut. Avec plus d'étagères que dans l'épicerie d'Ace. La table mesure quatre mètres de long, pas moins, et il est facile de voir que les femmes qu'ils pourchassent ont été prises au dépourvu. À un bout, une cruche pleine de lait est posée à côté de quatre bols de céréales. À l'autre bout, on s'est arrêté de couper des légumes : la ciboulette hachée comme une poignée de confetti verts, dans laquelle brillent des rondelles de carottes, mais les pommes de terre, épluchées et entières, sont blanches, humides et croquantes. Du bouillon chauffe sur le poêle. Il a la taille d'un poêle de restaurant avec huit feux et, sur une étagère, sous la grande hotte métallique, une douzaine de miches de pain lèvent. Un tabouret est renversé. Il n'y a pas de fenêtres.

Un homme fait signe à un autre d'ouvrir la dépense pendant qu'il va vers la porte de derrière. Elle n'est pas fermée à clef. Il jette un regard au-dehors et voit une vieille poule, le derrière enflé et rouge sang, prête à pondre, suppose-t-il, des œufs monstrueux — deux ou trois jaunes dans des coquilles énormes et déformées. Des gloussements discrets viennent de la basse-cour derrière ; des poulets picorent en toute confiance dans la brume, ils disparaissent, réapparaissent, disparaissent de nouveau, chaque œil vide, indifférent à tout sauf à la nourriture. Pas d'empreinte dans la boue autour des marches de pierre. L'homme referme la porte et rejoint son compagnon dans la dépense. Ils inspectent ensemble les bocaux poussiéreux et ce qui reste des conserves de l'an dernier : tomates, haricots verts, pêches. Flemmardes, se disent-ils. On est bientôt en août et ces femmes n'ont même pas trié et encore moins lavé les bocaux.

Il éteint sous la marmite de bouillon. Sa mère le baignait dans une marmite guère plus grande. Un luxe dans la baraque où elle était née. La maison où il habite maintenant est vaste, confortable, et la ville est magnifique comparée à celle de sa naissance qui, en cinquante ans, était tombée de ses pieds sur le ventre. De Haven, une ville de rêve dans le Territoire de l'Oklahoma, à Haven, une ville fantôme dans l'État de l'Oklahoma. Les affranchis, qui se tenaient debout en 1889, tombèrent à genoux en 1934, et rampaient sur le ventre en 1948. C'est pour cela qu'ils sont ici, dans ce Couvent. Pour s'assurer que cela ne se reproduira plus jamais. Que rien, à l'intérieur ou à l'extérieur, ne pourrira la seule ville entièrement noire qui en vaille la peine. Toutes les autres qu'il a connues, ou dont il a entendu parler, s'étaient soumises ou fondues à des villes blanches ; sinon, comme Haven, elles s'étaient ratatinées pour n'être plus qu'un filigrane : les contours des fondations marqués par la façon dont l'herbe y poussait, le papier mural aux couleurs qui s'inversaient derrière les fenêtres aux vitres crevées, les planchers de l'école écartés par les sureaux qui poussaient vers le bâtiment abritant la cloche. Un millier d'habitants en 1905, réduits à cinq cents en 1934. Puis deux cents, puis quatre-vingts quand le coton s'effondra ou quand les compagnies de chemin de fer construisirent leurs voies ailleurs. L'agriculture de subsistance, la seule libéralité dont une famille nombreuse avait besoin autrefois, devint une agriculture de restes au fur et à mesure que chaque fils marié prenait sa part de terre, qu'il devait encore subdiviser pour ses propres enfants jusqu'à ce que les propriétaires d'arpents et de lopins qui n'étaient pas partis dégoûtés acceptent n'importe quelle offre d'un spéculateur blanc, parce qu'ils n'avaient plus qu'un désir, s'en aller pour recommencer ailleurs. Dans une grande ville, cette fois, ou une petite bourgade — dans n'importe quel endroit déjà construit.

Mais lui et les autres, tous anciens combattants, pensaient différemment. Comme ils aimaient ce qu'avait été Haven — l'idée qu'ils s'en faisaient et sa taille — ils transportèrent cette dévotion en la protégeant et en l'entretenant de Bataan à Guam, d'Iwo Jima à Stuttgart, et ils décidèrent de recommencer. Il toucha le poêle et en admira la construction et la puissance. Il était de la même longueur que le four de brique qui, autrefois, se dressait au milieu de sa ville natale. Après leur retour aux États-Unis, ils l'avaient démonté, et ils en avaient transporté les briques, la pierre du foyer et la plaque de fer à trois cent cinquante kilomètres à l'ouest — loin, très loin de l'ancienne nation Creek — qu'autrefois un gouvernement plein d'esprit avait appelé « terre non affectée ». Il se souvient de la cérémonie qu'ils avaient organisée quand on avait scellé la plaque métallique et quand on en avait astiqué les lettres usées pour que tous puissent les voir. Lui-même avait aidé à enlever soixante-deux ans de fumée et de graisse d'animal pour que les mots brillent avec autant d'éclat qu'en 1890 quand ils étaient neufs. Et si cela faisait mal — démonter ce que leurs grands-pères avaient assemblé — ce n'était rien comparé à ce qu'ils avaient souffert et à ce qu'ils pouvaient devenir s'ils ne repartaient pas de zéro. En tant que jeunes pères, qui avaient combattu le monde entier, ils ne pouvaient (ne voulaient) être moins que les Pères Fondateurs qui l'avaient dupé ; qui n'avaient pas laissé le danger ou la méchanceté naturelle les empêcher de faire sortir Haven de la boue et qui avaient été assez malins pour borner leur triomphe à cette priorité. Un Four. Rond comme une tête, profond comme le désir. Les Pères Fondateurs qui vivaient dans ou à côté de leurs chariots, qui faisaient cuire leurs repas en plein air, qui coupaient de l'herbe et des branches de mesquite pour se construire des abris, ils firent d'abord ça : ils mirent l'essentiel de leurs forces dans la construction de l'énorme Four impeccablement conçu qui, à la fois, les nourrissait et consacrait ce qu'ils avaient réalisé. Quand il fut terminé — chaque brique claire parfaitement posée ; la cheminée large et haute ; les taquets et la grille fixés ; le tirage régulier fonctionnant par le conduit arrière ; la porte d'aplomb —, alors, le ferronnier fit son travail. Avec des cercles de tonneau et des essieux cassés, avec des chaudrons et des clous tordus, il façonna une plaque de fer d'un mètre cinquante sur soixante centimètres qu'il fixa sous la bouche du Four. On ne sait toujours pas très bien d'où venaient les mots. Quelque chose qu'il avait entendu, inventé, ou quelque chose qu'on lui avait chuchoté à l'oreille pendant qu'il dormait, pelotonné avec ses outils sur la couchette d'un chariot. Il s'appelait Morgan, et qui pouvait dire s'il inventa ou vola la demi-douzaine de mots qu'il forgea. Des mots qui, d'abord, semblèrent leur apporter le bonheur ; plus tard, les déconcerter ; finalement, leur annoncer qu'ils avaient perdu.

L'homme regarde l'évier de la cuisine. Il va jusqu'à la longue table et prend la cruche de lait. D'abord, il la renifle puis, le pistolet dans la main droite, il se sert de sa main gauche pour soulever la cruche jusqu'à sa bouche et il boit de si longues gorgées que la moitié du lait a disparu quand il sent un parfum de wintergreen.

À l'étage au-dessus, deux hommes s'avancent dans le couloir et vérifient les quatre chambres ; une carte avec un nom est fixée sur chaque porte. Le premier, écrit au rouge à lèvres, est Seneca. Le second, Divine, est écrit à l'encre en lettres majuscules. Ils échangent un regard entendu quand ils s'aperçoivent que chaque femme ne dort pas dans un lit comme les gens normaux, mais dans un hamac. Il n'y a pas d'autres meubles à part un bureau étroit ou une petite table. Pas de vêtements dans les placards, bien sûr, car les femmes portaient des robes amples et crasseuses et des choses qu'honnêtement on ne pouvait appeler des chaussures. Mais des objets étranges sont cloués ou punaisés aux murs, ou appuyés dans les coins. Un calendrier de 1968, avec de grandes croix à différentes dates (4 avril, 19 juillet) ; une lettre écrite avec du sang, si tachée qu'on ne peut en déchiffrer le message satanique ; un thème astrologique ; un chapeau mou posé de biais sur le cou en plastique d'un buste féminin et, dans une maison qui autrefois avait abrité des chrétiens — enfin, des catholiques — pas un seul crucifix. Mais ce qui inquiète le plus les deux hommes, c'est la série de bottons et de chaussons de nouveau-nés attachés par un ruban à un berceau dans la dernière chambre où ils entrent. Un anneau sur lequel les enfants se font les dents, craquelé et raide, se balance parmi les petites chaussures. D'un regard, un des deux hommes envoie son compagnon vers les quatre autres chambres de l'autre côté du couloir. Il se rapproche du bouquet de chaussures d'enfant. Que cherche-t-il ? Une autre preuve ? Il ne sait pas. Du sang ? Un minuscule orteil, peut-être, laissé dans une chaussure blanche en veau ? Il met la sécurité de son fusil et va lui aussi inspecter les chambres de l'autre côté du couloir.

Ces chambres sont normales. Crasseuses — le sol de l'une d'elles est jonché d'assiettes recouvertes d'une croûte de nourriture séchée et de tasses sales, on ne voit plus le lit enfoui sous une montagne de vêtements ; dans une autre chambre trônent deux rocking-chairs remplis de poupées ; dans une troisième, les restes et l'odeur d'une grande buveuse — mais des pièces normales, au moins.

Sa salive a un goût acide et, bien qu'il sache que cet endroit est malsain, le coup de fouet de la pitié qui lui cingle la poitrine le surprend. Que pouvaient bien faire ces femmes, se demande-t-il ? Comment leur cerveau très simple a-t-il pu imaginer de telles choses : des activités sexuelles révoltantes, la dissimulation, la torture clandestine des enfants. Ici, dans cette immensité, enfermées dans une demeure — personne pour les déranger ni les insulter —, elles avaient réussi à remettre en question la valeur de presque chaque femme qu'il connaissait. L'argent du manteau d'hiver que son père avait économisé en secret pendant deux moissons ; l'éclat dans les yeux de sa mère quand elle en avait caressé le col en phoque. La surprise-partie que ses frères et lui avaient organisée pour le seizième anniversaire d'une de leurs sœurs. Pourtant, ici, à moins de trente kilomètres d'une communauté calme et comme il faut, il y avait des femmes qui ne ressemblaient à aucune de celles qu'il avait connues ou dont il avait entendu parler. Justement ici. Unique et isolée, sa ville était légitimement satisfaite de ce qu'elle était. Pas de prison et pas besoin d'en avoir une. Aucun criminel n'était jamais né dans sa ville. Et on prenait en charge les deux ou trois qui faisaient des bêtises, qui humiliaient leur famille ou menaçaient l'idée que la ville avait d'elle-même. Mais à coup sûr, il n'y avait aucune flemmarde, aucune souillon dans la ville et, pensait-il, les raisons en étaient claires. Depuis le début, les siens étaient libres et protégés. Une femme, qui ne dormait pas, pouvait toujours quitter son lit, jeter un châle sur ses épaules et s'asseoir sur les marches au clair de lune. Et si l'envie lui en prenait, elle pouvait sortir de la cour pour descendre la route. Aucune lampe, aucune peur. Un craquement ou un sifflement sur le bas-côté ne l'effrayait jamais, car quelle que soit l'origine du bruit, rien ne chercherait à l'attaquer par surprise. À cent kilomètres à la ronde, rien ne la considérait comme une proie. Elle pouvait marcher aussi lentement qu'elle en avait envie, se rappeler des recettes de cuisine, la guerre, des histoires de famille, ou lever les yeux vers les étoiles sans penser à rien du tout. Dans l'obscurité et sans peur, elle pouvait continuer son chemin. Et si une lampe brillait dans une maison un peu plus loin, et si les pleurs d'un bébé souffrant de coliques attiraient son attention, elle pouvait aller jusqu'à la maison et appeler doucement la femme qui, à l'intérieur, essayait de l'apaiser. Elles pouvaient masser le ventre de l'enfant à tour de rôle, le bercer ou essayer de lui faire prendre un peu d'eau gazeuse. Quand le bébé se calmait, elles pouvaient s'asseoir côte à côte, un petit moment, pour rire et bavarder à voix basse afin de ne réveiller personne.

La femme pouvait alors décider de rentrer chez elle, détendue et prête à dormir, ou elle pouvait continuer dans la même direction, descendre la route et passer devant d'autres maisons, devant les trois églises, devant les pâtures. Puis sortir, franchir les limites de la ville, parce que là rien ne la considérait comme une proie.

À chaque extrémité du couloir, il y a une salle de bains. Chacun des deux hommes entre dans l'une d'elles et aucun ne desserre la mâchoire car ils s'attendent à tout. Dans une des salles de bains, la plus grande, les robinets sont trop petits et manquent de chic pour l'immense lavabo. La baignoire repose sur le dos de quatre sirènes — leur queue est largement fendue pour une meilleure assise de la baignoire et elles ont la poitrine arquée pour plus de stabilité. Le carrelage est vert bouteille. Des serviettes hygiéniques sont posées sur le réservoir de la chasse d'eau et, à côté, il y a un seau plein de choses sales. Il n'y a pas de papier toilette. Seul un miroir n'a pas été badigeonné à la chaux et, celui-là, l'homme l'ignore. Il ne veut pas se voir en train de rechercher des femmes ni leurs liquides. Soulagé, il sort à reculons, et referme la porte. Soulagé, il dirige son pistolet vers le sol.

En bas, deux hommes, un père et son fils, ne sourient pas, bien qu'ils en aient envie quand ils entrent dans la chapelle, parce que c'était vrai : on y adorait des idoles sculptées. Des hommes et des femmes minuscules, vêtus de robes blanches et de capes bleu et or sont posés sur de petites étagères taillées dans des niches du mur. Un bébé dans les bras, ou la main levée, leur visage impassible feint l'innocence. On voit qu'on a allumé des bougies à leurs pieds et, exactement comme l'a dit le révérend Pulliam, on a sans doute dû leur offrir aussi de la nourriture car il y a de petits bols de chaque côté de l'entrée. Quand tout serait fini, ils diraient au révérend Pulliam à quel point il avait raison, et ils riraient au visage du révérend Misner.

Il existait des différences incompatibles entre les congrégations de la ville mais des membres de chacune d'elles s'étaient solidement unis devant la nécessité de cette action : Faites ce que vous avez à faire. Ça ne pouvait pas continuer, ni le Couvent ni les femmes qui s'y trouvaient.

Quel malheur. Autrefois, le Couvent avait été un vrai voisin, quoique un peu éloigné, entouré de champs de blé, d'herbe à bisons, de trèfle, et un chemin de terre, à peine visible de la route, y conduisait. La demeure-devenue-Couvent se trouvait là bien avant la ville, et les dernières pensionnaires Arapaho étaient déjà parties quand les quinze familles arrivèrent. Cela se passait vingt-cinq ans plus tôt, quand tous les rêves agrandissaient les hommes qui les faisaient. On avait dégagé une route droite comme un I qui traversait le centre de la ville et on l'avait bordée d'un côté par un trottoir pavé. Sept familles possédaient plus de cinq cents âcres, et trois près d'un millier. Petit à petit, quand la route devint une rue avec un nom, un homme qui s'appelait Ossie organisa une course de chevaux pour fêter l'événement. Les gens, qui habitaient dans des tentes de l'armée, des maisons à moitié terminées et sur des terrains qu'on venait de défricher, vinrent à cheval et apportèrent ce qu'ils avaient. On sortit des choses gardées en réserve, et d'autres apparurent soudain : des guitares, du melon tardif, des noisettes, des tartes à la rhubarbe et un harmonica, une planche à laver, un agneau rôti, du riz au piment, Lil Green, « In the Dark », Louis Jordan and

His Tympany Five ; de la bière familiale, de la viande de marmotte frite, et mijotée en sauce. Les femmes se nouèrent des foulards aux couleurs vives dans les cheveux ; les enfants se fabriquèrent des chapeaux de coquelicots et de viorne. Ossie possédait une jument de deux ans et une autre de quatre, rapides et fringantes comme de jeunes mariées. Les autres chevaux n'étaient là que pour faire nombre : le cheval tacheté d'Ace, le vieux poids plume de Miss Esther, les quatre chevaux de labour et la jument de Nathan, ainsi qu'un poney à moitié dressé qui broutait en liberté sur la berge du ruisseau.

Les cavaliers se disputèrent si longtemps, pour savoir s'ils monteraient avec des selles ou à cru, que des mères qui donnaient le sein leur dirent d'enfourcher leurs montures ou de laisser la place à d'autres. Les hommes se mirent d'accord sur des handicaps et parièrent des quarts de dollar avec entrain. Quand le coup de feu retentit, seuls trois chevaux s'élancèrent devant eux. Les autres partirent sur les côtés ou sautèrent par-dessus le bois de charpente entassé près des maisons inachevées. Quand la course eut enfin lieu, les femmes hurlèrent dans la prairie pendant que leurs enfants poussaient des cris et dansaient dans l'herbe qui leur montait jusqu'aux épaules. Le poney arriva en tête mais comme il avait perdu son cavalier au bout de trois cents mètres, le vainqueur fut la jument baie de Nathan. On choisit la petite fille qui avait le plus de coquelicots sur la tête pour offrir à son cavalier le ruban de la victoire auquel était accrochée la croix de guerre d'Ossie. Le vainqueur avait sept ans et il souriait comme s'il avait remporté le Derby du Kentucky[1]. Aujourd'hui, il se trouvait quelque part dans la cave d'un Couvent à la recherche d'horribles femmes qui, lorsqu'elles arrivèrent, l'une après l'autre, n'étaient absolument pas de vraies ou de prétendues religieuses mais, pensa-t-on, des membres d'un culte quelconque. Personne ne le savait. Mais cela n'avait pas d'importance, parce que chacune d'elles, tour à tour, comme le faisaient auparavant la Mère Supérieure et sa servante, continua à vendre des produits, de la sauce barbecue, du bon pain et les piments les plus brûlants du monde. Pour un prix élevé on pouvait acheter un chapelet ou une purée de piments rouges et noirs. Chacun remportait le pompon pour la

---

1. La plus importante course de chevaux des États-Unis. (*N.d.T.*)

force du feu qu'il contenait. La purée durait des années si l'on y faisait attention, et malgré les tentatives de nombreux clients qui semèrent les graines, les piments ne poussaient nulle part en dehors du jardin du Couvent.

D'étranges voisines, disaient la plupart des gens, mais inoffensives. Plus qu'inoffensives, serviables à l'occasion. Elles accueillaient des gens — des gens perdus ou qui avaient besoin d'un peu de repos. Au début, on parla de bonté et d'excellente nourriture. Mais, maintenant, chacun savait que tout ça ce n'était que des menteries, une façade, une apparence soigneusement mise au point pour dissimuler ce qui se passait vraiment. Quand l'urgence devint évidente, des représentants des trois églises se rencontrèrent près du Four parce qu'ils n'arrivèrent pas à se mettre d'accord pour savoir quelle église devrait accueillir une réunion où l'on déciderait quoi faire puisque les femmes avaient ignoré tous les avertissements.

C'était une réunion secrète, mais la rumeur en parlait depuis plus d'un an. Les offenses accumulées pendant tout ce temps devinrent des preuves. Une fille cruelle avait jeté sa mère en bas de l'escalier d'un coup de poing. Quatre enfants étaient nés infirmes dans la même famille. Des filles refusaient de sortir du lit. Des jeunes mariées disparaissaient pendant leur lune de miel. Deux frères s'entre-tuèrent au pistolet un soir de Nouvel An. Les voyages à Demby pour se faire piquer contre les maladies vénériennes devinrent monnaie courante. Et ce qui se passait au Four à cette époque dépassait l'entendement. Aussi, quand neuf hommes décidèrent de s'y retrouver, ils durent d'abord chasser ceux qui s'y trouvaient sous la menace de leurs fusils, avant de pouvoir s'asseoir dans le faisceau de leurs lampes de poche pour prendre les choses en main. Les preuves qu'ils réunissaient depuis la terrible découverte du printemps étaient indéniables : ce qui reliait toutes ces catastrophes se trouvait au Couvent. Et au Couvent, il y avait ces femmes.

Le père descend l'allée de la chapelle en vérifiant dans les bancs à droite et à gauche. L'éventail de lumière de sa torche Black et Decker court sous chaque siège. Il retourne les agenouilloirs. Devant l'autel, il s'arrête. Une fenêtre de lumière jaune pâle flotte au-dessus de lui dans la pénombre. Les choses semblent sales. Il s'avance vers un plateau de petits verres posé sur le muret pour voir s'il y reste des offrandes de nourriture. À

part la crasse et une toile d'araignée, les verres rouges sont vides. Peut-être ne sont-ils pas destinés à offrir de la nourriture mais à recevoir de l'argent. Ou des ordures ? Dans le plus sale, il y a un papier de chewing-gum. Doublemint.
Il secoue la tête et rejoint son fils près de l'autel. Le fils tend le bras. Le père éclaire le mur, sous la fenêtre jaune dans laquelle le soleil s'annonce à peine. Les contours d'une énorme croix apparaissent. Propre comme si on venait de le peindre, il y a l'espace où se trouvait un Jésus.

Les frères qui s'approchent de la cave étaient autrefois absolument identiques. Bien qu'ils soient jumeaux, leurs femmes se ressemblent plus qu'eux. L'un est doux, agile et fume des cigares Te Amo. L'autre est plus dur, plus avare mais il se cache le visage quand il prie. Pourtant tous deux ont de grands yeux innocents et ils n'ont qu'une idée en tête devant cette porte fermée, comme en 1942 quand ils se sont engagés. Autrefois, ils cherchaient une sortie — une rupture, loin de la vie où l'on devait tout et où l'on n'avait rien. Aujourd'hui, ils veulent entrer. Autrefois, dans les années 40, ils n'avaient rien à perdre. Aujourd'hui, tout réclame leur protection. Depuis le début, dès la fondation de la ville, ils ont su que l'isolement ne garantissait aucune sécurité. Il fallait des hommes costauds et décidés quand des étrangers perdus ou désœuvrés ne se contentaient pas de passer sans même jeter un coup d'œil à cette ville endormie avec trois églises à moins d'un kilomètre l'une de l'autre, mais rien pour le voyageur : pas de restaurant, pas de poste de police, pas de station-service, pas de téléphone public, pas de cinéma, pas d'hôpital. Parfois, s'ils étaient jeunes et saouls, ou vieux et à jeun, les étrangers pouvaient repérer trois ou quatre filles de couleur qui flânaient sur le côté de la route. Elles faisaient quelques mètres, s'arrêtaient pour parler ; repartaient en sautillant, s'immobilisaient le temps de rire ou de se donner mutuellement des tapes sur les bras pour jouer. Les étrangers pouvaient s'intéresser à elles. Trois voitures, par exemple une Bel Air 53, verte avec intérieur crème, numéro d'immatriculation 085B, six cylindres, double moulure chromée sur les pare-chocs arrière, transmission automatique powerglide à deux vitesses ; et par exemple, une Dodge Wayfarer 49, noire, vitre arrière craquelée, jupes d'ailes, semi-automatique, calandre à motifs carrés ; et une Oldsmobile 53 avec des plaques de l'Arkansas. Les conducteurs ralentissent, mettent la tête à la fenêtre, et braillent. Les yeux plissés par la méchanceté, ils tournent autour des filles, braquent et font demi-tour, labourent les pelouses devant les maisons et chassent les chats devant l'épicerie d'Ace. Ils font des cercles. Les yeux des filles se figent et elles se bousculent en reculant. Alors, l'un après l'autre, les hommes de la ville sortent des maisons, des arrière-cours, du magasin de fourrage, ils descendent de l'échafaudage de la banque. Un passager d'une voiture a ouvert son pantalon et se penche à la fenêtre pour faire peur aux filles. Les petits cœurs des filles se dressent mais elles ne peuvent fermer les paupières assez vite, alors elles rejettent brusquement la tête sur le côté. Mais les hommes de la ville, eux, les regardent, ils voient le désir dans ce geste agressif, et ils sourient. Ils sourient à contrecœur et malgré eux parce qu'ils savent qu'à partir de cet instant, sinon plus tôt, cet homme, jusqu'à son dernier souffle, fera le plus de mal qu'il le pourra aux gens de couleur.

D'autres hommes sortent, et d'autres encore. Leurs fusils ne sont dirigés vers rien, ils les tiennent seulement de façon nonchalante contre leurs cuisses. Vingt hommes ; vingt-cinq maintenant. Ils entourent les voitures qui tournent. Cent trente kilomètres le séparaient du standard téléphonique ou de l'insigne du policier les plus proches. Si la journée avait été sèche, la poussière tourbillonnant derrière les pneus les aurait tous décolorés. Mais ils ne soulevèrent que des petits graviers derrière eux.

Les jumeaux avaient une excellente mémoire. Ensemble, ils se souvenaient des détails de tout ce qui s'était passé — des choses dont ils avaient été témoins et d'autres. La température exacte du jour où les voitures avaient tourné autour des filles ainsi que le rendement de chaque ferme du pays. Et ils n'avaient jamais oublié la signification ou les détails d'une seule histoire, en particulier celle qui faisait autorité et que leur avait racontée leur grand-père — l'homme qui avait écrit les mots de la gueule noire du Four. Une histoire qui expliquait pourquoi ni les fondateurs de Haven ni leurs descendants ne pourraient jamais tolérer personne d'autre qu'eux. Lors du voyage, depuis l'État du Mississippi et les deux paroisses de Louisiane jusqu'en Oklahoma, les cent cinquante-huit affranchis furent mal accueillis sur chaque pouce de terrain depuis Yazoo jusqu'à Fort Smith. Repoussés par les riches Choctaws et par les petits Blancs, chassés par les chiens de garde, raillés par les prostituées des campements et par leurs enfants, cela ne les avait pourtant pas préparés aux rebuffades agressives des villes noires déjà en construction. Le titre d'un article du *Herald*, « Venez avertis ou pas du tout », ne pouvait les concerner, n'est-ce pas ? Dégourdis, forts, impatients de travailler leur propre terre, ils se croyaient plus qu'avertis — ils étaient résolus. Ils n'en crurent pas leurs oreilles quand ils apprirent qu'ils n'avaient pas assez d'argent pour satisfaire aux conditions exigées par les Noirs « autosuffisants ». En bref, ils étaient trop pauvres, trop dépenaillés pour entrer, et encore moins pour résider, dans les communautés qui demandaient des fermiers noirs. Ces rebuffades méprisantes de la part des plus chanceux modifièrent deux fois la température de leur sang. Tout d'abord, il entra en ébullition quand on les décrivit comme « des gens qui préféraient les cafés et les parties de crap aux maisons, aux églises et aux écoles ». Puis leur sang se refroidit quand ils se souvinrent de leur histoire spectaculaire. Ce qui avait commencé dans la chaleur de l'optimisme devint une froide obsession. « Ils savent rien de nous ou sur nous », dit un homme. « Nous, libres comme eux ; étaient esclaves comme eux. Pour quoi qu'c'est, la différence ? »

Niés et repoussés, ils changèrent de route et se dirigèrent à l'ouest des terres non attribuées, au sud du comté de Logan, au-delà de la Canadian River, dans le territoire Arapaho. Chaque mésaventure les rendait plus inflexibles, plus fiers et les détails restaient gravés dans la puissante mémoire des jumeaux. Des histoires qu'on racontait encore et encore sans les embellir, dans les granges obscures, près du Four au coucher du soleil, dans la lumière des dimanches après-midi de prière. Les selles des quatre bandits à peau noire qui leur donnèrent à manger de la viande de bison séchée avant de leur voler leurs fusils. Le silence de la tornade qui traversa et encercla leur camp ; les enfants endormis qui se réveillèrent en train de voler dans l'air. L'éclat des chevaux sur lesquels des Choctaws les surveillaient. À l'heure du souper, quand il faisait trop sombre pour travailler sauf à ce qui pouvait se faire à la lumière du feu, les Pères Fondateurs racontaient les histoires de ce voyage : les signes que Dieu leur donnait pour les guider — vers les points d'eau, vers les Creeks avec lesquels ils pouvaient échanger leur travail contre des chariots, des chevaux, un droit de pâture ; loin des terriers des colonies de chiens de prairie, couvrant soixante-quinze kilomètres, — et les méfaits de Satan : des femmes abandonnées sans rien, des rumeurs d'or caché au fond des rivières.

Les jumeaux croyaient que leur grand-père avait choisi les mots du Four quand il avait découvert combien était étroit le chemin de la vertu. On assemblait les meubles avec des chevilles de bois parce que les clous coûtaient trop cher mais il sacrifia son trésor de clous de trois ou quatre pouces, tordus ou droits, pour dire quelque chose d'important qui durerait.

Quand les lettres furent en place, mais avant qu'on ait eu le temps de réfléchir aux mots qu'elles formaient, ils élevèrent un toit près du Four qui se culottait. Assis sur des caisses et des bancs de fortune, les habitants de Haven se réunirent pour parler, être ensemble et connaître le plaisir du gibier bien cuit. Plus tard, quand l'herbe à bisons céda la place à une jolie petite ville, avec une rue centrale, des maisons de bois, une église, une école, un bazar, les citoyens de la ville continuèrent à s'y réunir. Ils mettaient des pintades et un cerf entier à la broche ; ils retournaient les côtelettes et frottaient de sel les côtes de veau qui refroidissaient. C'était l'époque des cuissons lentes, quand on maintenait les flammes si bas qu'une dinde de vingt livres rôtissait pendant toute une nuit et un demi-veau pendant deux jours, pour être cuits jusqu'à l'os. À chaque fois qu'on tuait des bêtes, ou qu'ils avaient très envie de gibier non fumé, les gens de Haven apportaient l'animal au Four et parfois restaient là à faire des histoires et à se quereller avec la famille Morgan sur l'assaisonnement ou sur la meilleure façon de savoir quand c'était « cuit ». Ils restaient là à bavarder, se plaindre, hurler de rire et boire du café dans l'ombre des auvents. Et tout enfant à portée de voix recevait l'ordre de chasser les mouches, d'apporter du bois, de nettoyer la table de travail ou de tasser la terre avec une dame.

En 1910, il y avait deux églises à Haven et une agence de la All Citizen Bank, quatre classes dans l'école, cinq magasins vendant des nouveautés, du fourrage et des denrées alimentaires — mais les allées et venues autour du Four étaient plus importantes que dans tous ces endroits. Aucune famille n'avait besoin d'autre chose que d'une simple cuisinière tant que le Four était en activité et il l'était toujours. Même en 1934, quand tout dans la ville dépérissait, quand il était clair comme le jour que les discussions sur l'électricité ne resteraient que des discussions et que le gaz et les égouts étaient des merveilles bonnes pour Tulsa, le Four resta en activité. Jusqu'à la Grande Sécheresse, l'eau courante ne manqua pas parce que la source était profonde. Quand ils étaient jeunes, les jumeaux s'étaient balancés aux branches des peupliers qui se penchaient tout près, et ils s'étaient suspendus dangereusement au-dessus de l'eau claire pour admirer le reflet de leurs pieds. Ils entendaient les histoires des robes et des bonnets bleus que les hommes achetèrent pour les femmes avec l'argent tiré de la première récolte ou des premières bêtes abattues. L'arrivée spectaculaire du piano de Saint-Louis commandé dès que le plancher de la chapelle fut posé. Ils imaginaient leur mère à l'âge de dix ans parmi d'autres petites filles groupées autour du piano, appuyant furtivement sur une note, une touche, avant que la diaconesse leur écarte la main d'une tape. Leurs voix pures de sopranos chantant à la répétition « Il veillera sur toi... » ce qu'Il fit, on peut le dire, jusqu'à ce qu'Il cesse.

Les jumeaux étaient nés en 1924 et, pendant vingt ans, on leur raconta à quoi avaient ressemblé les quarante années précédentes. Ils écoutaient, imaginaient et se rappelaient de la moindre chose parce que chaque détail était comme un choc qui leur donnait du plaisir, érotique comme un rêve — bouleversant et plus présent que la guerre dans laquelle ils avaient combattu.

En 1949, jeunes et nouvellement mariés, ils n'étaient pas du tout stupides. Bien avant la guerre, les habitants de Haven s'en allaient et ceux qui n'avaient pas encore plié bagage s'apprêtaient à le faire. Les jumeaux regardèrent leur avenir bouché d'après-guerre et il ne fut pas difficile de persuader d'autres garçons de la ville de répéter ce que les Pères Fondateurs avaient fait en 1890. Dix générations avaient su ce qui les attendait Là-Bas : un espace, autrefois attirant et libre, fut livré à l'agitation et échappa à tout contrôle ; un vide où le mal, fortuit et organisé, surgissait quand et où il le choisissait — derrière n'importe quel arbre, derrière la porte de n'importe quelle maison, humble ou splendide. Là-Bas où vos enfants étaient des jouets, vos femmes des proies et où votre personne même pouvait être anéantie ; où les fidèles allaient à l'église avec des armes et des cordes enroulées à chaque selle. Là-Bas où tout groupe de Blancs ressemblait à un détachement de policiers, être seul équivalait à être mort. Mais au cours des trois dernières générations on avait appris et réappris les leçons sur la façon de protéger une ville. Alors, comme les anciens esclaves qui savaient quoi faire en premier, les anciens soldats démolirent le Four et en chargèrent les morceaux dans deux camions avant même de démonter leurs propres lits. En plein milieu du mois d'août, le soleil n'était pas encore levé, quinze familles quittèrent Haven — elles ne se dirigèrent pas vers Muskogee ou la Californie comme d'autres, ni vers Saint-Louis, Houston, Langston ou Chicago, mais elles s'enfoncèrent plus profondément dans l'Oklahoma, aussi loin qu'elles purent grimper pour fuir les lèche-bottes qui souillaient la ville que leurs grands-pères avaient bâtie.

« Quand est-ce qu'on arrive ? » demandaient les enfants sur le siège arrière des voitures. « Quand est-ce qu'on va arriver ?
— Bientôt », répondaient les parents. Heure après heure, la réponse était toujours la même. « Bientôt. Au bon moment. » Quand ils virent la rivière Beaver s'engouffrer dans la gueule d'un État qui avait la forme d'un fusil et traverser les arpents d'herbe (sans valeur depuis les tornades de 1949) achetés avec leurs derniers salaires réunis, ce fut enfin le bon moment.

Ce qu'ils abandonnaient, c'était une ville dont les rues autrefois fières étaient envahies par les herbes folles, contrôlée maintenant par dix-huit personnes têtues qui se demandaient comment aller à la poste où les attendait peut-être une lettre envoyée par des petits-enfants partis depuis longtemps. Là où s'était trouvé le Four, de petits serpents verts dormaient au soleil. Qui aurait pu imaginer que vingt-cinq ans plus tard, dans une ville toute neuve, un Couvent surpasserait la puissance destructrice des serpents, de la crise, du percepteur et du chemin de fer ?

En ce moment, un des frères, un chef en toute chose, enfonce la porte de la cave avec la crosse de son fusil. L'autre attend quelques pas en arrière, avec leur neveu. Tous trois descendent les marches, sur leurs gardes et impatients de savoir. Ils ne sont pas déçus. Ce qu'ils voient, c'est la chambre, la salle de bains et l'ignoble salle de jeu du diable.

Le neveu avait toujours su que sa mère avait fait tout son possible pour s'accrocher. Elle avait réussi à le voir monter le cheval vainqueur mais, au-delà, elle n'avait pas eu la force. Même pas celle de s'intéresser aux débats sur le nom à donner à cet endroit où elle était venue avec ses frères et son petit garçon. Pendant trois ans, le nom de New Haven fut accepté par le plus grand nombre, même si quelques-uns ne se gênaient pas pour en suggérer d'autres — des noms qui, disaient-ils, n'évoquaient pas un échec, nouveau ou répété. Des anciens de la guerre du Pacifique aimaient Guam et d'autres Inchon. Ceux qui avaient combattu en Europe ne cessaient de proposer des noms que seuls les enfants aimaient prononcer. Les femmes n'avaient pas d'opinion bien arrêtée jusqu'à ce que la mère du neveu meure. Son enterrement — le premier de la ville — mit un terme à la discussion et à sa nécessité. Les femmes donnèrent à la ville le nom de l'une d'entre elles et les hommes ne trouvèrent rien à redire. Très bien. D'accord. Ruby. La jeune Ruby.

Cela plut à ses oncles qui, ainsi, purent à la fois pleurer la sœur et honorer l'ami et le beau-frère qui n'était jamais revenu de la guerre. Mais le neveu, qui avait gagné la croix de guerre d'Ossie, qui avait hérité des plaques militaires de son père et qui vit pendant le reste de sa vie le nom de sa mère peint sur des panneaux et écrit sur des enveloppes, fut perturbé par ces tristes témoignages. La croix, les plaques, l'adresse postale le dépassaient un peu. Les femmes, qui avaient connu et soigné sa mère, gâtèrent le fils de Ruby. Les hommes, qui s'étaient engagés avec son père, favorisaient le fils du mari de Ruby. Les oncles comptaient sur lui. Quand on prit la décision près du Four, il était là. Mais deux heures auparavant quand on eut avalé la dernière bouchée de viande rouge, un oncle lui avait simplement tapé sur l'épaule et lui avait dit : « On a du café dans le camion. Va chercher ton fusil. » Il s'exécuta mais il prit aussi la croix tressée en feuilles de palmier.

Il était quatre heures du matin quand ils partirent ; et près de cinq heures quand ils arrivèrent parce que, ne voulant pas que le ronflement des moteurs ou la lumière des phares détruise la protection de l'obscurité, ils parcoururent les derniers kilomètres à pied. Ils garèrent les camions dans un taillis de repousses de chênes car, dans ce pays, la lumière peut se voir de très loin. Si des capots étaient invisibles à cinquante kilomètres, les bougies d'un gâteau d'anniversaire se repéraient dès qu'on grattait l'allumette. À huit cents mètres de leur objectif, une brume leur monta jusqu'aux hanches. Ils atteignirent le Couvent quelques secondes avant le soleil et ils eurent un instant pour voir et se graver dans la mémoire la manière dont la demeure flottait, sombre et menaçante, détachée de la terre du Bon Dieu.

Dans la salle de classe, qu'on avait utilisée comme salle à manger et qui aujourd'hui ne sert plus qu'à ranger des pupitres repoussés contre le mur, la vue est dégagée. Les hommes de Ruby se pressent aux fenêtres. Ils n'ont rien trouvé que des confirmations de preuves dans le Couvent, et ils se regroupent ici. Ce sont les Nouveaux Pères de Ruby dans l'Oklahoma. Le froid qui les a accueillis au début a disparu ; la brume aussi. Ils sont excités — chauds de sueur et de l'odeur nocturne de leur bon droit. La vue est dégagée.

La cendrée. Le neveu ne peut penser à autre chose. Des sprinteuses de quatre cents ou même des coureuses de cinq mille. Deux d'entre elles ont la tête rejetée en arrière aussi loin que leur cou le leur permet ; les poings serrés tandis que leurs bras se balancent et se tendent en avant. L'une d'elles baisse sa tête pelucheuse et donne du front pour ouvrir l'air et le temps, une main tendue pour casser le fil d'arrivée qui n'existe pas dans son avenir. Elles ouvrent la bouche et aspirent de l'air sans en rejeter. Leurs jambes ne touchent pas le sol, largement écartées au-dessus du trèfle.

Remarquables Èves noires que n'a pas rachetées Marie, elles ressemblent à des biches effrayées bondissant vers un soleil qui a fini de dissiper la brume et qui maintenant déverse son huile sainte sur la peau sombre du gibier.

Dieu à leurs côtés, les hommes visent. Pour Ruby.

Mavis

Les voisins eurent l'air satisfait quand les bébés s'étouffèrent. Sans doute parce que la Cadillac verte dans laquelle ils moururent les dérangeait depuis un certain temps. Ils firent tout ce qu'il fallait bien sûr : ils apportèrent à manger, téléphonèrent pour dire leur chagrin, firent une quête ; mais l'éclat de la curiosité était visible dans leurs yeux.

Quand la journaliste arriva, Mavis s'assit dans l'angle du canapé sans bien savoir si elle devait gratter les miettes de chips coincées sous les ourlets des housses en plastique ou les y enfoncer. Mais la journaliste voulut qu'on prenne d'abord la photo, et le photographe plaça Mavis au milieu du canapé, avec les enfants survivants de chaque côté de leur mère, folle de douleur et de désespoir. Elle demanda que le père vienne aussi, bien sûr. Jim ? Est-ce Jim Albright ? Mais Mavis dit qu'il ne se sentait pas bien, qu'il ne pouvait pas venir, qu'ils devraient se passer de lui. Le photographe et la journaliste échangèrent un regard, mais Mavis se dit que, de toute façon, ils savaient sans doute que Frank — pas Jim — était assis sur le bord de la baignoire et qu'il buvait du Seagram directement à la bouteille.

Mavis se glissa au centre du canapé et enleva la poussière de chips qu'elle avait sous les ongles en attendant que les autres enfants viennent la rejoindre. Les « autres enfants » c'est ainsi qu'on les appellerait maintenant. Sal passa le bras autour de la taille de sa mère. Frankie et Billy James se serreraient l'un contre l'autre à sa droite. Sal la pinça, très fort. Mavis sut tout de suite que sa fille n'était pas inquiète à cause de l'appareil photo et de tout le reste, parce que le pinçon se prolongea, très aigu. Les ongles de Sal recherchaient du sang.

« Ce doit être terrible pour vous. » Elle dit qu'elle s'appelait June.
« Oui, M'dame. C'est terrible pour nous tous.
— Y a-t-il quelque chose que vous voulez dire ? Quelque chose que vous voulez que les autres mères sachent ?
— M'dame ? »
June croisa les jambes et Mavis vit qu'elle portait ses chaussures blanches à hauts talons pour la première fois. Les semelles étaient à peine salies. « Vous savez. Quelque chose pour les avertir, les mettre en garde, contre la négligence.
— Et ben. » Mavis prit une grande respiration. « Je vois rien. Je crois. Je. »
Le photographe s'accroupit et pencha la tête en étudiant les possibilités.
« Pour que quelque chose de bien sorte de cette horrible tragédie. » June avait un sourire triste.
Mavis se redressa à cause des ongles de Sal. L'appareil photo fit un petit clic. June remit son stylo feutre en place. C'était un bel objet. Mavis n'avait jamais vu quelque chose comme ça — il traçait de l'encre sur le papier, mais sèche, pas du tout baveuse. « J'ai rien à dire à des gens que je connais pas, maintenant. »
Pour la seconde fois, le photographe replaça le store de la fenêtre et revint vers le canapé en tenant une boîte noire devant le visage de Mavis.
« Je comprends », dit June. Ses yeux s'adoucirent mais leur éclat était le même que celui des voisins. « Je déteste vraiment vous faire subir cette épreuve, mais peut-être pouvez-vous simplement me dire ce qui s'est passé ? Nos lecteurs sont absolument épouvantés. Des jumeaux tout ça. Oh, et ils veulent que vous sachiez que vous êtes chaque jour dans leurs prières. » Elle laissa son regard passer sur les garçons et sur Sal. « Et vous aussi. Ils prient pour chacun d'entre vous. »
Frankie et Billy James baissèrent les yeux vers leurs pieds nus. Sal posa la tête sur l'épaule de sa mère et la pinça plus fort à la taille.
« Alors, pouvez-vous nous raconter ? » June eut un sourire qui signifiait : « Faites-moi cette faveur. »
— Et ben. » Mavis fronça les sourcils. Cette fois, elle voulait y arriver. « Il voulait pas du pâté de cochon Spam. Je veux dire

que les gosses aiment ça mais pas lui. Par cette chaleur on ne peut pas garder beaucoup de viande. Une fois, j'ai eu tout un morceau de basses côtes qu'a pourri, alors je suis allée chercher la voiture, des saucisses de Francfort, et je me suis dit d'accord, Merle et Pearl. Au début, j'étais contre mais il a dit...
— M.E.R.L.E. ?
— Oui, m'dame.
— Continuez.
— Ils pleuraient pas, rien, mais il a dit qu'il avait mal à sa tête. J'ai compris. Je les ai emmenés. Vous pouvez pas vous attendre à ce qu'un homme revienne de ce genre de boulot et qu'il garde des bébés pendant que je vais chercher quelque chose de bien à mettre dans son assiette. Je sais que c'est pas bien.
— Alors vous avez emmené les jumeaux. Pourquoi n'avez-vous pas emmené aussi les autres enfants ?
— C'est une vraie fouine, dit Frankie.
— Une vraie marmotte, dit Billy James.
— Fermez-la ! » Sal se pencha sur le ventre de Mavis et tendit le doigt vers ses frères.

June sourit. « Cela n'aurait-il pas été plus sûr, poursuivit-elle, avec les autres enfants dans la voiture ? Je veux dire, ils sont plus âgés. »

Mavis glissa le pouce sous la bretelle de son soutien-gorge pour la remonter sur son épaule. « Je m'attendais pas à du danger. L'un dans l'autre c'est pas bien loin. J'aurais pu aussi bien aller à la garderie mais leur machin c'est trop loin pour moi.

— Et vous avez laissé les nouveau-nés dans la voiture pendant que vous alliez acheter des basses côtes...

— Non, m'dame. Des Francfort.

— C'est juste. Des Francfort. » June écrivit rapidement mais sembla ne rien raturer. « Pourtant ce que je veux vous demander c'est pourquoi cela vous a-t-il pris si longtemps ? Pour acheter un article.

— Ah, non. Pas longtemps. Je suis pas restée à l'intérieur plus de cinq minutes, pile.

— Vos bébés sont morts étouffés, Mrs Albright. Dans une voiture brûlante avec les vitres fermées. Pas d'air. Il est difficile de croire que cela est arrivé en cinq minutes. »

C'était peut-être de la sueur mais cela faisait assez mal pour

être du sang. Elle n'osait pas repousser la main de Sal d'une tape ni reconnaître la douleur même légèrement. À la place, elle se gratta le coin de la bouche et dit : « Je me suis bien assez punie comme ça mais ça a sûrement pas fait beaucoup plus. Je suis allée directement au rayon des laitages et j'ai pris deux paquets de saucisses Armours, c'est pas donné vous savez mais j'ai même pas regardé le prix. Y en a des moins chères et tout aussi bonnes. Mais je me dépêchais alors j'ai pas regardé le prix.
— Vous vous dépêchiez ?
— Oh, oui, m'dame. Il était au bord de la crise. Du Spam c'est rien comme nourriture pour un homme qui travaille.
— Et des Francfort c'est mieux ?
— J'avais pensé à des côtelettes. J'avais pensé à des côtelettes.
— Vous ne saviez pas que votre mari allait rentrer pour dîner, Mrs Albright ? Est-ce qu'il ne rentre pas dîner chaque jour ? »
Elle est vraiment gentille, se disait Mavis. Polie. Elle ne regarde pas la pièce ni les pieds des garçons, elle ne sursaute pas au tintamarre derrière la maison suivi par celui d'une chasse d'eau.
Le bruit que faisait le photographe en refermant ses valises sembla plus fort quand la chasse d'eau s'arrêta. « Ça y est, dit-il. Heureux de vous avoir rencontrée, m'dame. » Il se pencha pour serrer la main de Mavis. Ses cheveux étaient de la même couleur que ceux de la journaliste.
« Tu en as pris assez de la Cadillac ? demanda June.
— Tout ce qu'il faut. » Il fit un O avec le pouce et l'index. « Vous êtes tous très bien, vous savez. » Il toucha son chapeau et s'en alla.
Sal cessa de serrer la taille de sa mère. Elle se pencha en avant et sembla absorbée par le balancement de son pied qui heurtait de temps en temps le tibia de Mavis.
De l'endroit où ils étaient assis dans la pièce, ils ne pouvaient pas voir la Cadillac garée devant la maison. Mais tous les gens du quartier la voyaient depuis des mois et maintenant tout le monde dans le Maryland la verrait car le photographe avait pris plus de photos de la voiture que d'eux. Vert menthe. Vert laitue. Fraîche. Mais on ne verrait pas la couleur dans le journal. On ne verrait que la taille et le brillant de l'endroit où les bébés

étaient morts. Des bébés maintenant à jamais invisibles parce que leur mère n'avait même pas un instantané de leur visage confiant.

Sal sauta sur ses pieds et s'écria : « Oh ! Regardez ! Un scarabée ! » et elle écrasa le pied de sa mère.

Mavis avait dit : « Oui, m'dame. Il rentre à souper tous les jours », et elle se demandait comment ce serait : avoir un mari qui rentre tous les jours. Vraiment tous les jours. Quand la journaliste fut partie, elle voulut aller voir ce que Sal lui avait fait au côté, mais Frank était toujours dans la salle de bains, sans doute endormi et il valait mieux ne pas le déranger. Elle pensa enlever les miettes de chips coincées sous les ourlets des housses en plastique mais, là où elle voulait être, c'était dans la Cadillac. Ce n'était pas à elle ; c'était à lui, pourtant Mavis l'aimait peut-être plus que lui et elle lui avait menti en lui disant qu'elle avait perdu le deuxième trousseau de clefs. C'était de quoi elle avait parlé en dernier quand June s'en allait, en précisant : « Elle est pas neuve, pourtant. Elle a trois ans. Une 65. » Si elle avait pu, elle y aurait dormi, sur le siège arrière, blottie à la place où s'étaient trouvés les jumeaux, les seuls qui aimaient être avec elle et qui n'étaient pas une corvée. Elle ne pouvait pas, évidemment. Frank lui avait dit qu'elle n'avait pas intérêt à toucher et encore moins à conduire la Cadillac jusqu'à la fin de ses jours. Aussi elle fut la première surprise quand elle la vola.

« Comment tu vas ? » Frank était déjà sous les draps et Mavis se réveilla avec un sursaut de terreur qui se transforma rapidement en une peur habituelle.

« Ça va bien. » Elle interrogea l'obscurité à la recherche d'un signe, pour essayer de sentir, de renifler à l'avance l'humeur de Frank. Mais c'était le vide exactement comme pendant le repas, le soir de l'interview pour le journal. Le pâté de viande parfait (pas trop mou, pas trop dur — deux œufs faisaient la différence) avait dû lui plaire. C'était ça, ou alors il avait trouvé l'équilibre : ce qu'il fallait dans le ventre et ce qu'il fallait sous la main. De toute façon, il avait été agréable, amusant même, à table, alors que les autres enfants étaient raides comme des piquets. Sal avait placé le vieux rasoir de Frank, ouvert, à côté de son assiette, et elle posa à son père toute une série de questions qui commençaient par : « Est-ce que c'est assez aiguisé pour couper... ? » Et Frank lui répondait : « Ça coupe tout, de la barbe au cartilage » ou : « Ça coupe les cils d'une punaise », ce qui faisait rire Sal aux éclats. Quand Billy James cracha de la limonade dans l'assiette de Mavis, son père dit : « Passe-moi le ketchup, Frankie, et Billy, arrête de jouer dans le manger de ta mère, tu m'entends ? »

Elle se disait que ça ne leur prendrait pas beaucoup de temps, et à voir comment ils étaient au souper, à rigoler de leurs plaisanteries tout ça, elle sut que Frank laisserait les enfants le faire. Les journalistes chercheraient quelque chose qui accroche le lecteur, et June, « la seule femme journaliste du *Courier* », donnerait le côté humain.

Mavis essaya de ne pas se raidir à cause des bruits de Frank qui trouvait sa place sur le matelas. Est-ce qu'il avait gardé son caleçon ? Si elle l'avait su elle aurait deviné s'il avait l'intention de faire l'amour, mais impossible de le découvrir sans le toucher. Comme pour satisfaire sa curiosité, Frank fit claquer la ceinture élastique de son caleçon. Mavis se détendit et laissa échapper un soupir en espérant qu'il ressemblerait à un ronflement. Le drap était arraché avant qu'elle eût fini. Il souleva sa chemise de nuit et lui en recouvrit le visage, alors elle laissa faire cette bénédiction. Elle s'était trompée. Encore. Il ferait d'abord ça et le reste ensuite. Les autres enfants devaient se tenir derrière la porte à ricaner, les yeux de Sal aussi froids et impitoyables que lorsqu'on lui avait appris l'accident. Avant que Frank se mette au lit, Mavis avait vaguement pensé à quelque chose d'important qu'elle était censée faire, mais elle n'arrivait pas à se rappeler de quoi il s'agissait. Quand il était venu sur elle, Frank lui avait demandé si elle allait bien. Maintenant, elle supposa qu'elle allait bien parce que la chose importante qu'elle avait oubliée n'aurait plus jamais besoin d'être faite.

Est-ce que ce serait rapide, comme presque toujours ? ou long, distrait, pour s'achever dans une fatigue muette ?

Ni l'un ni l'autre. Il ne la pénétra pas — il se frotta seulement contre elle jusqu'à l'orgasme tout en lui mordillant une mèche de cheveux à travers sa chemise de nuit qui lui recouvrait le visage. Elle aurait pu être une poupée de chiffon grandeur nature.

Ensuite, il lui parla dans le noir. « Je sais pas, Mave. Je sais vraiment pas. »
Devait-elle dire : Quoi ? Qu'est-ce que tu veux dire ? Qu'est-ce que tu sais pas ? Ou se taire ? Mavis choisit le silence parce que brusquement elle comprit qu'il ne lui parlait pas à elle, mais aux autres enfants qui ricanaient derrière la porte.
« Peut-être, dit-il. Peut-être qu'on peut arranger ça. Peut-être que non. Je ne sais vraiment pas. » Il bâilla longuement, puis : « Mais je vois pas comment. »
Elle le savait, c'était le signal — à Sal, à Frankie, à Billy James.
Pendant le reste de la nuit, elle attendit, sans fermer l'œil une seconde. Frank dormait à poings fermés et elle se serait glissée hors du lit (du moment qu'il ne l'avait ni étouffée ni étranglée) et elle aurait ouvert la porte sans la respiration de l'autre côté. Elle était sûre que Sal s'y tenait accroupie — prête à lui sauter dessus ou à lui saisir les jambes. Elle aurait la lèvre supérieure relevée et laisserait voir ses dents de onze ans trop grandes pour sa bouche hargneuse. L'aube, se dit Mavis, serait critique. Le piège était décidé mais pas encore tendu peut-être. Elle aurait besoin de sa plus grande concentration pour le localiser avant qu'il se referme.
Au premier soupçon de lumière grise, Mavis sortit du lit. Si Frank se réveillait tout était fini. Elle attrapa un pantalon corsaire rouge et un sweat Daffy Duck, et gagna la salle de bains. Elle prit un soutien-gorge sale dans le panier et s'habilla rapidement. Pas de culotte et impossible de retourner dans la chambre pour prendre ses chaussures. Le plus difficile c'était de passer devant la chambre des autres enfants. La porte était ouverte et, bien qu'il n'en sortît aucun bruit, Mavis frissonna à la pensée de s'en approcher. Au bout du couloir, à gauche, il y avait la petite cuisine/salle à manger et, à droite, la salle de séjour. Elle devait décider de la direction à prendre avant de passer devant la porte en courant. Ils s'attendaient sans doute à ce qu'elle aille directement dans la cuisine, comme tous les jours alors peut-être devait-elle filer vers la porte d'entrée. Ou peut-être comptaient-ils qu'elle changerait d'habitude et le piège ne se trouvait pas du tout dans la cuisine.
Soudain, elle se rappela que son sac était dans la salle de séjour, posé sur le meuble de la télé devenu un fourre-tout

quand le poste était tombé en panne. Et le deuxième trousseau de clefs était épinglé sous une déchirure de la doublure du sac. Mavis retint son souffle, écarquilla les yeux dans l'obscurité et trottina rapidement devant la porte ouverte des autres enfants. Le dos exposé à cet immense danger, elle se sentit fiévreuse — couverte de sueur et gelée en même temps.

Non seulement son sac se trouvait bien où elle s'en souvenait, mais les snow-boots de Sal étaient près de la porte d'entrée. Mavis attrapa le sac, glissa les pieds dans les bottes jaunes de sa fille et s'enfuit par la véranda. Elle ne tourna pas les yeux vers la cuisine et ne la revit jamais.

Sortir de la maison avait été une sensation si intense que la Cadillac s'écartait du bord du trottoir quand elle se rendit compte qu'elle n'avait aucune idée de ce qu'elle allait faire ensuite. Elle se dirigea vers chez Peg ; elle ne la connaissait pas très bien mais à l'enterrement ses larmes l'avaient impressionnée. Elle avait toujours voulu la connaître mieux mais Frank trouvait à chaque fois un moyen pour empêcher qu'une simple relation se transforme en amitié.

Le seul lampadaire semblait à des kilomètres et le soleil peu disposé à se lever, aussi elle eut du mal à trouver la maison de Peg. Quand, enfin, elle y arriva, elle gara la voiture de l'autre côté de la rue pour attendre que la lumière du jour soit plus forte avant de frapper à la porte. La maison de Peg était plongée dans l'obscurité, et le store de la baie toujours baissé. Calme absolu. La jeune fille en bois dans les pétunias, le visage dissimulé par un bonnet bleu clair, penchait un arrosoir et une famille de canards sculptés la suivait à la queue leu leu. La pelouse, aux bords bien taillés et tondue à ras, ressemblait à un échantillon de tapis coûteux en laine. Rien ne bougeait, ni le petit moulin ni le lierre qui l'entourait. Cependant, un rosier de Saron, plus haut et plus vieux que le toit de Peg, se balançait sur le côté de la maison. Il dansait, agité par la sortie de l'air conditionné, et répandait des fleurs et des boutons sur l'herbe. Sauvage, il avait l'air sauvage et le pouls de Mavis battait au même rythme. D'après la pendule de la Cadillac, il n'était pas encore cinq heures et demie. Mavis décida d'aller faire un petit tour et de revenir à une heure normale. Six heures peut-être. Mais ils seraient levés eux aussi à ce moment-là, et Frank verrait que la Cadillac avait disparu. Il appellerait la police à coup sûr.

Mavis s'éloigna de la bordure du trottoir, triste et effrayée par sa propre bêtise. Non seulement tout le voisinage connaissait la voiture, mais le journal d'aujourd'hui en publierait une photo. Quand Frank l'avait achetée et était revenu chez lui avec, les hommes de la rue avaient frappé le capot du plat de la main en souriant, ils s'étaient penchés pour renifler l'intérieur, ils avaient fait marcher le Klaxon et avaient ri. Ils avaient continué à rire parce que son propriétaire devait emprunter une tondeuse à gazon tous les quinze jours ; parce que son propriétaire n'avait pas de moustiquaire devant ses fenêtres ni de télévision qui marchait ; parce que deux des six poteaux de sa véranda avaient été peints en blanc trois mois plus tôt et que la peinture jaune des autres s'écaillait toujours ; parce que parfois son propriétaire dormait — toute la nuit — au volant de sa voiture, devant sa propre maison. Et les femmes qui voyaient Mavis conduire les enfants à White Castle, avec des lunettes de soleil les jours où le ciel était couvert, tendaient le cou pour mieux voir avant de hocher la tête. Comme si elles savaient depuis le début que la Cadillac deviendrait un jour tristement célèbre.

Roulant furtivement à trente kilomètres à l'heure, Mavis s'engagea sur la route 121, en remerciant la faible obscurité qui la dissimulait encore. Quand elle passa devant l'hôpital du Comté une ambulance silencieuse sortit de l'allée. Une croix verte sur fond blanc passa de la violente lumière des urgences dans l'ombre. Quinze fois, elle y avait été comme patiente — quatre fois pour accoucher. Lors de sa dernière admission, quand elle attendait les jumeaux, sa mère était venue du New Jersey pour la dépanner. Elle s'était occupée de la maison et des autres enfants pendant trois jours. Après la naissance des jumeaux, elle retourna à Patterson — trois heures de voiture, pensa Mavis. Elle pouvait y arriver avant *The Secret Storm* qu'elle avait raté tout l'été.

À une station service, elle vérifia dans son portefeuille avant de répondre à l'employé. Trois billets de dix dollars étaient pliés derrière son permis de conduire.

« Quarante, dit-elle.
— Des litres ou des dollars, m'dame ?
— Des litres. »

Mavis remarqua à côté la vitrine d'un restaurant dans laquelle se reflétait la lumière corail du petit matin.

« C'est ouvert là-bas ? » cria-t-elle par-dessus le bruit infernal des camions sur la route.

« Oui, m'dame. »

En trottant de temps en temps sur le gravier, elle se dirigea vers le restaurant. À l'intérieur, la serveuse mangeait des beignets de crabe et du gruau de maïs derrière le comptoir. Elle recouvrit son assiette avec un torchon et s'essuya les coins de la bouche avant de dire bonjour à Mavis et de prendre sa commande. Quand Mavis ressortit avec une tasse de café en carton et deux gâteaux au miel dans une serviette en papier, elle surprit le grand sourire qui s'étalait sur le visage de la serveuse dans le miroir de la bière Hires Root, accroché près de la porte. Ce sourire l'inquiéta sur le chemin du retour à la station service jusqu'à ce que, en montant en voiture, elle voie ses bottes jaune canari.

Loin de la pompe à essence, garée derrière le restaurant, elle posa son petit déjeuner sur le tableau de bord pour pouvoir fouiller dans la boîte à gants. Elle y trouva une bouteille non ouverte d'Early Times, une autre avec deux doigts de whisky, des serviettes en papier, un anneau de caoutchouc pour les dents des bébés, plusieurs élastiques, une paire de chaussettes sales, une lampe de poche dont la pile était usée, un tube de rouge à lèvres, une carte de Floride, des bonbons à la menthe pour rafraîchir l'haleine et quelques tickets d'autoroute. Elle mit l'anneau de caoutchouc dans son sac, elle tordit ses cheveux pour en faire une petite queue de cheval pitoyable qui sortait de l'élastique comme des plumes de poule, et elle s'étala le rouge à lèvres de l'inconnue sur la bouche. Puis elle s'installa dans son siège et but son café. Trop inquiète pour demander du lait ou du sucre, elle l'avait pris noir et elle ne put se forcer à avaler une troisième gorgée. Le rouge à lèvres de l'inconnue pointait sa tête humide au-dessus du rebord en carton.

La Cadillac consommait trente cinq litres aux cent. Mavis se demanda si elle allait téléphoner à sa mère ou arriver sans prévenir. La dernière solution lui sembla la plus astucieuse. Frank avait peut-être déjà appelé sa belle-mère ou il pouvait le faire à tout moment. Il valait mieux que sa mère puisse dire sans mentir : « Je ne sais pas où elle est ». Il lui fallut cinq heures pas quatre pour arriver à Patterson, et il lui restait quatre dollars et soixante-seize cents quand elle vit le nom sur un panneau.

Les rues lui semblèrent plus étroites que dans son souvenir et les boutiques étaient différentes. Au nord, les feuilles des arbres commençaient déjà à jaunir. Alors qu'elle roulait en dessous, dans la grande salle au sol tacheté qu'ils formaient, elle eut l'impression que la rue glissait devant elle au lieu de reculer. Plus elle allait vite, plus la route semblait s'éloigner.

Le moteur de la Cadillac s'arrêta à une rue de chez sa mère mais Mavis réussit à traverser le carrefour en roue libre et à ranger la voiture les roues tournées vers le trottoir.

Il était trop tôt. Sa mère ne rentrerait pas de l'école maternelle avant qu'on soit venu chercher les enfants de l'après-midi. La clef ne se trouvait plus sous le renne de plâtre, alors Mavis s'assit sur le perron à l'arrière de la maison et enleva les bottes jaunes avec difficulté. Ses pieds lui semblèrent appartenir à quelqu'un d'autre.

Frank avait déjà téléphoné à cinq heures et demie du matin, quand Mavis regardait le rosier de Saron devant chez Peg. Birdie Goodroe raconta à Mavis qu'elle lui avait raccroché au nez après lui avoir dit qu'elle ne comprenait rien à ce qu'il racontait et pour qui il se prenait pour la tirer du lit ? Elle n'était pas contente. Ni à ce moment-là ni plus tard quand sa fille frappa à la fenêtre de la cuisine comme si elle avait le feu aux trousses et c'est ce qu'elle lui dit dès qu'elle eut ouvert la porte : « Ma fille, on dirait que t'as le feu aux trousses, qu'est-ce que tu fais là avec ces bottes de gamine ?

— Laisse-moi entrer, maman. »

Birdie Goodroe avait tout juste assez de foie de veau pour deux. La mère et la fille mangèrent dans la cuisine, Mavis était présentable maintenant — lavée, coiffée, elle avait pris de l'aspirine, et nageait un peu dans la robe de chambre de Birdie.

« Alors. Qu'est-ce qu'il se passe ? Même si c'est pas la peine de raconter. »

Mavis voulait encore des petits pois et elle pencha le bol pour voir s'il en restait.

« Je m'y attendais, tu sais. Tout le monde s'y attendait, continua Birdie. Pas besoin d'avoir inventé la poudre. »

Il en restait un peu. Deux cuillerées. Mavis les fit tomber dans son assiette en se demandant s'il y avait du dessert. Il restait des frites dans l'assiette de sa mère. « Tu les manges, maman ? »

Birdie poussa son assiette vers Mavis. Il y avait aussi un petit morceau de foie et des oignons. Mavis versa tout dans son assiette.

« Tu as encore des enfants. Des enfants, ça a besoin d'une mère. Je sais par où tu viens de passer, ma chérie, mais tu as les autres enfants. »

Le foie était un vrai miracle. Sa mère en enlevait toujours la moindre trace de nerfs.

« Maman. » Mavis s'essuya les lèvres avec une serviette en papier. « Pourquoi t'es pas venue à l'enterrement ? »

Birdie se redressa. « Tu n'as pas reçu le mandat ? Et les fleurs ?

— On les a reçus.

— Alors tu sais pourquoi. Il fallait que je choisisse — aider à les enterrer ou payer le voyage. J'avais pas les moyens de faire les deux. Je t'ai déjà dit tout ça. Je t'ai demandé carrément qu'est-ce qu'était le mieux, et tous les deux vous avez répondu l'argent. Tous les deux vous avez dit ça, tous les deux.

— Ils vont me tuer, maman.

— Est-ce que tu vas me reprocher ça, pendant le reste de ma vie ? Après tout ce que j'ai fait pour toi et les enfants ?

— Ils ont déjà essayé mais je me suis sauvée.

— Tu es tout ce que j'ai maintenant que tes frères sont allés se faire tuer comme... » Birdie tapa sur la table.

« Ils ont pas le droit de me tuer.

— Quoi ?

— Il oblige les autres enfants à le faire.

— Quoi ? Faire quoi ? Parle plus fort que j'entende ce que tu dis.

— Je dis qu'ils vont me tuer.

— Ils ? Qui ? Frank ? Qui ça ils ?

— Eux tous. Les gosses aussi.

— Te tuer ? Tes enfants ? »

Mavis fit oui de la tête. Birdie Goodroe écarquilla d'abord les yeux, puis elle regarda ses genoux en posant son front dans une de ses mains.

Elles ne dirent plus rien pendant quelque temps, mais après, devant l'évier, Birdie demanda : « Est-ce que les jumeaux ont aussi essayé de tuer ? »

Mavis regarda fixement sa mère. « Non ! Oh, non, maman ! T'es folle ? C'étaient des bébés.

— D'accord. D'accord. Je demandais c'est tout. C'est pas habituel, tu sais, de penser que des petits enfants...
— Pas habituel ? C'est... c'est mal ! Mais ils vont faire ce qu'il dit. Et maintenant, ils vont tout tenter. Ils ont déjà essayé, maman !
— Comment ça essayé ? Qu'est-ce qu'ils ont fait ?
— Sal avait un rasoir et ils riaient en m'observant. Ils me quittaient pas des yeux une minute.
— Qu'est-ce qu'elle faisait avec le rasoir, Sal ?
— Elle l'avait posé à côté de son assiette et elle me regardait. Ils me regardaient tous. »

Ni l'une ni l'autre n'aborda plus ce sujet parce que Birdie dit à Mavis qu'elle pouvait rester à condition qu'elle ne reparle jamais comme ça. Que si Frank retéléphonait, elle ne lui dirait pas qu'elle était là, ni à lui ni à personne d'autre, mais si elle ajoutait un mot sur cette histoire de tuer, elle l'appelait aussitôt.

Une semaine plus tard, Mavis avait repris la route, mais cette fois, elle avait un plan. Plusieurs jours auparavant, elle avait entendu sa mère parler à voix basse au téléphone. « Tu ferais mieux de te ramener tout de suite, et je veux dire fissa », et Mavis avait fait le tour de la maison pendant que Birdie était à l'école maternelle, en se disant : argent, aspirine, maquillage, sous-vêtements ; argent, aspirine, maquillage, sous-vêtements. Elle prit tout ce qu'elle put trouver des deux premiers, les chèques dans deux enveloppes brunes du gouvernement, appuyées contre la photo d'un de ses frères tués à la guerre, et deux bouteilles d'aspirine Bayer. Elle prit une paire de boucles d'oreilles en strass dans la boîte à bijoux de sa mère et récupéra les clefs de la voiture que sa mère croyait avoir si bien cachées ; elle versa dix litres d'essence pour tondeuse dans le réservoir de la Cadillac et s'en alla pour en chercher d'autre. À Newark, elle trouva un atelier Earl Scheib de peinture de voitures et elle attendit deux jours dans un foyer que la Cadillac soit repeinte en rouge. Les vingt-neuf dollars annoncés n'étaient que pour des voitures de série. Soixante-neuf dollars, c'est ce qu'ils lui firent payer pour la Cadillac. Les sous-vêtements et les sandales, elle les acheta chez Woolworth. Dans une boutique Goodwill de vêtements d'occasion, elle acheta un pantalon bleu pâle infroissable et un col roulé de coton blanc. Parfait pour la Californie, se dit-elle. Parfait.

Avec une carte Mobil neuve et craquante sur le siège à côté d'elle, elle quitta Newark en direction de la Nationale 70. Plus elle laissait l'Est derrière elle, plus elle se sentait heureuse. Elle n'avait connu ce genre de bonheur qu'une seule fois. Sur les montagnes russes quand elle était petite. Quand la fusée accélérait sur une descente, la vitesse la grisait de plaisir ; quand elle ralentissait avant de se retourner la tête en bas dans le grand arc de cercle, le frisson qui la parcourait était intense mais calme. Elle poussait des cris avec les autres passagers mais, en elle, montait l'excitation tranquille qu'on éprouve en affrontant le danger sanglé en toute sécurité dans du métal solide. Sal détestait ça ; les garçons aussi quand, plus tard, elle les emmena au parc d'attractions. Maintenant, alors qu'elle s'enfuyait vers la Californie, elle retrouvait comme elle le voulait le souvenir et la vitesse des montagnes russes.

D'après la carte, c'était tout droit. Elle n'avait qu'à trouver la Nationale 70, la suivre jusqu'en Utah, et redescendre tout droit sur Los Angeles. Plus tard, elle se souvint d'avoir roulé comme ça — tout droit. Un État, puis le suivant comme la carte le promettait. Quand il ne lui resta plus que des pièces, elle dut rechercher des auto-stoppeuses. Mais en dehors de la première et de la dernière, elle ne pourrait pas s'en rappeler l'ordre. Prendre des filles ne posait pas de problème. C'était une compagnie facile, espérait-elle, et elles participaient pour l'essence, les repas et quelquefois elles l'invitaient quelque part pour se pieuter. Elles embellissaient les grandes routes, les croisements, les rampes d'accès aux ponts, l'entrée des stations services et des motels, un jean au fond avachi descendu sur les hanches. Des cheveux raides qui se balançaient ou ébouriffés à l'afro. Les Blanches étaient les plus sympathiques ; les Noires mettaient longtemps à s'amadouer. Mais toutes lui parlaient du monde avant la Californie. Sous les bavardages entendus, les rires en cascade, les silences, le monde qu'elles décrivaient ressemblait trait pour trait à son existence d'avant la Californie — triste, redoutable, mauvais. Les lycées étaient pourris, les parents stupides, Johnson répugnant, les flics des porcs, les hommes des rats, les garçons des cons.

La première fille se trouvait à la sortie de Zanesville. C'est là, qu'assise dans un Restoroute, alors qu'elle comptait son argent, la fugueuse apparut. Mavis l'avait remarquée alors qu'elle entrait dans les toilettes pour dames et, un petit moment plus tard, elle en était ressortie avec d'autres vêtements : une jupe longue cette fois, et un chemisier ample qui lui descendait jusqu'aux cuisses. À l'extérieur, sur le parking, la fille avait couru jusqu'à la fenêtre côté passager de la Cadillac et avait demandé à Mavis si elle pouvait l'emmener. Avec un grand sourire, elle ouvrit brusquement la porte quand Mavis fit oui de la tête. La fille dit son nom — Sandra mais appelez-moi Dusty — et parla pendant quarante-huit kilomètres. Sans du tout s'intéresser à Mavis, Dusty mangea deux Mallomars et jacassa, essentiellement à propos des propriétaires des six plaques d'identité accrochées autour de son cou. Des garçons de son lycée ou qu'elle avait connus au collège. Elle en avait eu deux à des rendez-vous ; les autres, elle les avait quémandées à leurs familles — des souvenirs. Tous morts ou disparus.

Mavis accepta de passer par Colombus pour déposer Dusty chez son amie. Elles arrivèrent sous une petite pluie. Quelqu'un avait tondu la pelouse pour la dernière fois de la saison. Les cheveux de Dusty collés en petites mèches brunes ; le parfum fort de l'herbe fraîchement coupée, sous la pluie, le tintement des plaques d'identité, un demi Mallo. Tels étaient les souvenirs de Mavis du premier détour avec une auto-stoppeuse. À part la dernière, elle ne se souvenait pas de l'ordre dans lequel elle avait rencontré les autres. Était-ce au Colorado qu'elle avait vu un homme assis sur un banc, sous des pins, dans une aire de repos ? Il mangeait lentement, très lentement, en lisant un journal. Ou avant ? Il y avait du soleil et il faisait froid. De toute façon, dans ce coin-là, elle avait pris la fille qui lui avait volé les boucles d'oreilles en strass. Mais avant — était-ce près de Saint-Louis ? — elle avait ouvert la porte côté passager à deux filles qui grelottaient sur la Nationale 70. En plein vent, leur veste militaire bien fermée jusqu'au menton, de gros souliers de cuir, d'épaisses chaussettes grises — elles s'essuyèrent le nez, sans sortir les mains de leurs poches.

Pas loin, dirent-elles. À quelques kilomètres seulement, dirent-elles. L'endroit, un cimetière à la verdure étincelante, était rempli de gens comme un jardin public. Des files d'autocars entouraient l'entrée. Des groupes, des promeneurs solitaires et patients dans le vent, mêlés à des élèves d'une école militaire. Les filles remercièrent Mavis et sortirent de voiture, puis elles coururent pour rejoindre pas très loin un enterrement près d'une tombe. Mavis s'attarda, étonnée par l'éclat inhabituel de la verdure. Ceux qu'elle avait pris pour les élèves d'une école militaire étaient en fait de vrais soldats — mais jeunes, si jeunes et aussi frais que les pierres tombales devant lesquelles ils se tenaient.

C'était sans doute après que Mavis avait pris Bennie — la dernière, celle qu'elle préférait et qui lui avait volé son imperméable et les bottes de Sal. Bennie fut heureuse d'apprendre que, comme elle, Mavis allait jusqu'à Los Angeles. Elle, Bennie, se rendait à San Diego. Elle n'était pas causante mais elle chantait. Des chansons d'amour sincère, d'amour trahi, de rédemption ; des chansons de joie démesurée. Certaines vous tiraient les larmes, d'autres étaient volontairement stupides. Mavis chantait avec elle de temps en temps mais, surtout, elle écoutait et, pendant deux cent cinquante-huit kilomètres, elle ne se lassa jamais de l'entendre. Les kilomètres défilaient rapidement, apaisés par la magnifique douleur de la voix de Bennie.

Elle n'aimait pas manger aux arrêts d'autoroute. Si elles s'y arrêtaient quand même parce que Mavis insistait, Bennie ne buvait que de l'eau alors que Mavis engloutissait des cheese burgers et des frites. Deux fois, Bennie les fit passer par des villes à la recherche de quartiers noirs où elles pourraient manger des choses « saines », disait-elle. Dans ces endroits-là, Bennie mangeait avec lenteur et régularité, en commandant plusieurs fois des hors-d'œuvre et toujours quelque chose à emporter. Elle faisait très attention à son argent mais ne semblait pas s'en inquiéter et elle partageait à chaque fois qu'elles prenaient de l'essence.

Mavis ne sut jamais ce qu'elle avait l'intention de faire ni qui elle voulait retrouver à Los Angeles (enfin, San Diego). « Il faut que j'y aille », était son unique réponse aux questions de Mavis. Quoi qu'il en soit, quelque part entre Topeka et Lawrence, au Kansas, elle disparut avec l'imperméable de plastique transparent de Mavis et les bottes jaunes de Sal. Bizarre, parce que le billet de cinq dollars de Mavis était toujours attaché avec un élastique au levier de changement de vitesse. Elles avaient terminé les grillades et les pommes de terre en salade dans un restaurant minable qui s'appelait Chez Hickey. La commande « à emporter » de Bennie était enveloppée et posée sur la table. « Je m'en occupe », avait-elle dit en faisant un geste de la tête vers l'addition. « Allez aux toilettes avant qu'on reprenne la route. » Quand Mavis revint, Bennie et ses « côtelettes à emporter » avaient disparu.

« Comment que je pourrais savoir ? » fut ce que la serveuse répondit. « Elle a même pas laissé un sou de pourboire. »

Mavis sortit une pièce de sa poche et la posa sur le comptoir. Elle attendit quelques minutes dans la voiture avant d'essayer de retrouver la direction de sa chère Nationale 70.

Le silence que Bennie laissa dans la Cadillac était insupportable. Mavis gardait la radio allumée en permanence, et quand il y avait une chanson de Bennie, elle chantait elle aussi, désolée à cause de sa mauvaise interprétation.

La panique s'empara d'elle dans une station Esso.

En rendant la clef de la salle de repos, Mavis regarda par la fenêtre. De l'autre côté, sous les lumières fluorescentes qui recouvraient les pompes à essence, Frank était penché à la fenêtre de la Cadillac. Est-ce que ces cheveux avaient autant poussé en quinze jours ? Et ses vêtements ? Une veste de cuir noir, une chemise déboutonnée presque jusqu'au nombril, des chaînes en or. Mavis flancha et quand l'employé la regarda elle essaya de faire comme si elle avait trébuché. Nulle part où s'enfuir. Elle farfouilla dans les cartes du Colorado sur le présentoir. Elle regarda de nouveau. Il était parti. Garé juste à côté, pensa-t-elle, attendant qu'elle se montre.

Je vais pousser des cris, se dit-elle, prétendre que je ne le connais pas, me débattre, appeler la police. La voiture n'était plus verte mais — oh mon Dieu ! — les plaques minéralogiques étaient les mêmes. Elle avait la carte grise. Et s'il avait apporté le journal avec le titre. Est-ce qu'on avait lancé un avis à la radio ? Elle ne pouvait rester sans rien faire et il n'y avait aucun moyen de s'enfuir. Mavis s'avança. Sans courir. Sans se presser. Tête baissée, cherchant dans son sac un billet de vingt dollars.

Dans la voiture, en attendant que l'employé vienne se faire payer, elle scruta les parages par la vitre arrière et les vitres de côté. Rien. Elle paya et mit le contact. Juste à ce moment-là, le torse à la veste noire et à la chemise ouverte apparut dans le rétroviseur droit. Les chaînes d'or renvoyaient la lumière fluorescente. Malgré tous ses efforts pour la contrôler, la Cadillac

quitta la voie de la station service dans une embardée. Effrayée, elle oublia la direction à prendre. Quel embranchement ? Tourner à droite pour aller au Sud. Non, à l'Ouest. Entrer sur la 70 pour aller où ? Mais c'était l'Est. La bretelle de sortie, elle mène où ?
Une heure plus tard, elle filait sur une route qu'elle avait déjà parcourue deux fois. Elle la quitta le plus tôt possible, et se retrouva sur un pont étroit et dans une rue bordée d'entrepôts. Elle décida que de toute façon, il valait mieux prendre des routes secondaires. Moins de police, moins de lumières. Elle sortit de la ville en tremblant à chaque feu rouge. Elle était sur la route numéro 18 quand la nuit tomba, et elle continua encore et encore jusqu'à ce qu'il n'y ait plus que des vapeurs d'essence pour alimenter le moteur. La Cadillac ne soupira pas et ne toussa pas. Elle s'arrêta simplement dans un trou noir, et les phares éclairaient dix mètres d'asphalte. Mavis les éteignit et ferma les portières. Un peu de courage, murmura-t-elle. Comme les jeunes filles fuyant quelque chose, filant vers quelque chose. Si elles pouvaient rouler leur bosse, sauter dans des voitures, aller à des enterrement en stop, rechercher de quoi manger dans des quartiers inconnus, voyager seules ou sous la protection d'une autre, elle pouvait certainement attendre le matin dans l'obscurité. C'est ce qu'elle avait fait toute sa vie d'adulte et elle ne dormait bien qu'en plein jour. Et une fois pour toutes, ce n'était plus une adolescente ; elle avait vingt-sept ans et était mère de...
L'Early Times qu'elle but ne lui fit pas de bien. Des larmes lui mouillèrent quand même le menton et lui coulèrent dans le cou. Mais l'alcool finit par l'assommer.
Mavis s'éveilla la bouche pâteuse, horrible, complètement perdue et elle sut qu'elle mourait de faim parce que le soleil, rouge pastèque, lui sembla comestible. L'horizon bleu criard qui l'entourait n'était plus une invitation ou un reproche, et il était soutenu par un million de kilomètres d'absolument rien.
Elle n'avait pas le choix. Elle se détendit comme Dusty le lui avait appris et revint dans la voiture pour attendre que quelqu'un passe. Bennie était dégourdie ; elle ne restait jamais quelque part sans un carton dégoulinant de nourriture. Mavis sentit sa stupidité se refermer sur sa tête comme un sac vide. Une femme adulte, incapable de traverser le pays. Incapable de faire une prévision qui tienne plus de vingt minutes. Il fallait

qu'on lui apprenne à s'essuyer avec des feuilles. Trop bête pour ouvrir la fenêtre d'une voiture afin que des bébés puissent respirer. Maintenant, elle ne savait pas pourquoi elle avait fui les chaînes d'or qui venaient vers elle. Frank avait raison. Depuis le début, il avait toujours eu raison à son sujet : c'était la garce la plus nulle de la planète.

Alors qu'elle attendait, aucune voiture, aucun camion ni aucun autocar ne passa et elle s'assoupit, s'éveilla avec des idées horribles, et se rendormit. Soudain, elle se redressa, tout à fait réveillée et décida de ne pas mourir de faim. Est-ce que les auto-stoppeuses seraient restées assises là sans rien faire ? Dusty ? Bennie ? Mavis regarda attentivement ce qui l'entourait. Les milliards de kilomètres d'absolument rien avaient des arbres au loin. Et ça, c'était de l'herbe ou une espèce de récolte ? Chaque route menait quelque part, pas vrai ? Mavis prit son sac, chercha son imperméable et s'aperçut qu'il avait disparu. « Merde ! » s'écria-t-elle et elle claqua la porte.

Pendant le reste de la matinée, elle marcha sur la même route. Quand le soleil fut au plus haut, elle en prit une plus petite parce qu'elle offrait de l'ombre. Toujours du goudron, mais pas la place pour que deux voitures se croisent sans monter sur le bas-côté. Quand la route sortit de sous les arbres, elle vit à gauche, devant elle, une maison. Elle semblait petite mais proche et il lui fallut un certain temps pour se rendre compte qu'elle n'était ni l'une ni l'autre. Elle dut traverser des hectares de maïs avant arriver. Soit la maison lui tournait le dos, soit elle n'avait pas d'allée pour y accéder. En s'approchant, elle vit qu'elle était en pierre — du grès, peut-être, mais noirci par l'âge. Au premier abord, elle semblait ne pas avoir de fenêtres, mais Mavis aperçut bientôt le début d'une véranda et elle vit le reflet de grandes baies au rez-de-chaussée. Elle tourna vers la droite et découvrit une allée qui ne conduisait pas à la porte d'entrée mais qui contournait la maison. Mavis tourna à gauche. La pelouse près de la véranda était entretenue. Des griffes de fer tenaient les balustrades de chaque côté des marches de pierre. Mavis monta l'escalier et frappa à la porte. Pas de réponse. Elle fit le tour du côté de l'allée et vit une femme assise sur une chaise rouge en bois, au bord d'un potager.

« Excusez-moi », cria Mavis, les mains en porte-voix autour de la bouche.

La femme se tourna vers elle mais Mavis ne sut pas où elle regardait. Elle portait des lunettes de soleil.

« Excusez-moi », Mavis s'approcha. Inutile de hurler maintenant. « Ma voiture est tombée en panne un peu plus loin. Quelqu'un peut m'aider ? Est-ce que je peux téléphoner ? »

La femme se leva, prit le bas de son tablier à deux mains et s'avança. Elle portait une robe de coton jaune avec de petites fleurs blanches et des boutons fantaisie sous un tablier qui ressemblait à de la toile à voile. Ses chaussures à talon plat étaient délacées. Sur sa tête un chapeau de paille à larges bords. Le soleil tapait fort ; un coup de vent chaud retroussa le bord de son chapeau.

« Pas de téléphone dehors, dit-elle. Entrez. »

Mavis la suivit dans la cuisine où la femme déversa les noix de pécan de son tablier dans une boîte près du poêle et elle ôta son chapeau. Deux nattes à la Hiawatha lui pendaient sur les épaules. Elle glissa les pieds hors de ses chaussures, bloqua la porte avec une brique et retira ses lunettes de soleil. La cuisine était très grande, pleine d'odeurs et du désordre d'une femme seule. Le dos tourné à Mavis, elle lui demanda : « Vous êtes une femme qui boit ? »

Mavis ne sut pas si on lui offrait ou si on lui demandait à boire.

« Non, je ne bois pas.

— Les mensonges sont pas permis ici. Ici, chaque chose vraie est bienvenue. »

Stupéfaite, Mavis souffla dans ses mains. « Oh, j'ai bu un peu de l'alcool de mon mari il y a quelques heures, mais je ne suis pas ce qu'on peut appeler une femme qui boit. J'étais seulement, enfin, un peu paumée. Conduire si longtemps et tomber en panne sèche. »

La femme entreprit d'allumer le feu. Ses nattes retombèrent en avant.

« J'ai oublié de vous demander votre nom. Moi, je m'appelle Mavis Albright.

— On m'appelle Connie.

— J'aimerais bien un peu de café, Connie, si vous en avez. »

Connie hocha la tête sans se retourner.

« Vous travaillez ici ?
— Je travaille ici. » Connie souleva ses deux nattes de sa poitrine et les rejeta derrière ses épaules.
« Vous avez de la famille ici ? J'ai eu l'impression de frapper un sacré bout de temps.
— Pas de famille. Juste elle là-haut. Elle pourrait pas répondre même si elle voulait et elle veut pas.
— Je vais en Californie. Vous croyez pouvoir m'aider à rapporter de l'essence jusqu'à ma voiture ? À me montrer le chemin pour partir d'ici ? »
La femme souffla sur le poêle mais ne répondit pas.
« Connie ?
— Je réfléchis. »
Mavis regarda la cuisine, qui lui sembla aussi grande que la cafétéria de son collège et qui avait aussi des portes battantes en bois. Elle imagina des pièces, des quantités de pièces, de l'autre côté de ces portes.
« Vous avez pas peur toutes seules ici ? On dirait qu'il y a rien sur des kilomètres à l'extérieur. »
Connie éclata de rire. « Les choses qui font peur, pas toujours à l'extérieur. Celles qui font le plus peur, sont dedans. » Elle se retourna et posa un bol devant Mavis qui eut l'air désespéré en voyant les pommes de terre fumantes sur lesquelles fondait une noix de beurre. L'Early Times qu'elle avait bu transforma sa faim en envie de vomir, mais elle dit merci et accepta la fourchette que lui tendait Connie. De toute façon, l'odeur du café était pleine de promesses.
Connie s'assit à côté d'elle. « Peut-être je vais avec vous », dit-elle.
Mavis leva les yeux. C'était la première fois qu'elle voyait son visage sans lunettes noires. Elle en revint très vite à ses pommes de terre et elle piqua sa fourchette dans le bol.
« Qu'est-ce que vous en dites, vous et moi on va en Californie ? »
Mavis sentit, mais ne put affronter, le sourire de la femme. S'était-elle lavé les mains avant de réchauffer les pommes de terre ? Elle sentait les noix, pas les pécans. « Et votre travail ici ? » Mavis s'obligea à goûter un minuscule morceau de pomme de terre. Trop salé.
« C'est au bord de la mer, la Californie ?

— Ouais. Juste sur la côte.
— Ce serait bien de revoir l'eau. » Connie ne quittait pas le visage de Mavis des yeux. « Vague après vague après vague. Plein d'eau. Bleue, bleue, bleue, hein ?
— C'est ce qu'on dit. Le soleil de Californie. Les plages, les oranges...
— Peut-être trop de soleil pour moi. » Connie se leva brusquement et alla jusqu'au poêle.
« Peut pas y avoir plus de soleil qu'ici. » Le beurre, le sel et le poivre mélangés aux pommes de terre ce n'était pas mauvais du tout. Mavis mangeait vite. « J'ai fait des kilomètres et j'ai pas vu une tache d'ombre.
— C'est vrai », dit Connie. Elle posa deux tasses de café et un pot de miel sur la table. « Trop de soleil dans le monde. Ça me gêne. Peux plus le supporter. »

Un souffle de vent entra par la porte de la cuisine et un parfum plus doux remplaça l'odeur des pommes de terre. Mavis avait cru qu'elle avalerait le café dès qu'il arriverait mais le plaisir que lui donnaient les pommes de terre salées la fit patienter. Comme Connie, elle se versa une cuillerée de miel dans sa tasse de café qu'elle tourna lentement.

« Vous avez trouvé comment que je peux me procurer de l'essence ?
— Attendre un peu. Aujourd'hui peut-être, demain peut-être. Des gens vont peut-être venir acheter.
— Acheter ? Acheter quoi ?
— Des choses du jardin. Des choses, je cuisine. Des choses qu'ils veulent pas faire pousser eux-mêmes.
— Et l'un d'eux pourra m'emmener acheter de l'essence ?
— À coup sûr.
— Et si personne vient ?
— Vient toujours. Quelqu'un vient toujours. Tous les jours. Ce matin déjà, j'ai vendu quarante-huit épis de maïs et une livre de piments. » Elle caressa la poche de son tablier.

En soufflant doucement sur sa tasse de café, Mavis alla jusqu'à la porte de la cuisine pour regarder au-dehors. Quand elle était arrivée, elle avait été si heureuse de trouver quelqu'un qu'elle n'avait pas bien regardé le jardin. Derrière la chaise rouge, elle vit des fleurs mêlées ou parallèles aux rangs de légumes. À certains endroits des plantes étaient repiquées en cercle, pas en ligne, sur de hauts monticules. Des poulets qu'on ne voyait pas gloussaient. Une partie du jardin, qu'au premier abord elle avait cru envahie par les mauvaises herbes, lui apparut, après avoir regardé plus attentivement, être une planche de melons. Au-delà, un empire de maïs.

« Vous ne cultivez pas ça toute seule, n'est-ce pas ? »

Mavis tendit le bras vers le jardin.

« Sauf le maïs, répondit Connie.

— Oh, là là ! »

Connie posa le bol du petit déjeuner dans l'évier.

« Vous voulez vous laver ? »

La succession sans fin de pièces que Mavis avait imaginée au-delà des portes battantes l'avait empêchée de demander d'aller dans une salle de bains. Ici, dans la cuisine, elle se sentait en sécurité ; l'idée d'en partir l'inquiéta. « Je vais attendre de voir qui va venir. Après, j'essaierai de me refaire une beauté. Je ne dois pas être belle à voir. » Elle sourit, en espérant que son refus ne révélerait pas son appréhension.

« Comme vous voulez », dit Connie, elle remit ses lunettes noires, caressa l'épaule de Mavis en enfilant ses chaussures éculées et sortit dans la cour.

Restée seule, Mavis s'attendit à ce que la grande cuisine perde son côté rassurant. Mais non. Mavis fut envahie par la sensation que la pièce était pleine d'enfants — qui riaient ? qui chantaient ? — deux étaient Merle et Pearl. Serrer fortement les paupières pour chasser cette impression ne fit que la renforcer. Quand elle rouvrit les yeux, Connie entrait en traînant sur le sol un grand panier.

« Allez, dit-elle, rends-toi utile. »

Mavis fronça les sourcils en voyant les noix de pécan et elle secoua la tête devant les casse-noix, les piques et les bols que réunissait Connie. « Non, répondit-elle, trouve autre chose que je peux faire pour aider. Écaler ces trucs-là, ça va me rendre dingue.

— Mais non. Essaie.

— Hé hé ! Pas moi. » Mavis la regardait disposer les ustensiles. « Tu ne pourrais pas mettre des journaux par terre ? Ce serait plus facile pour nettoyer.

— Pas de journaux dans cette maison. Ni de radio. Les nouvelles qui nous arrivent, il faut que quelqu'un nous les dise.

— C'est aussi bien, conclut Mavis. Aujourd'hui, les nouvelles peuvent pas être pires. On y peut rien de toute façon.
— Tu renonces trop vite. Regarde tes ongles. Forts et recourbés comme ceux d'un oiseau — des mains parfaites pour les noix de pécan. Des ongles pareils, ça retire le fruit entier toutes les fois. De belles mains, et tu dis que tu peux pas. Ça te rendrait dingue. Moi ça me rend dingue de voir de beaux ongles comme ça qui servent à rien. »

Plus tard, en regardant ses mains soudain devenues belles qui s'activaient, Mavis se souvint de son professeur de première en train d'ouvrir un livre : elle soulevait le coin de la couverture, elle caressait la tranche pour toucher le signet, elle caressait la page, et laissait la pointe de ses doigts suivre les lignes imprimées. En la regardant, elle avait l'impression que l'intérieur de ses cuisses fondait. Maintenant, en écalant les noix de pécan, elle essayait d'économiser ses gestes sans en sacrifier la grâce. Connie, qui l'avait entraînée dans cette corvée, était partie, en disant qu'elle devait aller « voir Mère ». Assise à la table où elle respirait l'odeur de plaisir que le vent faisait entrer par la porte ouverte, Mavis se demanda quel âge avait la mère de Connie. À en juger d'après sa fille, elle devait avoir plus de quatre-vingt-dix ans. Et dans combien de temps viendrait un client ? Est-ce que quelqu'un avait déjà remarqué la Cadillac ? Dans la station service où elle irait, y aurait-il une carte qui lui indiquerait comment retourner sur sa chère Nationale 70 ou même sur la 287. Elle se dirigerait au nord, vers Denver, avant de filer à l'ouest. Avec de la chance, elle serait repartie ce soir. Sinon, elle serait prête à s'en aller dans la matinée. Elle retrouverait la Nationale, elle écouterait la radio de la voiture qui lui avait permis de supporter le silence que Bennie avait laissé, des heures à rouler sans s'arrêter — deux doigts tournant impatiemment le bouton pour trouver la meilleure chanson, la plus belle voix. Maintenant la radio se trouvait de l'autre côté d'un champ, au bout d'une route, puis d'une autre. Loin. Dans l'espace où aurait dû être le son de la radio, il n'y avait ... rien. Juste une absence qu'elle ne croyait pas pouvoir occuper correctement sans le bienheureux cadre de la radio. Depuis la table où elle était assise et où elle admirait ses mains affairées, l'absence de radio s'étendit. Un feu calme et silencieux animé par son propre souffle et qui exhalait les bruits qui marquaient son accroissement : le craquement des noix, le choc des amandes jetées dans le bol, les instruments de cuisine éternellement en train de se placer, le murmure des insectes, les discussions des hautes herbes, la toux lointaine des tiges de maïs.

Tout était paisible, mais elle voulait que Connie revienne car elle avait peur que ça recommence — qu'elle imagine des bébés en train de chanter. Juste au moment où la durée de l'absence de la femme commençait à lui sembler beaucoup trop longue, Mavis entendit une voiture écraser le gravier. Un coup de frein. Le claquement d'une portière.

« Hé, ma p'tite dame. » Une voix de femme, légère, relâchée.

Mavis se retourna et vit une femme à la peau sombre, qui se déplaçait souplement et rapidement, elle monta les marches et s'arrêta en ne voyant pas ce qu'elle attendait.

« Oh, excusez-moi.

— Y'a pas de mal, dit Mavis. Elle est en haut. Connie.

— Je vois. »

Mavis pensa que la femme examinait attentivement ses vêtements.

« Oh, merveilleux, dit-elle en s'approchant de la table. Vraiment merveilleux. » Elle plongea les doigts dans le bol de noix et en prit quelques-unes. Mavis s'attendait à ce qu'elle en mange mais elle les laissa retomber sur le tas. « Qu'est-ce qu'un Thanksgiving sans tarte aux noix de pécan ? Rien du tout. »

Ni l'une ni l'autre n'entendit le flic-flac des pieds nus et, comme les portes battantes ne faisaient pas de bruit, l'entrée de Connie fut comme une apparition.

« Te voilà ! » La femme noire ouvrit les bras. Connie s'y précipita pour une longue étreinte balancée. « J'ai fait une peur du diable à cette fille. Jamais vu de visiteuse ici.

— Notre première, dit Connie. Mavis Albright, voici Soane Morgan.

— Salut.

— Morgan. Mrs Morgan. »

Le visage de Mavis s'éclaira mais elle souriait déjà et dit : « Désolée, Mrs Morgan », tout en remarquant ses chaussures lacées coûteuses, ses bas extra-fins, son cardigan en laine et la coupe de sa robe : un crêpe d'été, bleu clair avec un col blanc.

Soane ouvrit son sac au crochet. « J'en ai apporté d'autres,

Connie », dit-elle et elle sortit une paire de lunettes noires style aviateur.

« Très bien. Il m'en reste qu'une paire. »

Soane jeta un coup d'œil à Mavis. « Les lunettes de soleil, elle les mange.

— Pas moi. C'est cette maison qui les mange. » Connie ajusta les branches des lunettes derrière ses oreilles et alla les essayer à la porte. Elle tourna le visage face au soleil et le « Ha ! » qu'elle poussa sonna comme un défi.

« Quelqu'un a commandé des noix de pécan écalées ou c'est une idée à toi ?

— Une idée à moi.

— Tu vas faire beaucoup de tartes.

— Plus que des tartes. » Connie fit couler de l'eau sur les lunettes noires sous le robinet de l'évier et décolla l'étiquette.

« Je ne veux pas le savoir alors ne m'en parle pas. Je suis venue pour le tu-sais-quoi. »

Connie hocha la tête. « Est-ce que tu peux trouver de l'essence pour son auto ? Tu l'emmènes, tu la ramènes à sa voiture ? » Elle séchait et nettoyait les nouvelles lunettes et vérifia pour voir s'il restait des taches ou des peluches du torchon.

« Où est votre voiture ? » demanda Soane. Il y avait de l'étonnement dans sa voix comme si elle doutait qu'une personne portant des sandales, un pantalon fripé et un T-shirt crasseux d'enfant pût avoir une voiture.

« Sur la dix-huit, lui répondit Mavis. J'ai mis des heures à venir ici à pied, mais en voiture... »

Soane fit un signe de tête. « Ç'aurait été avec plaisir. Mais il va falloir que je trouve quelqu'un pour vous ramener à votre voiture. J'ai trop de choses à faire. Mes deux fils arrivent en permission. » Elle regarda fièrement Connie. « La maison va être pleine avant que je m'en rende compte. » Puis : « Comment va Mère ?

— Ça peut pas durer.

— T'es sûre que Demby ou Middletown ce n'est pas une meilleure idée. »

Connie glissa les lunettes d'aviateur dans la poche de son tablier et se dirigea vers la dépense. « Dans un hôpital elle ne respirerait qu'une fois. Son second souffle serait le dernier. »

Le petit sachet que Connie plaça sur un panier de noix de pécan aurait pu être une grenade. Posé sur le siège de l'Oldsmobile, entre Mavis et Soane Morgan, il en émanait une sorte de tension. Soane ne cessait d'y toucher comme pour se rappeler qu'il était bien là. La conversation détendue de la cuisine avait disparu. Soudain très formelle, Soane parlait très peu, ne répondait aux questions de Mavis qu'en fournissant le minimum d'informations et n'en posait aucune.

« Connie est gentille, non ? »

Soane la regarda. « Oui. Gentille. »

Elles roulèrent pendant vingt minutes. Soane se montrait prudente à chaque côte ou à chaque virage même faible. Elle semblait guetter quelque chose. Elle s'arrêtèrent à une station service avec une seule pompe au milieu de nulle part et elles demandèrent vingt litres d'essence à emporter à l'homme qui s'approcha de la fenêtre en boitant. Il y eut toute une discussion, ponctuée de longs silences, sur le jerrican. Il voulait que Mavis le paie ; elle répondait qu'elle le rapporterait en revenant faire le plein. Il ne la croyait pas. Finalement, ils se mirent d'accord sur une caution de deux dollars. Soane et Mavis repartirent, elles prirent une autre route qui allait vers l'est et roulèrent pendant ce qui parut au moins une heure. Soane montra un curieux panneau de bois et dit : « Nous y sommes. » Sur le panneau, on pouvait lire : RUBY 360 HAB. en haut, et CLUB N° 16, en bas.

Ce qui impressionna d'abord Mavis ce fut le calme de la petite ville, comme si personne n'y habitait. À part un magasin de fourrage et une banque de dépôt et de prêt, on ne voyait aucun quartier commerçant. Elles descendirent une rue très large, longèrent d'immenses pelouses tondues de façon éblouissante, passèrent devant des églises et des maisons aux couleurs pastel. L'air était parfumé. Les arbres jeunes. Soane tourna dans une petite rue bordée de jardins de fleurs plus grands que les maisons sur lesquels neigeaient des papillons.

Le jerrican d'essence dégageait une forte odeur dans la voiture de Soane. Mais on ne pouvait plus la distinguer des autres odeurs dans le camion du jeune garçon où Mavis tenait le bidon coincé entre ses pieds. Le mélange de vapeurs de colle, d'huile et de métal lui aurait peut-être donné des haut-le-cœur, si le conducteur n'avait pas fait de lui-même ce que Mavis n'avait pu demander à Soane Morgan : allumer la radio. Le présentateur annonçait les morceaux comme s'ils avaient été chantés par sa famille ou ses meilleurs amis : le roi Salomon, frère Otis, Dinah chérie, Ike et la petite Tina, sœur Dakota, les Temps.

Alors qu'ils filaient sur la route, Mavis, de bonne humeur maintenant, appréciait la musique et les cheveux rasés du jeune garçon. Il était plus agréable que Soane mais il n'avait pas grand-chose à dire. Ils se trouvaient à plusieurs kilomètres de Ruby 360 hab. et écoutaient la septième des vingt chansons du hit-parade du magazine *Jet* quand Mavis se rendit compte qu'en dehors du type de la station service, elle n'avait pas vu un seul Blanc.

« Y a pas de Blancs dans votre ville ?
— Y en a pas qui y vivent. I' viennent parfois pour affaires. »

Quand ils aperçurent la demeure au loin, alors qu'ils se dirigeaient vers la Cadillac, il demanda : « À quoi ça ressemble là-dedans ?
— Je suis allée que dans la cuisine, répondit Mavis.
— Deux vieilles dans cette immense baraque. C'est pas bien. »

Personne n'avait touché à la Cadillac mais elle était si brûlante que le jeune garçon dut se lécher les doigts avant et après avoir dévissé le bouchon du réservoir. Il eut la gentillesse de mettre le moteur en marche pour elle et de lui conseiller de laisser les portières ouvertes pendant un bon moment avant d'y monter. Mavis n'eut pas de mal à lui faire accepter de l'argent — Soane avait été horrifiée — et il s'en alla accompagné par *Hey, Jude* sur sa radio.

Derrière le volant, en se rafraîchissant dans la climatisation, Mavis regretta de ne pas avoir noté la longueur d'onde de la station de radio sur le tableau de bord du camion. Elle la rechercha en vain alors qu'elle revenait chez Connie. Elle se gara et la

Cadillac, rouge sombre, comme du sang séché, resta là pendant deux ans.

Le soleil se couchait déjà quand le jeune garçon avait mis le moteur en marche. Et elle avait oublié de lui demander la direction à prendre. En plus, elle n'arrivait pas à se rappeler où se trouvait la station service avec ses deux dollars de caution et elle ne voulait pas la chercher dans le noir. Et Connie avait farci et fait rôtir un poulet. Mais si elle décida de passer la nuit ici, ce fut surtout à cause de Mère.

La blancheur au centre était aveuglante. Mavis mit quelque temps à distinguer la forme articulée au milieu des oreillers et des draps d'un blanc immaculé, et elle serait peut-être restée plus longtemps sans rien voir sans la voix autoritaire qui dit : « Ne regarde pas comme ça, ma petite. »

Connie se pencha sur le pied du lit et glissa le bras sous le drap. De la main droite elle souleva les talons de Mère et de la gauche, elle tapa les oreillers qui se trouvaient dessous. Elle marmonna : « Des ongles comme des rasoirs », et les reposa doucement.

Quand ses yeux furent habitués à l'obscurité et à la lumière, Mavis vit la forme d'un lit bien trop petit pour une femme malade — presque un lit d'enfant — et tout un assortiment de tables et de chaises à la limite de l'obscurité qui l'entourait. Connie choisit quelque chose sur l'une des tables et se pencha dans la lumière qui dessinait un cercle autour de la malade. Mavis suivait ses gestes et l'observa qui mettait de la vaseline sur les lèvres d'un visage plus pâle encore que le tissu blanc qui entourait la tête de la malade.

« Il doit bien exister quelque chose qui a meilleur goût », dit Mère en passant la pointe de sa langue sur ses lèvres grasses.

« La nourriture, répondit Connie. Tu en veux un peu ?

— Non.

— Un peu de poulet ?

— Non. Qui est-ce que tu as amené ici ? Pourquoi fais-tu venir quelqu'un ici ?

— Je t'ai dit. Une femme avec une voiture a besoin d'aide.

— C'était hier.

— Non. Ce matin je t'ai dit.

— Ça fait des heures alors, mais qui l'a invitée dans mon intimité ? Qui ?

— Devine. Toi, voilà qui c'est. Tu veux que je te masse le crâne ?

— Pas maintenant. Comment t'appelles-tu, ma petite ? »

Mavis murmura son nom depuis l'ombre dans laquelle elle se tenait.

« Approche-toi. Je ne vois rien si on n'est pas juste à côté de moi. C'est comme si je vivais dans une coquille d'œuf.

— Fais pas attention à elle, dit Connie à Mavis. Elle voit tout dans l'univers. » Elle tira une chaise près du lit, s'y assit, prit la main de la femme, et elle enleva une par une les peaux sur ses doigts crochus.

Mavis s'avança dans le cercle de lumière et posa la main sur le pied métallique du lit.

« Ça va maintenant ? Ta voiture marche ?

— Oui, m'dame. Ça va. Merci.

— Où sont tes enfants ? »

Mavis ne put répondre.

« Il y avait beaucoup d'enfants ici autrefois. C'était une école. Très belle. Une école de filles. Des Indiennes. »

Mavis regarda Connie, mais quand Connie la regarda à son tour, Mavis baissa aussitôt les yeux.

La femme dans le lit eut un petit rire. « C'est dur, hein, dit-elle, de la regarder dans les yeux. Quand elle est arrivée ici, ils étaient verts comme de l'herbe.

— Et les tiens bleus, dit Connie.

— Ils le sont toujours.

— C'est toi qui le dis.

— Quelle couleur alors ?

— La même que moi — couleur délavée de vieille femme.

— Donne-moi un miroir, ma petite.

— Donne-lui rien.

— C'est toujours moi qui commande ici.

— Bien sûr. Bien sûr. »

Toutes les trois observaient les doigts bruns qui caressaient les doigts blancs. La femme couchée dans le lit soupira. « Regarde-moi. Je ne peux pas m'asseoir toute seule et arrogante jusqu'au bout. Dieu doit rire à s'en décrocher la mâchoire.

— Dieu ne rit pas, Il ne joue pas.

— Oui, bon, tu sais tout sur Lui, j'en suis sûre. La prochaine fois que tu Le verras, dis-Lui de laisser entrer les petites filles. Elles s'attroupent devant la porte mais n'entrent pas. Ça ne me dérange pas pendant la journée mais elles troublent mon sommeil la nuit. Tu les nourris correctement ? Elles ont toujours tellement faim. Il y a tout ce qu'il faut, hein ? Pas de ces beignets qu'elles aiment mais de bons plats bien chauds, les hivers sont si durs on a besoin de charbon c'est un péché de brûler des arbres dans la prairie hier la neige est passée sous la porte quaesumus da propitius pacem in diebus nostris sœur Roberta épluche les oignons et un peccato simus semper liberi tu ne peux pas ab omni perturbatione securi... »

Connie croisa les mains de Mère sur le drap et se releva, puis elle fit signe à Mavis de la suivre. Elle referma la porte et elles s'en allèrent dans le couloir.

« Je pensais que c'était ta mère. D'après la façon dont tu parlais, je croyais que c'était ta vraie mère. » Elles descendaient le vaste escalier central.

« C'est ma mère. Ta mère aussi. T'es mère toi ? »

Mavis ne répondit pas en partie parce qu'elle ne pouvait en parler mais aussi parce qu'elle essayait de se rappeler d'où venait la lumière de la chambre de Mère, dans une maison sans électricité.

Après le dîner avec le poulet rôti, Connie conduisit Mavis dans une grande chambre. Parmi les quatre lits pliants qui s'y trouvaient, elle choisit le plus près de la fenêtre et elle se mit à genoux pour regarder au-dehors. Deux lunes couleur de lait, au lieu de celle qui se trouvait là-haut, auraient été comme les yeux de Connie. En dessous d'elles, un monde en ordre. Sans jugement. Bien rangé. Vaste. Éternel.

Quelle direction pour la Californie ?

Quelle direction pour le Maryland ?

Merle ? Pearl ?

Le petit lion, qui la dévora cette nuit-là, avait des yeux bleus et pas marrons et, cette fois, il n'eut pas besoin de la maintenir à terre. Quand il posa sa patte gauche autour de ses épaules, elle laissa volontairement sa tête retomber en arrière, en dégageant sa gorge. Elle ne fit non plus aucun effort pour sortir de son rêve. La morsure était succulente mais elle continua à dormir comme pendant d'autres choses jusqu'à ce que la chanson la réveille.

Mavis Albright ne cessa de quitter le Couvent mais elle y revint toujours, aussi elle était là en 1976.

En ce matin de juillet, elle avait conscience depuis des mois des rapports difficiles qui existaient entre le Couvent et la ville et elle avait peut-être prévu le camion plein d'hommes qui rôdaient dans la brume. Mais elle pensait à d'autres choses : des marins tatoués et des enfants qui se baignaient dans une eau émeraude. Et fatiguée par les plaisirs de la nuit précédente, elle s'endormit et se réveilla. Une heure plus tard, alors qu'elle chassait des poulets de la salle de classe, elle sentit une odeur de fumée de cigare et un très léger parfum d'Aqua Velva.

Grace

Ou le sol était brûlant, ou elle avait caché des saphirs dans ses chaussures. K.D., qui n'avait jamais vu une femme se déhancher ni se balancer de cette façon, crut que c'était sa démarche qui créait le problème. Ni lui ni ses amis qui se prélassaient près du Four ne l'avaient vue descendre de l'autocar mais quand il repartit, elle était là — de l'autre côté de la rue, à leur hauteur, avec un pantalon si moulant, des talons si hauts et des boucles d'oreille si grandes qu'ils en oublièrent de rire de ses cheveux. Elle traversa Central Avenue et vint vers eux en faisant de tout petits pas sur d'énormes semelles compensées comme on n'en avait pas vu depuis 1949.

Elle marchait vite, comme si elle trottait sur des charbons ardents ou comme si quelque chose coincé dans ses chaussures lui faisait mal. Quelque chose de valeur, se dit K.D., sinon elle l'aurait enlevé.

Il traversa la salle à manger avec la boîte. De petits carrés de dentelle sortaient d'un panier posé sur la desserte. Tante Soane faisait du crochet comme une prisonnière : quotidiennement, méthodiquement, gratuitement, elle produisait plus de dentelle qu'on ne pourrait jamais en utiliser. Le jardin qui s'étendait derrière la maison, à gauche, était parfaitement désherbé et très bien entretenu. K.D. tourna à droite et entra dans le hangar. Les chiens colley s'agitèrent en le voyant. Il dut s'installer à califourchon au-dessus de Good pour la maintenir. Ses oreilles étaient douces dans ses mains et il tenait fermement le coton imbibé de camphre. Les tiques se détachaient comme des grains de café. Il mit la main sous sa mâchoire ; elle lui lécha le menton. Ben, l'autre colley, la tête posée sur les pattes, regardait. À vivre dans le ranch de Steward Morgan, les chiens se couvraient de vermine. Deux fois par an, ils devaient passer quelques jours à Ruby pour que K.D. les soigne. Il prit la brosse dure dans la boîte. Il l'enfonça dans les poils de Good et brossa doucement en chantant de sa voix de fausset la chanson rythm and blues qu'il lui avait inventée quand elle n'était qu'un chiot. « Hé mon bon chien ; reste un bon chien ; un vieux bon chien ; mon bon vieux chien. Tout le monde a besoin d'un bon bon bon chien. Tout le monde a besoin d'un bon d'un bon d'un bon bon chien. »

Good s'étira de plaisir.

Seuls ceux que concernait l'affaire viendraient à la réunion ce soir. C'est-à-dire tout le monde, sauf celui qui l'avait déclenchée. Ses oncles Deek et Steward, le révérend Misner, le père et le frère d'Arnette. Ils parleraient de la gifle mais pas de la grossesse et sûrement pas de la fille aux saphirs cachés dans ses chaussures.

Supposez qu'elle n'ait pas été là. Supposez qu'on n'ait pas vu son nombril au-dessus de la ceinture de son jean ou que ses seins se soient calmés, calmés quelques secondes, le temps qu'ils imaginent comment se comporter — quelle attitude prendre. En public, sans petites amies dans le coin, ils auraient su. En groupe, ils auraient trouvé immédiatement le ton juste. Mais Arnette était là qui pleurnichait ainsi que Billie Delia.

K.D. et Arnette s'étaient éloignés des autres. Pour parler. Ils se tenaient près des chênes nains, derrière les bancs et les tables de pique-nique et la conversation se révélait pire que ce qu'il avait toujours pensé que pouvait être une conversation. Ce que Arnette disait c'était : « Alors, qu'est-ce que tu comptes faire pour ça ? » Elle voulait dire : je pars à Langston en septembre et je ne veux pas être enceinte ni avorter ni me marier ni me sentir malheureuse toute seule ni affronter ma famille. Il dit : « Alors, qu'est-ce que tu comptes faire toi pour ça ? » en pensant : tu m'as coincé à plus de soirées que je ne peux m'en souvenir et quand finalement j'ai été d'accord, je n'ai même pas eu à t'enlever ta culotte tu l'as fait avant moi, alors c'est pas mon problème.

Ils avaient juste commencé à voiler les menaces et à dévoiler leur dégoût mutuel quand l'autocar s'en alla. Toutes les têtes, toutes, se tournèrent. D'abord parce qu'ils n'avaient jamais vu d'autocar en ville — Ruby n'était pas un arrêt sur une route conduisant quelque part. Ensuite, pour voir tout simplement pourquoi il s'était arrêté. Le spectacle qui apparut quand l'autocar s'éloigna, debout sur le bas-côté de la route, entre l'école et l'église du Saint Rédempteur, fixa l'attention de tous ceux qui traînaient près du Four. Elle n'avait pas de rouge à lèvres mais, à cinquante mètres, on pouvait voir ses yeux. Le silence qui s'établit sembla éternel jusqu'à ce qu'Arnette le brise.

« Si c'est le genre de pute que tu veux, saute dessus, négro. »

Le regard de K.D. passa du chemisier impeccable d'Arnette à sa frange sur le front, puis à son visage — renfrogné, hargneux, accusateur — et il la gifla. Elle changea d'expression et ça valait bien ça.

Quelqu'un dit « Ouah ! » mais la plupart de ses amis évaluaient les seins extraordinaires qui se rapprochaient d'eux. Arnette se sauva ; Billie Delia aussi mais, en bonne amie qu'elle était, elle se retourna pour les voir se forcer à regarder le sol, le ciel clair de mai ou la longueur de leurs ongles.

K.D. en avait fini avec Good. Les poils de son ventre méritaient une légère tonte — sinon pour les nœuds c'était impossible — mais elle était belle. K.D. s'attaqua aux poils de Ben tout en répétant sa défense devant la famille d'Arnette. Quand il décrivit l'incident à ses oncles, ils froncèrent les sourcils en même temps. Et comme une image dans un miroir, en gestes sinon en allure, Steward cracha du jus de sa chique et Deek alluma un cigare. Quel que fût leur dégoût, K.D. savait qu'ils ne négocieraient pas une solution qui le mettrait en danger, lui ou l'argent des Morgan. Ce n'était pas pour rien que son grand-père avait appelé ses jumeaux Deacon et Steward[1]. Et leur famille n'avait pas bâti deux villes, combattu la loi des Blancs, les Creeks, les bandits et les intempéries pour voir les ranches, les maisons et une banque avec des hypothèques sur un entrepôt de fourrage, un drugstore et un magasin de meubles tomber dans la poche d'Arnette Fleetwood. Depuis qu'on avait enterré les os de ses cousins, deux ans plus tôt, K.D., leur espoir et leur désespoir, était le dernier mâle dans une lignée qui comprenait un vice-gouverneur, un commissaire aux comptes de l'État et deux maires. Comme toujours, il fallait examiner sa

---

1. *Deacon* : diacre ; *Steward* : économe. (*N.d.T.*)

conduite avec soin et le remettre dans le droit chemin. Ou les oncles verraient-ils les choses autrement ? L'enfant d'Arnette serait peut-être un garçon, un petit-neveu Morgan. Arnold, le père d'Arnette, aurait-il des droits que les Morgan devraient respecter ?

En glissant les doigts dans les poils de Ben et en arrachant les gratterons collés aux mèches soyeuses, K.D. essaya de penser comme ses oncles — un exercice difficile. Aussi il y renonça et se laissa glisser dans le rêve de ses choix. Ce n'est qu'à ce moment que son rêve inclut Gigi et ses seins extraordinaires.

« Salut. » Elle fit claquer son chewing-gum comme une pro. « C'est Ruby ici ? C'est ce que m'a dit le chauffeur du car.

— Oui. Ouais. Euh, hein. Sûr. » Les garçons avachis répondirent ensemble.

« Y a des motels dans le coin ? »

La question les fit rire et cela les mit suffisamment à l'aise pour lui demander qui elle cherchait et d'où elle venait.

« Frisco, répondit-elle. Et une tarte à la rhubarbe. Vous avez du feu ? »

Alors le rêve serait à Frisco.

Les hommes de la famille Morgan ne firent aucune concession mais le lieu de rencontre choisi les mit mal à l'aise. Le révérend Misner avait pensé qu'il valait mieux respecter le protocole et aller chez les Fleetwood plutôt que d'aggraver l'insulte faite à la famille en obligeant les offensés à venir dans la maison de l'offenseur.

K.D., Deek et Steward s'étaient assis dans le salon du presbytère et n'étaient que hochements de tête et grognements conciliateurs, mais K.D. savait ce que pensaient ses oncles. Il observa Steward changer sa chique de côté et garder le jus. Jusqu'ici, l'association de crédit que Misner avait constituée était à but non lucratif — de petits prêts d'urgence consentis à des membres de l'église ; des échéanciers de remboursement sans amendes pour les retards. Une tirelire, avait dit Deek. Mais

Steward avait ajouté : « Ouais, pour l'instant. » La réputation de l'église qu'avait quittée Misner pour venir à Ruby le suivait : il avait organisé des réunions clandestines pour soulever les gens ; il s'était opposé à la loi des Blancs plutôt que de la contourner. Il avait manifestement mis ses espoirs dans un État qui, autrefois, avait décidé de construire une nouvelle faculté de droit pour accueillir une seule étudiante — une Noire — et protéger en même temps la ségrégation raciale. Il prenait très au sérieux la possibilité de changement dans un État qui avait aussi construit un cabinet ouvert juste à côté d'une salle de classe pour qu'un autre étudiant noir pût s'y asseoir seul. Cela se passait dans les années 40 alors que K.D. n'était encore qu'un nouveau-né, avant que sa mère, ses frères, ses cousins et tous les autres quittent Haven. Aujourd'hui, quelque vingt ans plus tard, ses oncles écoutaient chaque semaine les sermons de Misner mais, à la fin de chacun d'eux, ils se glissaient derrière le volant de leurs Oldsmobile et répétaient le refrain des Pères Fondateurs : « L'Oklahoma c'est des Indiens, des Noirs et Dieu mêlés. Le reste c'est de la pâtée à cochons. » À leur grande consternation, le révérend Misner considérait souvent la pâtée à cochons comme un plat digne de sa table. Un homme comme ça pouvait encourager d'étranges comportements ; se mettre du côté d'une adolescente ; ou des Fleetwood. Un homme comme ça, prêt à jeter l'argent par les fenêtres, pouvait donner des idées aux déposants. Leur faire penser qu'ils pouvaient choisir entre les taux d'intérêt.

Mais les Baptistes formaient la plus importante congrégation et la plus puissante de la ville. Alors les Morgan faisaient un tri attentif parmi les opinions du révérend Misner pour savoir lesquelles étaient des recommandations qu'on pouvait facilement ignorer et lesquelles étaient des ordres auxquels ils devaient obéir.

Dans deux voitures, ils parcoururent à peine cinq kilomètres, du salon de Misner jusqu'à la maison des Fleetwood.

Quelque part, dans une ville d'Oklahoma, les voix de juin se répercutaient sur l'eau étincelante de soleil d'une piscine. K.D. y était allé une fois. Il avait parcouru le Missouri, le Kansas et le Texas en train avec ses oncles et il attendait au bord du trottoir pendant qu'ils parlaient affaires dans une bâtisse de brique rouge. On entendait des voix joyeuses tout près et il était allé voir. Derrière une clôture de grillage, bordée par une immense dalle de béton, il vit une piscine d'eau verte. Il sait aujourd'hui qu'elle était de taille moyenne, mais à l'époque elle emplit son horizon. Il lui sembla que des centaines d'enfants blancs y barbotaient, et leurs voix ressemblaient à une cascade du bonheur le plus pur du monde, une gaieté qu'il ressentit si vivement qu'il en eut les larmes aux yeux. Maintenant, alors que l'Oldsmobile faisait demi-tour devant le Four où Gigi avait fait claquer son chewing-gum, K.D. ressentit une nouvelle fois l'excitation ardente de l'eau étincelante et les voix de juin des baigneurs. Ses oncles n'étaient pas contents d'avoir dû le chercher dans le quartier commerçant de la ville et ils l'avaient sermonné dans le train et ensuite dans la voiture, sur le chemin du retour vers Ruby. Ce n'était pas cher payé à l'époque et pas plus aujourd'hui. Les cris — « Comment t'as fait pour te fourrer dans ce pétrin ? Tu devrais fréquenter des gens de ton âge. Et d'abord, pourquoi est-ce que t'as voulu coucher avec une Fleetwood ? Tu vois les enfants de ce type ? Merde ! » — tous explosaient de rage sans lui faire grand mal. Tout comme il avait déjà vu l'eau étincelante, il avait déjà vu Gigi. Mais contrairement à la piscine, cette fille-là, il la reverrait.

Ils s'arrêtèrent pare-chocs contre pare-chocs sur le côté de la maison des Fleetwood. Quand ils frappèrent à la porte, chaque homme, sauf le révérend Misner, commença à respirer par la bouche pour atténuer l'odeur de maladie qui régnait dans la maison.

Arnold Fleetwood ne voulait plus jamais dormir sous une tente, sur une paillasse ou par terre. Aussi, il avait prévu quatre chambres dans la grande maison qu'il avait fait construire sur Central Avenue. Une pour sa femme et lui, une autre pour chacun de leurs deux enfants, plus une chambre d'amis dont ils étaient très fiers. Quand son fils, Jefferson, rentra du Vietnam et prit Sweetie, sa femme, dans son propre lit, la chambre d'amis resta libre. Elle serait devenue la pouponnière s'ils n'en avaient pas eu besoin comme salle d'hôpital pour les enfants de Jeff et de Sweetie. Les choses avaient tourné de telle façon que maintenant Fleet dormait sur un lit pliant dans la salle à manger.

Les hommes s'assirent dans des fauteuils aux housses impeccables pour attendre que le révérend Misner en ait fini avec les femmes qu'ils n'avaient pas vues. Les deux Mrs Fleetwood consacraient toute leur énergie, tout leur temps et toute leur affection aux quatre derniers enfants toujours en vie — jusqu'ici. Fleet et Jeff, que cette dévotion rendait reconnaissants mais furieux, dissimulaient leur honte. Être en leur compagnie, s'asseoir près d'elles était difficile. La conversation encore plus.

K.D. savait que Fleet devait de l'argent à ses oncles. Et il savait que Jeff avait très envie de tuer quelqu'un. Puisqu'il ne pouvait pas tuer l'administration des Anciens Combattants comme d'autres l'auraient peut-être fait. Tout le monde fut soulagé quand le révérend Misner descendit l'escalier en souriant.

« Oui. Voilà. » Le révérend Misner croisa les mains et les secoua près de son épaule comme s'il avait déjà vaincu l'adversité. « Les dames ont promis de nous apporter du café et je crois qu'elles ont parlé de gâteau de riz pour plus tard. Je crois que c'est la meilleure raison pour commencer. » Il sourit de nouveau. Il était presque trop élégant pour un pasteur. Non seulement son visage et sa tête, mais son corps extrêmement bien fait, attiraient l'attention admirative de pratiquement tout le monde. En homme sérieux, il prenait sa beauté évidente comme frein à sa paresse — elle l'obligeait à agir avec prudence avec ses fidèles, à ne considérer rien pour acquis : ni l'adoration des femmes, ni l'envie des hommes.

Personne ne lui rendit son sourire à propos du dessert. Il poursuivit.

« Permettez-moi d'exposer la situation comme je la connais. Reprenez-moi, tous, si je me trompe ou si j'oublie quelque chose. D'après ce que j'ai compris, K.D. a porté atteinte, gravement atteinte, à la réputation d'Arnette. Aussi, nous pouvons dire que K.D. a un problème pour garder son calme et une obligation...

— Est-ce qu'il est pas un peu âgé pour se mettre en colère contre une jeune fille ? » l'interrompit Jefferson, qui bouillait dans un fauteuil bas, loin de la lampe. « J'appelle pas ça pas garder son calme. J'appelle ça violer la loi.

— Eh bien à ce moment précis, il était hors de lui.

— Je vous demande pardon, révérend. Arnette, elle a quinze ans. » Jeff regarda K.D. droit dans les yeux.

« C'est juste, dit Fleet. Personne l'a frappée depuis qu'elle avait deux ans.
— C'est peut-être ça le problème. » Steward était connu pour ses discours provocateurs et Deek l'avait averti de tenir sa langue et de le laisser parler, lui, le plus astucieux. Mais ses derniers mots firent bondir Jeff de sa chaise.
« Venez pas dans ma maison insulter ma famille !
— Votre maison ? » Le regard de Steward alla de Jeff à Arnold Fleetwood.
« Écoutez-moi ! Papa, je pense qu'il vaudrait mieux arrêter cette réunion avant que quelqu'un soit blessé !
— T'as raison, répondit Fleet. C'est de mon enfant qu'on parle. Mon enfant ! »
Seul Jeff était debout mais Misner se leva lui aussi. « Messieurs. Holà ! » Il leva les mains, et, dominant de sa haute taille ceux qui étaient assis, il mit à profit sa voix de faiseur de sermons. « Nous sommes tous des hommes ; des hommes de Dieu. Allez-vous jeter l'œuvre de Dieu au ruisseau ? »
K.D. vit Steward qui luttait contre l'envie de cracher et il se leva à son tour. « Écoutez-moi, dit-il. Je suis désolé. Vraiment. Si c'était à refaire, je ne recommencerais pas.
— Ce qui est fait est fait, mes amis. » Misner baissa les mains.
K.D. continua : « Je respecte votre fille...
— Depuis quand ? lui demanda Jeff.
— Je l'ai toujours respectée. Depuis qu'elle était haute comme ça. » K.D. mit la main à la hauteur de sa taille. « Demandez à n'importe qui. Demandez à son amie Billie Delia. Elle vous le dira, Billie Delia. »
L'effet de ce coup de génie fut immédiat. Les oncles Morgan retinrent leur sourire tandis que les Fleetwood, père et fils, se hérissaient. Billie Delia était la fille la plus délurée de la ville et partait au quart de tour.
« Tout ça concerne pas Billie Delia, dit Jeff . Ça concerne ce que t'as fait à ma petite sœur.
— Attendez une minute, dit Misner. K.D., on comprendrait peut-être mieux si tu nous disais pourquoi tu as fait ça. Pourquoi ? Que s'est-il passé ? Tu avais bu ? Elle t'a énervé ? » Il s'attendait à ce que sa question directe ouvre un espace pour la franchise dans lequel les hommes cesseraient de se comporter

comme des ours, et finiraient par s'entendre. Le brusque silence qui suivit le surprit. Steward et Deek se raclèrent la gorge en même temps. Arnold Fleetwood regarda ses chaussures. Misner devina que quelque chose n'allait pas. Dans le silence gêné, ils entendirent, au-dessus de leur tête, le léger claquement de talons — les femmes qui marchaient, s'affairaient, cherchaient, donnaient à manger — tout ce qui était nécessaire pour sauver les enfants qui ne pouvaient se sauver eux-mêmes.

« On s'intéresse pas au pourquoi, dit Jeff. Ce que je veux savoir c'est ce que vous comptez faire. » En prononçant le mot « faire », il enfonça l'index dans le bras du fauteuil.

Deek s'appuya sur son dossier et écarta les cuisses comme pour accueillir un territoire qui lui appartenait naturellement. « À quoi pensez-vous ? demanda-t-il.

— D'abord, des excuses, dit Fleet.

— Je viens d'en faire, répondit K.D.

— Pas à moi. À elle. À elle !

— D'accord, monsieur, dit K.D. Je lui en ferai.

— Très bien, enchaîna Deek. C'est le premier point. Quel est le second ? »

Jeff répondit : « T'as pas intérêt à lever la main sur elle une autre fois.

— Je ne lèverai plus jamais rien sur elle, monsieur.

— Il y a un troisième point ? demanda Deek.

— On veut être sûrs qu'il le pense vraiment, répondit Fleet. Ça veut dire qu'on veut une preuve.

— Une preuve ? » Deek réussit à avoir l'air étonné.

« La réputation de ma sœur est ruinée, non ?

— Heu. Je vois bien.

— Rien ne peut réparer ça, non ? » L'interrogation et la provocation se mêlaient dans la question de Jeff.

Deek se pencha en avant. « Eh bien, je ne sais pas. J'ai entendu dire qu'elle allait à l'université. Ça permettra d'oublier tout ça. Peut-être peut-on l'aider un peu. »

Jeff grogna. « Je sais rien de tout ça. » Il regarda son père. « Qu'est-ce que t'en penses, papa ? Est-ce que ça...

— Faut que je demande à sa mère. Elle a aussi a été touchée, vous savez. Encore pire que moi, peut-être.

— Bien, dit Deek, pourquoi que vous en parlez pas avec elle alors ? Si elle était d'accord, arrêtez-vous à la banque. Demain. »

Fleet se gratta le menton. « Je peux rien promettre. Mable est une femme très fière. Très fière. »
Deek hocha la tête. « Elle a des raisons de l'être, sa fille qui va à l'université, tout ça. Nous ne voulons pas que quelque chose empêche ça. C'est un honneur pour la ville.
— Ça commence quand cette école, Fleet ? » Steward pencha la tête.
« En août, je crois.
— Elle sera prête à ce moment-là ?
— Qu'est-ce que vous voulez dire ?
— Eh bien, août, c'est loin, répondit Steward. On est en mai. Elle peut changer d'idée. Décider de rester.
— Je suis son père. Elle ne changera pas d'idée.
— Très bien, dit Steward.
— C'est arrangé alors ? demanda Deek.
— Comme je l'ai dit. Faut que je parle à sa mère.
— Bien sûr.
— C'est elle la clef. Ma femme c'est la clef. »
Deek sourit franchement pour la première fois de la soirée. « Les femmes, c'est toujours la clef, que Dieu les bénisse. »
Le révérend Misner soupira comme si l'air était redevenu respirable. « L'amour de Dieu est dans cette maison, dit-il. Je le sens à chaque fois que je viens ici. À chaque fois. » Il regarda vers le plafond tandis que Jefferson Fleetwood fixait sur lui des yeux accablés. « Nous faisons grand cas de Sa force mais nous ne devons pas ignorer Son amour. C'est ce qui nous rend forts. Messieurs. Mes frères. Prions. »
Ils penchèrent la tête et écoutèrent avec obéissance les paroles de Misner merveilleusement arrangées et le tip tap des pas des femmes qu'on ne pouvait voir.

Le lendemain matin, le révérend Misner fut surpris d'avoir si bien dormi. La rencontre des Morgan et des Fleetwood, la veille au soir, l'avait mis mal à l'aise. Il y avait un grizzly dans le salon de Fleet — tranquille, invisible, mais qui rendait impossible toute manœuvre habile. En haut, il avait fait rire les femmes — enfin, Mable. Sweetie avait souri mais manifestement ses taquineries ne l'avaient pas amusée. Elle ne quittait pas ses enfants des yeux. Un glissement. Une inclinaison. Une aspiration — elle se penchait sur un berceau et faisait les gestes rapides et nécessaires. Mais elle gardait une expression légèrement protectrice comme pour dire qu'est-ce qui pouvait bien l'amuser, et pourquoi essaierait-il ? Elle accepta quand il lui demanda de prier avec lui. Elle baissa la tête, ferma les yeux, mais quand elle le regarda en prononçant un calme « Amen », il eut l'impression que sa propre relation avec le Dieu auquel il s'adressait était vague ou trop nouvelle, alors que celle de Sweetie était supérieure, ancienne et définitive.

Il eut plus de chance avec Mable Fleetwood, à qui sa visite plut au point de prolonger inutilement leur conversation. En bas, les hommes qu'il avait réunis, après avoir appris ce qui s'était passé près du Four, attendaient — comme le grizzly.

Misner bourra son oreiller de coups de poing pendant quelque temps, et réussit à se convaincre que l'issue était satisfaisante. Les susceptibilités contenues, une solution trouvée, la paix conclue. Au moins, il l'espérait. Les Morgan semblaient toujours avoir deux conversations — un dialogue qu'on n'entendait pas juste à côté de celui qu'ils prononçaient à haute voix. Ils se conduisaient comme un seul homme mais, à cause de quelque chose dans l'attitude de Deek, Misner se demandait s'il ne parlait pas pour son frère — en le poussant comme un enfant attardé. Malgré son air offensé Arnold restait modeste : quelque chose qu'on attendait de lui mais qu'on savait de peu de poids. Jefferson avait une susceptibilité à fleur de peau. Mais c'était K.D. qui irritait le plus Misner. Trop rapide pour être satisfaisant. Des excuses mielleuses. Un sourire retors. Misner méprisait les hommes qui frappaient les femmes — et une fille de quinze ans ? Qu'est-ce que K.D. croyait qu'il faisait ? Ses liens de parenté avec Deek et Steward le protégeaient bien sûr, mais on avait du mal à aimer un homme qui comptait là-dessus. Servile avec ses oncles ; brutal avec les femmes. Puis, plus tard dans la soirée, alors que Misner faisait réchauffer le steak-frites qu'Anna Flood lui avait apporté pour son souper, il avait regardé par la fenêtre et avait vu K.D. qui fonçait dans Central Avenue au volant de l'Impala de Steward. Il arborait — Misner l'aurait parié — son sourire retors.

Il crut que des pensées aussi agaçantes le tiendraient éveillé pendant presque toute la nuit mais, au matin, il se réveilla comme s'il sortait du sommeil le plus doux. La cuisine d'Anna, se dit-il. Pourtant, il se demanda vers quoi K.D. filait sur la route, en dehors de la ville.

Un homme et une femme qui baisent en permanence. Quand la lumière change, toutes les quatre heures, ils font quelque chose de nouveau. Aux limites du désert, ils baisent devant le ciel de l'Arizona. Rien ne peut les arrêter. Rien ne le veut. Le clair de lune cambre les reins de l'homme ; la lumière du soleil réchauffe la langue de la femme. On ne peut pas se tromper ni les manquer si on sait où ils sont : juste à la sortie de Tucson sur la Nationale I-3, dans une ville qui s'appelle Wish[1]. Tu la traverses ; tu prends la première à gauche. Quand la route se termine et que le vrai désert commence, tu continues. Les tarentules sont vénéneuses mais il faut y aller à pied parce que aucun pneu peut rouler sur ce terrain. Une heure pile, et tu les verras faire l'amour jusqu'à plus soif. Parfois tendres. Parfois brutaux. Mais ils s'arrêtent jamais. Ni quand se lèvent des tempêtes de sable, ni quand la chaleur monte à 45 degrés. Et si tu es patiente et si tu les aperçois dans une des rares averses du désert, tu verras la couleur de leur corps s'assombrir. Mais ils continuent à faire ça sous la pluie rare et pure — le couple noir de Wish, dans l'Arizona.

Mikey ne cessait de dire à Gigi à quoi ils ressemblaient et comment les trouver tout près de chez lui. Ils auraient été, auraient pu être, une attraction pour touristes, disait-il, sauf qu'ils gênaient les gens du coin. Un comité de Méthodistes inquiets avait été constitué pour les faire sauter ou pour les cacher sous du ciment, mais il s'était dissous après quelques recherches préliminaires. Les membres du comité affirmaient que leurs objections n'étaient absolument pas dirigées contre la sexualité mais contre la perversion car certains, qui avaient regardé très attentivement, croyaient que le couple était formé de deux femmes faisant l'amour dans la poussière. D'autres, à la suite d'un examen tout aussi précis (de près et avec des

---

1. *Wish* : désir. (*N.d.T.*)

jumelles), dirent non, c'était deux hommes — effrontés comme Gomorrhe.

Cependant, Mikey avait touché leurs parties sexuelles et il savait parfaitement que l'un était un homme, l'autre une femme. « Et alors ? disait-il. Ils ne faisaient pas ça au bord d'une autoroute après tout. Faut drôlement s'écarter du chemin pour les trouver. » Mikey disait que les Méthodistes voulaient se débarrasser d'eux mais qu'ils voulaient aussi qu'ils soient là. Que même une bande de culs-terreux refoulés, qui avaient trop peur pour faire des rêves érotiques, savaient qu'ils avaient besoin du couple. Même s'ils ne s'en étaient jamais approchés, disait-il, ils avaient besoin de savoir qu'ils se trouvaient là-bas. Au lever du soleil, affirmait-il, ils prenaient une couleur de cuivre et l'on savait qu'ils n'avaient pas arrêté de la nuit. À midi, ils étaient gris argent. Bleus l'après-midi, noirs le soir. Ils bougeaient, bougeaient, bougeaient tout le temps.

Gigi aimait l'entendre dire ça : « Ils bougeaient, bougeaient, bougeaient tout le temps. »

Quand ils furent séparés, Mikey en prit pour trois mois. Gigi quitta le service des urgences avec un pansement au poignet. Tout se passa si vite qu'ils n'eurent pas le temps de se fixer un rendez-vous. L'avocat commis d'office revint en disant pas de caution, pas de liberté conditionnelle. Son client devait faire les trois mois entiers. Après avoir calculé le temps de la condamnation moins les trois semaines de préventive, elle lui envoya un message par l'intermédiaire de l'avocat. Ce message disait : « Wish, 15 avril. »

« Quoi ? demanda l'avocat.

« Dites-lui seulement ça. Wish, 15 avril. »

Que répondit Mikey à son message ?

« D'accord, dit-il. D'accord. »

Il n'y avait pas de Mikey, il n'y avait pas de Wish, il n'y avait pas de Nationale I-3, et personne ne baisait dans le désert. Tous ceux à qui elle s'adressa à Tucson pensèrent qu'elle était folle.

« Peut-être que la ville que je cherche est trop petite pour se trouver sur une carte, suggéra-t-elle.

— Alors demandez à la police montée. Aucune ville n'est trop petite pour eux.

— Les rochers sont à l'écart de la route. Ils ressemblent à un couple qui fait l'amour.

— Eh ben, j'ai vu des lézards faire ça dans le désert, mademoiselle.
— Des cactus, p'têt'.
— Ça c'est possible. »
Ils rirent à s'en étouffer.
Après avoir parcouru du doigt les colonnes de noms dans l'annuaire téléphonique et n'en avoir trouvé aucune dans l'État avec le nom de Mikey Rood, Gigi abandonna. À contrecœur. Cependant, elle continua à rechercher avec acharnement et avidité l'accouplement éternel du désert. Sous des rêves captivants de justice sociale, de protection d'un peuple honnête — plus puissants que le souvenir d'un garçon crachant son sang dans ses mains —, les amants du désert lui brisaient le cœur. Mikey ne les avait pas inventés. Il ne les avait peut-être pas situés au bon endroit, mais il avait seulement fait remonter à la surface ce qu'elle avait toujours su qui existait... quelque part. Peut-être au Mexique, et c'est là qu'elle allait.
La drogue était lourde, les hommes toujours prêts mais, dix jours plus tard, elle se réveilla en pleurant. Elle téléphona à Alcorn, Mississippi, en P.C.V.
« Radine ton cul, ma petite. Le monde a assez changé pour te convenir ? De toute façon ils sont tous morts. King, un autre des Kennedy, Medgar Evers, un nègre qu'on appelait X[1], mon Dieu, je ne me rappelle plus qui, rien qu'ici depuis que t'es partie, tu te souviens de L. J. qui travaillait au centre commercial sur la route n° 2 y'a quelqu'un qu'est rentré en plein jour avec un pistolet qui ressemblait à rien de ce que personne avait jamais vu... »
Gigi laissa aller sa tête contre le mur de plâtre à côté du téléphone. Devant la *bodega*, un garçon chassait des enfants avec un balai. Des filles. Sans culotte.
« J'arrive, grand-père. Je rentre tout de suite à la maison. »

La plupart du temps elle avait deux sièges pour elle toute seule. De la place pour s'étaler. Dormir. Des numéros déjà lus de *Ramparts* roulés dans son sac à dos. Quand elle monta dans

---

1. Malcom X. (*N.d.T.*)

le train de Santa Fe, il repartit bourré d'aviateurs en bleu. Bientôt, des fils d'agriculteurs du club des 4-H remplirent les compartiments. Mais quand elle prit le train MKT, les voitures ne furent plus jamais bondées.

L'homme avec la boucle d'oreille ne vint pas la voir. Elle le rechercha. Simplement pour parler à quelqu'un qui n'était pas enfermé dans du polyester et qui avait l'air de fumer autre chose que des Chesterfield.

Il était petit, presque un nain, mais il portait des vêtements dernière mode côte Est. Sa coiffure afro était propre, pas échevelée et il portait une chaîne en or autour du cou, assortie au grain d'or de son oreille.

Ils se tenaient debout l'un près de l'autre au snack-bar que l'employé s'obstinait à appeler le wagon restaurant. Elle commanda un Coca sans glace et un gâteau au chocolat. Il payait pour une grande coupe de glace seulement.

« Ça devrait être gratuit, dit Gigi à l'homme derrière le comptoir. Il ne devrait pas avoir à payer pour ça.

— Excusez-moi, m'dame. J'applique simplement le règlement.

— J'ai pas commandé de glace. Vous m'avez déduit quelque chose ?

— Sûr que non.

— Vous en faites pas, dit le petit homme.

— Je m'en fais pas », lui dit Gigi, puis au type du comptoir : « Écoutez. Donnez-lui la glace que vous ne m'auriez pas comptée, d'accord ?

— Mademoiselle est-ce qu'il faut que j'appelle le chef de train ?

— Si vous ne le faites pas, moi je vais l'appeler, c'est du vol de train. Mais c'est les trains qui volent les gens.

— Ça va bien, dit l'homme. Ça fait que cinq cents.

— C'est le principe, dit Gigi.

— Un principe à cinq cents c'est pas un principe. Ce type a besoin d'une pièce de cinq cents. Il en a vraiment besoin. » Le petit homme sourit.

« J'ai besoin de rien, dit le garçon. C'est le règlement.

— En voilà deux », dit l'homme et il lança une seconde pièce de cinq cents dans la soucoupe.

Ils quittèrent le snack-bar ensemble, Gigi l'air furibard,

l'homme à la boucle d'oreille avec un grand sourire. Elle s'assit près de lui, de l'autre côté du couloir, pour commenter l'incident pendant qu'il écrasait sa glace.
« Gigi. » Elle tendit la main. « Et vous ?
— Dice, dit-il.
— Comme hacher menu ?
— Comme jouer aux dés[1]. »
La main, très, très froide de l'homme serra la sienne et ils se racontèrent des histoires pendant des kilomètres. Gigi finit même par se sentir suffisamment à l'aise pour lui demander s'il n'avait jamais vu ou entendu parler d'un rocher qui ressemblait à un homme et une femme en train de se peloter. Il rit et dit non, mais qu'il avait entendu parler d'un endroit où il y avait un étang en plein milieu d'un champ de blé. Et qu'à côté de l'étang, deux arbres poussaient dans les bras l'un de l'autre. Et si on se glissait entre eux juste comme il faut, eh bien, on pouvait éprouver une extase qu'aucun être humain ne pouvait créer ou reproduire. « On dit qu'après, personne peut plus vous laisser tomber.
— Personne m'a laissé tomber.
— Personne ? Je veux dire per-so-nne ?
— C'est où ?
— Ruby. Ruby, dans l'Oklahoma. En plein milieu de nulle part.
— Vous y êtes allé ?
— Pas encore. Mais j'ai l'intention d'y aller. On dit qu'ils font la meilleure tarte à la rhubarbe du pays.
— Je déteste la rhubarbe.
— Vous détestez la rhubarbe ? Vous ne connaissez encore rien, ma petite. Rien du tout.
— Je rentre chez moi. Je vais voir ma famille.
— C'est où chez vous ?
— Frisco. Toute ma famille vit à Frisco. Je viens de téléphoner à mon grand-père. Ils m'attendent. »
Dice hocha la tête mais ne dit rien.
Gigi enfonça l'enveloppe du gâteau dans sa tasse en carton. Je ne suis pas perdue, se dit-elle. Pas du tout perdue. Je peux aller voir grand-père ou retourner à la Baie ou...

1. *To dice* : couper des légumes et *dice* : dés (pour jouer). (*N.d.T.*)

Le train ralentit. Dice se leva pour prendre sa valise dans le filet. Il était si petit qu'il dut se mettre sur la pointe des pieds. Gigi l'aida et il ne sembla pas en être gêné.
« Voilà, je descends ici. Ça m'a fait plaisir de parler avec vous.
— Moi aussi.
— Bonne chance. Faites attention. Ne vous faites pas avoir. »

Si les garçons qui se tenaient devant une sorte de barbecue avaient dit Non, c'est Alcorn, au Mississipi, elle les aurait sans doute crus. Les mêmes coupes de cheveux, les mêmes regards, les mêmes sourires vicelards de culs-terreux. Ce que son grand-père appelait « la cambrousse de la cambrousse ». Il y avait aussi des filles qui avaient l'air de discuter avec un des garçons. De toute façon, elles n'étaient pas d'un grand secours, pourtant les vagues de convoitise, qui se brisèrent contre son dos quand elle s'éloigna, ne lui déplurent pas.

Tout d'abord, de la poussière, fine comme de la farine, lui entra dans les yeux, dans la bouche. Puis le vent lui ébouriffa les cheveux. Soudain, elle se retrouva en dehors de la ville. Ce que les gens d'ici appelaient Central Avenue s'arrêtait tout d'un coup, et Gigi était aux limites de Ruby en même temps qu'elle en avait atteint le centre. Le vent, silencieux, venait de la terre plutôt que du ciel. À un moment, ses talons claquaient, l'instant d'après la poussière, qui tournoyait, en étouffait le bruit. De chaque côté d'elle, de hautes herbes roulaient comme de l'eau.

Elle s'était arrêtée cinq minutes plus tôt dans un soi-disant drugstore, avait acheté des cigarettes et appris que les garçons autour du barbecue disaient la vérité : il n'y avait pas de motel. Et s'il y avait de la tarte, on n'en servait pas dans un restaurant parce qu'il n'y en avait pas non plus. En dehors des bancs de pique-nique, à côté de l'espèce de barbecue, il n'y avait aucun endroit public pour s'asseoir. Tout autour d'elle, il y avait des portes fermées et des fenêtres closes où des rideaux écartés reprenaient vite leur place.

Voilà pour Ruby, se dit-elle. C'est Mikey qui avait dû lui envoyer le nabot menteur du train. Elle voulait voir, c'est tout.

Pas seulement le truc dans le champ de blé, mais s'il y avait quelque chose dont le monde pouvait se vanter (rocher, arbre ou eau) et pas des vieux ou de petits garçons qui crachaient du sang dans leurs mains pour ne pas abîmer leurs chaussures. Voilà. Alcorn. Elle pouvait aussi bien partir pour Alcorn, dans le Mississippi. Tôt ou tard, un des camions garés devant le magasin Semences et Fourrage devrait repartir et elle foutrait le camp d'ici en stop.

Gigi, qui tenait ses cheveux et qui louchait contre le vent, envisagea de revenir au magasin de fourrage. Son sac à dos pesait lourd sur ses hauts talons et, si elle ne bougeait pas, le vent pouvait la faire basculer. Aussi brusquement qu'il avait commencé, le vent tomba ; dans le silence, elle entendit un moteur qui venait vers elle.

« Vous allez au Couvent ? » Un homme qui portait un chapeau à large bord ouvrit la porte de son camion.

Gigi jeta son sac à dos sur le siège et grimpa. « Au couvent ? Vous rigolez ? Tout sauf ça. Vous pouvez me déposer près d'un *véritable* arrêt d'autocar ou d'une gare, quelque chose comme ça ?

— Vous avez de la chance. Je vais vous emmener directement à la gare.

— Génial ! » Gigi fouilla dans son sac posé entre ses genoux. « Il sent le neuf.

— Il est flambant neuf. Vous êtes mes premières passagères.

— Vos passagères ?

— Faut que je m'arrête. Une autre qui prend aussi un train. » Il sourit. « Je m'appelle Roger. Roger Best.

— Gigi.

— Mais vous c'est gratuit. L'autre je la fais payer », dit-il, en quittant la route des yeux. Il fit semblant de contempler le paysage par la fenêtre du passager et regarda d'abord le nombril de Gigi, puis plus bas, puis plus haut.

Gigi sortit un miroir et, du mieux qu'elle put, elle répara les dommages que le vent avait causés dans ses cheveux, en se disant : Ouais. C'est gratuit, très bien.

Et c'était vrai. Tout comme l'avait dit Roger Best, ça ne coûtait rien à la vivante, mais vingt-cinq dollars pour la morte.

De temps en temps, la femme assise sur les marches de la véranda soulevait ses lunettes d'aviateur pour s'essuyer les yeux.

Une natte, sortie de son chapeau de paille, lui tombait dans le dos. Roger lui parla pendant ce qui parut à Gigi un long moment, puis tous deux entrèrent dans la maison. Quand Roger ressortit, il fermait son portefeuille en fronçant les sourcils.

« Y a personne pour m'aider. Vous feriez aussi bien d'attendre à l'intérieur. Ça va me prendre un bout de temps à descendre le corps. »

Gigi se retourna pour regarder derrière elle mais ne vit rien à travers la cloison.

« Nom de Dieu ! Merde ! C'est un corbillard ?

— De temps en temps. De temps en temps c'est une ambulance. Aujourd'hui, c'est un corbillard. » Il était tout à son travail. Plus de regards en coin sur ses seins. « Il faut que je le charge sur le MKT de 8 heures 20. Et il faut que j'y arrive non pas en temps, mais à l'heure précise. »

Gigi descendit rapidement et maladroitement de la voiture devenue corbillard, mais elle contourna la maison, escalada les larges marches de bois et franchit la porte d'entrée, en quelques secondes. Il avait dit « couvent » aussi elle imaginait des femmes douces mais sévères, flottant dans des coiffes comme des voiliers, au-dessus de longues manches noires. Mais il n'y avait personne et la femme au chapeau de paille avait disparu. Gigi traversa une entrée au sol de marbre et entra dans une autre deux fois plus grande. Dans la pénombre, elle distingua un corridor qui s'éloignait à droite et à gauche. Devant elle, un escalier encore plus large. Avant qu'elle eût décidé quel chemin prendre, Roger se trouvait derrière elle et poussait quelque chose en métal avec des roues. Il s'avança vers l'escalier, en grommelant. « Personne pour m'aider, pas ça. » Gigi tourna à droite et se précipita vers une lumière qui passait sous deux portes battantes. De l'autre côté il y avait la plus longue table dans la plus grande cuisine qu'elle eût jamais vues. Elle s'assit en se mordillant le pouce et en se demandant si c'était triste de voyager avec un mort. Elle avait de l'herbe dans son sac. Pas beaucoup mais assez se dit-elle pour s'empêcher de se faire des idées. Elle tendit la main et cassa un petit morceau de la croûte d'une tarte posée devant elle et, pour la première fois, elle s'aperçut que la pièce regorgeait de nourriture à peu près intacte. Plusieurs gâteaux, d'autres tartes, une salade de pomme de terre, un jambon, un grand plat de haricots. Sûrement des bonnes sœurs, se dit-elle. Ou peut-être que tout ça c'était pour l'enterrement. Soudain, comme quelqu'un qui est vraiment en deuil, elle fut prise d'une faim de loup.

Gigi bâfrait et entassait encore de la nourriture dans son assiette qu'elle vidait en même temps, quand la femme entra sans son chapeau de paille ni ses lunettes, et elle s'allongea sur le pavé froid.

Gigi avait la bouche pleine de haricots et de gâteau au chocolat, et elle ne put rien dire. On entendit le Klaxon de Roger. Gigi posa sa cuiller mais elle n'abandonna pas le gâteau en allant jusqu'à la femme allongée. Elle s'accroupit, s'essuya la bouche et dit : « Je peux vous aider ? » La femme avait les yeux fermés mais elle fit non de la tête.

« Y a quelqu'un ici que je peux appeler ? »

La femme ouvrit les yeux et Gigi ne vit rien — qu'un cercle pâle là où s'était trouvé le bord des iris.

« Hé ! Petite. Vous venez ? » Roger hurlait, une voix maigrelette et lointaine par-dessus le ronronnement de son moteur. « Je ne peux pas rater mon train. À l'heure ! Il faut que je sois à l'heure pile ! »

Gigi se pencha un peu plus en regardant dans les yeux sans avoir rien à leur dire.

« Je vous ai demandé s'il y avait quelqu'un d'autre ici.

— Toi, murmura-t-elle. T'es ici. » Chaque mot voguait vers Gigi sur la vague d'une haleine chargée de whisky.

« Vous m'entendez ? Je peux pas attendre toute la journée ! » l'avertit Roger.

Gigi agita sa main libre devant le visage de la femme pour s'assurer qu'elle était aussi aveugle que saoule.

« Arrête, dit la femme, dans un murmure agacé.

— Oh, dit Gigi, je croyais. Pourquoi est-ce que vous n'avez pas attendu que je vous donne une chaise ?

— Je m'en vais, vous entendez ? Je m'en vais ! » Gigi entendit le moteur ronfler et le conducteur passer en marche arrière.

« Il va partir sans moi. Qu'est-ce que vous voulez que je fasse ? »

La femme se tourna sur le côté et glissa les deux mains sous sa joue. « Sois gentille. Surveille seulement. Je n'ai pas fermé mes yeux depuis dix-sept jours.

— Est-ce qu'un lit ferait pas mieux l'affaire ?

— Sois gentille. Sois gentille. Je veux pas dormir quand personne est là, pour surveiller.
— Par terre ? »
Mais elle dormait. Et respirait comme une enfant.
Gigi se releva et parcourut la cuisine des yeux, tout en avalant lentement son gâteau. Au moins il n'y avait plus de mort ici. Le bruit du corbillard diminua puis disparut.
La peur et non le triomphe suintait à chaque pas dans la demeure de l'escroc. Avec la forme d'une cartouche vivante, elle s'incurvait jusqu'à un point mortel à l'extrémité nord où, à l'origine, se trouvaient le salon et la salle à manger. Il avait dû croire que ses persécuteurs viendraient du nord parce que toutes les fenêtres du rez-de-chaussée étaient regroupées dans ces deux pièces. Comme des postes d'observation. L'extrémité sud contenait des signes de son désir dans deux pièces : une cuisine démesurée et une salle où il pouvait jouer à des jeux de riches. Aucune de ces pièces ne donnait sur l'extérieur, mais la cuisine avait une des deux entrées de la demeure. Une véranda tournait depuis le nord autour de l'extrémité de la salle, continuait en suivant le mur, passait devant l'entrée principale et se terminait au bout du cartouche — l'exposition sud. Dans la maison, on ne pouvait pas voir le soleil se lever sauf dans les chambres et on ne pouvait le voir se coucher nulle part. Aussi la lumière était-elle toujours trompeuse.
Il devait avoir prévu ou espéré être en joyeuse compagnie dans sa forteresse : huit chambres, deux immenses salles de bains, des réserves dans un sous-sol qui occupait autant d'espace que le rez-de-chaussée. Et il tenait à traiter parfaitement ses invités afin qu'ils ne songent pas à s'en aller pendant des jours et des jours. Ses efforts pour les divertir n'étaient pas plus compliqués ni plus intéressants que lui — essentiellement de la nourriture, du sexe et des jeux. Après deux ans et demi de construction semi-clandestine, il organisa une fête voluptueuse avant d'être arrêté, exactement comme il le craignait, par des policiers du nord, dont l'un d'eux assistait à sa première et unique soirée.
Les quatre religieuses enseignantes, qui s'installèrent dans la maison après qu'on l'eut vendue pour une bouchée de pain, s'appliquèrent à dissimuler les traces manifestes de ses plaisirs mais elles furent impuissantes à cacher sa terreur. « L'arrière » fermé et protégé, et la « pointe » équilibrée et vigilante, une

porte d'entrée gardée maintenant par les seules griffes d'une statue monstrueuse que les sœurs avaient immédiatement enlevée. Une porte de cuisine branlante mal fixée, le seul point vulnérable.

Gigi, qui s'était contentée du peu qui lui restait à fumer, erra dans la demeure pendant que la femme saoule dormait sur le carrelage de la cuisine et elle reconnut immédiatement la transformation de la salle à manger en salle de classe ; du salon en chapelle ; et de la salle de jeu en bureau. Des queues et des boules de billard, mais pas de table. Puis elle découvrit ce qui avait échappé à l'activité des sœurs. Les porte-bougies en forme de bustes de femmes dans les lustres accrochés au plafond. Les boucles de cheveux, enroulées dans des feuilles de vigne, qui avaient autrefois caressé des visages aujourd'hui martelés. Des angelots qui émergeaient de plusieurs couches de peinture dans le foyer. Les poignées de porte en forme de seins. Des oisifs à demi nus dans des costumes d'autrefois qui buvaient et se caressaient sur des gravures rangées dans des placards. Une Vénus ou deux parmi d'autres statues nues sous l'escalier de la cave. Elle retrouva même les organes génitaux masculins en cuivre qu'on avait arrachés des lavabos et des baignoires, rangés dans un coffre rempli de sciure, comme si, bien que rejetés par les exigences de la robinetterie, les sœurs ne connaissaient pas moins la valeur du métal. Gigi joua avec les appareils, en tournant les testicules destinés à libérer l'eau par le pénis. Elle tira sur son joint — du Ming numéro un — jusqu'à la limite extrême et écrasa le mégot sur un des vagins d'albâtre de la salle de jeu. Elle imagina des hommes y secouant avec plaisir la cendre de leurs cigares. Ou peut-être les posaient-ils simplement là, sachant sans avoir besoin de regarder que l'extrémité rougeoyante construisait lentement une délicate tête de cendre.

Elle évita les chambres parce qu'elle ne savait pas laquelle appartenait à la morte, mais quand elle voulut utiliser les salles de bains, elle vit que les activités sur les toilettes se reflétaient dans un miroir qui se reflétait dans un autre. La plupart, très bien scellés dans le carrelage du mur, avaient été peints. En se penchant pour examiner les sirènes qui soutenaient la baignoire, elle remarqua une poignée attachée à une plaque de bois entourée par le carrelage du sol. Elle put la saisir et soulever la poignée, mais fut incapable de la déplacer.

Soudain, elle eut de nouveau une faim de loup et elle revint dans la cuisine pour manger et faire comme l'avait demandé la femme : être gentille et surveiller pendant qu'elle dormait — comme la version ancienne d'une excursionniste effrayée de descendre seule. Elle avait terminé les macaronis, un peu de jambon et une autre tranche de gâteau quand la femme allongée par terre bougea et s'assit. Elle resta le visage dans les mains pendant quelques instants puis se frotta les yeux.

« Vous vous sentez mieux ? » lui demanda Gigi.

Elle sortit des lunettes de soleil d'une poche de son tablier et se les posa sur le nez. « Non. Mais reposée.

— Donc c'est mieux. »

La femme se leva. « Je pense. Merci... d'être restée.

— Ouais. C'est vache la gueule de bois. Je m'appelle Gigi. Qui est-ce qui est mort ?

— Un amour, dit la femme. J'en ai eu deux ; c'était la première et la dernière.

— Oh, je suis désolée, dit Gigi. Où est-ce qu'il l'emmène ? Le type du corbillard.

— Loin. À un lac qui porte son nom. Supérieur. C'est comme ça qu'elle voulait.

— Y a qui d'autre ici ? Vous avez pas préparé tous ces plats, n'est-ce pas ? »

La femme remplit une casserole d'eau et secoua la tête.

« Qu'est-ce que vous allez faire maintenant ?

— Gigi Gigi Gigi Gigi Gigi Gigi. C'est ce que chantent les grenouilles. Comment votre mère vous a appelée ?

— Elle ? Elle m'a donné son nom.

— Et alors ?

— Grace.

— Grace. Qu'est-ce qui serait mieux ? »

Rien. Absolument rien. Si jamais il arrivait un matin où la miséricorde et la simple bonne fortune tournaient les talons pour s'enfuir, la grâce seule suffirait peut-être. Mais d'où viendrait-elle et à quelle vitesse ? La grâce pouvait-elle se glisser dans cet espace sacré entre voir et suivre le coup ?

C'était la femme vaincue qui offrait ses seins comme deux boules de glace sur un plat qui avait enlevé toute flamme dans les yeux du garçon. Gigi l'observa lutter contre son regard et perdre à chaque fois. Il dit qu'il s'appelait K.D. et il essayait de regarder son visage et la naissance de ses seins en parlant. C'était une lutte qu'elle attendait, vers laquelle elle s'élevait, et qui lui plaisait — normalement. Mais l'image devant laquelle elle s'était réveillée une heure plus tôt, gâchait tout.

Gigi avait refusé de dormir à l'étage où quelqu'un venait de mourir et elle avait choisi le canapé de cuir dans l'ancienne salle de jeu devenue bureau. Sans fenêtre, dépendant de l'électricité absente pour la lumière, la pièce l'aida à dormir profondément et longtemps. Elle rata complètement la matinée et se réveilla l'après-midi dans une pénombre presque semblable à celle dans laquelle elle s'était endormie. Accrochée au mur devant elle, il y avait la gravure qu'elle avait à peine regardée la veille quand elle errait dans la maison. Maintenant elle la distinguait dans la maigre lumière qui venait de l'entrée. Une femme. À genoux. Le regard baissé, les yeux suppliants, les bras tendus levant son présent sur un plat vers son seigneur. Gigi s'avança sur la pointe des pieds et se pencha pour voir qui était la femme avec le visage d'abandon. « Sainte Catherine de Sienne », gravé sur une petite plaque dans le cadre doré. Gigi rit — des sexes de cuivre cachés dans une boîte ; des gâteaux en forme de seins exposés sur une assiette — mais en fait ce n'était pas drôle. Aussi, quand le garçon qu'elle avait vu la veille en ville avait rangé sa voiture près de la porte de la cuisine et avait klaxonné, l'intérêt qu'elle lui portait s'était transformé en agacement. Appuyée dans l'entrée, elle mangeait une tartine de confiture tout en l'écoutant et en observant la guerre qui se livrait dans ses yeux.

Il avait un joli sourire et une voix séduisante. « Je vous ai cherchée partout. On m'a dit que vous étiez là. J'ai pensé que vous y étiez peut-être encore.

— Qui vous a dit ça ?

— Un ami. Enfin, l'ami d'un ami.

— Vous voulez parler du type du corbillard ?

— Heu. L'a dit que vous aviez changé d'avis, que vous vouliez plus aller à la gare.

— Les nouvelles vont vite par ici, c'est sûr, même si c'est la seule chose qui va vite.

— On va faire un tour. Vous voulez venir ? On ira aussi vite que vous voulez. »
Gigi lécha de la confiture sur son pouce et son index. Elle regarda à gauche vers le jardin et elle crut voir au loin l'éclat d'un objet en métal ou peut-être un miroir qui reflétait la lumière. Comme sur des lunettes de soleil de soldat.
« Une minute, dit-elle. Je me change. »
Dans la salle de jeu, elle enfila une jupe jaune et un T-shirt rouge sombre. Puis elle consulta son horoscope avant de fourrer ses affaires (et quelques souvenirs) dans son sac à dos qu'elle jeta sur le siège arrière de la voiture.
« Hé, dit K.D. On va juste faire un petit tour.
— Ouais, répondit-elle, mais qui sait ? Je vais peut-être encore changer d'avis. »
Ils roulèrent dans des kilomètres de ciel bleu ciel. Gigi n'avait pas vraiment regardé le paysage par les fenêtres du train ou de l'autocar. Pour elle, il n'y avait rien au-dehors. Mais foncer dans l'Impala ressemblait plus à un voyage en DC10 et le rien se révéla être du ciel — un ciel impossible à ignorer, sur mesure, de décor. Pas vide non plus, mais plein de souffles, et l'œil était fait pour lui.
« C'est la jupe la plus courte que j'aie jamais vue. » Il lui fit son joli sourire.
« C'est une mini, dit Gigi. Dans le vrai monde, on appelle ça une mini-jupe.
— Les gens ne vous regardent pas ?
— Ils regardent. Roulent pendant des kilomètres. Ont des accidents de voiture. Disent des bêtises.
— Vous devez aimer ça. Mais à mon avis, elles sont faites pour ça.
— Parlez-moi de vos vêtements ; je vous parlerai des miens. Où est-ce que vous avez eu ce pantalon par exemple ?
— Il a quelque chose qui va pas ?
— Non. Écoutez, si vous voulez vous disputer, ramenez-moi.
— Non, non. Je ne veux pas me disputer ; je veux seulement... rouler.
— Ouais ? À quelle vitesse ?
— Je vous l'ai dit. Aussi vite que je peux.
— Combien de temps ?

— Autant que vous voulez.
— Jusqu'où ?
— Jusqu'au bout. »
Le couple du désert était gros, disait Mikey. Sous n'importe quel angle, disait-il, ils remplissaient le ciel, et bougeaient, bougeaient. Menteur, pensa Gigi ; pas ce ciel-là. Ce ciel-là était plus grand que tout, y compris une femme avec ses seins sur un plateau.

Quand Mavis entra dans l'allée près de la porte de la cuisine, elle appuya si fort sur les freins que ses paquets glissèrent du siège et tombèrent sous le tableau de bord. La silhouette assise dans la chaise de jardin rouge était entièrement nue. Elle ne voyait pas son visage sous le bord du chapeau mais elle savait qu'elle ne portait pas de lunettes de soleil. Elle n'était partie qu'un mois et pendant trois semaines elle n'avait pensé qu'à revenir. Il avait dû arriver quelque chose, se dit-elle. À Mère. À Connie. Au crissement des freins, la silhouette au soleil ne bougea pas. Ce n'est que lorsqu'elle claqua la portière de la Cadillac que la personne se redressa et releva son chapeau. Mavis se précipita vers l'entrée du jardin en criant : « Connie ! Connie ? »
« Qui vous êtes ? Où est-ce qu'est Connie ? »
La fille nue bâilla et se gratta les poils du pubis. « Mavis ? » demanda-t-elle.
Soulagée d'apprendre qu'on la connaissait, qu'on avait parlé d'elle au moins, Mavis baissa la voix. « Qu'est-ce que vous faites dehors comme ça ? Où est-ce qu'est Connie ?
— Comme ça quoi ? Elle est à l'intérieur.
— Vous êtes toute nue !
— Ouais. Et alors ? Comment vous avez deviné ?
— Elles savent ? » Mavis jeta un coup d'œil vers la maison.
« Madame, dit Gigi, vous regardez quelque chose que vous avez jamais vu ? Quelque chose que vous avez pas ? Vous êtes un travelo ou quoi ?
— Te voilà. » Connie, les bras ouverts, descendait les marches vers Mavis. « Tu m'as manquée ! » Elles se jetèrent

dans les bras l'une de l'autre et Mavis s'abandonna au battement du cœur de cette femme contre le sien.

« Qui c'est, Connie, et où sont ses vêtements ?

— Oh, c'est la petite Grace. Elle est arrivée le lendemain du jour où Mère est morte.

— Morte ? Quand ?

— Ça fait sept jours. Sept.

— Mais j'ai tout apporté. J'ai tout dans la voiture.

— Inutile. Pas pour elle en tout cas. J'avais mon cœur tout ratatiné mais maintenant que t'es revenue j'ai envie de faire la cuisine.

— T'as rien mangé ? » Mavis lança un regard glacial à Grace.

« Un petit peu. La nourriture de l'enterrement. Mais maintenant je vais préparer quelque chose d'autre.

— Y en a plein, dit Gigi. On n'a même pas touché au...

— Va t'habiller !

— Mon cul !

— Habille-toi, Grace, dit Connie. Vas-y, comme une brave fille. Habille-toi, on t'aimera autant.

— Elle a déjà entendu parler de bain de soleil ?

— Vas-y. »

Grace s'en alla, en exagérant le balancement de ses fesses qu'elle avait tendues à Mavis.

« Elle est sortie de sous quelle pierre ? demanda Mavis.

— Chut, fit Connie. Elle va vite te plaire. »

Sûrement pas, se dit Mavis. Ah, ça, sûrement pas. Mère est partie, mais Connie va bien. J'ai passé près de trois ans ici, et nous sommes chez nous dans cette maison. Nous. Pas elle.

Elles firent tout sauf se donner des gifles et finalement elles se plurent. Ce qui retarda l'inévitable ce furent des amours désespérées et une très jeune fille dans des vêtements trop serrés qui frappa à la porte moustiquaire.

« Il faut que vous m'aidiez, dit-elle. Il le faut. On m'a violée et on est presque en août. »

Cela n'était vrai qu'en partie.

Seneca

Quelque chose grattait contre la vitre. Encore. Dovey se mit sur le ventre en refusant de regarder par la fenêtre à chaque fois qu'elle entendait le grattement. Il n'était pas là. Il ne venait jamais la nuit. De manière délibérée, elle se mit à penser à des choses de tous les jours. Que ferait-elle à souper demain soir ?

Pas la peine de cultiver des pois. Autant en manger en boîte. Steward n'avait pas une papille dans la bouche capable de faire la différence. Une chique coincée dans la joue pendant vingt ans avait d'abord réduit son goût à un besoin d'épices, puis à une exigence unique pour des piments rouges.

Quand ils s'étaient mariés, Dovey était sûre qu'elle ne cuisinerait jamais assez bien pour plaire au jumeau connu pour être plus délicat que son frère, Deek. En revenant de la guerre, les deux hommes avaient faim de cuisine familiale, mais en rêver pendant trois ans avait exalté leurs attentes, exagéré les possibilités du saindoux à rendre les biscuits plus légers que de la neige, la responsabilité du fromage fin dans la semoule de maïs. Quand ils furent démobilisés et qu'ils rentrèrent, Deek fredonna de plaisir en suçant de la moelle ou en réduisant des os de poulet en poudre. Mais Steward se souvenait différemment des choses. Est-ce que le clou de girofle n'aurait pas dû être piqué dans la chair au lieu d'être simplement posé sur le jambon ? Et le poulet frit — des oignons vedalia ou espagnols ?

Le jour de son mariage, Dovey se tenait face au papier mural, le dos tourné vers la fenêtre pour que sa sœur Soane pût mieux voir. Dovey soulevait l'ourlet de sa combinaison pendant que Soane dessinait la couture des bas. Le petit pinceau lui chatouillait l'arrière des jambes, mais elle restait parfaitement immobile. Il n'y avait pas de bas de soie à Haven ni dans le monde, en 1949, mais se marier les jambes manifestement nues aurait ridiculisé Dieu et la cérémonie.

« Je ne m'attends pas à ce qu'il soit satisfait à table, dit Dovey à sa sœur.

— Pourquoi ?

— Je ne sais pas. Il me fait des compliments sur ma cuisine, puis m'explique comment l'améliorer la prochaine fois.

— Ne bouge pas, Dovey.

— Deek ne te fait pas ça, hein ?

— Pas ça. Il est délicat autrement. Mais je ne m'inquiéterais pas à ta place. S'il est satisfait au lit, la table ne pèsera pas lourd. »

Elles rirent et Soane dut refaire toute une couture.

La difficulté qui semblait apparaître en 1949 avait été résolue par le tabac à chiquer. Peu importait que ses petits pois soient frais cueillis dans le jardin ou en boîte. Les piments du Couvent, qui brûlaient comme le feu de l'enfer, faisaient la cuisine pour elle. Cultiver des petits pois c'était se donner du mal pour rien. Une cuiller à café de sucre et une noix de beurre dans des petits pois en boîte feraient parfaitement l'affaire car les morceaux de piment rouge sombre qu'il saupoudrait dessus supprimaient les goûts moins forts. Comme les dernières courgettes par exemple.

La nuit, quand Dovey Morgan pensait à son mari, c'était la plupart du temps à ce qu'il avait perdu. Son sens du goût n'était qu'un exemple parmi d'autres. Contrairement à ce qu'il affirmait (ainsi que tous les gens de Ruby), plus Steward acquérait de choses, plus ce qu'il perdait devenait visible. La vente de son troupeau, quand le dollar était au plus haut en 1958, accompagna sa défaite aux élections de l'État pour le poste de Secrétaire de l'église, à cause du mépris qu'il ne cachait pas pour les collégiens qui fréquentaient le drugstore d'Oklahoma City. Il avait même écrit une lettre odieuse aux femmes responsables des enfants. Sa position n'avait pas surpris Dovey, parce que, dix ans plus tôt, il avait qualifié Thurgood Marshall[1] de « nègre agitateur » parce qu'il avait porté le costume de ségrégation de la

---

1. Thurgood Marshall (1908-1993), juriste, membre de la Cour Suprême de 1967 à 1991. (*N.d.T.*)

NAACP[1], à Norman. En 1962, le gaz naturel foré à trois mille mètres de profondeur sur son ranch lui avait rempli les poches mais avait réduit sa ferme à la taille d'un jouet et il avait perdu les arbres qui la rendaient si belle à voir. La raie de ses cheveux et ses papilles gustatives disparurent avec le temps. De petites pertes qui culminèrent avec la grosse : en 1964, alors qu'il avait quarante ans, la malédiction se confirma : ils apprirent que ni l'un ni l'autre ne pourrait avoir d'enfants.

Aujourd'hui, près de dix ans plus tard, il avait « fait le ménage », comme il disait, dans une affaire d'immobilier à Muskogee, et Dovey n'avait plus à se demander ce qu'il allait perdre maintenant parce qu'il était déjà en train de perdre la bataille avec le révérend Misner à propos du texte écrit sur la bouche du Four. Une dispute alimentée en partie, pensait Dovey, par ce dont personne ne parlait : les jeunes gens désemparés ou qui agissaient derrière chaque porte close. Arnette, rentrée de l'université, ne voulait pas quitter le lit. Le fils de Harper Jury, Menus, se saoulait chaque week-end depuis qu'il était revenu du Vietnam. La petite-fille de Roger, Billie Delia, avait disparu sans laisser de traces. La femme de Jeff, Sweetie, riait, riait à des plaisanteries que ne faisait personne. L'histoire lamentable de K.D. avec cette fille qui habitait au Couvent. Sans parler de l'insolence, des moues, de la défiance de certains autres — ceux qui voulaient nommer le Four « endroit-ceci-ou-cela », et qui avaient décidé que les mots d'origine qui se trouvaient dessus disaient quelque chose qui mettait Steward et Deek en fureur. Dovey en avait parlé à sa sœur (et belle-sœur) ; à Mable Fleetwood ; à Anna Flood ; à deux femmes du Club. Les opinions étaient variées, confuses, et même incohérentes parce qu'on s'excitait beaucoup à ce sujet. Et aussi parce que les jeunes, en ricanant de la mémoire des doigts de Miss Esther, insultaient toutes les générations qui les avaient précédés. Ils n'avaient pas laissé entendre poliment que Miss Esther s'était peut-être trompée ; ils avaient poussé des hurlements à l'idée qu'on pouvait se rappeler de mots invisibles qu'on ne savait même pas lire en traçant du doigt des lettres qu'on ne pouvait pas prononcer.

1. National Association for the Advancement of Colored People : Association nationale pour le progrès des gens de couleur. (*N.d.T.*)

« Est-ce qu'elle les a vus ? demandaient les fils.
— Mieux que ça ! hurlaient les pères. Elle les a sentis, touchés, elle a posé le doigt dessus.
— Si elle était aveugle, monsieur, on pourrait la croire. Ce serait comme du Braille. Mais une gosse de cinq ans qui n'aurait même pas su lire sa propre pierre tombale si elle était sortie de sa tombe pour se planter devant ? »

Les jumeaux fronçaient les sourcils. Fleet, se rappelant la générosité célèbre de sa belle-mère, jaillit hors de son banc et il fallut le retenir.

Au début, les Méthodistes avaient souri devant cette dissension parmi les Baptistes. Les Pentecôtistes rirent à gorge déployée. Mais ça ne dura pas. Des jeunes de leurs propres églises commencèrent à émettre des opinions sur les mots du Four. Dans chaque congrégation il y avait des gens qui se trouvaient ou qui descendaient des quinze familles parties de Haven pour tout recommencer. Le Four n'appartenait à aucune église ; il appartenait à toutes, et on demanda donc à tous de venir à l'église du Calvaire. Pour en discuter, dit le révérend Misner. Il faisait frais, les jardins embaumaient et, quand ils furent réunis à 7 heures 30, dans une atmosphère agréable, les gens n'étaient que curieux. Il en fut ainsi pendant les remarques préliminaires de Misner. Les jeunes étaient peut-être inquiets, mais quand ils prirent la parole, en premier les fils de Luther Beauchamp, Royal et Destry, leurs voix semblèrent si stridentes que les femmes, gênées, baissèrent les yeux vers leur missel ; scandalisés, les hommes en oublièrent de cligner les paupières.

Tout se serait mieux passé pour tout le monde si les jeunes avaient parlé plus doucement, s'ils s'étaient montrés bien élevés en présentant leur point de vue. Mais ils ne voulaient pas discuter ; ils voulaient donner des leçons.

« Aucun ex-esclave ne nous dira d'avoir peur tout le temps. De "craindre" Dieu. De baisser la tête, de plonger, en essayant de rester sur nos gardes au cas où Il s'apprêterait à nous jeter quelque chose, à nous maintenir écrasés.

— Tu dis "monsieur" quand tu t'adresses aux hommes, dit Sargeant Parson.

— Excusez-moi, monsieur ; qu'est-ce que c'est ce genre de message ? Aucun ex-esclave qui a eu le cran de faire son chemin, de construire une ville à partir de rien, ne penserait comme ça. Aucun ex-esclave... »

Deacon Morgan lui coupa la parole. « C'est de mon grand-père que tu parles. Arrête de l'appeler ex-esclave comme s'il n'était que ça. Il était aussi ex-vice-gouverneur, ex-banquier, ex-diacre et beaucoup d'autres ex, et il ne faisait pas son chemin ; il faisait partie d'un groupe qui faisait son chemin. »

Le garçon avait croisé le regard du révérend Misner, et il resta ferme. « Il était né à l'époque de l'esclavage, monsieur ; c'était un ex-esclave, non ?

— Tous ceux qui sont nés à l'époque de l'esclavage, n'étaient pas des esclaves. Pas au sens où tu l'entends.

— Il n'y a qu'une façon de l'entendre, monsieur, dit Destry.

— Tu ne sais pas de *quoi* tu parles !

— Y en a pas un qui le sait ! Ils en savent foutre rien ! hurla Harper Jury.

— Allons, allons, les interrompit le révérend Misner. Mes frères. Mes sœurs. Nous sommes réunis dans la maison de Dieu pour essayer de trouver...

— Une de Ses maisons, ricana Sargeant.

— D'accord, une de Ses maisons. Mais pour n'importe laquelle, Il exige le respect de la part de ceux qui s'y trouvent. Ai-je raison ou non ? »

Harper s'assit. « Je m'excuse pour mon langage. Auprès de Lui, dit-il en tendant le doigt vers le haut.

— Cela lui plaira peut-être, dit Misner. Peut-être pas. Ne limite pas ton respect à Lui, frère Jury. Il met en garde contre tout ce qui s'y oppose.

— Révérend. » Le révérend Pulliam se leva. C'était un homme sombre et nerveux — avec des cheveux blancs et un air imposant. « Nous avons un problème. Vous, moi. Tout le monde. C'est la façon dont certains d'entre nous parlent. Les adultes, bien sûr, devraient utiliser un langage convenable. Mais les jeunes — ce qu'ils disent, c'est plus des réponses effrontées que du langage. Nous sommes ici pour... »

Royal Beauchamp l'interrompit vraiment, le révérend ! « C'est quoi parler si ce n'est pas "répondre" ? Ce que vous voulez tous, c'est qu'on parle pas du tout. Tout ce qui se dit est effronté si on n'est pas d'accord avec ce qui vient d'être dit... monsieur. »

Tout le monde fut tellement stupéfait par l'impolitesse du garçon, qu'on entendit à peine ce qu'il disait.

Pulliam n'imaginant pas la possibilité de la présence des parents de Roy — Luther et Helen Beauchamp — se tourna lentement vers Misner. « Révérend, pouvez-vous lui demander de se taire ?

— Pourquoi ? demanda Misner. Nous ne sommes pas ici seulement pour parler mais aussi pour écouter. »

On ressentit plus les hoquets de surprise qu'on ne les entendit.

Pulliam plissa les yeux et il s'apprêtait à répondre quand Deek Morgan quitta son siège et se mit debout dans l'allée. « Bon, monsieur, j'ai écouté et je crois que j'en ai entendu plus que j'en avais besoin. Maintenant, vous allez tous m'écouter. Attentivement. Personne, je dis bien personne, ne va toucher au Four ou lui donner je ne sais quel nom. Personne ne va venir bousiller une chose que nos grands-pères ont construite. Ils ont fabriqué chaque brique, une à la fois, de leurs propres mains. » Deek regarda fixement Roy. « Ils ont creusé l'argile — pas toi. Ils ont transporté la hotte — pas toi. » Il tourna la tête pour s'adresser aussi à Destry, Huston et Caline Pool, Lorcas et Linda Sands. « Ils ont gâché le mortier — pas un seul d'entre vous. Ils ont fabriqué de bonnes briques solides pour ce four, alors que leurs abris étaient faits de bâtons et d'herbe. Vous comprenez ce que je vous dis ? Et nous avons respecté ce qu'ils avaient vécu pour le faire. Rien n'a été manié plus doucement que les briques que ces hommes — des hommes, vous m'entendez, pas des esclaves, ex ou autrement —, les briques que ces hommes avaient fabriquées. Dis-leur, Sargeant, comment la démolition a été délicate, comme on a fait attention, comme on les a enveloppées, toutes une par une. Dis-leur, Fleet. Toi, Seawright, toi, Harper, dis-lui si je mens. Mon frère et moi, on a soulevé la plaque de fer. Nous deux. Et si des lettres sont tombées, ce n'est pas à cause de nous, parce qu'on l'a enveloppée dans de la paille, comme un agneau qui bêle. Alors, comprenez-moi bien quand je vous dis que personne ne va venir quatre-vingts ans plus tard en prétendant en remontrer aux hommes qui ont vécu l'enfer pour le savoir. Faites comme vous voulez avec moi, mais vous allez avoir de sacrés ennuis si vous pensez que vous pouvez manquer de respect à un sillon que vous n'avez jamais biné. »

Une vingtaine d'Amen différents ponctuèrent la déclaration de Deek. Ce qu'il avait dit aurait mis un point final à toute discussion si Misner n'avait pas ajouté :

« Il me semble, Deek, qu'ils respectent tout ça. C'est justement parce qu'ils connaissent la valeur du Four qu'ils veulent lui donner une nouvelle vie. »

Le murmure que souleva cette seconde réplique en faveur des jeunes devint vite un grondement qui ne s'apaisa que pour entendre comment répondaient les adversaires.

« Ils veulent rien lui donner du tout. Ils veulent le tuer, le transformer en quelque chose qu'ils ont inventé.

— C'est aussi notre histoire. Pas seulement la vôtre, dit Roy.

— Alors agissez en conséquence ! Je vous préviens ! Ce Four a déjà une histoire. Il n'a pas besoin de vous pour la définir.

— Attends Deek, dit Richard Misner. Réfléchis à ce qui a été dit. Oublie le nom — le nom du Four. Le problème c'est la devise.

— La devise ? La devise ? On parle d'un ordre ! » Le révérend Pulliam pointa un doigt élégant vers le ciel. « Prends garde au Sillon de Son front ! » Voilà ce qui est écrit, clair comme le jour. C'est pas une suggestion ; c'est un ordre !

— Ah, non. Ce n'est pas clair comme le jour, dit Misner. Il est écrit "... le Sillon de Son front". Il n'y pas de "Prends garde".

— Vous n'étiez pas là ! Esther y était ! Et vous n'étiez pas là non plus au début ! Esther y était ! » Arnold Fleetwood secoua la main droite en guise d'avertissement.

« Elle était bébé. Elle a pu se tromper », dit Misner.

Fleet rejoignit Deek dans l'allée. « Esther n'a jamais fait une faute de cette nature de toute sa vie. Elle savait tout ce qu'il y avait à savoir sur Haven et aussi sur Ruby. Elle est venue avant qu'il y ait une route. C'est elle qui a baptisé cette ville, merde. 'Scusez-moi, mesdames. »

Destry, qui semblait tendu et au bord des larmes, leva la main et demanda : « Excusez-moi, monsieur. Qu'est-ce qu'il y a de mal avec "Sois le Sillon" ? "Sois le Sillon de Son front" ?

— Tu ne peux pas être Dieu, mon garçon. » Nathan DuPres parla doucement en hochant la tête.

« Le Four ne sera pas Lui, monsieur ; il sera Son instrument, Sa justice. En tant que race...

— La justice de Dieu est à Lui seul. Comment être Son instrument si on ne sait pas ce qu'Il dit ? demanda le révérend Pulliam. On doit Lui obéir.

— Oui, monsieur, mais nous Lui obéissons, dit Destry. Si nous suivons Ses ordres, nous serons Sa voix, Son châtiment. En tant qu'hommes... »

Harper Jury lui coupa la parole. « Il est écrit "Prends garde", pas " Sois". "Prends garde", ça veut dire "Fais attention. J'ai le pouvoir. Il faut t'habituer !"

— "Sois", ça veut dire que tu L'écartes et que tu es le pouvoir, dit Sargeant.

— Nous sommes le pouvoir si seulement nous...

— Vous voyez ce que je veux dire ? Vous voyez ce que je veux dire ? Écoutez ça ! Vous entendez, révérend ? Ce gosse a besoin d'une correction. C'est un blasphème ! »

Comme c'était à prévoir, Steward eut le dernier mot — au moins des mots dont tous se souvinrent comme les derniers parce que la réunion se termina. « Écoutez, dit-il, d'une voix que sa chique rendait épaisse. Si vous, n'importe lequel d'entre vous, si vous ignorez, si vous changez, si vous emportez ou si vous ajoutez quelque chose aux mots de ce Four, je vous fait sauter la cervelle comme si vous étiez un serpent. »

Dovey Morgan, à qui la menace de son mari donnait la chair de poule, ne pouvait que regarder le plancher en se demandant quelle forme visible allait prendre maintenant ce qu'il allait perdre.

Quelques jours plus tard, elle ne savait toujours pas quel camp avait raison. Et, au cours des discussions avec les autres, y compris avec Steward, elle avait tendance à être d'accord avec celui qu'elle écoutait. C'est une question qu'elle poserait à son ami — quand il lui reviendrait.

En s'en allant de la réunion de l'église du Calvaire, Steward et Dovey eurent une petite dispute habituelle pour savoir où aller. Il se dirigeait vers le ranch. Il était bien réduit maintenant que les droits du gaz avaient été vendus, mais dans l'esprit de

Steward c'était chez eux — là où son drapeau des États-Unis flottait les jours de fête ; là où il avait encadré le certificat de démobilisation dont il était fier ; là où l'on pouvait être sûr que Ben et Good battraient de la queue comme des enragés quand il apparaîtrait. Mais leur petite maison de la rue Saint-Matthieu — une saisie que les jumeaux ne revendirent jamais — devenait de plus en plus celle de Dovey. Elle était à côté de celle de sa sœur, de l'église du Calvaire, du Club féminin. C'est là aussi que son Ami venait la voir.

« Dépose-moi ici, Steward. Je vais faire le reste du chemin à pied.

— Tu vas attraper la mort.

— Mais non. L'air froid de la nuit me fera du bien.

— Ma petite, t'es vraiment assommante », dit-il mais il lui caressa la cuisse avant qu'elle descende de voiture.

Dovey marcha lentement dans Central Avenue. Au loin, elle voyait les lanternes du pique-nique du dix juin accrochées près du Four. Cela faisait quatre mois et personne ne les avait enlevées afin de les ranger pour l'an prochain. Maintenant, elles éclairaient — juste un peu, juste assez — d'autres fêtes de la liberté qui avaient lieu dans les ombres du Four. Sur sa gauche, il y avait la banque, plus basse que les églises mais qui semblait quand même la vedette de la rue. Aucun des frères n'avait voulu d'étage, contrairement à la banque de Haven qui en avait un, dans lequel se réunissait le club. Ils ne voulaient pas qu'on circule dans leur établissement pour autre chose que des affaires de banque. La banque de Haven que possédait leur père avait fait faillite pour tout un tas de raisons et Steward maintenait que l'une d'elles était les réunions du club. « La concentration embrouille », disait-il. Trois rues plus loin, sur sa droite, à côté de chez Patricia Best, il y avait l'école où Dovey avait enseigné pendant qu'on terminait la maison du ranch, mais Soane avait enseigné plus longtemps parce qu'elle habitait juste à côté. Maintenant, Pat dirigeait l'école toute seule, et le révérend Misner et Anna Flood enseignaient l'histoire des Noirs et, en cours du soir, la dactylo. Les fleurs et les légumes sur un côté de l'école étaient une extension du jardin qui se trouvait devant la maison de Pat.

Dovey tourna à gauche dans la rue Saint-Matthieu. La lumière de la lune brillait sur les barrières blanches qui penchaient en essayant de retenir les chrysanthèmes, les digitales, les soleils, les cosmos, la monnaie du pape et la corbeille d'argent qui passaient entre les barres. Le ciel nocturne, comme un magnifique couvercle, maintenait les parfums près du sol, les sauvait, les intensifiait, et leur refusait la moindre brise sur laquelle s'échapper.

Les batailles des jardins — gagnées, perdues, toujours indécises — étaient presque toutes terminées. Elles avaient fait rage pendant dix ans, après avoir brusquement commencé en 1963, quand on avait eu le temps. Les femmes, âgées d'une vingtaine d'années à la fondation de Ruby en 1950, avaient attendu treize ans une générosité dont elles n'avaient jamais rêvé. Elles achetèrent du papier hygiénique doux, elles utilisèrent des gants de toilette au lieu de chiffons, du savon pour le visage ou des couches pour les enfants. Dans chaque maison de Ruby, des appareils pompaient, bourdonnaient, suçaient, ronronnaient, murmuraient et coulaient. Et on gagnait du temps : quinze minutes quand on n'avait pas besoin de charger du bois dans une cuisinière ; une heure entière quand on n'avait pas besoin de battre et de frotter des draps et une salopette sur une planche à laver ; dix minutes parce qu'il n'était plus nécessaire de secouer un tapis, ni d'accrocher des rideaux à une tringle ; deux heures parce que la nourriture se conservait et qu'on pouvait en ramasser ou en acheter en plus grande quantité. Leurs maris et leurs fils, qui se tordaient de rire et qui n'étaient pas moins fiers que les femmes, traduisaient une augmentation par cinq, un prix par kilo, par balle ou sur pied en Kelvinator ou en John Deere ; en Philco et en Body by Fisher[1]. Les couches de porcelaine blanche sur l'acier, les courroies, les soupapes et les parties de Bakélite leur donnaient de profondes satisfactions. Le bourdonnement, le battement et le doux ronronnement donnaient du temps aux femmes.

Les cours de terre, soigneusement balayées et arrosées à Haven, devinrent des pelouses à Ruby, jusqu'à ce que finalement le devant des maisons se remplisse de fleurs sans aucune raison, sauf qu'on avait le temps de s'en occuper. L'habitude, l'intérêt qu'on trouvait à cultiver des plantes qu'on ne pouvait

---

1. *Philco* : marque d'appareils ménagers ; *Body by Fisher* : marque de vêtements. (*N.d.T.*)

pas manger s'étendirent, ainsi que le terrain qu'on abandonnait pour le faire. Échanger ou donner une bouture ici, un rhizome là, un oignon ou deux entraîna un accaparement si frénétique des terrains que des maris se plaignirent de négligence, de récoltes décevantes de radis, ou des rangées trop courtes de choux frisés ou de betteraves. Les femmes continuèrent à s'occuper de leurs potagers à l'arrière, mais petit à petit ce qu'on y produisit ressembla à des fleurs — poussé par le désir pas par la nécessité. Les iris, les phlox, les roses, les pivoines prirent de plus en plus de temps, on s'en vanta calmement et on y consacra plus de place, et de nouveaux papillons parcoururent des kilomètres pour venir pondre leurs œufs à Ruby. Leurs chrysalides restaient suspendues en secret sous les acacias et, de là, ils rejoignirent les papillons bleus et jaunes qui depuis des décennies se nourrissaient dans les fleurs de blé noir et de trèfle. Les bandes de papillons rouges qui buvaient dans les fleurs de sumoc entrèrent en concurrence avec les derniers arrivés crème et blanc qui aimaient les impatiens et les capucines. D'immenses ailes orange recouvertes de dentelle noire volaient au-dessus des pensées et des violettes. Comme les années de rivalité entre jardins, les papillons étaient partis en cette fraîche soirée d'octobre, mais les conséquences demeuraient — des cours grasses et fatiguées ; des bouquets et des chaînes d'œufs. Cachés. Jusqu'au printemps.

En touchant les piquets qui délimitaient le chemin, Dovey monta les marches. Sur la véranda, elle hésita et pensa faire demi-tour pour appeler Soane qui avait quitté la réunion plus tôt. Soane l'inquiétait ; elle semblait avoir des périodes de fragilité sans rapport avec la mort de ses fils cinq ans auparavant. Peut-être Soane n'aimait pas ce que faisait Dovey — le poids d'avoir deux maris, pas un seul. Dovey s'arrêta, puis changea d'idée et ouvrit la porte. Ou essaya. Elle était fermée à clef — de nouveau. Quelque chose que Steward faisait depuis peu et qui la rendait furieuse : il verrouillait la maison comme une banque. Dovey était sûre que personne d'autre ne fermait sa porte à Ruby. De quoi avait-il peur ? Elle souleva l'assiette sous un pot de dracena et prit la clef squelettique.

Avant cette première fois, mais jamais ensuite, il y avait eu un signe. Elle se trouvait au premier, où elle rangeait la petite maison saisie, et elle s'arrêta pour regarder par la fenêtre d'une chambre. En bas, les arbres au lourd feuillage étaient immobiles comme des peintures. Juillet. Sécheresse. 38 degrés. Pourtant, ouvrir les fenêtres rafraîchirait la pièce vide depuis un an. Cela lui prit un petit moment — un coup ici, une secousse ou deux — mais elle réussit finalement à soulever entièrement la fenêtre et elle se pencha au-dehors pour voir ce qui restait du jardin. D'où elle se trouvait à la fenêtre, les arbres lui cachaient la plus grande partie de la cour et elle tendit un peu la tête pour voir au-delà d'eux. Alors une main puissante plongea dans un sac géant et lança des poignées de pétales dans le ciel. Ou c'est ce qu'il lui sembla. Des papillons. Une grande route vibrante d'ailes couleur de plaqueminier traversa la cime verte des arbres — et disparut.

Plus tard, alors qu'elle était assise dans un rocking-chair sous ces mêmes arbres, il passa. Elle ne l'avait jamais vu auparavant et elle ne retrouva aucune famille d'ici dans les traits de son visage. Tout d'abord, elle pensa qu'il s'agissait de Menus, le fils de Harper, qui buvait et qui, autrefois, avait possédé la maison. Mais cet homme-là marchait bien droit et rapidement, comme s'il avait été en retard à un rendez-vous et qu'il coupait par la cour comme par un raccourci pour aller ailleurs. Peut-être entendit-il le léger grincement de son fauteuil. Peut-être se demandait-il s'il était bien prudent de passer par ici. Quoi qu'il en soit, quand il se retourna et qu'il la vit, il sourit et leva la main en guise de salut.

« Bonsoir », cria-t-elle.

Il changea de direction et s'approcha de l'endroit où elle était assise.

« Vous êtes de par ici ?

— Tout près », répondit-il mais il ne bougea pas les lèvres pour parler.

Il avait besoin de se faire couper les cheveux.

« J'ai vu des papillons tout à l'heure. Là-haut. » Dovey leva le doigt. « Rouge orangé. Très brillants. Jamais vu cette couleur avant. Comme ce qu'on appelait corail quand j'étais petite. De la couleur des citrouilles, mais en plus soutenu. » En même temps, elle se demandait à quoi rimait son bavardage et elle aurait bredouillé quelque chose pour y mettre poliment fin — une remarque sur la chaleur, sans doute, le soulagement qu'apporterait le soir — si ce qu'elle décrivait n'avait eu l'air de l'intéresser autant. Il portait une salopette propre et fraîchement repassée. Il avait roulé les manches de sa chemise blanche au-dessus de ses coudes. Ses avant-bras aux muscles lisses lui firent reconsidérer l'impression que lui avait donnée son visage : qu'il était mal nourri.

« Vous avez déjà vu des papillons comme ça ? »

Il secoua la tête mais à l'évidence il trouva la question assez sérieuse pour s'accroupir devant elle.

« Je ne veux pas vous empêcher de continuer votre chemin. C'était seulement, eh bien, mon Dieu, un sacré spectacle. »

Il eut un sourire sympathique et tourna les yeux vers l'endroit qu'elle avait indiqué. Puis il se releva, brossa le fond de son pantalon, bien qu'il ne se fût pas assis dans l'herbe, et il dit : « Ça ne pose pas de problème si je traverse par ici ?

— Aucun. Quand vous voulez. Personne n'habite plus ici. Celui qui la possédait l'a perdue. Jolie pourtant, non ? On pense l'habiter peut-être de temps en temps. Mon mari... » Elle jacassait, elle le savait, mais il avait l'air d'écouter chaque mot avec intérêt, avec attention. Elle finit par s'arrêter — trop honteuse de sa bêtise pour continuer — et elle renouvela son invitation de prendre ce raccourci quand il le voulait.

Il la remercia, quitta la cour, et disparut rapidement entre les arbres. Dovey regarda sa silhouette se fondre dans la dentelle d'ombre qui voilait les maisons au-delà.

Elle ne revit jamais les ailes de plaqueminier. Mais l'homme revint. Environ un mois plus tard, puis à différents intervalles, tous les mois ou tous les deux mois. Dovey oubliait toujours de demander à Steward ou à quelqu'un d'autre qui il pouvait être. Les jeunes devenaient de plus en plus difficiles à identifier et quand des amis ou des parents venaient rendre une visite à Ruby, ils n'assistaient pas toujours aux services, comme on le faisait autrefois, pour être présentés à l'ensemble des fidèles. Elle ne pouvait pas lui demander son âge mais elle supposait qu'il avait bien vingt ans de moins qu'elle et cette seule raison expliquait peut-être qu'elle gardât ses visites secrètes.

Quand il venait, il se trouvait qu'elle disait des bêtises. Des choses qu'elle ne savait pas avoir en tête. Des plaisirs, des ennuis, des choses sans rapport avec les graves problèmes du monde. Pourtant il écoutait très attentivement tout ce qu'elle disait. Par une sorte de pressentiment qu'elle ne pouvait expliquer, elle savait que si elle lui demandait son nom, il ne reviendrait jamais.

Une fois, elle lui donna une tartine de compote de pomme et il la mangea.

De plus en plus souvent, elle trouvait des raisons pour rester rue Saint-Matthieu. Sans l'attendre ni le chercher, elle était satisfaite de savoir qu'il était venu et qu'il reviendrait pour une causette, une tartine, un peu d'eau fraîche un après-midi desséchant. Elle ne craignait qu'une chose, que quelqu'un parle de lui, arrive en sa compagnie, ou prétende à une priorité sur son amitié. Personne ne le fit. Il semblait n'être qu'à elle.

Aussi, le soir de la dispute avec les jeunes à l'église du Calvaire, Dovey mit la clef dans la serrure de la maison saisie, agacée par Steward qui rendait cela nécessaire et irritée par la mauvaise tournure qu'avait prise la réunion. Elle pensait rester assise avec une tasse de thé brûlant, lire quelques versets ou quelques psaumes et réfléchir à ce qui mettait tout le monde en colère, au cas où son Ami passerait dans la matinée. S'il venait, elle lui demanderait son avis. Mais elle renonça au thé et à la lecture et après avoir dit ses prières, elle se mit au lit où une question sans réponse l'empêcha de s'endormir : en dehors de donner sa fortune, un homme riche pouvait-il être bon ? Elle voulait aussi interroger son Ami là-dessus.

Maintenant, enfin, l'arrière-cour au moins était assez jolie pour le recevoir. Lors de sa première visite, elle était en désordre, pas entretenue, un vrai dépotoir — les chats, les serpents et les poulets errants y étaient chez eux —, seules les ailes couleur corail la recommandaient. Elle avait dû tout arranger elle-même. K.D. se défilait avec de pauvres excuses. Et on avait du mal à trouver des jeunes que cela intéressait. Billie Delia l'avait aidée autrefois ce qui ne laissait pas de l'étonner parce qu'elle ne pensait qu'aux garçons. Mais là aussi quelque chose n'allait pas. Personne ne l'avait vue depuis un bout de temps et sa mère, Pat Best, ne répondait pas aux questions. Toujours en colère, se disait Dovey, à cause de la façon dont la ville avait traité son père. Même si Billie Delia n'assistait pas à la réunion, son attitude y était. Même quand elle était petite fille, avec ce teint bizarre, hâlé et rosé et ces cheveux bruns rebelles, elle faisait la moue devant tout — sauf devant le jardinage. Elle manquait à Dovey qui se demandait ce que Billie Delia pensait de changer le message du Four.

« Prends garde au Sillon de Son Front » ? « Sois le Sillon de Son Front » ? Son opinion c'était que « le Sillon de Son Front » tout seul suffisait pour toute époque et toute génération. En spécifier le sens, le préciser, le clouer était futile. Les seuls clous qu'il avait fallu enfoncer l'avaient déjà été. Sur la Croix. Non ? Elle demanderait à son Ami. Puis elle le dirait à Soane. Le grattement avait cessé et au bord du sommeil elle sut que des petits pois en conserve feraient bien l'affaire.

Steward baissa la vitre et cracha. En faisant attention que ça ne lui revienne pas dans le visage à cause du vent. Il était écœuré. « Laisse-moi vivre. » C'était le slogan que ces jeunes nigauds voulaient vraiment peindre sur le Four. Comme son neveu K.D., ils n'avaient aucune idée de ce que cela avait représenté de construire cette ville. De quoi ils étaient protégés. Quelles humiliations ils n'avaient pas eu à affronter. En roulant comme d'habitude aussi vite que la voiture le permettait sur la route du comté qui conduisait à son ranch, Steward réfléchissait à la différence entre « Prends garde » et « Sois », et à la façon dont Grand Papa l'aurait expliquée. Personnellement, il s'en fichait complètement. Le problème ce n'était pas pourquoi il fallait ou ne fallait pas changer la phrase, mais ce que le révérend Misner y gagnait en avançant cette idée. Il cracha de nouveau, en se disant que Misner était vraiment devenu un imbécile. Un imbécile peut-être même dangereux. Il se demanda si cette génération — celle de Misner et de K.D. — aurait dû être sacrifiée pour qu'on se consacre à la suivante. Les petits et arrière-petits-enfants qu'on pouvait former et éduquer comme son père et son grand-père avaient fait pour la génération de Steward. Pas de ruptures ; pas de laisse-moi-vivre à l'époque. On fondait de grands espoirs et on les réalisait. Personne n'avait pris plus de responsabilité pour leur conduite que ces braves hommes. Il se souvenait du récit de son frère, Elder Morgan, quand il avait débarqué de Liverpool dans un port du New

Jersey. Hoboken. En 1919. Alors qu'il faisait un tour dans New York avant de prendre son train, il avait vu deux hommes qui se disputaient avec une femme. D'après les vêtements de la femme, disait Elder, il pensait que c'était une racoleuse et, n'éprouvant que mépris pour son activité, il se sentit d'abord du côté des hommes qui criaient. Soudain, l'un d'eux donna un coup de poing dans le visage de la femme. Elle tomba. Tout aussi brusquement, la scène passa des couleurs de tous les jours au noir et blanc. Elder disait que sa bouche s'était desséchée. Les deux Blancs s'éloignèrent en laissant la femme noire étalée par terre. Avant qu'Elder ait pu réagir, l'un d'eux changea d'avis et revint lui donner un coup de pied dans le ventre. Elder ne sut pas qu'il courait avant d'être arrivé et d'écarter l'homme. Il avait couru et s'était battu pendant dix mois de suite et il n'avait pas encore perdu l'habitude de la violence spontanée. Elder frappa le Blanc à la mâchoire et il continua à le cogner jusqu'à ce que l'autre Blanc l'attaque. Personne ne sortit victorieux. Tous avaient reçu des gnons. La femme était toujours allongée sur le trottoir quand des gens qui s'étaient attroupés appelèrent la police. Effrayé, Elder avait pris ses jambes à son cou et il avait gardé sa capote militaire jusqu'en Oklahoma de peur qu'un officier voie l'état de son uniforme. Plus tard, sa femme, Susannah, le lava, le repassa et le raccommoda, mais il lui demanda d'enlever les galons, de laisser la poche de la veste pendre, de ne pas réparer le col déchiré de la chemise, de ne pas toucher aux boutons qui pendaient ou de ne pas les remplacer. Il était trop tard pour ôter les taches de sang aussi il fourra le mouchoir taché dans la poche du pantalon avec ses deux médailles. L'image du poing de cet homme blanc dans le visage de cette femme de couleur ne lui sortit jamais de l'esprit. Quel que soit son sentiment sur l'activité de la femme, il pensa à elle et pria pour elle jusqu'à la fin de sa vie. Susannah essaya de s'y opposer longtemps, mais les hommes de la famille Morgan l'emportèrent. On enterra Elder comme il l'avait demandé : en uniforme avec les accrocs bien en vue. Il ne s'excusa pas de s'être sauvé en abandonnant la femme, et il ne s'attendait pas à ce que Dieu le « laisse vivre » pour ça. Et il était prêt à ce qu'Il lui demande comment cela s'était passé. Steward aimait cette histoire mais il ne supportait pas de savoir qu'elle reposait sur la défense et les prières pour une prostituée. Il n'aimait pas les deux Blancs mais il les comprenait, et il sentait même l'adrénaline monter en lui quand il imaginait que le poing était le sien.

Steward gara sa voiture et entra dans la maison. Il n'aimait pas l'idée d'un lit sans Dovey et il essaya une nouvelle fois de trouver un argument qui l'empêcherait de rester si souvent en ville. Ce serait vain ; il ne pouvait rien lui refuser. Il alla chercher les colleys et les emmena voir si les ouvriers avaient bien fait leur travail. Ils étaient tous du coin et il connaissait leurs femmes et leurs pères ; tous fréquentaient la même église ou une église proche et ils détestaient autant que lui l'idée du « laisse-moi-vivre ». Et l'amertume monta de nouveau en lui. S'ils avaient eu des fils, ils auraient été de véritables exemples de droiture, ils auraient ri des notions que Misner se faisait de la virilité : répondre, changer de nom — comme si la magie des mots avait quelque chose à voir avec le courage nécessaire pour être un homme.

Steward attacha les chiens et ouvrit l'écurie. Ce qu'il aimait c'était monter Nuit, sa jument, vers quatre heures du matin et se promener sur sa jument Nuit jusqu'au lever du soleil. Il aimait parcourir les pâturages où tout était au grand air. Bien installé sur Nuit, il redécouvrait à chaque fois l'étonnement de savoir qu'on ne peut jamais se perdre sur sa terre comme s'étaient perdus Grand Papa et le Grand Père, et les soixante-dix-neuf, après avoir quitté Fairly en Oklahoma. À pied et complètement perdus, qu'il étaient. Et en colère. Mais rien ne les effrayait sauf l'état des pieds des enfants. Dans l'ensemble, ils étaient en bonne santé. Mais les femmes enceintes avaient de plus en plus souvent besoin de repos. La femme de Drum Blackhorse, Céleste ; sa grand-mère, Miss Mindy ; et Beck, sa propre mère, attendaient toutes un enfant. C'était une honte de voir sa femme, sa sœur ou sa fille enceinte être refusées dans un abri qui les avait bercées et transformées pour toujours. L'humiliation ne leur laissait pas seulement de la rancœur ; elle menaçait de les faire crever.

Steward se souvenait du moindre détail de l'histoire que son père et son grand-père lui avaient racontée, et il n'avait pas de mal à imaginer la honte. Dovey par exemple, avant chaque fausse couche, la main posée sur les reins, les paupières à demi fermées, le regard tourné à l'intérieur, toujours à l'intérieur vers le bébé en elle. Qu'aurait-il ressenti si des hommes prétentieux avec des chemises à col et de bonnes chaussures lui avaient dit : « Fiche le camp d'ici », sans que lui, Steward, ne puisse rien faire ? Même aujourd'hui, en 1973, parcourant sa terre dans le vent qui soulevait librement la crinière de Nuit, l'idée de cette impuissance lui donnait envie de tirer sur quelqu'un. Soixante-dix-neuf. Toutes leurs affaires attachées sur leur dos ou posées sur leur tête. Les jeunes se partageant les chaussures chacun leur tour. Ne s'arrêtant que pour se reposer, dormir et manger des déchets. Des déchets et du maïs bouilli, des déchets et du gâteau de maïs, des déchets et du gibier, des déchets et des pissenlits. Ils rêvaient d'un toit, de poisson, de riz, de sirop de sucre. En lambeaux comme de la choucroute, ils rêvaient de vêtements propres avec des boutons, de chemises avec deux manches. Ils marchaient à la queue leu leu : Drum et Thomas Blackhorse en tête, Grand Papa, qui boitait maintenant, porté sur une planche en queue. Après Fairly, ils ne surent plus dans quelle direction aller et ils ne voulaient pas rencontrer quelqu'un qui aurait pu leur dire ou qui aurait pu avoir une autre idée en tête. Ils se tenaient à l'écart des pistes de chariots et essayaient de rester au plus près des bois de pins et des rivières, en se dirigeant vers le nord sans raison précise sinon que cela semblait la meilleure façon de s'éloigner de Fairly.

La troisième nuit, Grand Papa réveilla son fils, Rector, et lui fit signe de se lever. En s'appuyant lourdement sur deux cannes, il s'écarta du campement et murmura : « Suis-moi, toi ».

Rector retourna chercher son chapeau et suivit son père à la démarche lente et douloureuse. Il était inquiet à la pensée que le vieil homme essayait d'atteindre une ville au milieu de la nuit, ou allait chercher du secours dans une des fermes dont les maisons au toit recouvert d'herbe étaient nichées contre des collines. Mais Grand Papa l'entraîna plus profondément dans le bois de pins où l'odeur de résine, agréable au début, lui donna bientôt mal à la tête. Des étoiles étincelaient dans le ciel et le croissant de lune semblait rabougri, comme une plume abandonnée. Grand Papa s'arrêta et posa le genou à terre en gémissant sous l'effort.

« Mon père, dit-il. Zechariah, ici. » Puis, après quelques secondes de silence absolu, il se mit à fredonner les sons les plus doux et les plus tristes que Rector ait jamais entendus. Rector rejoignit Grand Papa en rampant sur les genoux et resta ainsi toute la nuit. Il n'osait pas toucher le vieil homme ni interrompre le fredonnement de sa prière, mais il ne pouvait pas non plus se relever pour s'accroupir afin de soulager ses genoux douloureux. À la fin, il s'assit carrément, en tenant son chapeau dans les mains, la tête baissée, en essayant d'écouter, de rester éveillé, de comprendre. Il finit par s'allonger sur le dos et il regarda les étoiles au-dessus des arbres. La musique déchirante le submergeait et il avait l'impression de flotter à quelques centimètres au-dessus du sol. Il jura plus tard qu'il ne s'était pas endormi. Que pendant toute la nuit, il avait écouté et observé. Entouré par les pins, il ressentit plus qu'il ne vit le ciel s'éclaircir à l'horizon. C'est alors qu'il entendit les pas — comme la démarche lourde d'un géant. Grand Papa, qui n'avait pas bougé un muscle ni arrêté sa chanson, se tut aussitôt. Rector s'assit et regarda autour de lui. Les pas faisaient trembler le sol, mais il était incapable de dire de quelle direction ils venaient. Quand l'ourlet de lumière s'élargit dans le ciel, il distingua la silhouette des troncs d'arbres.

Ils le virent en même temps. Un petit homme apparemment, trop petit pour le bruit de ses pas. Il s'éloignait. Il portait un costume noir dont il tenait la veste sur l'épaule par l'index de la main droite. Sa chemise blanche étincelait entre ses larges bretelles. Sans l'aide d'un bâton et sans un grognement, Grand Papa se releva. Ils observèrent ensemble l'homme qui s'éloignait de la partie la plus pâle du ciel. Une fois, il ralentit l'allure pour se retourner et les regarder, mais il ne purent voir les traits de son visage. Quand il repartit, ils s'aperçurent qu'il portait une sacoche dans la main gauche.

« Cours, dit Grand Papa. Va les chercher.

— Tu ne peux pas rester ici tout seul, dit Rector.

— Cours ! »

Et Rector courut.

Quand ils furent tous réveillés, Rector les conduisit là où Grand Papa et lui avaient passé la nuit. Ils le retrouvèrent exactement au même endroit, plus droit que les pins, son bâton jeté au loin, le dos tourné au soleil levant. On ne voyait aucun homme qui marchait, mais la paix qui baignait le visage de Zechariah se répandit dans leur esprit et les calma.

« Il est avec nous, dit Zechariah. Il nous montre la voie. »

À partir de ce moment, le voyage eut un but et fut débarrassé de la moindre plainte. De temps en temps, l'homme qui marchait réapparaissait : au bord d'une rivière, sur la crête d'une colline, adossé à des rochers. Une seule fois, quelqu'un prit son courage à deux mains pour demander à Grand Papa combien de temps cela allait durer.

« C'est le temps de Dieu, répondit-il. On ne peut le faire démarrer et on ne peut l'arrêter. Autre chose : il ne fera pas votre travail à votre place, alors marchez d'un bon pas. »

Ils n'entendaient plus les pas pesants. Personne ne voyait l'homme qui marchait sauf Zechariah et parfois un enfant. Rector ne le revit pas — jusqu'à la fin. Vingt-neuf jours plus tard. Après avoir été avertis de s'éloigner par un coup de fusil ; s'être vu offrir à manger par des femmes noires dans un champ ; s'être fait voler leurs fusils par deux cow-boys — mais rien ne troubla leur paix déterminée —, Rector et son père le virent tous deux.

On était en septembre. Tous les autres voyageurs auraient réfléchi à deux fois avant d'entrer dans le territoire indien sans but précis et avec l'hiver qui approchait. Mais s'ils étaient inquiets cela ne se voyait pas. Rector était allongé dans les hautes herbes et attendait qu'un piège rudimentaire se déclenche — un lapin, espérait-il, une marmotte, un écureuil de terre même — quand juste devant, entre les herbes écartées, il vit l'homme qui marchait, debout, regarder autour de lui. Puis l'homme s'accroupit, ouvrit sa sacoche et y fouilla. Rector l'observa un certain temps puis s'en alla en rampant dans les hautes herbes avant de sauter sur ses pieds pour revenir, en courant, au campement où Grand Papa terminait son petit déjeuner froid. Rector lui décrivit ce qu'il avait vu et tous deux se dirigèrent vers l'endroit où il avait tendu le piège. L'homme qui marchait était toujours là, il sortait des choses de sa sacoche et en remettait d'autres dedans. Alors même qu'ils l'observaient, l'homme commença à disparaître. Quand il fut complètement dissous, ils entendirent de nouveau les pas, qui résonnaient dans une direction qu'ils ne purent déterminer : à l'arrière, à gauche, maintenant à droite. Ou était-ce au-dessus d'eux ? Puis, soudain, tout fut silencieux. Rector s'avança en rampant ; Grand Papa marchait lui aussi à quatre pattes, pour voir ce qu'avait laissé l'homme qui marchait. Ils n'avaient pas fait trois mètres qu'ils entendirent quelque chose qui se débattait dans l'herbe.

Là, dans le piège, dont l'appât et la ficelle n'avaient pas été touchés, il y avait une pintade. Un mâle avec un plumage à vous couper le souffle. Après avoir échangé un regard, ils la laissèrent là et allèrent jusqu'à l'endroit où ils pensaient que l'homme qui marchait avait étalé les choses de sa sacoche. Il n'y avait rien. Un simple petit creux dans l'herbe. Grand Papa se pencha et y toucha. Il appuya la main sur l'herbe foulée et ferma les yeux.

« Ici, dit-il. C'est notre endroit. »

Mais ça ne l'était pas, bien sûr. Pas encore en tout cas. Il appartenait à une famille d'Indiens de l'État et il fallut un an et quatre mois de négociations et de dur travail sur la terre, pour l'avoir enfin. Étant passés d'une végétation luxuriante à un espace inimaginable, ils auraient pu se sentir tout petits quand ils virent plus de ciel que de terre, et une herbe qui leur montait à la taille. Pour les Pères Fondateurs cela équivalait à un luxe — une amplitude pour l'âme et le corps qui équivalait à une liberté sans frontières, sans forêts profondes et menaçantes dans lesquelles pouvaient se cacher des ennemis. Ici, la liberté n'était pas un jeu, comme un carnaval ou un bal qui n'avait lieu qu'une fois l'an. Ce n'étaient pas non plus les restes tombant de la table des nantis. Ici, la liberté était une épreuve régie par la nature et qu'un homme devait remporter seul, chaque jour. Et s'il remportait les épreuves pendant suffisamment longtemps, il devenait roi.

Zechariah ne voulait peut-être plus manger de lapin rôti à la broche ni de viande froide de bison. Peut-être qu'après avoir été congédié par des Blancs et s'être vu refuser une ferme par des Noirs, il voulait établir quelque chose de permanent dans ce pays ouvert si différent de la Louisiane. Quoi qu'il en soit, pendant qu'ils construisaient des logements temporaires — des appentis, des abris souterrains — et chargeaient du bois dans un chariot attelé de deux chevaux que leur avaient prêté les Indiens, Zechariah réunit quelques hommes pour édifier un four. Ils étaient fiers qu'aucune de leurs femmes n'ait jamais travaillé dans la cuisine d'un homme blanc ni allaité d'enfant blanc. Le travail des champs était plus dur et peu considéré mais ils croyaient que si le viol des femmes qui travaillaient dans les cuisines des Blancs n'était pas une certitude c'était une possibilité précise — qu'ils ne pouvaient supporter. Aussi, ils échangeaient ce danger contre la sécurité relative d'un travail brutal. C'est cette pensée qui rendit une « cuisine » communautaire aussi agréable. Ils étaient extraordinaires. Ils avaient servi, pioché, labouré et commercé en Louisiane depuis 1755, quand le territoire incluait le Mississippi ; après la division de l'ensemble en deux États, ils avaient aidé leur gouvernement de 1868 à 1875, ensuite on les avait réduits au travail des champs. Pendant plus de deux cents ans, ils avaient gardé fertiles les fruits de leurs reins. Ils ne s'étaient rien refusé les uns aux autres, ne s'étaient courbés devant personne et ne s'étaient agenouillés que devant leur Créateur. Aujourd'hui, en se rappelant leurs travaux et leurs jours, Steward se sentait solide, et sa résolution inébranlable. Imagine, se dit-il, ce que Grand Papa, ou Drum Blackhorse ou Juvenal DuPres penseraient de ces freluquets qui voulaient changer des mots de fer martelé.

Le soleil ne se lèverait que dans un moment et Steward ne pourrait plus se promener à cheval encore longtemps. Aussi il fit faire demi-tour à Nuit et prit le chemin du retour en pensant à quelque chose qu'il disait ou ferait pour que Dovey cesse de passer la nuit en ville. Il ne pouvait dormir sans le parfum de ses cheveux près de lui.

Au même moment, avant la première lumière de l'aube, Soane se tenait dans la cuisine de la plus grande maison de Ruby et parlait à voix basse à l'obscurité de l'autre côté de la fenêtre.

« Attention, mes cailles. Deek vous cherche avec son fusil. Et quand il reviendra, il jettera un sac plein sur mon sol propre et il dira quelque chose comme : "Ça devrait faire l'affaire pour le souper." Fier. Comme s'il m'offrait un cadeau. Comme si vous étiez déjà plumées, vidées, cuites. »

Parce qu'une lumière au néon qu'on venait d'installer se répandait dans la cuisine, Soane ne pouvait rien voir dans l'obscurité à l'extérieur, en attendant que l'eau chauffe dans la bouilloire. Elle voulait que son remontant infuse correctement avant le retour de son mari. De la pointe des doigts, elle tenait une des préparations de Connie, un petit sachet de tissu enveloppé dans un paquet de papier enduit de cire. C'était la seconde fois que Connie la sauvait. La première fois avait été une terrible erreur. Non, pas une erreur, un péché.

Elle avait pensé qu'il était minuit quand Deek s'était glissé hors du lit et avait enfilé sa tenue de chasse. Mais quand il était descendu en chaussettes, elle avait regardé la pendule lumineuse : 3 h 30. Encore deux heures de sommeil, se dit-elle, mais la pendule indiquait six heures quand elle s'était réveillée et elle avait dû se dépêcher. Prendre son petit déjeuner, lui préparer ses vêtements de travail. Mais avant, son remontant — dont elle avait le plus grand besoin maintenant parce que l'air se raréfiait de nouveau. Il avait commencé à lui manquer, comme s'il y avait trop à porter, pas quand Scout avait été tué mais quinze jours plus tard — avant même qu'on ait rapatrié son corps — quand on les avait informés qu'Easter était mort lui aussi. Des bébés. Le premier dix-neuf ans, l'autre vingt et un. Quelle fierté, quel bonheur, quand ils s'étaient engagés ; elle les avait activement encouragés à le faire. Dans les années quarante, leur père avait servi dans l'armée, leurs oncles aussi. Jeff Fleetwood était revenu du Vietnam indemne. Et même s'il semblait un peu choqué, Menus Jury était revenu vivant. Comme une imbécile elle croyait que ses fils seraient à l'abri. Plus à l'abri que n'importe où en Oklahoma en dehors de Ruby. Plus à l'abri à l'armée qu'à Chicago où Easter voulait aller. Plus à l'abri qu'à Birmingham, qu'à Montgomery, qu'à Selma, qu'à Watts[1]. Plus à l'abri qu'à Money dans le Mississippi, en 1955, et qu'à Jackson, dans le Mississippi, en 1963. Plus à l'abri qu'à Newark, Détroit, Washington D.C. Elle avait cru que la guerre était un meilleur abri que n'importe quelle ville des États-Unis. Aujourd'hui, il lui restait quatre lettres non décachetées, postées en 1968, et livrées à la poste de Demby, quatre jours après qu'elle eut enterré le dernier de ses fils. Elle n'avait jamais pu les ouvrir. Tous deux étaient venus en permission à Thanksgiving en 1968. Sept mois après l'assassinat de Martin Luther King et Soane avait pleuré comme celui qui est racheté en voyant ses deux fils en vie. Ses gentils garçons noirs, qui n'étaient ni tués ni lynchés ni blessés ni emprisonnés. « La prière a marché ! » s'écria-t-elle quand ils sortirent de voiture. Ce fut la dernière

---

1. Villes dans lesquelles ont eu lieu des émeutes noires dans les années 1960. (*N.d.T.*)

fois qu'elle les vit entiers. Connie lui avait vendu assez de noix de pécan écalées pour les tartes de Thanksgiving. Une fille avec une voiture en panne s'y trouvait ce jour-là et Soane l'avait emmenée acheter l'essence dont elle avait besoin pour aller là où elle se dirigeait, mais la fille était restée. Pourtant, elle avait dû partir quelque part avant la mort de Mère, sinon Connie n'aurait pas été obligée d'allumer un feu dans les champs. Personne n'aurait su sans la plume de fumée noire. Anna Flood la vit, y alla en voiture et apprit la nouvelle.

Soane dut se dépêcher elle aussi. Parler à Roger, aller à la banque pour téléphoner à des inconnus dans le nord, collecter de la nourriture chez des voisines et en préparer elle-même. Dovey, Anna et elle l'avaient emportée là-bas en sachant très bien qu'il n'y avait personne pour la manger en dehors d'elles. Vite, vite aussi, parce qu'il fallait expédier rapidement le corps au nord. Dans de la glace. Connie avait l'air bizarre, comme brisée et Soane l'avait ajoutée à la liste des personnes qui lui tourmentaient la vie. K.D., par exemple. Et Arnette. Et Sweetie. Et maintenant, elle n'arrêtait pas de penser au Four. Quelques jeunes garçons avaient pris l'habitude de s'y réunir avec des bières à 3,2°, racontaient les gens, et ils avaient dit aux enfants qui jouaient là de rentrer chez eux. Ou leurs mères le leur avaient dit. Et quelques jeunes filles (Soane pensait qu'elles méritaient une bonne fessée) trouvèrent des raisons pour y aller aussi. Comme Arnette et Billie Delia.

Les gens disaient que ces garçons avaient besoin de s'occuper. Mais Soane, qui savait qu'il y avait tant à faire, n'y croyait pas. Il se passait quelque chose. Quelque chose en plus du poing d'un noir de jais avec des ongles rouges, peint sur le mur arrière du Four. Personne n'en revendiquait la responsabilité — mais, plus scandaleux que la dénégation collective, il y avait le refus de l'enlever. Ceux qui traînaient là disaient non, ils ne l'avaient pas peint sur le Four, et non, ils ne l'enlèveraient pas. Finalement, Kate Golightly et Anna Flood eurent beau l'effacer avec une éponge métallique, du dissolvant et un seau d'eau savonneuse, cinq jours s'étaient passés pendant lesquels les responsables de la ville fous de rage avaient interdit à quiconque de l'enlever pour que les jeunes le fassent. Les doigts serrés, aux ongles rouges tendus sur le côté, pas vers le haut, faisaient plus de mal qu'un coup de poing et cela dura plus longtemps. Le nettoyage de Kate et d'Anna ne put effacer la douleur énervante et détestable que cela produisit. Soane n'arrivait pas à comprendre. Il n'y avait pas de Blancs dans le coin pour leur troubler l'esprit (ni moralement ni de façon malveillante) ou les monter contre eux, leur faire défigurer le Four et défier les adultes. En fait, les habitants d'ici prospéraient, et la chance était de leur côté depuis plus de dix ans : de bons dollars pour les bœufs, le blé, la vente des droits du gaz naturel, le pétrole, alimentant les achats et soutenant la spéculation. Mais pendant la guerre, quand Ruby se développait, la colère infestait d'autres endroits. Une sale époque, dit le révérend Pulliam depuis la chaire de l'église de Sion. Le Jugement dernier, dit le pasteur Cary au Saint Rédempteur. On ne dit rien à ce moment-là à l'église du Calvaire parce que les fidèles attendaient toujours le nouveau pasteur qui, à son arrivée en 1970, donna de bonnes nouvelles : « Je vaincrai tes ennemis sous tes yeux », a dit le Seigneur, le Seigneur, le Seigneur.

C'était trois ans plus tôt. On était en 1973. Sa petite fille — c'était bien ça ? — aurait dix-neuf ans maintenant si Soane n'était pas allée au Couvent rechercher l'aide qu'exigeait toujours le péché. Peu de temps auparavant, Soane qui se trouvait sous le fil à linge et qui luttait contre le vent pour étendre des draps, avait levé les yeux et avait vu une dame qui souriait dans la cour. Elle portait une robe de laine marron et un bonnet de toile blanche ancien, et elle tenait un grand panier à la main. La dame lui fit un signe de la main et Soane répondit au salut de l'inconnue du mieux qu'elle put avec sa bouche pleine de pinces à linge — un hochement de tête qu'elle espéra poli. La dame se retourna et s'en alla. Soane remarqua deux choses : le panier était vide mais la dame le tenait à deux mains comme s'il avait été plein ce qui, comme elle le savait maintenant, était un signe de ce qui allait se passer — un vide dont le poids l'écraserait, une absence trop lourde à porter. Et elle savait qui lui avait envoyé la dame pour le lui dire.

La vapeur siffla et interrompit les regrets de Soane qui versa de l'eau bouillante dans une tasse sur le petit sachet de mousseline. Elle posa une soucoupe sur la tasse et laissa la médecine infuser.

Peut-être devraient-ils en revenir à la façon dont ils faisaient les choses quand ses bébés venaient de naître. Quand tout le monde était trop occupé à construire, à constituer des stocks, à moissonner pour songer à se quereller ou à combiner des méchancetés. La façon dont ils faisaient les choses avant que l'église du Calvaire ne soit achevée. Quand les baptêmes avaient lieu dans l'eau propre. De magnifiques baptêmes. Des baptêmes à vous briser le cœur, avec les chants des adultes, les larmes et le frémissement à l'idée d'être enfin sauvé. Quand le pasteur soulevait les petites filles dans ses bras, puis les plongeait l'une après l'autre dans l'eau qu'il venait de consacrer, sans jamais les laisser tomber. Les autres regardaient en retenant leur respiration. Les filles se relevaient l'une après l'autre en retenant leur respiration. Leurs robes blanches et humides bouillonnaient dans l'eau où brillait le soleil. Les cheveux et le visage ruisselants, elles levaient les yeux vers les cieux avant de baisser la tête en attendant le commandement : « Allez, maintenant. » Puis, pour les rassurer : « Ma fille, tu es sauvée. » Quand elle touchait l'eau consacrée, la note la plus douce se dédoublait, triplait ; puis d'autres notes sortaient d'autres gorges et s'en allaient avec la première. Dans les arbres, les oiseaux se taisaient et tentaient d'apprendre. Alors, lentement, la main dans la main, les têtes posées sur les épaules, celles qui étaient bénies et sauvées marchaient dans l'eau vers la berge et allaient jusqu'au Four. Pour se sécher, se serrer mutuellement dans leurs bras, se féliciter.

Maintenant, l'église du Calvaire avait un bassin à l'intérieur ; l'église de la nouvelle Sion et celle du Saint Rédempteur avaient des vases spéciaux pour asperger un peu d'eau sur les têtes droites.

Sans les baptêmes, le Four n'avait plus de vraie valeur. On n'avait plus jamais eu besoin à Ruby de ce qui avait été nécessaire aux premiers temps de Haven. Les camions dans lesquels ils étaient venus ici avaient aussi apporté des cuisinières. La viande qu'ils mangeaient gloussait dans la cour, ou s'effondrait sur les genoux sous un coup de maillet ou couinait par une entaille faite dans la gorge. Contrairement aux débuts de Haven, quand on fonda Ruby, le gibier était du gibier. Les femmes hochèrent la tête quand les hommes démontèrent le Four, l'emballèrent, l'emmenèrent puis l'assemblèrent de nouveau. Mais dans leur for intérieur, elles leur reprochèrent la place qu'ils lui accordèrent dans le camion — plutôt que quelques sacs de semence supplémentaires, un goret ou même un berceau. Elles leur reprochèrent aussi les heures passées à le remonter — des heures qu'ils auraient pu consacrer à installer la porte des cabinets. Si la plaque était si importante — et à en juger d'après la partie de la réunion à laquelle elle avait assisté, elle supposait qu'elle l'était — pourquoi ne l'avaient-ils pas prise, elle toute seule, en laissant les briques là où elles s'étaient trouvées pendant cinquante ans ?

Oh, comme les hommes avaient adoré reconstruire le Four ; comme cela les avait rendus fiers, comme ils s'étaient appliqués. Une bonne chose, se disait-elle, jusque-là, mais cela était allé trop loin. Un objet utile était devenu un autel (ce contre quoi mettait en garde non seulement l'impressionnant Deutéronome mais aussi l'adorable lettre aux Corinthiens II) et qui, comme tout ce qui L'offensait, s'était détruit lui-même. Personne n'avait mieux révélé les choses que le jeune insolent qui l'avait transformé en une autre sorte de four. Un four dans lequel la chair qu'on chauffait était humaine.

Quand Royal et les deux autres, Destry et une des filles de Pious DuPres, avaient demandé qu'on se réunisse, on s'était mis d'accord. Personne n'avait demandé une réunion dans la ville depuis des années. Tout le monde, y compris Soane et Dovey, pensait que les jeunes commenceraient par s'excuser de leur conduite et s'engageraient à nettoyer l'endroit et à le garder propre. Au lieu de ça, ils vinrent avec leur plan. Un plan qui achevait ce que le poing avait commencé. Royal, qu'on appelait Roy, prit la parole et, sans notes, fit un discours parfait à tous égards mais incompréhensible. Personne ne savait de quoi il parlait et les passages qu'on pouvait comprendre étaient de la folie pure et simple. Il dit qu'ils étaient complètement hors du coup ; que les choses avaient changé partout sauf à Ruby. Il voulait donner un nom au Four, y tenir des réunions pour se dire à quel point ils étaient beaux en se donnant des noms horribles. Pas comme des noms américains. Comme des noms africains. Tout ce que Soane connaissait de l'Afrique c'était les soixante-quinze cents qu'elle donnait à la quête de la société missionnaire. Elle portait autant d'intérêt aux Africains que les Africains lui en portaient : aucun. Mais Roy parlaient d'eux comme s'ils étaient des voisins, ou pire, de la famille. Puis il parla des Blancs comme s'il venait seulement de les découvrir et il semblait croire que ce qu'il avait appris était nouveau.

Cependant il y avait quelque chose de plus dans son discours. Pas tellement ce qu'on pouvait approuver ou désapprouver, mais une sorte d'accusation. Contre les Blancs, oui, mais aussi contre eux — les gens de la ville qui écoutaient, leurs parents, leurs grands-parents, les adultes de Ruby. Comme s'il y avait une façon nouvelle et plus virile de se conduire avec les Blancs. Pas à la façon de Blackhorse ou de Morgan, mais une sorte de chose africaine pleine de mots nouveaux, de nouvelles combinaisons de couleurs et de nouvelles coupes de cheveux. Il laissait entendre que vouloir surpasser les Blancs, c'était lâche. Qu'on devait leur parler, les rejeter, les affronter. Parce que l'ancienne méthode était lente, limitée à quelques-uns et faible. La dernière accusation fit gonfler le cou de Deek et, un jour de semaine, il dut faire sauter la cervelle des cailles pour que la sienne n'explose pas.

Il allait en rapporter un sac plein d'une minute à l'autre, et plus tard Soane lui en servirait un plat, des demi-cailles tendres et brunes. Et elle hésita entre le riz et les patates douces pendant que le contenu de sa tasse infusait. Quand elle en avala la dernière goutte, la porte arrière s'ouvrit.

« Qu'est-ce que c'est ? »

Elle aimait son odeur. De vent humide et d'herbe. « Rien. »

Deek jeta son sac par terre. « Prépare-moi-z'en quelques-unes.

— Allez Deek. Combien ?

— Douze. J'en ai donné six à Sargeant. »

Deek s'assit et avant d'enlever sa veste il délaça ses bottes. « Assez pour deux soupers.

— K.D. est allé avec toi ?

— Non. Pourquoi ? » Il grogna en faisant un effort pour enlever ses bottes.

Soane les ramassa et alla les porter sur le perron à l'arrière. « On a du mal à le trouver en ce moment. Il mijote quelque chose, je parie.

— Tu as fait du café ? Comme quoi ? »

Soane flaira l'air obscur et en évalua le poids, avant de refermer la porte. « Je ne peux pas dire exactement. Mais il a trop de raisons pour porter des chaussures légères.

— Il chasse la caille, m'est avis. Tu t'souviens de c'te fille qui traînait en ville y'a quelque temps et qu'est partie au Couvent ? »

Soane se retourna vers lui en tenant une cafetière devant sa poitrine et elle souleva le couvercle. « Pourquoi tu dis qu'elle "traînait" ? Pourquoi est-ce qu'il faut que tu dises "traînait" comme ça ? Tu l'as vue ?

— Non, mais y'en a d'autres qui l'ont vue.

— Et alors ? »

Deek bâilla. « Et alors rien. Du café, ma chérie. Du café, du café.

— Alors dis pas "traînait".

— D'accord, d'accord. Elle traînait pas. » Deek rit en laissant tomber ses vêtements par terre. « Elle flottait.

— Qu'est-ce que tu as contre la penderie, Deek ? »

Soane regardait le pantalon imperméable, la veste rouge et noire, la chemise de flanelle. « Qu'est-ce que ça veut dire ?

— On m'a raconté qu'elle avait des chaussures avec des talons de quinze centimètres de haut.

— Tu mens.

— Et qu'elle volait.

— Bon. Si elle est toujours au Couvent, elle doit bien aller. »

Deek se massait les orteils. « Tu as un faible pour ces femmes du Couvent. Je ferais attention si j'étais toi. Elles sont combien maintenant ? Quatre ?

— Trois. La vieille dame est morte, tu te souviens ? »

Deek la regarda fixement puis détourna les yeux. « Quelle vieille dame ?

— La mère supérieure. À qui penses-tu ?

— Oh, c'est vrai. Ouais. » Deek continuait à faire circuler le sang dans ses pieds. Puis il rit. « La première fois que Roger a pu utiliser son camion neuf.

— Son ambulance », dit Soane en ramassant les vêtements de Deek.

« Il a fait trois versements le lendemain. J'espère qu'il pourra payer le reste. Pas assez de transports à l'hôpital ni d'enterrements par ici pour justifier le prix exorbitant de la voiture qu'il a achetée. »

L'odeur du café s'éleva et Deek se frotta les paumes des mains.

« Il a du mal à s'en sortir ? demanda Soane.

— Pas encore. Mais comme son bénéfice dépend des malades et des morts, je préférerais qu'il fasse faillite.

— Deek !

— L'a même pas levé un putain de petit doigt pour mes fils. Enterrés dans un sac, comme des petits chats.

— Ils ont eu de très beaux cercueils ! Très beaux !

— Ouais, mais à l'intérieur...

— Arrête, Deek. Pourquoi tu t'arrêtes pas. » Soane porta la main à sa gorge.

« J'espère qu'il va s'en sortir. Si je m'en vais avant lui. Dans ce cas-là, bon, tu sais quoi faire. Ça m'intéresse absolument pas d'aller dans son camion, mais je veux une caisse de première qualité, comme ça il s'en sortira bien. C'est Fleet qui a des problèmes. » Il alla se savonner les mains dans l'évier.

« Tu dis tout le temps ça. Comment ça se fait ?

— Les ventes par correspondance.

— Quoi ? » Soane versa du café dans la grande tasse bleue que préférait son mari.

« Vous allez toutes à Demby, non ? Quand vous voulez un grille-pain ou un fer à repasser électrique, vous le commandez sur un catalogue et vous allez le chercher jusque là-bas. Qu'est-ce que ça lui rapporte ?

— Fleet n'a jamais grand-chose dans sa boutique. Et ce qu'il a, y est depuis longtemps. Il a un fauteuil qui a changé trois fois de couleur dans sa vitrine.

— C'est pour ça, dit Deek. S'il peut pas se débarrasser de son vieux stock, il peut pas acheter du neuf.

— Ça marchait bien pour lui. »

Deek versa un peu de café dans sa soucoupe. « Il y a dix ans. Cinq ans. » Le liquide sombre frémit sous son souffle. « Les garçons qui rentraient du Vietnam, qui se mariaient, qui s'installaient. L'argent de la guerre. Les fermes marchaient bien, ça allait bien pour tout le monde. » Il aspira le café sur le bord de la soucoupe et soupira de plaisir. « Et maintenant...

— Je ne comprends pas, Deek.

— Moi si. » Il lui sourit. « T'as pas besoin de comprendre. »

Elle n'avait pas voulu dire qu'elle ne comprenait pas de quoi il parlait. Elle avait voulu dire qu'elle ne comprenait pas pourquoi il ne cherchait pas plus à aider ses amis à résoudre leurs problèmes d'argent. Par exemple, pourquoi Menus ne pouvait-il pas garder la maison qu'il avait achetée ? Mais Soane n'essaya pas de lui expliquer ; elle se contenta d'observer son visage.

Doux, toujours beau après vingt-six ans et, en ce moment, rayonnant de plaisir. Avoir fait bonne chasse ce matin l'avait calmé et avait remis les choses à leur place. Le café avait la bonne couleur ; la bonne température. Et tout à l'heure, des cailles sans leur cervelle fondraient dans sa bouche.

Chaque fois que le temps le permettait, Deacon Morgan faisait un kilomètre dans sa voiture d'un noir étincelant. Depuis sa maison dans la rue Saint-Jean, il tournait à l'angle dans Central, traversait les rues Luc, Marc et Matthieu, avant de se garer impeccablement devant la banque. La stupidité, qui consistait à faire en voiture une distance qu'il aurait pu parcourir à pied en moins de temps qu'il n'en fallait pour fumer un cigare, était balayée à ses yeux par l'importance du geste. Sa voiture était grande et tout ce qui l'intéressait, c'était sa puissance et ce qui méritait un commentaire : comment il la lavait et la lustrait lui-même — il ne laissait jamais K.D. ou n'importe quel jeune entreprenant y toucher ; comment il y chiquait mais n'y allumait jamais de cigares ; comment il ne s'y accotait jamais, mais si l'on discutait avec lui, debout près de la voiture, il en caressait le capot du bout des ongles, en ôtant des poussières qu'il était seul à voir et effaçait des taches invisibles avec son mouchoir. Avec ses amis, il riait de sa vanité parce qu'il savait que leur plaisir devant sa faiblesse allait de pair avec leur crainte : la magie avec laquelle lui (et son frère jumeau) amassait de l'argent. Sa sagesse prophétique. Sa mémoire imbattable. Un de ses souvenirs les plus forts était un de ses plus anciens.

Quarante-deux ans plus tôt, il s'était battu pour qu'on lui laisse de la place dans le rétroviseur du Modèle T de Grand Papa Morgan, afin de faire un geste d'adieu à sa mère et à sa petite sœur, Ruby. Le reste de la famille — Papa, Oncle Pryor, son grand frère Elder, et Steward son jumeau — était entassé contre deux grands paniers pleins de nourriture. Le voyage qu'ils entamaient prendrait des jours, peut-être deux semaines. Le Second Grand Voyage, dit Papa. Le Dernier Grand Voyage, dit Oncle Pryor en riant.

Le premier avait été fait en 1910, avant la naissance des jumeaux, alors que Haven se battait toujours pour vivre. Grand

Papa avait emmené son frère Pryor et son fils aîné Elder en voiture dans tout l'État et au-delà, pour étudier, examiner et juger les autres villes noires. Ils avaient prévu d'en visiter deux hors de l'Oklahoma et cinq à l'intérieur : Boley, Langston City, Rentiesville, Taft, Clearview, Mound Bayou, Nicodemus. Finalement, ils n'en virent que quatre. Grand Papa, Oncle Pryor et Elder ne cessaient de parler de ce voyage, comment ils s'étaient bien entendus et avaient discuté avec des pasteurs, des pharmaciens, des patrons de boutiques de vêtements, des médecins, des éditeurs de journaux, des instituteurs, des banquiers. Ils avaient parlé de malaria, du prix de l'alcool, de la menace des immigrants blancs, des problèmes avec les Creeks affranchis, de la loyauté des administrateurs militaires, du caractère pratique de la connaissance, du besoin de formation technique, des conséquences de la création de l'État, des clubs et de la violence des Blancs, seuls ou organisés, qui tournoyaient autour d'eux. Ils s'étaient arrêtés au bord des champs de maïs, avaient longé des rangées de cotonniers. Ils avaient visité des ateliers d'imprimeurs, des classes de diction, des églises, des scieries ; ils avaient étudié des méthodes d'irrigation et des systèmes de stockage. Ils regardaient surtout les champs, les maisons, les routes.

Onze ans plus tard, Tulsa fut bombardée et plusieurs des villes, que Grand Papa, Pryor et Elder avaient visitées, disparurent. Mais contre toute attente, en 1932, Haven prospérait. La crise économique ne l'avait pas touché : les économies personnelles étaient importantes, la banque de Grand Papa n'avait pris aucun risque (en partie parce que les banquiers blancs lui fermaient leur porte, en partie parce que les portefeuilles d'actions avaient été bien protégés) et les familles partageaient tout, s'assuraient que personne ne manquait de rien. La récolte de coton était ruinée ? Ceux qui cultivaient du sorgho partageaient leur bénéfice avec ceux qui cultivaient du coton. Une grange brûlait ? Ceux qui abattaient des pins s'arrangeaient pour que des grumes tombent « accidentellement » des chariots, à certains endroits afin qu'on les ramasse pendant la nuit. Des cochons retournaient le champ d'un voisin ? Ce dernier se voyait offrir de quoi remplacer sa récolte et on lui assurait qu'il aurait un jambon quand on tuerait le cochon. L'homme dont la main blessée par un mauvais coup de hache guérissait, n'en était pas à son second pansement qu'une corde de bois était déjà coupée et empilée. Comme le monde les avait refusés en 1890, pendant leur voyage en Oklahoma, les résidents de Haven ne se refusaient rien entre eux et restaient attentifs au moindre besoin ou au moindre manque.

Les Morgan n'admirent pas qu'on se réjouisse de l'échec de certaines de ces villes métisses — ils portaient le rejet de 1890 comme une balle dans le cerveau. Ils firent simplement remarquer le mystère de la justice divine et décidèrent d'emmener les jumeaux dans un second voyage pour qu'ils se rendent compte par eux-mêmes.

Ce qu'ils virent était parfois rien, parfois triste, et Deek se souvenait de tout. Des villes qui ressemblaient à des quartiers d'esclaves transplantés. Des villes ivres de richesse. D'autres villes qui faisaient semblant de dormir — en amassant de l'argent, des titres et des actes notariés dans des maisons non peintes au fond de rues non pavées.

Dans une des villes prospères, Steward et lui observèrent dix-neuf dames noires se mettre en rang sur les marches de l'hôtel de ville. Elles portaient des robes d'été coupées dans un tissu dont ni l'un ni l'autre n'avait jamais vu une telle légèreté et une telle délicatesse. Pour la plupart des robes blanches, mais deux étaient jaune citron et une saumon. Elles portaient de petits chapeaux pâles, beige, rose poudreux ou bleu cendré : des chapeaux qui attiraient l'attention sur les grands yeux étincelants de celles qui les portaient. Elles avaient la taille à peine plus grosse que le cou. Elles riaient et se taquinaient en prenant l'air satisfait devant un photographe qui ne sortait la tête de dessous son drap noir que pour s'y cacher aussitôt. Après une pose satisfaisante, les dames s'égaillèrent en petits groupes, et elles pliaient leur taille minuscule avec des rires en cascade et marchaient bras dessus bras dessous. L'une ajustait la broche d'une amie ; une autre échangeait son sac à main avec sa voisine. De petits pieds tournaient et effleuraient le sol dans des chaussures de cuir fin. Devant leur peau, crémeuse et lumineuse dans le soleil de l'après-midi, Deek eut le souffle coupé. Quelques-unes des plus jeunes traversèrent la rue et passèrent près, tout près de la clôture, sur laquelle Steward et lui étaient assis. Elles allaient dans un restaurant un peu plus loin. Deek entendit leurs voix musicales, basses, remplies de plaisir et de secrets, et elles laissèrent derrière elles un souffle de verveine. Les jumeaux ne se regardèrent pas. Sans un mot, ils furent d'accord pour se laisser tomber de la clôture. Tandis qu'ils se battaient par terre, en abîmant leur pantalon et leur chemise, les dames noires se retournèrent pour regarder. Deek et Steward obtinrent les sourires qu'ils désiraient avant que Grand Papa interrompe sa conversation, descende du porche pour venir prendre chacun de ses fils par la ceinture de leur pantalon, les monte sur le porche et leur cingle les fesses avec sa canne.

Aujourd'hui encore, le parfum de verveine était présent ; aujourd'hui encore les robes d'été, la peau crémeuse et lumineuse, le bouleversaient. Si Steward et lui ne s'étaient pas laissé tomber de la clôture, ils auraient éclaté en sanglots. Aussi, parmi les détails encore sensibles de ce voyage — le chagrin, l'entêtement, la ruse, la richesse —, l'image que conservait Deek des dix-neuf dames en robe d'été différait de celle du photographe. Son souvenir était couleur pastel et éternel.

Le lendemain matin, après la réunion à l'église du Calvaire, satisfait du quota coups de feu-gibier, n'étant pas fatigué et n'ayant pas envie de dormir, il décida d'aller inspecter le Four avant d'ouvrir la banque. Aussi, il tourna à gauche et non à droite dans Central et passa sur le côté ouest de l'école, devant l'épicerie d'Ace, le magasin Meubles et Appareils ménagers de Fleetwood, et plusieurs maisons sur le côté est. Quand il arriva au Four, il en fit le tour. L'endroit était propre, à part quelques boîtes de soda et quelques papiers tombés de la poubelle. Pas de poing. Pas de jeune à traîner. Il fallait qu'il parle à Anna Flood, qui tenait maintenant l'épicerie d'Ace — qu'elle ramasse les boîtes de jus de fruit et les saletés venues d'achats faits dans sa boutique. C'est ce qu'Ace, son père, faisait autrefois. Il balayait l'endroit comme s'il s'était agi de sa propre cuisine, de fond en comble, et si on l'avait laissé faire il aurait balayé toute la largeur de la rue. En revenant dans Central, Deek remarqua la Ford délabrée de Misner rangée devant chez Anna. Après, sur sa gauche, il entendit un groupe d'écoliers qui récitaient un poème qu'il avait appris par cœur lui aussi, mais il n'avait eu besoin d'entendre les vers de Dunbar[1] qu'une seule fois pour les

---

1. Paul Laurence Dunbar (1872-1906), poète américain. (*N.d.T.*)

savoir parfaitement et pour toujours. Quand Steward et lui s'étaient engagés, il y avait beaucoup de choses à apprendre — depuis faire un nœud de cravate réglementaire jusqu'à son paquetage. Et exactement comme à l'école de Haven, ils avaient été les premiers à comprendre tout, à se souvenir de tout. Mais rien n'était aussi bien que ce qu'ils avaient appris chez eux, assis par terre dans une pièce éclairée par le feu de la cheminée, à écouter des histoires de guerre ; des histoires de grandes migrations — ceux qui les avaient faites et ceux qui ne les avaient pas faites ; les échecs et les triomphes d'hommes intelligents — leur peur, leur courage, leur confusion ; des histoires d'amour profond et éternel. Tout dans le seul livre qu'ils possédaient à l'époque. Une couverture de cuir noir avec des lettres d'or ; les pages plus fines que de jeunes feuilles, que des pétales. Le dos effiloché en haut, les coins usés jusqu'à la trame par les doigts. Plus ils les entendaient, plus ils les faisaient leurs — les mots, forts et étranges au début, devinrent familiers, gagnèrent du poids et une beauté hypnotique.

Alors qu'il roulait vers le nord, Central et les rues latérales lui semblèrent satisfaisantes comme d'habitude. De calmes maisons blanches et jaunes, faites avec application ; et à l'intérieur, il y avait d'élégantes femmes noires occupées à des tâches utiles ; des armoires bien rangées sans excès ni pingrerie ; du linge lavé et repassé à la perfection ; de la bonne viande préparée et prête à rôtir. Un spectacle pour lequel il perdrait son âme si K.D. ou l'oisiveté des jeunes le remettaient en cause.

C'était un cri lointain, venu des premiers temps de Haven, et son grand-père se serait moqué de ce bien-être — acheter des propriétés avec des dollars disponibles plutôt que de les négocier contre des années de travail. Il aurait été gêné par des petits-fils qui travaillaient douze heures par jour et cinq jours par semaine au lieu des dix-huit à vingt heures quotidiennes pendant lesquelles les gens de Haven avaient dû travailler pour simplement survivre, des petits-fils qui pouvaient chasser la caille par plaisir et non à cause du besoin désespéré de retrouver sa femme et ses enfants à table sans honte. Et il aurait fermé à moitié ses yeux froids et chassieux en voyant le Four. Ce n'était plus l'endroit où l'on se retrouvait pour dire ce qui était fait et ce dont on avait besoin ; les maladies, les naissances, les morts, les allées et venues. Le Four qui avait vu les baptisés entrer dans une vie sanctifiée en était réduit aujourd'hui à contempler les jeunes désœuvrés. Deux des fils de Sargeant, trois de Poole, deux Seawright, deux Beauchamp, deux enfants DuPres — les filles de Sut et de Pious. Même Arnette et la fille unique de Pat Best traînassaient ici. Tous auraient dû être en train de hacher de la viande, faire des conserves, raccommoder, transporter. Le Four, dont chaque brique avait entendu des chœurs vivants chanter Son nom, était maintenant soumis à la musique de la radio, de la musique enregistrée — de la musique déjà morte quand elle passait dans un fil noir tendu de la boutique d'Anna jusqu'au Four, comme un serpent. Mais son grand-père aurait été content aussi. Au lieu des enfants et des adultes qui se réunissaient le soir dans les premiers temps, pour griffonner des lettres et des dessins avec des cailloux sur des morceaux d'argile, qui apprenaient à lire avec ceux qui savaient, il y avait une école ici. Pas aussi grande que celle qu'ils avaient construite à Haven, mais elle était ouverte huit mois par an et on ne mendiait pas d'argent à l'État pour la faire fonctionner. Pas un cent.

Et exactement comme l'avait prédit Grand Papa, s'ils restaient ensemble, travaillaient, priaient et se défendaient ensemble, ils ne seraient jamais comme Downs, Lexington, Sapulpa, Gans d'où l'on avait chassé les Noirs en une nuit. Ils ne seraient pas non plus parmi les morts et les blessés de Tulsa, de Norman, d'Oklahoma City, sans parler des victimes des flagellations spontanées, des meurtres et du dépeuplement à la suite d'incendies criminels. À part une lézarde ici, une fissure là, tout dans Ruby restait intact. Inutile de se demander si transporter le Four avait été une erreur ; s'il avait besoin d'être dans sa terre d'origine comme fondation pour le respect et la saine utilité qu'il méritait. Non, non, Grand Papa. Non, Grand Père. Nous ne nous sommes pas trompés.

Deek se rassurait avec plus de force que de confiance car Soane l'inquiétait de plus en plus. Rien sous quoi il pût glisser l'épaisseur d'un ongle, mais la sensation permanente de lâcher pied. Il partageait sa tristesse, croyait qu'il ressentait la perte de ses fils aussi précisément et aussi profondément qu'elle, sauf qu'il en savait plus qu'elle. Lui, comme la plupart des Morgan, avait vu la guerre, c'est-à-dire qu'il avait vécu la mort. Il l'avait vue quand elle rendait visite à d'autres ; il l'avait vue quand il lui avait rendu visite chez d'autres. Il savait que les corps ne s'al-

longeaient pas sur le sol ; que la plupart du temps ils
en morceaux et que ce qu'on leur avait envoyé dans ces
ce qu'ils avaient descendu de la plate-forme du train à Middle
town, étaient des morceaux réunis qui pesaient la moitié du
corps d'un jeune homme de dix-neuf ans. Easter et Scout
appartenaient à des unités intégrées et, si Soane y pensait, elle
pouvait se considérer heureuse de savoir que, quelle que soit la
partie manquante, les morceaux étaient tous ceux d'hommes
noirs — ce qui était une marque de respect et une règle que les
toubibs s'efforçaient d'appliquer de peur d'ajouter des cuisses et
des pieds blancs à une tête noire. Si Soane soupçonnait ce qu'il
pouvait en être — oh, mon vieux. Il regretta d'avoir fait une
gaffe en buvant son café et d'avoir mentionné de quoi Roger
était incapable. Il ne voulait même pas qu'elle imagine l'unique
question qu'il avait posée à Roger — tout d'abord pour Scout,
ensuite pour Easter : tous les morceaux sont-ils noirs ? Ce qui
voulait dire, s'ils ne le sont pas, débarrasse-toi des morceaux
blancs. Roger jura leur uniformité raciale et les cercueils royaux
étaient un signe de la gratitude des Morgan et un baume pour
Soane. Cependant, cette perte avait laissé des traces qui semblaient s'accumuler de façon incontrôlable. Il n'avait guère
confiance dans les médicaments qu'elle prenait et pas du tout
dans leur source. Mais il ne trouvait rien à redire à sa conduite.
Elle était aussi belle qu'il était possible de l'être pour une
femme honnête ; elle tenait bien sa maison et s'occupait de
bonnes œuvres partout. En fait, elle était plus généreuse qu'il ne
l'aurait souhaité, mais c'était à peine un reproche. On n'y pouvait rien. Soane portait le fardeau de la perte de deux fils ; lui,
portait le fardeau de la perte de tous les fils. Comme ses
jumeaux n'avaient pas eu d'enfants, les Morgan étaient arrivés à
la fin de leur lignée. Oui, bien sûr, il y avait les enfants d'Elder
— une ribambelle qui gîtait partout sauf à la maison, et
quelques-uns étaient venus à Ruby pour une semaine et étaient
repartis avant la fin, impatients de fuir la paix qu'ils trouvèrent
triste, l'activité qu'ils trouvèrent ennuyeuse et la chaleur qu'ils
trouvèrent offensante. Aussi il était inutile de penser à eux
comme à la lignée légitime des Morgan. Steward et lui étaient
les véritables héritiers, la preuve de ce qu'était la ville de Ruby
elle-même. Qui, en dehors des héritiers légitimes, aurait répété
exactement ce que Zechariah et Rector avaient fait ? Mais

le la tâche avait été de se multiplier, il souf-
K.D. était le seul par lequel ils le pouvaient
D., le fils d'une sœur et du copain de l'armée
lonné. Ce nœud, qui se formait dans la poi-
haque fois qu'il pensait à elle, lui était devenu
ette jeune fille modeste et rieuse que Steward
otégée toute leur vie. Elle était tombée malade
pendant le voyage ; elle avait semblé se remettre mais avait rechuté rapidement. Quand il devint clair qu'elle avait besoin des soins d'un médecin, ils n'avaient eu aucun moyen de lui en procurer. Ils la conduisirent à Demby en voiture, puis plus loin jusqu'à Middletown. Mais on n'admettait pas les gens de couleur dans les hôpitaux. Aucun médecin titulaire ne les aurait soignés. Elle s'abandonna totalement puis elle perdit connaissance quand ils arrivèrent au second hôpital. Elle mourut sur le banc de la salle d'attente pendant que l'infirmière cherchait un médecin pour l'examiner. Quand les frères apprirent que l'infirmière avait essayé de trouver un vétérinaire, ils prirent leur sœur morte dans leurs bras et ils eurent les épaules secouées sur tout le chemin du retour. Ruby fut enterrée, sans le bénéfice d'un salon mortuaire, dans un joli coin du ranch de Steward et c'est à ce moment-là qu'on conclut l'affaire. Une prière en forme de marché, pas moins, avec Dieu, pas moins, qu'Il sembla honorer jusqu'en 1969, quand on ramena les corps d'Easter et de Scout. Ensuite, ils comprirent bien mieux les conditions et les termes du marché.

Peut-être avaient-ils fait une erreur en 1970 en décourageant K.D. et la fille de Fleet. Elle était enceinte mais après un bref séjour au Couvent, si elle l'avait vraiment été, elle ne le fut plus. Les oncles s'étaient inquiétés sur la forme que prendrait la descendance Fleetwood et, en outre, il y avait d'autres candidates convenables dans le coin. Mais K.D. couchait toujours avec une des traînées qui vivait là-bas où l'entrée des enfers est grande ouverte, et le moment était venu de lui apprendre la vérité : tous les bordels n'accrochaient pas une lampe rouge au-dessus de leur porte.

Il freinait pour s'arrêter devant la banque quand il remarqua une silhouette solitaire devant lui. Il la reconnut tout de suite mais il l'observa attentivement parce que tout d'abord elle n'avait pas de manteau et ensuite parce qu'il ne l'avait pas vue en dehors de chez elle depuis six ans.

Central Avenue, une rue très large de cinq kilomètres d'asphalte, commençait au Four et finissait devant le magasin Fourrage et Semences de Sargeant. Les quatre rues latérales à l'est de Central portaient les noms des Évangélistes. Quand on eut besoin d'une cinquième rue, on l'appela Saint-Pierre. Plus tard, avec le développement de Ruby, on traça des rues à l'ouest de Central, et bien que ces nouvelles voies fussent la continuation des rues de l'est — elles étaient situées juste en face —, on leur donna des noms dérivés. Ainsi, la rue Saint-Jean de l'est devint rue Saint-Jean-prolongée à l'ouest. La rue Saint-Luc devint rue Saint-Luc-prolongée. Le bon sens de cette mesure plut à presque tout le monde, en particulier à Deek, et il y avait toujours de la place pour des maisons supplémentaires (financées si nécessaire par la banque des frères Morgan), sur les terrains et les champs qui se trouvaient derrière et au-delà des maisons déjà construites. La femme que Deek observait semblait quitter la rue Saint-Pierre-prolongée pour se diriger vers le magasin Fourrage et Semences de Sargeant. Mais elle ne s'y arrêta pas. Elle se dirigea au contraire résolument vers le nord où Deek savait qu'il n'y avait rien sur vingt kilomètres. Que pouvait faire la fille la plus douce, baptisée d'après son caractère[1], sans manteau, par une froide matinée d'octobre, loin de la maison dont elle n'était pas sortie depuis 1967 ?

Un mouvement dans son rétroviseur attira son attention et il reconnut le petit camion rouge qui arrivait du sud. Le conducteur en était Aaron Poole, en retard, comme Deek l'avait prévu, car il apportait la dernière échéance de son emprunt. Deek pensa faire attendre Poole et rattraper Sweetie la douce, en voiture, mais il coupa son moteur. July, son employée et secrétaire, n'arrivait pas avant dix heures. Il n'existait pas d'occasion où la banque d'une ville bien et sérieuse n'ouvrait pas à l'heure.

Anna Flood dit : « Regarde. Mais regarde-le. »
Elle observait la voiture de Deek tourner autour du Four

---

1. *Sweetie*; de *Sweet* : doux/douce. (*N.d.T.*)

puis s'en aller lentement en passant devant son magasin. « Qu'est-ce qu'il a rôder comme ça ? »

Richard Misner leva les yeux de sur le poêle. « Il vérifie des choses », dit-il et il continua à préparer le feu. « Il en a le droit, non ? On peut dire que la ville est un peu à lui. À Steward et à lui.

— Je ne le dirais pas. Ils peuvent faire comme si elle leur appartenait, mais ce n'est pas vrai. »

Misner aimait un feu bien vif et celui qu'il préparait le serait. « Enfin, ce sont eux qui l'ont fondée, non ?

— À qui avez-vous parlé ? » Anna quitta la fenêtre et alla vers l'escalier arrière qui conduisait dans son appartement. Elle glissa sous les marches une casserole avec des restes de viande et de céréales. La chatte, devenue méchante depuis qu'elle avait des petits, la regardait fixement avec des yeux menaçants. « Quinze familles ont fondé cette ville. Quinze, pas deux. L'une était celle de mon père, l'autre celle de mon oncle...

— Vous savez ce que je veux dire », l'interrompit Misner.

Anna regarda dans l'obscurité pour essayer de voir les petits chats dans la caisse. « Non, je ne sais pas.

— L'argent, dit Misner. Les Morgan avaient l'argent. J'aurais peut-être dû dire qu'ils ont financé la ville... pas qu'ils l'ont fondée. »

La chatte ne mangerait pas tant qu'on l'observerait, aussi Anna jeta un coup d'œil aux chatons avant de se retourner vers Richard Misner. « Vous vous trompez encore. Tout le monde a payé son écot. L'idée de la banque ce n'était qu'une façon de le faire. Les familles y ont apporté leur quote-part, vous savez, au lieu de faire simplement des dépôts qu'ils auraient pu manger comme autrefois. Comme ça leur argent était à l'abri. »

Misner hocha la tête et s'essuya les mains. Il ne voulait pas une autre dispute. Anna refusait de comprendre la différence entre investir et coopérer. Tout comme elle refusait de croire que le poêle à bois donnait plus de chaleur que son petit radiateur électrique.

« Les Morgan avaient les ressources, c'est tout, dit-elle. De la banque de leur père à Haven. Mon grand-père, Able Flood était son associé. Tout le monde l'appelait Grand Papa, mais son vrai nom, c'était...

— Je sais, je sais. Rector. Rector Morgan, connu aussi sous

le nom de Grand Papa. Le fils de Zechariah Morgan, connu dans la chrétienté sous le nom du Grand Père. » Et il cita une formule que les citoyens de Ruby aimaient répéter. « La banque de Rector a fait faillite, mais pas lui.

— C'est vrai. La banque a dû cesser ses activités — au début des années quarante — mais elle n'a pas fermé. Je veux dire qu'ils avaient assez et on a pu recommencer. Je sais ce que vous pensez mais honnêtement on ne peut pas dire que ça n'a pas marché. Les gens réussissent ici. Tout le monde.

— Tout le monde réussit grâce au crédit, Anna. Ce n'est pas la même chose.

— Et alors ?

— Et alors si le crédit s'arrêtait ?

— Il ne peut pas s'arrêter. Nous possédons la banque ; la banque ne nous possède pas.

— Oh, Anna. Vous n'y êtes pas. Vous ne comprenez pas. »

Elle aimait son visage même quand il remettait à leur place des gens qu'elle aimait. Steward par exemple, il semblait le mépriser, mais c'était Steward qui avait appris à Anna la leçon du scorpion. Quand elle avait quatre ans, elle était assise sur le nouveau porche de la boutique de son père — c'était en 1954 —, tout le monde construisait quelque chose et un groupe d'hommes y compris Steward aidait Ace Flood à terminer les rayonnages. Ils étaient à l'intérieur et faisaient une pause après un déjeuner rapide tandis qu'Anna s'amusait à détourner des fourmis de leur chemin sur les marches : elle mettait des obstacles sur leur route et les regardait escalader le bord d'une feuille et continuer comme si une montagne verte et toute neuve était devenue un élément inévitable de leur voyage. Soudain, un scorpion sortit à côté de son pied nu, et elle se précipita dans la boutique les yeux écarquillés. La conversation s'arrêta et les hommes essayèrent de comprendre cette irruption enfantine, mais ce fut Steward qui la prit dans ses bras et qui lui demanda : « Qu'est-ce qui te fait peur, ma jolie ? » Et il apaisa ses peurs. Anna resta accrochée à lui pendant qu'il lui expliquait que si le scorpion dressait la queue c'était seulement parce qu'il avait aussi peur d'elle, qu'elle de lui. À Detroit, en voyant des policiers au visage d'enfant manier des armes, elle se souvint de la queue dressée du scorpion. Une fois, elle avait demandé à Steward ce que ça faisait d'être un jumeau. « Peux pas dire, répondit Steward, parce que je n'ai jamais été tout seul. Mais je crois qu'on se sent plus complet.

— Comme si tu ne pouvais jamais être seul ? lui demanda Anna.

— Ben, oui. Un peu comme ça. Mais plus comme si on était... supérieur. »

Quand Ace mourut, elle revint à Ruby et elle s'apprêtait à tout vendre — le magasin, l'appartement, la voiture, tout — pour retourner à Detroit, quand il arriva en ville, seul, dans une vieille Ford. Le nouveau pasteur de l'église du Calvaire.

Anna croisa les bras sur le comptoir en bois. « Je possède ce magasin. Papa est mort — c'est à moi. Pas de loyer. Pas d'hypothèque. Rien que des impôts, des taxes municipales. J'achète des choses ; je vends des choses ; c'est moi qui fixe les prix.

— Vous avez de la chance. Et les fermes ? Imaginez une mauvaise récolte, disons, deux années de suite. Est-ce que la vieille Mrs Sands ou Nathan DuPres reprennent leurs parts ? Empruntent dessus ? Les vendent à la banque ? Quoi ?

— Je ne sais pas ce qu'ils font, mais je sais que la banque n'a rien à y gagner qu'ils les perdent. Alors ils leur donneront encore plus d'argent pour qu'ils achètent encore de la semence, du guano, tout.

— Vous voulez dire qu'ils leur *prêteront* de l'argent.

— J'ai mal à la tête à vous écouter. Là d'où vous venez c'est peut-être vrai. À Ruby, c'est différent.

— J'espère que ça l'est.

— Ça l'est. Quel que soit le problème, c'est pas à propos d'argent.

— Qu'est-ce que c'est alors ?

— Difficile à savoir, mais je n'aime pas la tête de Deek quand il inspecte le Four. Il l'inspecte chaque jour que Dieu fait maintenant. On dirait qu'il chasse, pas qu'il inspecte. Ce ne sont que des gosses.

— Le poing peint sur le Four a fait peur à tout le monde.

— Pourquoi ? C'était une image ! On dirait que quelqu'un a fait brûler une croix ! » Irritée, elle se mit à essuyer des choses — des pots, des boîtes, la glacière. « Il devrait parler aux parents, pas pourchasser les gosses comme s'il était shérif. Les gosses ont besoin d'autre chose que de ce qu'il y a ici. »

Misner ne pouvait plus être d'accord. Depuis l'assassinat de

Martin Luther King, on avait juré de nouveaux engagements, introduit de nouvelles lois mais l'essentiel était décoratif : des statues, des noms de rues, des discours. C'était comme si l'on avait mis quelque chose en gage et qu'on avait perdu le reçu. C'était cela que recherchait Destry, Roy, Little Mirth et les autres. Peut-être que c'est aussi ce que recherchait celui qui avait peint le poing. De toute façon, s'ils ne retrouvaient pas le ticket, ils entreraient peut-être par effraction dans la boutique de prêt sur gage. La question était, qui l'avait mis en gage le premier et pourquoi.

« Vous m'avez dit que c'était pour ça que vous étiez partie — rien à faire — mais vous ne m'avez jamais dit pourquoi vous étiez revenue. »

Anna n'était pas d'humeur à expliquer tout ça, aussi elle décida de développer ce qu'il savait déjà. « Oui. Enfin. Je pensais que je pourrais faire quelque chose dans le nord. Quelque chose que je ne regretterais pas. Mais tout était... je ne sais pas... parler, courir partout. Je ne savais plus où j'en étais. Mais je ne regrette pas du tout être partie — même si ça n'a pas marché.

— Et bien, je suis content que ça n'ait pas marché, quelle qu'en soit la raison. » Il lui caressa la main.

Anna lui rendit sa caresse. « Je suis inquiète, dit-elle. À propos de Billie Delia. Nous devons trouver quelque chose à faire, Richard. Plus que des concours de chorale, des classes de Bible, des concours du plus gros légume des potagers et des fêtes pour les futures mamans...

— Et elle, que lui arrive-t-il ?

— Oh, je ne sais pas. Elle est venue ici il y a quelque temps, et j'ai su tout de suite qu'elle avait quelque chose en tête, mais le camion de livraison était en retard et je me suis montrée très sèche avec elle.

— Tout ça pour dire quoi ?

— Elle est partie. Au moins c'est ce que je crois. Personne ne l'a revue.

— Que dit sa mère ? »

Anna haussa les épaules. « C'est difficile de parler à Pat. Kate l'a interrogée à propos de Billie Delia — elle ne l'avait pas vue à la répétition de la chorale. Vous savez ce qu'elle a fait ? Elle a répondu à la question de Kate par une autre question. » Anna imita la voix douce et froide de Pat Best. "Pourquoi as-tu besoin de le savoir ?" Et pourtant, Kate et elle sont très proches.

— Vous pensez qu'elle recherche des ennuis ? Elle n'a pas pu disparaître sans que personne ne sache où elle est allée.

— Je ne sais pas quoi penser.

— Parlez-en à Roger. Il doit savoir. C'est son grand-père.

— Demandez-lui, *vous*. Pas moi.

— Dites-moi, pourquoi êtes-vous tous comme ça avec Roger ? Ça fait trois ans ou presque que je suis ici et je n'arrive pas à comprendre pourquoi les gens font le vide autour de lui. C'est son commerce de pompes funèbres ?

— Sans doute. Ça et, enfin, il a "préparé", si vous voyez ce que je veux dire, sa propre femme.

— Oh.

— Ça fait réfléchir, hein ?

— Quand même. »

Ils restèrent silencieux pendant un moment en réfléchissant à l'affaire. Puis Anna contourna le comptoir et vint se mettre derrière la fenêtre. « Vous savez, vous avez eu raison à propos du temps. C'est la troisième fois que je ne vous crois pas et que je me trompe. »

Misner la rejoignit. En touchant simplement la vitre, ils pouvaient dire que la température était brusquement tombée en dessous de zéro.

« Allez-y. Allumez-le, dit-elle en riant, heureuse de s'être trompée si cela donnait raison à cet homme qu'elle adorait. Des femmes de l'église désapprouvaient l'intérêt manifeste qu'il lui portait — à elle et à personne d'autre. Et Pat Best savait adroitement cacher qu'il lui plaisait à elle aussi. Mais Anna pensait que dans cette affaire, il n'y avait pas que les plans qu'elles faisaient pour cet homme élégant et intelligent et leurs différentes filles et nièces. Elle était certaine que leur désapprobation venait principalement de ses cheveux crêpés. Mon dieu, que n'avait-elle pas entendu quand elle était revenue de Detroit ! Les examens étranges, stupides, envahissants. Elle avait l'impression qu'elles parlaient de ses poils pubiens ou des poils de ses aisselles. Si elle s'était promenée dans la rue complètement nue, elles n'auraient parlé que de ses cheveux. Le sujet excita plus de passion, fit naître plus d'opinions, sollicita plus de colère que la prostituée que Menus ramena de Virginie. En fin de compte, elle les aurait sans doute décrêpés de nouveau — ce n'était pas un changement permanent ni une affirmation — mais cela avait clarifié beaucoup de choses pour elle à l'époque où tant d'autres choses lui semblaient confuses. Elle put immédiatement identifier ses amis et ceux qui ne l'étaient pas ; reconnaître les bien élevés, les malpolis, les intimidés, les craintifs. Dovey Morgan aimait sa coiffure ; Pat Best la détestait ; Deek et Steward secouaient la tête ; Kate Golightly l'aimait et l'aidait à l'entretenir ; le révérend Pulliam y consacra un sermon entier ; elle fit rire K.D. ; la plupart des jeunes l'admiraient, sauf Arnette. Comme un compteur Geiger, ses cheveux enregistraient, croyait-elle, la tranquillité ou l'intensité d'un désordre profond et sourd.

Le feu, qui sentait merveilleusement bon, attira la chatte. Elle se roula en boule derrière le poêle mais ses yeux restèrent en alerte à cause des prédateurs — humains ou autres.

« Je vais faire du café », dit Anna en regardant les nuages au-dessus du Saint Rédempteur. Ça va peut-être devenir sérieux. »

Ace Flood, le père d'Anna, avait une foi à déplacer les montagnes aussi construisit-il sa boutique pour durer. Du grès. Plus solide que certaines églises. Quatre pièces pour sa famille au-dessus ; en bas, une réserve, une petite chambre, et un magasin spacieux, haut de cinq mètres, bourré d'étagères, de coffres, de bacs et de tiroirs. Les fenêtres étaient celles d'une maison ordinaire — il ne voulait pas et n'avait pas besoin de vitrine ; pas de grande vitre renforcée inutile pour lui. Que les gens entrent pour voir ce qu'il avait. Il n'avait pas beaucoup de choses mais beaucoup d'exemplaires de ce qu'il stockait. Avant de mourir, il vit son magasin changer de rôle : d'un service nécessaire à Ruby, il devint un commerce soutenu par des clients loyaux qui avaient besoin de certains articles et qui pourtant hésitaient devant ses prix et allaient de plus en plus souvent à Demby en camion pour des produits moins chers (et de meilleure qualité). Anna avait changé tout cela. Ce que le stock de l'Épicerie Ace n'avait plus en nombre elle l'avait gagné en variété et en style. Elle offrait un café quand il faisait froid, du thé glacé quand il faisait chaud. Elle installa deux chaises et une table au-dehors pour les vieux et ceux qui venaient en voiture depuis leur ferme et voulaient se reposer un peu. Et comme aujourd'hui, les adultes ne venaient plus au Four à deux pas de son magasin — sauf dans des occasions particulières — elle répondit aux goûts des jeunes qui s'y retrouvaient. Elle proposait ses propres tartes, fabriquait sa propre confiserie qu'elle vendait avec celle qu'elle achetait à Demby. Elle avait trois sortes de boissons gazeuses au lieu d'une seule. Parfois, elle vendait les piments noirs comme du charbon qui poussaient au Couvent. Elle avait du fromage de tête dans la glacière, comme son père, avec du beurre et du porc salé locaux. Mais des conserves, des haricots secs, du café, du sucre, du sirop, du bicarbonate de soude, de la farine, du sel, du ketchup, du papier toilette — tout ce que les gens ne pouvaient ou ne voulaient fabriquer chez eux — occupaient l'espace dans lequel autrefois Ace Flood rangeait les vêtements, les chaussures de travail, les petits outils, le pétrole. Maintenant, le magasin Fourrage et Semences de Sargeant vendait les chaussures, les outils, le pétrole, et le bazar de Harper vendait des aiguilles, du fil, des médicaments avec et sans ordonnance, des serviettes périodiques, de la papeterie et du tabac. Sauf le tabac à chiquer Blue Boy. Steward continuait à acheter le sien chez Ace et il n'avait pas envie de changer d'habitude.

Sous la direction d'Anna, l'Épicerie Ace prospérait grâce à la variété, au confort et à la souplesse. Comme elle permettait à Menus de couper les cheveux à l'arrière, le samedi, cela entraînait des achats. Comme elle avait de jolies toilettes en bas, les utilisateurs éventuels se sentaient obligés de devenir clients avant de s'en aller. Des fermières venaient acheter des pastilles de menthe après l'église ; les hommes des sachets de raisins secs. À tout coup, ils prenaient quelque chose de plus sur les étagères.

Le plaisir que lui donnait le feu allumé par Richard la fit sourire. Mais il ne lui était pas possible de devenir femme de pasteur. Jamais. Était-ce possible ? D'accord, il ne lui avait pas demandé — aussi qu'elle soit heureuse de la chaleur du poêle, de la nuque de Richard et de la présence invisible des petits chats.

Quelque temps plus tard, une voiture break apparut et se gara si près du magasin que Misner et Anna purent voir la fièvre dans les yeux bleus du bébé. La mère le tenait sur l'épaule et caressait ses cheveux blonds. Le conducteur, un homme dans la quarantaine habillé comme un citadin, en descendit et ouvrit la porte d'Anna.

« Comment ça va ? Il sourit.

— Très bien et vous ?
— J'ai l'impression que je me suis perdu. Ça fait plus d'une heure que j'essaie de trouver la route 18 ouest ». Il regarda Misner et grimaça un sourire pour s'excuser d'avoir violé la règle masculine qui veut qu'on ne demande jamais son chemin. « La femme a voulu que je m'arrête. Elle dit qu'elle en a marre.
— C'est plus loin, là d'où vous venez, dit Misner en voyant les plaques de l'Arkansas, mais je peux vous indiquer comment la trouver.
— J'vous r'mercie, j'vous r'mercie ben, dit l'homme. Je m'attends pas à trouver un médecin dans le coin, hein ?
— Pas par ici. Il faut aller à Demby pour ça.
— Qu'est-ce qu'il a le bébé ? demanda Anna.
— I'dégobille. Il est brûlant aussi. On a pris tout ce qu'il faut mais qui emporterait un médicament contre la toux ou de l'aspirine pour faire un petit trajet comme ça ? On peut pas penser à tous ces foutus trucs, non ? Putain.
— Votre bébé tousse ? Je ne crois pas qu'il vous faut un médicament contre la toux. » Anna clignait des yeux pour mieux voir par la fenêtre. « Demandez à votre femme de venir se mettre au chaud ici.
— Il y a de l'aspirine au bazar, dit Misner.
— J'ai pas vu de bazar. Où's qu'il est ?
— Vous êtes passé devant, mais ça ne ressemble pas à un bazar — on dirait une maison ordinaire.
— Comment est-ce que je vais faire pour le trouver ? On dirait que les maisons ont pas de numéro par ici.
— Dites-moi ce que vous voulez et j'irai vous le chercher. Et dites à votre femme d'amener le bébé à l'intérieur. » Misner prit son manteau.
« Rapportez-moi seulement de l'aspirine et quelque chose contre la toux. J'vous r'mercie. J'vais chercher la femme. »
Quand il ouvrit la porte, l'appel d'air fit tinter les tasses. L'homme retourna au break. Misner s'éloigna dans sa Ford délabrée. Anna pensa faire une tartine grillée à la cannelle. Le pain à la citrouille devait être rance maintenant. Ce serait bien si elle avait une banane trop mûre — le bébé avait l'air constipé. Écrasée avec de la compote de pommes.
L'homme revint en secouant la tête. « Je vais simplement laisser le moteur tourner. Elle dit qu'elle va rester assise. »

Anna hocha la tête. « Vous avez encore beaucoup de chemin à faire ?
— Lubbock. Dites, il est chaud votre café ?
— Hu, hu. Vous l'aimez comment ?
— Très noir et très sucré. »

Il en avait bu deux gorgées quand on entendit le Klaxon du break. « Merde. Excusez-moi », dit-il. Quand il revint, il acheta de la réglisse, du beurre de cacahuètes, des biscuits et trois Royal Crowns qu'il porta à sa femme. Il rentra pour finir son café qu'il but lentement en silence pendant qu'elle tisonnait le feu.

« Vous aurez intérêt à faire le plein quand vous arriverez sur la numéro 18. Il y a une tempête de neige qui s'annonce. »

Il rit. « Une tempête de neige ? À Lubbock, au Texas ?

— Vous n'y êtes pas encore, au Texas », dit Anna. Elle regarda vers la fenêtre et vit s'approcher deux silhouettes, puis Misner poussa la porte de l'épaule avec Steward sur ses talons.

« Allez-y », dit Misner en tendant les bouteilles. L'homme les prit et se précipita vers le break. Misner le suivit pour lui indiquer la direction à prendre.

« Qui c'est ceux-là ? demanda Steward.

— Simplement des gens perdus. » Anna lui tendit un paquet de 900 grammes de tabac à chiquer Blue Boy.

« Des gens perdus ou des Blancs perdus ?

— Oh, Steward, s'il te plaît.

— Grosse différence, ma petite Anna. Très grosse. Pas vrai révérend ? » Misner venait d'entrer.

« Ils se perdent comme tout le monde, dit Anna.

— Ils sont nés perdus. Ils ont conquis le monde et ils sont toujours perdus. Pas vrai révérend ?

— Tu ne fais que te contredire, dit Anna en riant.

— Dieu n'a qu'un peuple, Steward. Vous le savez. » Misner se frotta les mains puis souffla dessus.

« Révérend, dit Steward. Je vous ai entendu dire des choses *par* ignorance, mais c'est la première fois que je vous entends dire quelque chose *basé* sur l'ignorance. »

Misner sourit et il s'apprêtait à répondre quand l'homme perdu revint pour payer les médicaments à Misner.

« La tempête de neige approche. » Steward regarda les vêtements légers et les chaussures fines de l'homme. « Vous voulez peut-être vous mettre à l'abri quelque part. La station service sur la numéro 18. J'irais pas plus loin si j'étais vous.

— Je vais aller plus vite qu'elle. » L'homme referma son portefeuille. « Je ferai le plein sur la numéro 18, mais on passera la frontière de l'État aujourd'hui. Merci. Vous nous avez tous bien aidés. J'vous r'mercie. »

« Ils n'écoutent jamais », dit Steward quand le break s'en alla. Lui-même, qui était ici en 1958 quand des troupeaux entiers étaient morts de froid, avait pompé de l'eau, cloué ses volets et rentré une réserve de luzerne depuis mercredi. Il était venu en ville chercher du tabac et du sirop et prendre Dovey.

« Dites-moi, Steward, demanda Misner. Vous avez vu la petite-fille de Roger, Billie Delia ?

— Pourquoi que j'aurais dû la voir ?

— Anna dit que personne ne l'a vue. Mais bien sûr, nous n'avons pas demandé à sa mère. »

Steward qui avait réagi en entendant le « nous », posa un billet de cinq dollars froissé sur le comptoir. Vous en obtiendrez rien », dit-il en réfléchissant. Mais c'est pas une grosse perte si elle est partie, pensa-t-il. C'est bien fait pour Pat. Toujours à fourrer son nez dans les affaires des autres mais elle se renferme si on s'approche des siennes. « Ça me rappelle que Deek m'a dit qu'il avait vu Sweetie ce matin — elle marchait sur la route. Sans manteau. Rien.

— Sweetie ? En dehors de chez elle ? » Le ton de la voix d'Anna montrait qu'elle n'en croyait rien.

« Sur quelle route ? demanda Misner.

— Pas Sweetie.

— Deek jure que c'était elle.

— Ce doit être vrai, dit Misner. Je l'ai vue moi aussi. Juste devant chez moi. J'ai eu l'impression qu'elle allait frapper mais elle a fait demi-tour et elle est repartie vers Central. J'ai cru qu'elle rentrait chez elle.

— Elle est pas rentrée. Deek a dit qu'il l'avait vue après chez Sargeant — elle sortait de la ville en marchant comme un soldat.

— Il ne l'a pas arrêtée ? »

Steward regarda Anna comme s'il n'arrivait pas à croire ce qu'elle venait de dire. « Il ouvrait la banque, ma petite. »

Misner fronça les sourcils. Anna l'interrompit car il avait

peut-être l'intention de parler. « Vous voulez un peu de café ? Un peu de pain à la citrouille, plutôt ? »
Les deux hommes acceptèrent.
« Quelqu'un ferait bien de parler à Jeff. » C'était la voix d'Anna mais tous trois tournèrent les yeux vers le mur recouvert d'étagères derrière lequel il y avait le magasin Meubles et Appareils ménagers de Fleetwood.
Malgré les prédictions — d'après le regard de Misner et les précautions de Steward — une palette d'aquarelle illumina un minuscule morceau de ciel : orange pêche, vert menthe, bleu rivage. Le reste du ciel, d'un gris d'étain, ne faisait que rehausser l'éclat de la brèche dans l'étrange livre d'images du soleil. Cela dura une bonne heure et tous ceux qui la virent en furent émus. Puis cela disparut et un ciel de plomb se solidifia sous les coups implacables du vent. À midi, les premiers flocons volèrent. De petites boules piquantes qui tombaient avec un bruit sec, sans fondre, dans le vent. La deuxième neige, deux heures plus tard, ne fit pas de bruit. Elle s'étala silencieusement et recouvrit tout.

Sweetie avait dit : « Je reviens tout de suite, Miss Mable. Je ne serai absente qu'une minute, Miss Mable. »
C'était ce qu'elle avait voulu dire. Elle l'avait peut-être dit. Enfin elle l'avait eu en tête pour le dire. Mais elle avait dû se dépêcher avant qu'un des enfants se mette à gargouiller.
Sous le porche, dans l'allée, Sweetie marcha d'un pas décidé — comme si elle devait se rendre dans un endroit important. Comme si elle devait faire quelque chose qui ne lui prendrait que quelques minutes et elle reviendrait tout de suite. À temps pour masser les petites fesses afin d'éviter les escarres ; ou pour enlever des mucosités, écraser de la nourriture, nettoyer des dents, couper des ongles, laver des linges souillés d'urine, bercer dans ses bras ou chanter mais à temps surtout pour surveiller. Ne jamais détourner les yeux sauf si sa belle-mère se trouvait là, pour surveiller aussi bien, parce que les yeux de Miss Mable n'était pas aussi perçants qu'ils l'avaient été. D'autres avaient offert leur aide, souvent au début, de façon irrégulière maintenant, mais elle avait toujours refusé. Personne n'égalait Sweetie pour la surveillance. Sa belle-mère était la seconde. Arnette

avait été bien, mais plus maintenant. Jeff et le beau-père de Sweetie ne voulaient pas voir, encore moins surveiller.

Le problème n'avait jamais été la surveillance quand elle était éveillée. C'était la surveillance quand elle dormait. Depuis six ans elle dormait sur la paillasse à côté des berceaux, ou dans le lit avec Jeff, en retenant son souffle, en tendant l'oreille, chaque muscle prêt à bondir. Elle savait qu'elle dormait parce qu'elle rêvait un peu, bien qu'elle ne pût se rappeler de quoi. Mais il devenait de plus en plus difficile de dormir et de surveiller en même temps.

Quand le jour se leva et que Mable entra dans la chambre obscure avec une tasse de café, Sweetie se leva pour la prendre. Elle savait que Mable lui avait déjà fait couler un bain et plié une serviette et une chemise de nuit propres sur la chaise dans la chambre. Et elle savait qu'elle lui proposerait de la coiffer — de lui natter les cheveux, de les laver, de lui faire un chignon ou simplement de lui gratter le crâne. Le café serait merveilleux, très noir et très sucré. Mais elle savait aussi que si elle le buvait cette seule fois et si elle se mettait au lit dans le soleil du matin, cette seule fois, elle ne se réveillerait plus jamais et, alors, qui surveillerait ses bébés ?

En conséquence, elle prit le café et dit, ou voulut dire : « Je reviens dans une minute, Miss Mable. »

En bas, elle posa la tasse et la soucoupe sur la table puis, sans s'être lavée, sans manteau, les cheveux non coiffés, elle ouvrit la porte d'entrée et partit. Très vite.

Elle pensait marcher jusqu'à ce qu'elle s'écroule ou s'évanouisse ou tombe de froid, puis glisse dans le néant pendant quelque temps. La petite chose qu'elle voulait, c'était de ne pas avoir ce café matinal, le bain déjà prêt, la chemise de nuit pliée, et le sommeil vigilant, dans cet ordre, à jamais, chaque jour et en particulier ce jour-là précisément. La seule façon de changer l'ordre, pensait-elle, n'était pas de faire quelque chose différemment mais de faire une chose différente. Une seule possibilité se présenta — quitter sa maison et marcher dans une rue dont elle n'avait pas foulé le sol depuis six ans.

Sweetie parcourut toute la longueur de Central Avenue — elle traversa les rues portant le nom des évangélistes, elle passa devant l'église de la Nouvelle Sion, le bazar de Harper, la banque, l'église du Calvaire. Elle tourna dans la rue Saint-

Pierre-prolongée, la quitta pour passer devant le magasin Fourrage et Semences de Sargeant. Au nord de Ruby, où la nature de la route changeait deux fois, ses jambes se comportaient brillamment. Sa peau aussi car elle ne sentait pas le froid. L'air glacé de l'extérieur, auquel elle n'était pas habituée, lui fit mal aux narines et elle serra les dents pour pouvoir le supporter. Elle ne savait pas qu'elle souriait, pas plus que la fille qui la regardait depuis l'arrière d'une camionnette 73 flambant neuve. La fille pensa que Sweetie pleurait et une femme noire en sanglots sur une route de campagne lui brisa de nouveau le cœur.

Elle regarda attentivement Sweetie depuis sa cachette entre les caisses. Le camion, qui se dirigeait vers le sud, ralentit en croisant Sweetie, puis il s'arrêta. Dans la cabine, le conducteur et sa femme échangèrent un regard. Puis l'homme sortit la tête et se tourna en arrière pour crier dans le dos de Sweetie : « Vous avez besoin d'aide ? »

Sweetie ne se retourna pas et ignora l'offre. L'homme et la femme se regardèrent et ils firent un petit bruit de bouche quand le mari passa en première. Heureusement, la route tournait à cet endroit sinon l'auto-stoppeuse au cœur brisé se serait blessée en sautant de l'arrière du camion. Le couple vit dans le rétroviseur une passagère, qu'ils ignoraient, rejoindre en courant la pauvre créature pitoyable et malpolie qui n'avait même pas dit : Non, merci.

Quand la fille au cœur brisé rattrapa la femme, elle savait qu'elle ne devait pas toucher, ni parler ni s'introduire dans la bulle têtue que celle qui pleurait était devenue. Elle marcha à une dizaine de pas derrière elle et regarda les chevilles sombres bien faites au-dessus des mocassins blancs éculés. La robe bleu pâle avec des fronces à la taille et des poches pendantes. Les cheveux de la dormeuse — aplatis sur un côté, ébouriffés de l'autre. Et de temps en temps un sanglot qui ressemblait à un gloussement.

Elles marchèrent ainsi pendant près de deux kilomètres. La femme qui marchait allait quelque part ; l'auto-stoppeuse allait n'importe où. Le spectre et son ombre.

La matinée était froide, nuageuse. Le vent coulait dans les hautes herbes de chaque côté de la route.

Quinze ans plus tôt, alors que l'auto-stoppeuse au cœur brisé n'avait que cinq ans, elle avait passé quatre nuits et cinq jours à frapper à toutes les portes de son immeuble.

« Est-ce que ma sœur est là ? »

Certains répondirent : Non ; certains : Qui ? ; certains : Comment tu t'appelles ma petite ? La plupart n'ouvrirent pas leur porte. C'était en 1958, quand un enfant pouvait jouer dans une HLM neuve, en toute sécurité.

Les deux premiers jours, après avoir fait sa ronde dans les étages de plus en plus élevés en s'assurant qu'elle n'avait pas raté une porte, elle attendit. Jean, sa sœur, allait bientôt revenir maintenant, parce que le dîner était sur la table — de la viande, des haricots verts, du ketchup, du pain blanc — et, dans le réfrigérateur, il y avait une carafe pleine de limonade. Elle s'occupa avec des livres à colorier, un jeu de cartes et une poupée qui faisait pipi. Elle but du lait, mangea des chips, des biscuits salés avec de la compote de pommes et, petit à petit, tout le morceau de viande. Il ne resta plus que les haricots verts qu'elle détestait, ils étaient trop ratatinés et trop moisis.

Le troisième jour, elle commença à comprendre pourquoi Jean était partie et comment la faire revenir. Elle se lava soigneusement les dents et les oreilles. Elle tira aussi la chasse d'eau à chaque fois qu'elle alla aux toilettes et plia ses chaussettes dans ses chaussures. Elle mit longtemps à essuyer la limonade et à ramasser les glaçons de la carafe qui s'était cassée dans le frigidaire quand elle avait essayé de la soulever. Elle se rappela qu'il y avait des sablés Lorna Doones dans la boîte à pain mais elle n'osa pas monter sur une chaise pour l'ouvrir. Voici qu'elles étaient ses prières : si elle faisait tout comme il le fallait sans qu'on le lui dise, Jean entrerait ou, quand elle frapperait à la porte des appartements, elle serait là ! Elle sourirait et lui tendrait les bras.

En attendant, elle passait des nuits terribles.

Le quatrième jour, après s'être lavé ses dix-huit dents de lait jusqu'à ce que la brosse soit rouge de sang, elle regarda par la fenêtre les gens qui allaient au travail et les enfants qui allaient à l'école sous une averse chaude. Pendant longtemps, il ne passa plus personne. Puis une vieille femme, une veste d'homme sur la tête pour s'abriter de la pluie fine. Puis un homme qui lançait des graines sur des endroits pelés du gazon. Puis une grande femme passa devant la fenêtre. Sans manteau et sans rien sur la tête, elle s'essuya les yeux avec le bras, l'intérieur du poignet. Elle pleurait.

Plus tard, le sixième jour, quand l'assistante sociale vint, elle pensa à la femme en pleurs qui ne ressemblait pas du tout à Jean — elle n'était même pas de la même couleur. Mais avant cela, le cinquième jour, elle trouva — ou plutôt vit — quelque chose qui l'attendait là depuis longtemps. Démoralisée par ses prières sans réponse, les gencives en sang et le ventre affamé, elle abandonna la bonne conduite, monta sur une chaise et ouvrit la boîte à pain. Appuyée contre le paquet de Lorna Doones, il y avait une enveloppe avec un mot qu'elle reconnut tout de suite : son nom écrit avec du rouge à lèvres. Elle l'ouvrit avant même de plonger la main dans la boîte de gâteaux et elle en sortit une unique feuille de papier avec d'autres mots écrits au rouge à lèvres. Elle n'en comprit aucun sauf son prénom répété en haut, et « Jean » en bas, avec entre les deux des marques d'un rouge criard.

Remplie de bonheur, elle remit la lettre dans l'enveloppe, la glissa dans sa chaussure où elle la garda pendant le reste de sa vie. Elle la cacha là, se battit pour avoir le droit de la garder là, et la récupéra dans des corbeilles à papier. Elle dut attendre d'avoir six ans, et être devenue une élève appliquée de cours préparatoire, avant de pouvoir lire toute la page. Avec le temps, c'était devenu un simple morceau de papier barbouillé de rouge comme celui qui enveloppe les pétards, sur lequel il ne restait pas un seul mot déchiffrable. Mais ce fut la lettre, à l'abri dans sa chaussure, qui la fit partir avec l'assistante sociale pour la première des deux nourrices possibles. Elle pensa brièvement à celle qui pleurait à ce moment-là, beaucoup plus tard, jusqu'à ce que la vue de cette femme devienne un rêve qui lui brisait le cœur.

Le vent qui avait agité les herbes, portait de la neige maintenant — éparse, sableuse, piquante comme du verre. L'auto-stoppeuse s'arrêta pour prendre une couverture indienne dans son sac, puis elle courut afin de rattraper la femme qui marchait et elle lui enveloppa les épaules.

Sweetie agita les mains jusqu'à ce qu'elle comprenne qu'on la réchauffait, qu'on ne l'empêchait pas d'avancer. Pas une seule fois, alors qu'on lui mettait la couverture de laine autour des épaules, elle ne cessa de marcher. Elle continua à avancer, en poussant de petits rires étouffés — ou était-ce des sanglots ?

L'auto-stoppeuse se souvenait être passée devant une grande maison moins d'une demi-heure plus tôt, alors qu'elle se cachait parmi les caisses. Ce qui prenait vingt minutes en camionnette prendrait des heures à pied, mais elle pensait qu'elles devraient pouvoir y arriver avant la nuit. Un des problèmes c'était le froid ; l'autre c'était comment faire pour que la femme s'arrête de pleurer, se repose et, quand elles arriveraient à l'abri, la faire entrer. Des yeux comme ça n'étaient pas rares. Dans les hôpitaux, ils appartenaient aux malades qui marchaient à longueur de jour et de nuit ; sur la route, en liberté, les gens avec des yeux comme ça marchaient éternellement. L'auto-stoppeuse décida de passer le temps en parlant et commença par se présenter.

Sweetie entendit ce qu'elle disait et, pour la première fois depuis qu'elle était sortie de chez elle, elle trébucha en tournant son visage souriant — ou pleurant — vers cette compagne qu'elle n'avait pas invitée. Le péché, pensa-t-elle. Je marche à côté du péché, enveloppée dans sa couverture. « Ayez pitié », murmura-t-elle et elle eut un petit rire — ou un soupir.

Quand elles virent le Couvent, Sweetie avait chaud. Bien qu'elle n'ait pas senti le froid mordant qui balayait la route, elle était réconfortée par la neige chaude qui lui recouvrait les cheveux et qui emplissait ses chaussures. Et reconnaissante d'être si clairement protégée et séparée de la forme du péché qui marchait près d'elle. Le signe de l'état de grâce dans lequel se trouvait Sweetie était la violence avec laquelle la neige chaude cinglait la forme, la faisait taire, la gelait et l'obligeait à haleter lourdement, à peine capable de la suivre, elle, Sweetie, qui marchait sans courber la tête dans le vent glacial.

D'elle-même, Sweetie remonta l'allée. Mais elle laissa le démon faire le reste.

La femme qui ouvrit la porte en grand dit : « Oh ! » Et les tira toutes les deux à l'intérieur.

Sweetie trouva qu'elles ressemblaient à des oiseaux, des faucons. Elles la becquetaient, battaient des ailes. Elle en suait. Si elle avait été plus forte, pas aussi fatiguée par les veilles nocturnes à s'occuper de ses bébés, elle les aurait repoussées. Mais, à part prier, elle ne pouvait rien faire. Elles la mirent dans un lit sous un si grand nombre de couvertures que des gouttes de sueur lui coulèrent dans les oreilles. Elle ne but ni ne mangea rien de ce qu'elles lui offrirent. Elle fermait les lèvres, serrait les dents. En silence et avec ferveur, elle priait pour être délivrée, et, allez-vous le croire, elle obtint satisfaction : elles la laissèrent seule. Dans la chambre silencieuse, Sweetie remercia son Seigneur et se laissa glisser dans un sommeil immobile et troublé. Ce sont les cris du bébé qui la réveillèrent, pas les frissons. Faible comme elle l'était, elle se leva ou tenta de le faire. Elle avait mal à la tête et la bouche sèche. Elle remarqua qu'elle ne se trouvait pas dans un lit mais sur un canapé de cuir dans une pièce obscure. Sweetie claquait des dents quand un des faucons, la bouche rouge sang, entra en tenant une lampe à pétrole. Il lui parla de la voix la plus douce, à la manière d'un démon, mais Sweetie invoqua son Sauveur et le faucon s'en alla. Quelque part, dans la maison, l'enfant continuait à pleurer, ce qui remplissait Sweetie de ravissement — elle n'avait jamais entendu ses enfants pleurer ainsi. Elle n'avait jamais entendu cet appel clair, ardent, soutenu, scandé. Cela ressemblait à un chant, à une berceuse, ou aux harmonies tendues du Décalogue. Tous ses enfants étaient silencieux. Soudain, au milieu de sa joie, elle se mit en colère. Des bébés pleuraient ici parmi ces démons mais pas chez elle ?

Quand deux des faucons revinrent, l'un portant un plateau avec un repas, elle leur demanda : « Pourquoi est-ce que cet enfant pleure ? »

Elles nièrent, bien sûr. Elles mentirent au beau milieu des pleurs qu'on entendait jusque dans la chambre. L'une d'elles essaya même de détourner son attention en lui disant :

« J'ai entendu des enfants rire. Chanter quelque chose. Mais jamais pleurer. »

L'autre ricana.

« Laissez-moi sortir. » Sweetie faisait des efforts pour que sa voix crie. « Il faut que je rentre chez moi.

— Je vais t'emmener. Dès que la voiture sera chaude. » Le même ton cauteleux que le démon.

« Tout de suite, dit Sweetie.

— Prends de l'aspirine et mange un peu de ça.

— Laissez-moi sortir d'ici tout de suite.

— Quelle garce, dit l'une d'elles.

— C'est la fièvre, dit l'autre. Et tu peux pas la fermer, hein ? »

Ce fut la patience et le refus d'entendre un seul son, à part les admonestations de son Seigneur, qui lui permirent de s'en aller. Tout d'abord, dans une voiture rouge toute rouillée qui s'embourba dans la neige en bas de l'allée et, enfin, béni, béni soit Son saint nom, dans les bras de son mari.

Anna Flood l'accompagnait. Ils s'étaient mis en route à la minute même où elle avait invoqué son Sauveur. Sweetie tomba littéralement dans les bras de Jeff.

« Qu'est-ce que tu fais si loin d'la maison ? On n'a pas pu passer en voiture de toute la nuit. À quoi tu penses ? Mon Dieu, ma petite. Sweeheart. Qu'est-ce qui s'est passé ?

— Elles m'ont volée, enlevée, s'écria Sweetie. Oh, mon dieu, emmène-moi à la maison. Je suis malade, Anna, il faut que je m'occupe des enfants.

— Chut. Ne t'inquiète pas.

— Il faut. Il faut.

— Ça va aller maintenant. Arnette rentre chez elle.

— Mets le chauffage. J'ai tellement froid. Pourquoi est-ce que j'ai tellement froid ? »

Seneca avait les yeux rivés au plafond. Le matelas du petit lit était fin et dur. La couverture de laine lui grattait le menton et elle avait mal aux mains d'avoir pelleté la neige dans l'allée. Elle avait dormi sur des planchers, sur des cartons, sur des matelas remplis d'eau qui donnaient des cauchemars, et pendant des semaines sur le siège arrière de la voiture d'Eddie. Mais elle n'arrivait pas à s'endormir sur ce lit d'enfant propre et étroit.

La femme qui pleurait avait perdu la boule — la nuit et le lendemain matin aussi. Seneca avait passé toute la nuit debout à écouter Mavis et Gigi. La maison semblait leur appartenir même si elles parlaient de quelqu'un qui s'appelait Connie. Elles faisaient la cuisine pour elle mais ne fouinaient pas. En plus de discuter à propos de son nom — où l'avait-elle eu ? — elles se conduisaient comme si elles savaient tout à son sujet et étaient heureuses qu'elle reste ici. Plus tard, dans l'après-midi, alors qu'elle pensait tomber de fatigue, elles la conduisirent dans une chambre avec deux petits lits.

« Fais un somme, dit Mavis. Je t'appellerai quand le dîner

sera prêt. Tu aimes le poulet rôti ? » Seneca pensa qu'elle allait dégueuler.

Elles ne s'aimaient pas du tout, aussi Seneca leur montrait le même sourire et la même amabilité. Si l'une d'elles maudissait l'autre et se moquait bruyamment d'elle, Seneca riait. Quand l'autre faisait les gros yeux de dégoût, Seneca lui lançait un regard entendu. Toujours à ramener la paix. Celle qui disait oui, ou ça m'est égal, ou je vais partir. Sinon — quoi ? Elles pouvaient ne pas l'aimer. Elles pouvaient pleurer. Elles pouvaient s'en aller. Elle avait fait de son mieux pour être agréable, même si la Bible se révéla plus lourde que les chaussures. Comme tous les délinquants primaires, il voulait les deux tout de suite. Seneca n'eut aucun problème avec les Adidas pointure 44 mais à Preston, dans l'Indiana, il n'y avait aucune libraire, ni religieuse ni autre. Elle fit un détour jusqu'à Bloomington et trouva quelque chose qui s'appelait *la Bible vivante* et une autre avec des images en couleur mais des quantités de pages avec des lignes pour y marquer les dates des naissances, des morts, des mariages, des baptêmes. Ça avait l'air merveilleux — la liste des activités de familles entières pendant des années — aussi elle choisit celle-là. Il s'était mis en colère, évidemment ; à tel point que le plaisir que lui donnèrent les extravagantes chaussures noires et blanches en fut gâché.

« Tu ne peux pas acheter quelque chose comme il faut ? Rien qu'une petite Bible. Pas une foutue encyclopédie ! »

Il avait été reconnu coupable et elle ne le connaissait que depuis six mois, mais déjà il savait à quel point elle était nulle. Il accepta quand même l'énorme Bible et lui dit de la laisser avec les chaussures au bureau en y mettant son nom et son numéro. Il l'obligea à l'écrire comme si elle était incapable de se rappeler cinq chiffres de suite. Elle avait aussi apporté des sandwiches au jambon (dans sa lettre il disait qu'ils pourraient faire comme un pique-nique au parloir) mais il était trop nerveux et trop irrité pour manger.

Les autres visiteurs semblaient passer un bon moment avec leurs prisonniers. Les enfants se taquinaient ; se roulaient dans les bras de leur père, jouaient avec son visage, ses cheveux, ses doigts. Les femmes et les jeunes filles touchaient les hommes, chuchotaient, riaient très fort. C'étaient les habituées — familières avec les chauffeurs de bus, les gardiens et le personnel de la camionnette qui vendait du café. Les prisonniers avaient des yeux attendris de plaisir. Ils remarquaient tout, commentaient tout. Les livrets scolaires que de petits garçons leur apportaient dans de grosses enveloppes brunes ; les barrettes dans les cheveux des petites filles ; l'état des manteaux des femmes. Ils écoutaient attentivement les détails concernant des amis et des parents qui n'étaient pas là ; ils donnaient des conseils et des instructions sur la moindre nouvelle familiale. Seneca les trouvait terriblement virils — comme des chefs dans leur façon de diriger la visite. Ils indiquaient l'endroit où il fallait s'asseoir, la poubelle où mettre les papiers des paquets, les conseils médicaux et les livres à envoyer. Ils ne parlaient jamais de ce qui se passait à l'intérieur et ils ignoraient la présence des gardiens. Peut-être pensaient-ils à la mutinerie d'Attica.

Au fur et à mesure que le temps passerait, se disait-elle, Eddie serait peut-être comme eux. Pas furieux, victime, comme il l'était à sa première visite après sa mise en examen. À gémir. À accuser. La Bible si grosse qu'elle le gênait. De la moutarde au lieu de mayonnaise dans les sandwiches. Il ne voulait rien entendre sur son nouveau boulot dans la cafétéria d'une école. Seuls Sophie et Bernard l'intéressaient : ce qu'ils mangeaient. Est-ce qu'elle les laissait sortir la nuit ? Ils avaient besoin de courir longtemps. Ne leur mettre leur muselière qu'à l'extérieur.

Elle quitta Eddie Turtle dans le parloir et lui promit quatre choses. De lui envoyer des photos des chiens. De vendre la stéréo. D'obtenir de sa mère qu'elle touche l'argent du livret de caisse d'épargne. D'appeler l'avocat. Envoyer, vendre, obtenir, appeler. Comme ça, elle s'en souviendrait.

En se dirigeant vers l'abri des bus, Seneca trébucha et tomba sur un genou. Un gardien vint l'aider à se relever.

« Faites attention, là, mademoiselle.

— Désolée. Merci.

— Vous les filles, je sais vraiment pas comment vous espérez pouvoir marcher avec ces machins-là.

— C'est censé vous plaire, répondit-elle en souriant.

— Où ? En Hollande ? » Il eut un rire agréable, qui découvrit deux rangées de dents en or.

Seneca remit son sac en place et lui demanda : « C'est loin d'ici Wichita ?

— Ça dépend comment vous y allez. En voiture, il y en a pour... heu... dix, douze heures. En car, c'est plus long.
— Oh.
— Vous avez de la famille à Wichita ?
— Oui, non. C'est mon petit ami. Je vais rendre visite à sa mère. »

Le gardien enleva sa casquette et passa la main sur ses cheveux très courts. « C'est bien, dit-il. Y a du très bon barbecue à Wichita. Essayez d'en manger. »

Quelque part à Wichita, il devait sans doute y avoir du très bon barbecue, mais pas chez Mrs Turtle. La maison était strictement végétarienne. Rien de ce qui portait sabots, plumes, coquilles ou écailles n'apparaissait sur sa table. Sept légumes verts et sept graines — vous en mangez un de chaque (et un seul) chaque jour, et vous vivez éternellement. Ce qu'elle avait prévu de faire, et non, il n'était pas question qu'elle touche l'argent de la caisse d'épargne que son mari lui avait laissé, pour quelqu'un d'autre, encore moins pour quelqu'un qui avait écrasé un enfant en voiture et qui l'avait laissé là, même si ce quelqu'un était son fils unique.

« Oh, non, Mrs Turtle. Il ne savait pas que c'était un enfant. Eddie a cru que c'était un... un...
— Un quoi ? demanda Mrs Turtle. Qu'est-ce qu'il a cru que c'était ?
— J'ai oublié ce qu'il m'a dit, mais je sais qu'il n'aurait pas fait ça. Eddie adore les enfants. Il les adore vraiment. Il est vraiment très gentil. Il m'a demandé de lui apporter une Bible.
— Il l'a déjà vendue. »

Seneca détourna le regard. L'écran de télévision scintillait. Dessus, des hommes au visage grave se souriaient doucement, poliment.

« Ma petite, vous ne l'avez connu que pendant une saison. Je l'ai connu pendant toute sa vie.
— Oui, m'dame.
— Vous croyez que je vais le laisser me mettre à l'hospice pour qu'un avocat malin s'enrichisse ?
— Non, m'dame.
— Vous les avez vus, les avocats du Watergate ?
— Non, m'dame. Oui, m'dame.

— Ben, alors. Pas un mot de plus là-dessus. Vous voulez manger quelque chose ou non ? »

La graine était du pain de froment ; le légume vert du chou frisé. Du thé glacé très fort pour faire descendre les deux.

Mrs Turtle ne lui offrit pas de lit pour la nuit, alors Seneca reprit son sac et descendit la rue calme de Wichita dans l'air doux du soir. Elle n'avait pas abandonné son travail pour faire ce voyage mais le directeur lui avait fait clairement comprendre qu'une absence si tôt ne serait pas à l'avantage d'une nouvelle employée. Elle était peut-être déjà mise à la porte. Il se pourrait que Mrs Turtle lui permette de téléphoner à ses camarades de chambre pour savoir si quelqu'un n'avait pas appelé pour lui dire : « Pas la peine de revenir ». Seneca fit demi-tour.

À la porte, elle levait le poing pour frapper quand elle entendit sangloter. Le hurlement désespéré d'une mère — un bruit qui ne ressemblait à rien d'autre dans le monde. Seneca recula puis alla jusqu'à la fenêtre, en appuyant la main gauche sur sa poitrine pour calmer les battements de son cœur. Elle la garda ainsi — en imaginant les valvules rouges qui bredouillaient, qui hésitaient, qui essayaient de retrouver le bon rythme — alors qu'elle dévalait l'escalier de brique jusqu'au trottoir, qu'elle longeait les rues boueuses, puis goudronnées, puis cimentées jusqu'à la gare des cars. Ce n'est que lorsqu'elle fut assise en tailleur sur un banc en plastique moulé qu'elle s'abandonna aux gémissements qui continuaient à se balancer dans sa tête. Seule, sans témoins, Mrs Turtle avait oublié sa raison, sa personnalité et elle avait poussé des cris comme tout ce qui portait des plumes, des nageoires ou des sabots et dont elle ne mangerait jamais la chair — tout comme l'aurait fait une mouette, une baleine, une louve si on lui arraché son petit. Elle avait les mains enfoncées dans ses cheveux ; la bouche grande ouverte au milieu de son visage ruisselant.

Essoufflée, les lèvres sèches, Seneca avait échappé aux sanglots. Elle se précipita dans les rues larges et étroites et ne ralentit l'allure que dans le quartier commerçant. Avant d'entrer dans la gare elle acheta des cacahuètes et une boisson au gingembre dans un distributeur et elle le regretta aussitôt car elle avait très envie de sucré, pas de salé. Les chevilles croisées, les genoux écartés, elle s'assit sur un banc de la salle d'attente, mit les cacahuètes dans sa poche et sirota la boisson au gingembre.

Enfin, sa panique se calma et il lui fut impossible de distinguer les cris d'une femme blessée du bruit de la circulation quotidienne.

La nuit tombait et la salle était bondée comme une gare de correspondance le matin. La chaude journée de septembre ne s'était pas rafraîchie quand le soleil avait disparu. Il n'y avait pas de différence notable entre l'air épais de la salle d'attente et l'air extérieur. Les passagers et ceux qui les accompagnaient semblaient très calmes, à peine intéressés par le voyage ou les adieux. La plupart des enfants dormaient, sur des genoux, des bagages et des sièges. Ceux qui ne dormaient pas torturaient ceux qui étaient à leur portée. Les adultes tripotaient leur billet, s'épongeaient le cou, caressaient des bébés et se parlaient à voix basse. Des soldats et leurs petites amies lisaient des horaires affichés derrière des vitres. Quatre adolescents avec des bonnets de laine sur la tête chantaient doucement à côté des distributeurs automatiques. Un homme dans un uniforme gris de chauffeur de maître traversa la salle comme s'il cherchait son passager. Un bel homme dans une petite voiture passa l'entrée avec aisance, un peu gêné seulement par le système malcommode de la porte.

Il restait encore deux heures vingt avant le départ du car de Seneca et elle se demanda si elle allait les passer dans un des cinémas qu'elle avait vus. *Serpico*, *L'Exorciste*, *L'Arnaque* étaient les dernières exclusivités, mais cela lui sembla une trahison de voir un de ces films sans le bras d'Eddie autour de ses épaules. Seneca se rappela qu'il était dans une situation difficile et qu'elle faisait des efforts maladroits pour l'aider ; elle soupira lourdement mais ne sentit aucune menace de larmes. Elle n'en avait même pas versé une quand elle avait trouvé la lettre de Jean à côté des Lorna Doones. Bien soignée, aimée peut-être par les mères dans les deux familles qui l'avaient prise en nourrice, elle savait que ce n'était pas elle-même qui avait plu aux mères mais le fait qu'elle acceptait les réprimandes sans rien dire, mangeait ce qu'on lui donnait, partageait ce qu'elle avait et ne pleurait absolument jamais.

Le reste de la boisson au gingembre glougloutait dans la paille quand le chauffeur s'arrêta devant elle et lui sourit.

« Excusez-moi, mademoiselle. Puis-je vous parler un instant ?

— Bien sûr. Allez-y. Bien sûr. » Seneca se glissa sur le banc pour lui faire une place mais il ne s'assit pas.

« Je suis autorisé à vous offrir cinq cents dollars pour un travail quelque peu compliqué mais facile à faire, si cela vous intéresse. »

Seneca ouvrit la bouche pour dire : compliqué *et* facile ? Il avait des yeux d'un gris sombre et les boutons de son uniforme luisaient comme du vieil or.

« Oh, non. Merci, mais je vais bientôt m'en aller, dit-elle. Mon car part dans deux heures.

— Je comprends. Mais le travail ne prendra pas beaucoup de temps. Peut-être que si vous parlez à mon employeuse — elle est juste dehors — elle pourra vous le décrire. À moins bien sûr que vous ne deviez vous rendre quelque part rapidement.

— Elle ?

— Oui. Mrs Fox. Venez par ici. Il n'y en a que pour une minute. »

Les lumières des réverbères se reflétaient sur une limousine stationnée à quelques mètres de l'entrée. Quand le chauffeur ouvrit la portière, la tête d'une très jolie femme se tourna vers Seneca.

« Bonjour. Je m'appelle Norma. Norma Keene Fox. Je cherche de l'aide. » Elle ne tendit pas la main mais à cause de son sourire, Seneca le désira. « Puis-je vous en parler ? »

Elle portait un corsage de lin blanc sans manche, avec un grand décolleté ; et une longue jupe beige. Quand elle décroisa les jambes, Seneca vit des sandales brillantes et des ongles d'orteils corail. Ses cheveux couleur champagne retombaient derrière ses oreilles sans boucles.

« Quel genre d'aide ? demanda Seneca.

— Montez que je vous explique. C'est difficile de parler par une portière ouverte. »

Seneca hésita.

Le rire de Mrs Fox sonnait comme un carillon chaleureux. « Très bien, ma chère. Vous n'êtes pas obligée de prendre ce travail si vous n'en voulez pas.

— J'ai pas dit que j'en voulais pas.

— Alors. Venez. Il fait plus frais à l'intérieur. »

La portière se referma avec un bruit doux mais profond et le parfum Bal à Versailles de Mrs Fox était irrésistible.

Quelque chose de confidentiel, dit-elle. Rien d'illégal, bien sûr, privé seulement. Vous savez taper à la machine ? Un peu ?

Je veux quelqu'un qui ne soit pas de par ici. J'espère que cinq cents ça suffit. Je pourrais aller un peu plus haut pour une fille vraiment intelligente. David vous reconduira à la gare routière même si vous ne prenez pas le travail.

Ce n'est qu'à ce moment-là que Seneca comprit que la voiture n'était plus en stationnement. Les lumières intérieures étaient toujours allumées. L'air était frais. La limousine flottait.

C'est une très belle région, continua Norma. Mais à l'esprit borné, si vous voyez ce que je veux dire. Pourtant, je ne voudrais vivre nulle part ailleurs. Mon mari ne me croit pas, ni mes amis, parce que je suis de l'est. Quand je retourne là-bas, ils disent *Wichita* ? Comme ça. Mais j'adore cet endroit. D'où êtes-vous ? C'est ce que je pensais. Elles ne portent pas de jeans comme ça par ici. Elles devraient, enfin, si elles avaient le derrière pour ça, je veux dire. Comme vous. Oui. Mon fils est à Rice[1]. Des quantités de gens travaillent pour nous, mais ce n'est que lorsque Leon n'est pas là — c'est mon mari — que je peux obtenir que quelque chose soit fait. C'est là où vous intervenez, je veux dire, si vous êtes d'accord. Mariée ? Bien, ce dont j'ai besoin, seule une femme intelligente peut le faire. Vous ne mettez pas rouge à lèvres, n'est-ce pas. Bien. Vos lèvres sont adorables comme ça. J'ai dit à David, trouvez une jeune fille intelligente, s'il vous plaît. Pas une de ces filles de ferme. De ces laitières. Il est très bien. Il vous a trouvée. Nous habitons un peu à l'extérieur de la ville. Non, merci. Je ne digère pas les cacahuètes. Oh, mon Dieu, vous devez mourir de faim. Nous allons prendre un très bon souper et je vous expliquerai ce que je veux qu'on fasse. Vraiment très simple si vous savez suivre des instructions. C'est un travail confidentiel, aussi je préfère engager une inconnue plutôt que quelqu'un d'ici. Ce sont vos cils ? Très jolis. David ? Savez-vous si Mattie a préparé un vrai dîner ce soir ? Pas de poisson, j'espère, ou aimez-vous le poisson ? La truite est merveilleuse au Kansas. Je crois qu'un peu de poulet, rôti fera l'affaire. Nous avons des volailles magnifiquement nourries par ici — elles mangent mieux que la plupart des gens. Non, ne les jetez pas. Donnez-les-moi. Qui sait ? Elles peuvent être utiles.

---

1. Université du Texas. (*N.d.T.*)

Seneca passa les trois semaines suivantes dans des chambres splendides, avec une Norma splendide et des repas trop beaux pour être mangés. Norma lui donnait beaucoup de noms très doux mais elle ne lui demanda jamais comment elle s'appelait. La porte d'entrée n'était jamais fermée à clef et elle pouvait partir quand elle le voulait. Elle n'était pas obligée de rester là, en passant des plumes de paon à l'humiliation abjecte ; des câlineries aux violences taquines ; des toasts de caviar à l'ordure. Mais la douleur formait un cadre au plaisir, lui donnait une limite. L'humiliation rendait l'abandon profond, tendre. Permanent.

Quand Leon Fox téléphona pour annoncer son retour imminent, Norma lui donna les cinq cents dollars et quelques vêtements, dont une couverture en cachemire. Comme promis, David la conduisit à la gare routière, et ses boutons luisaient au soleil. Ils ne parlèrent pas en chemin.

Seneca erra pendant des heures dans Wichita, s'arrêtant dans un café, se reposant dans un parc. Sans savoir où aller ni quoi faire. Trouver un travail près de la prison pour rester à côté de lui ? C'est-à-dire suivre ses instructions, s'excuser de n'avoir pas rapporté les économies de sa mère. Retourner à Chicago ? Reprendre sa vie-avant-Eddie ? Les amis de passage. Les petits boulots. Les logements provisoires. La nourriture volée. Eddie Turtle organisa sa vie pendant six mois et maintenant il était parti. Ou devait-elle reprendre la route ? Le chauffeur l'avait ramassée pour Norma comme un petit chien perdu. Non, même pas. Comme un animal avec lequel on veut s'amuser pendant un moment — un petit moment — mais pas garder. Pas aimer. Pas nommer. Juste nourrir, s'amuser avec, puis rendre à son habitat naturel. Elle avait cinq cents dollars en poche, et, à part Eddie, personne ne savait où elle était. Elle devait peut-être continuer ainsi.

Seneca n'avait pas décidé grand-chose quand elle vit le premier endroit où se cacher — l'arrière d'un camion chargé de sacs de ciment. Quand il la découvrit, la chauffeur la coinça contre un pneu et mêla ses questions, ses injures et ses menaces à un flirt hésitant. Seneca ne dit rien au début, soudain, elle lui demanda la permission d'aller aux toilettes. « Il faut que j'y aille, c'est pressé », dit-elle. Le chauffeur soupira et la laissa aller en lui criant un dernier avertissement. Ensuite, elle fit du stop plusieurs fois, mais elle détestait tellement les discussions obligatoires qu'elle prit le risque de se cacher dans des camions. Elle préférait aller nulle part, coupée de la société, dissimulée dans des chargements silencieux — personne ne sachant qu'elle était là. Quand elle se retrouva parmi des caisses dans une camionnette 73 toute neuve, sauter pour suivre une femme sans manteau fut la première chose qu'elle eut jamais faite sans qu'on lui en ait donné précisément l'ordre.

Les sanglots — ou était-ce de petits rires — de la femme avaient cessé. La neige ne tombait plus. En bas, quelqu'un disait son nom.

« Seneca ? Seneca ? Viens, ma chérie. Nous t'attendons. »

Divine

« Laissez-moi vous parler de l'amour, ce mot stupide que vous croyez approprié si quelqu'un vous plaît ou si vous plaisez à quelqu'un, ou si vous pouvez supporter quelqu'un pour obtenir une chose ou un endroit que vous désirez, ce mot que vous croyez en rapport avec la façon dont votre corps répond à un autre corps comme les rouges-gorges ou les bisons, mais peut-être croyez-vous que l'amour c'est la façon dont les forces ou la nature ou la chance vous sont favorables en particulier si elles ne vous estropient pas ou ne vous tuent pas, et si elles le font vous croyez que c'est pour votre bien.

« L'amour n'a rien à voir avec tout ça. Il n'y a rien dans la nature qui lui ressemble. Ni dans les rouges-gorges ni dans les bisons ni dans vos chiens de chasse qui battent de la queue, ni dans les fleurs ni dans le poulain qui tète sa mère. L'amour n'est que d'essence divine et toujours difficile. Si vous croyez que l'amour est facile c'est que vous êtes bêtes. Si vous croyez que l'amour est naturel c'est que vous êtes aveugles. C'est un formulaire que l'on apprend, sans raison ni motif sinon qu'il s'agit de Dieu.

« Vous ne méritez pas d'amour à cause des souffrances que vous avez endurées. Vous ne méritez pas d'amour parce que quelqu'un s'est mal conduit envers vous. Vous ne méritez pas d'amour simplement parce que vous le désirez. Vous ne pouvez qu'acquérir — par la pratique et une observation attentive — le droit de l'exprimer et vous devez apprendre à l'accepter. Ce qui revient à dire que vous devez acquérir Dieu. Que vous devez pratiquer Dieu. Que vous devez penser Dieu — avec prudence. Et si vous êtes un élève studieux et assidu vous pouvez obtenir le droit de manifester de l'amour. L'amour n'est pas un don. C'est un diplôme. Un diplôme qui confère certains privilèges : le privilège d'exprimer de l'amour et le privilège d'en recevoir.

« Comment savez-vous que vous avez obtenu votre diplôme ? Vous ne le savez pas. Ce que vous savez, c'est que vous êtes un être humain et par conséquent éducable, et par conséquent capable d'apprendre à apprendre, et par conséquent qui intéresse Dieu qui ne s'intéresse qu'à Lui-même c'est-à-dire qu'Il ne s'intéresse qu'à l'amour. Vous me comprenez ? Dieu ne s'intéresse pas à vous. Il s'intéresse à l'amour et au bonheur qu'apporte l'amour à ceux qui comprennent et partagent cet intérêt.

« Les couples qui entrent dans le sacrement du mariage et qui ne sont pas préparés à faire ce chemin ou qui ne sont pas disposés à accepter le véritable amour de Dieu ne peuvent réussir. Ils peuvent s'attacher l'un à l'autre comme les rouges-gorges ou les mouettes ou tout ce qui s'unit pour la vie. Mais s'ils renoncent à ce cours supérieur, au moment où tous seront jugés pour la vie éternelle, leur attachement ne signifiera rien. Que Dieu bénisse les purs et les saints. Amen. »

Certains des Amen qui accompagnèrent et suivirent les paroles du révérend Senior Pulliam étaient forts, d'autres retenus ; certaines personnes n'ouvrirent pas du tout la bouche. La question, se disait Anna, n'était pas pourquoi mais qui. Qui Pulliam houspillait-il ? Adressait-il ses remarques aux jeunes, en les avertissant de réformer leurs vies égoïstes ? Ou visait-il leurs parents qui toléraient leur turbulence ou leur attitude de défi qu'il n'avait jamais acceptées même avant l'apparition du poing sur le Four ? Plus vraisemblablement, pensa-t-elle, il cherchait à accabler Richard sous le poids de sa vaste et longue éducation méthodiste. Une pierre pour écraser le message de son collègue selon lequel Dieu est un moteur intérieur et permanent qui, une fois mis en route, ronflait, vrombissait et vous emmenait faire votre travail et le Sien — mais qui, laissé inactif, rouillait et immobilisait l'âme comme un embrayage bloqué.

Ce devait être ça, pensa-t-elle. Pulliam visait Misner. Parce que assurément il ne pouvait pas se tenir devant les jeunes mariés — un pasteur invité à qui l'on avait demandé de faire quelques (quelques !) remarques avant la cérémonie devant une assemblée composée de presque tous les habitants de Ruby, dont un tiers seulement étaient membres de l'église de Pulliam

— et les faire mourir de peur le jour de leur mariage. Parce que assurément il n'insulterait pas la mère de la mariée ni sa belle-sœur qui portaient comme un manteau la mélancolie de soigner des bébés brisés et qui, non seulement n'avaient pas puni Dieu d'avoir donné ce coup de grâce à tout ce dont elles rêvaient, mais qui semblaient renforcées dans leur résolution avec chaque année qui passait. Et même si le jeune marié n'avait plus de parents, Pulliam ne voulait assurément pas embarrasser ses tantes — faire subir l'épreuve du feu à ces femmes pieuses pour s'intéresser (trop peut-être ?) à l'unique « fils » que la famille aurait jamais maintenant que les fils de Soane étaient morts, Dovey n'en ayant pas eu et refusant qu'on pleure ces morts qui pouvaient les déchirer ou leur fermer le cœur. Assurément pas. Et assurément Pulliam n'essayait pas d'agacer les oncles du jeune marié, Deacon et Steward qui se comportaient comme si Dieu était leur associé silencieux. Apparemment, Pulliam les avait toujours admirés, en disant à mots couverts qu'ils appartenaient à Sion, pas à l'église du Calvaire, où ils devaient entendre les sermons maniérés d'un homme qui pensait qu'enseigner consistait à laisser les enfants parler comme s'ils avaient quelque chose d'important à dire que le monde n'avait encore jamais entendu ni réglé.

Qui d'autre pouvait ressentir la pique du « Dieu ne s'intéresse pas à vous ». Ou tressaillir à la brûlure de « Si vous croyez que l'amour est naturel c'est que vous êtes aveugle ». Qui d'autre que Richard Misner qui maintenant devait se lever et présider le mariage le plus attendu dont on pouvait se souvenir, sous le souffle brûlant de Senior Pulliam-« Ne-Fais-pas-de-prisonniers » ? Sauf, bien sûr, s'il lui parlait à elle pour lui dire : Attache-toi à un autre si tu veux, mais si tu ne t'attaches pas à Dieu (c'est-à-dire le Dieu de Pulliam) ton mariage ne vaudra rien. Parce qu'il savait que Richard et elle parlaient de mariage et il savait qu'elle l'aidait à organiser les jeunes gens désobéissants. « Sois le Sillon. »

Un parfum de menthe dominait de façon espiègle celui des fleurs disposées autour de l'autel. Il en poussait des massifs, avec des phlox qu'on appelait du William sauvage, sous les fenêtres de l'église, ouvertes à onze heures du matin au soleil qui montait. La lumière du ciel d'avril était comme un cadeau. À l'intérieur de l'église, les bancs en bois d'érable, cirés comme pour une revue militaire, faisaient ressortir la blancheur printanière des murs, la petite chaire et la grille du chœur à l'allure rassurante de clôture, devant laquelle les communiants pourraient s'agenouiller afin d'accueillir une nouvelle fois l'esprit saint. Au-dessus de l'autel, dans l'espace clair et propre, était accrochée une croix de chêne de trois pieds de haut. Dépouillée. Vide. Aucun or ne venait détruire sa perfection ni déranger son équilibre. Aucune contorsion, aucune défaillance du corps du Christ ne venait boursoufler son lyrisme de foudre.

Les femmes de Ruby ne se poudraient pas le visage et ne portaient pas de parfum de prostituée. Aussi l'odeur voluptueuse de menthe et de William sauvage troublait-elle l'assemblée et lui faisait tourner la tête à l'idée du repas excellent et abondant qui attendait chez Soane Morgan. Tout le monde jouerait de la musique : July sur le piano droit ; le chœur masculin ; un solo de Kate Golightly ; le Quartet de l'église du Saint Rédempteur ; un garçon aux yeux rêveurs qui s'appelait Brood, assis sur les marches avec un harmonica. Il y aurait la cohue des beaux vêtements ; des robes de soie et des chemises amidonnées qu'on oublierait quand les gens appuyés contre les arbres ou assis sur l'herbe reprendraient maladroitement des pois à la crème. Il y aurait les cris des enfants ivres de sucreries ; le craquement du papier des cadeaux de mariage ramassé par terre et si bien plié qu'il semblait avoir plus de prix que le cadeau qu'il avait enveloppé. Des fermiers, des propriétaires de ranch et des femmes qui cultivaient du blé se laisseraient tirer de leurs chaises et entraîner dans des danses aux pas répétés datant d'autrefois. Les adolescents riraient et cligneraient des paupières pour tenter de dissimuler leur ignorance.

Mais plus que la joie et les enfants rêvant du gâteau de mariage, tous attendaient l'union de deux familles et la fin de l'animosité qui en avait imprégné les membres et les amis pendant quatre ans. Une animosité centrée sur le prétendu bébé que la mariée n'avait ni avoué, ni annoncé, ni mis au monde.

Maintenant ils étaient tous assis comme Anna et se demandaient ce que le révérend Pulliam pouvait bien s'imaginer être en train de faire. Pourquoi jeter un tel froid ? Pourquoi diminuer le parfum de menthe et de phlox ; étouffer le goût de l'agneau rôti et des tartes au citron qui les attendaient. Pourquoi briser l'harmonie, faire dérailler la paix qu'apportait ce mariage ?

Richard Misner se leva. Agacé ; non, en colère. Tellement en colère qu'il fut incapable de regarder son collègue pour lui faire voir la profondeur de sa blessure. Pendant les remarques de Pulliam, il avait fixé un regard vide sur les chapeaux printaniers des femmes dans les bancs. Plus tôt, dans la matinée, il avait imaginé cinq ou six phrases d'introduction pour ouvrir le rite sacré du mariage et il les avait soigneusement mises au point autour du chapitre 19, versets 7,9 de l'Apocalypse en peaufinant l'image du « festin de noces de l'agneau », en l'évidant pour révéler la réconciliation que promettait ce mariage. Il était passé de l'Apocalypse à l'Évangile selon Saint Matthieu, chapitre 19, verset 6 : « Ainsi, ils ne sont plus deux mais une seule chair », afin de sceller non seulement la fidélité des jeunes l'un à l'autre mais aussi les responsabilités renouvelées de tous les Morgan et tous les Fleetwood.

Il regarda le couple qui attendait patiemment, debout devant l'autel, et se demanda s'ils avaient compris ou même entendu ce qu'on avait raconté sur eux. Mais lui avait très bien saisi. Il savait que cette vision mortelle de son travail était une agression délibérée de tout ce qu'il croyait. Soudain il comprit et partagea la fureur de Saint Augustin devant le « prêtre fier » qu'il rangeait avec le diable. Augustin continuait en disant que le message de Dieu n'était pas corrompu par le messager : « Si (la lumière) doit traverser des êtres souillés, elle n'est pas souillée elle-même. » Augustin n'avait pas rencontré Senior Pulliam, cependant il devait avoir connu des prêtres comme lui. Mais le fait de les rejeter dans la compagnie de Satan ne reconnaissait pas le tort que pouvaient causer des paroles prononcées en chaire. Qu'aurait dit Augustin d'aussi anodin au poison que Pulliam venait de répandre sur tout ? Sur la tête des hommes qui trouvaient si difficile de lutter contre leurs instincts afin de contrôler ce qu'ils pouvaient et d'écraser le reste ; sur le cœur des femmes qui apprivoisaient inlassablement le prédateur ; sur le visage des enfants non encore remis du coup porté à l'estime qu'ils se portaient quand ils avaient appris que les adultes ne les considéreraient pas comme des êtres humains tant qu'ils ne seraient pas mariés ; sur le visage des jeunes époux figés ici, attendant désespérément ce lien public pour diluer leur honte secrète. Misner savait que les paroles de Pulliam étaient une façon d'élargir la guerre qu'il avait déclarée aux activités de Misner : tenter les jeunes à franchir le mur, les limites de la ville, les guider, les forcer à transgresser, à se croire des combattants dans une guerre civile. Il savait aussi qu'un secret, connu de tous sur un bébé qui n'était pas né, perçait les fondements de la querelle comme le croc d'un chien.

Un langage adapté lui vint à l'esprit mais ne se sentant pas capable de parler sans révéler sa profonde blessure personnelle, Misner s'éloigna de la chaire, et alla jusqu'au mur du fond de l'église. Là, il leva les bras et les tendit jusqu'à ce qu'il puisse décrocher la croix. Puis il la porta en passant devant les stalles vides du chœur, devant l'orgue où était assise Kate, devant le fauteuil où se trouvait Pulliam, jusqu'à l'estrade où il la tint devant lui pour que tous la voient — s'ils le voulaient. Qu'ils voient ce qui était certainement le premier signe qu'avait fait n'importe quel être humain n'importe où : la ligne verticale ; la ligne horizontale. Même enfants, ils le dessinaient avec les doigts dans la neige, le sable ou la boue ; ils le couchaient avec des bâtons dans la terre ; ils le disposaient avec des os sur la toundra gelée ou dans l'immensité des savanes ; avec des cailloux sur la rive des fleuves ; ils le grattaient sur la paroi des grottes et sur les affleurements rocheux depuis l'Égypte jusqu'à l'Afrique du Sud. Les Algonquins et les Lapons, les Zoulous et les Druides — tous avaient dans le doigt le souvenir de cette marque originelle. Le cercle n'était pas premier, ni les parallèles, ni le triangle. C'était cette marque-là, celle-ci, sous-jacente à toutes les autres. Cette marque, on la retrouvait dans la disposition des traits du visage. La marque d'une silhouette humaine debout, équilibrée, prête à étreindre. Enlevez-la, comme Pulliam venait de le faire, et le christianisme ressemblait à n'importe quelle religion : une population de suppliants, mendiant un répit à une autorité mal disposée ; des croyants harcelés se courbant devant le destin ou esquivant le mal quotidien. Les faibles entreprenant un voyage fatal dans le désert ; ceux qui voient déchirés par la lumière et jetés dans l'obscurité perpétuelle de l'absence de choix. Sans ce signe, la vie du croyant se limitait à louer Dieu et à recevoir des coups. La louange était le crédit ; les coups un intérêt dû sur une dette qu'on ne pouvait éteindre. Ou, comme l'avait dit Pulliam, personne ne savait quand on avait « obtenu le diplôme ». Mais avec lui, dans la religion où ce signe était suprême et fondamental, et bien, la vie était une tout autre affaire.

Vous voyez ? L'exécution de cet homme noir solitaire appuyé à l'intersection de ces deux lignes auxquelles il était attaché dans une parodie d'étreinte humaine, lié aux deux gros bâtons si commodes, si reconnaissables, si enfoncés dans la conscience *en tant que conscience*, à la fois ordinaires et sublimes. Vous voyez ? Sa tête laineuse qui tour à tour se dressait sur le cou et retombait sur la poitrine, l'éclat de cette peau nocturne ternie de poussière, striée de fiel, souillée de crachat et d'urine, aux reflets d'étain dans le vent chaud et sec et, finalement, tandis que le soleil s'obscurcissait de honte, tandis que sa chair s'accordait à la lumière déclinante de l'après-midi comme si c'était le soir, toujours brutal sous ces climats, en l'avalant lui et les autres criminels du couloir de la mort, ainsi que la silhouette de ce signe originel qui se fondait dans le ciel de cette fausse nuit. Voyez comment ce meurtre officiel parmi des centaines marquait la différence ; changeait la relation entre Dieu et l'homme, du PDG au suppliant ? La croix qu'il tenait était abstraite ; le corps absent était réel, mais tous deux s'alliaient pour tirer les humains du fond de la scène vers la lumière, des chuchotements en coulisses vers le rôle principal dans l'histoire de leurs vies. Cette exécution rendait possible de respecter — librement, sans peur — soi-même et l'autre. Ce qu'était l'amour : un respect sans motif. Dont tout témoignait non pas à un Seigneur atrabilaire qui était Son propre amour mais à un Dieu qui rendait possible l'amour humain. Non pas pour Sa gloire — jamais. Dieu aimait la façon dont les hommes s'aimaient entre eux ; il aimait la façon dont les hommes s'aimaient eux-mêmes ; il aimait le génie sur la croix qui réussissait à faire les deux et à mourir en le sachant.

Mais Richard Misner ne pouvait parler calmement de ces choses. Aussi il resta debout et laissa les minutes s'écouler alors qu'il tenait la croix de chêne dans ses mains et lui demandait de dire ce dont il n'était pas capable : non seulement Dieu s'intéresse à vous ; Il *est* vous.

Verraient-ils cela ? Le verraient-ils ?

Pour ceux qui pouvaient le voir, le visage du jeune marié reflétait ses sentiments. Il levait les yeux vers la croix que le révérend Misner tenait tenait tenait. Sans rien dire, il la tenait simplement là, dans un temps arrêté, tandis que le silence insupportable était troublé par des toussotements et de discrets raclements de gorge d'encouragement. Ce mariage rendait déjà les gens nerveux parce qu'on avait vu des vautours voler au nord de la ville. La question qu'ils avaient à l'esprit c'était de savoir s'il s'agissait d'un présage de mauvais augure (ils tournaient en cercle autour de la ville) ou de bon augure (ils ne se posaient pas). Nigauds, se disait-il. Si ce mariage était voué à l'échec, cela n'avait rien à voir avec des oiseaux.

Brusquement, il n'y eut pas assez de fenêtres ouvertes. Le jeune marié se mit à transpirer dans son costume noir merveilleusement coupé. La colère le traversa comme une balle de calibre 32. Pourquoi est-ce que tout le monde utilisait son mariage, gâchait sa cérémonie afin de poursuivre une querelle dont il se fichait éperdument ? Il voulait que ça se termine. Qu'on en finisse une bonne fois pour toutes pour que ses oncles la ferment ; pour que Jeff et Fleet arrêtent de répandre des mensonges sur lui, pour qu'il prenne sa place parmi les hommes mariés et propriétaires de Ruby, pour qu'il puisse brûler toutes ces lettres d'Arnette. Mais surtout pour qu'il tire la chasse et fasse sortir définitivement de sa vie cette pute de Gigi. Tout comme le plaisir invraisemblable que donnait le sucre pouvait se transformer en ennemi mortel du corps, le désir obsédant qu'il avait d'elle l'avait empoisonné, l'avait rendu diabétique, stupide, désespéré. Après des mois d'une douceur dangereuse, elle était devenue indifférente, lassée, odieuse même. Parmi les hautes tiges de maïs, il l'avait attendue ; au clair de lune, il avait rampé derrière des poulaillers pour la retrouver ; il avait dépensé de l'argent qui n'était pas à lui pour la régaler ; il avait menti pour qu'on lui prête autre chose qu'un camion afin de l'emmener se promener ; il avait planté de la marijuana pour elle ; il avait apporté de la glace en plein mois d'août pour lui rafraîchir l'intérieur des cuisses ; il lui avait acheté une radio à piles qu'elle adorait, une robe décorée de chenille de soie dont elle avait ri. Mais surtout, il l'avait aimée pendant des années, d'un amour douloureux, humiliant, à cause duquel il se méprisait, et qui passa du désir ardent à la dissimulation.

Il avait lu la première lettre d'Arnette mais il avait rangé les autres dans une boîte à chaussures au fond du grenier de sa tante ; il était pressé de les détruire (ou peut-être de les lire) avant que quelqu'un ne découvre les onze enveloppes non ouvertes postées à Langston, dans l'Oklahoma. Il supposait qu'elles parlaient toutes d'amour et de chagrin, d'amour malgré le chagrin. Ou de n'importe quoi. Mais qu'est-ce qu'Arnette pouvait savoir de ce qu'il avait fait ? Avait-elle passé la nuit assise dans un taillis de repousses de chênes pour apercevoir quelque chose ? Avait-elle suivi une Cadillac délabrée jusqu'à Demby simplement pour voir ? Des femmes l'avaient-elles mise à la porte d'une maison ? Injuriée ? Et pourtant, pourtant, être toujours incapable de rester au loin. Non, enfin, jusqu'à ce que ses oncles lui demandent de s'asseoir et lui disent la loi et ses conséquences.

Ainsi, il était là, devant l'autel, son coude soutenant le délicat poignet de sa fiancée, dans sa poche le rameau de Pâques qu'elle lui avait donné en guise de protection. Il avait conscience de la lourde respiration de son futur beau-frère à sa droite ; et de l'animosité de Billie Delia dont le regard lui transperçait la nuque. Il était sûr que cette fureur obstinée durerait toujours, parce que Misner semblait réduit au silence par la croix qu'il tenait.

Une croix que la jeune mariée fixait terrorisée. Elle avait été tellement heureuse. Tellement tellement heureuse, enfin. Libérée de cette tristesse infinie qui s'était emparée d'elle dès son retour de l'université : l'étouffement impitoyable dans la maison de ses parents ; l'écœurement nouveau qui accompagnait les soins donnés à ses nièces et à ses neveux brisés ; son manque de sommeil qui inquiétait sa mère, irritait sa belle-sœur et qui rendait furieux son frère et son père ; son oisiveté absolue, qu'elle n'interrompait que pour s'interroger ou s'inquiéter à propos de K.D. Bien qu'il n'eût pas répondu à ses douze premières lettres, elle avait continué à lui en écrire, sans les poster, quarante autres. Une par semaine pendant sa première année d'absence. Elle croyait l'aimer absolument parce qu'il était tout ce qu'elle savait d'elle-même — c'est-à-dire que tout ce qu'elle savait de son corps était relié à lui. À part Billie Delia, personne ne lui avait dit qu'il y avait une autre façon de penser à elle-même. Ni sa mère ; ni sa belle-sœur. L'an passé, quand elle était en dernière année, elle était rentrée pour les vacances de Pâques et il avait demandé à la voir, il était venu dîner deux fois, il l'avait emmenée au ranch de Nathan DuPres pour aider lors du pique-nique de la fête des enfants, et c'est là qu'il lui avait proposé qu'ils se marient. Un miracle qui durait depuis cette merveilleuse journée d'avril. Tout était parfait : elle avait eu ses règles ; sa robe, faite entièrement en dentelle de Soane, était divinement belle ; leurs initiales entrelacées étaient gravées sur l'anneau d'or, caché dans la poche du gilet de Jeff. La blessure de son cœur s'était enfin refermée et maintenant, à la dernière minute, voilà que le pasteur se balançait de façon étrange, voilà qu'il essayait d'arrêter le mariage, de le déformer, peut-être même de le détruire. Debout là, avec un visage de granit, tenant une croix comme si personne n'en avait jamais vu. Elle enfonça les doigts dans le bras sur lequel ils reposaient, car elle voulait que Misner continue la cérémonie. Dis-lui, dis-lui ! « Mes bien chers frères, nous sommes réunis ici... nous sommes réunis ici. » Soudain, sans un bruit, dans le silence assourdi qu'imposait Misner, une déchirure minuscule s'ouvrit à l'endroit exact où s'était trouvé la blessure de son cœur. Elle retint son souffle et la sentit s'agrandir, comme un bas qui file. Bientôt, la petite déchirure serait béante, s'élargirait, de plus en plus, elle saperait toute sa force jusqu'à ce qu'elle obtienne ce qu'il lui fallait pour se refermer et pour permettre au cœur de continuer à battre. Elle avait l'habitude, elle avait pensé qu'épouser K.D. la guérirait à jamais, mais maintenant, alors qu'elle attendait le « Nous sommes réunis ici... », anxieuse dans l'espoir du « Veux-tu prendre cette... », elle sut. Elle sut exactement ce qui manquait et qui manquerait toujours.

Dis-le, s'il te plaît, l'exhorta-t-elle. S'il te plaît. Vite. J'ai des choses à faire.

Billie Delia fit passer son bouquet de sa main gauche dans sa main droite. De minuscules épines la piquaient à travers ses gants de coton blanc et les fleurs des freesias se refermaient comme elle l'avait prévu. Seules les roses thé restaient vigoureuses de promesses dont on savait qu'elles seraient tenues. Elle avait proposé qu'on ajoute des gypsophiles pour mettre en valeur les roses jaunes en bouton mais elle eut la surprise de découvrir qu'il n'y en avait dans aucun jardin. Aucun pied de gypsophile nulle part. Alors du mille-feuilles, dit-elle, mais la fiancée refusa d'emporter à son mariage une herbe que mangeaient les vaches. Aussi, toutes les deux, tenaient à la main des freesias qui mouraient de soif et des roses dont on avait mal enlevé les épines. En dehors de ce que ses paumes devaient souffrir, elle n'était ni dérangée ni surprise par l'attente que le révérend Misner imposait à tout le monde. Il ne s'agissait que d'un élément supplémentaire de la folie de ce mariage de folie que tout le monde considérait comme un cessez-le-feu. Mais la guerre n'était pas entre les Morgan, les Fleetwood et ceux qui se rangeaient de chaque côté. C'était vrai que maintenant Jeff portait un pistolet ; que Steward Morgan et Arnold Fleetwood s'étaient insultés dans la rue ; que des gens venaient traîner dans l'arrière-salle d'Anna Flood et dans le salon de coiffure de Menus non pas pour se faire couper les cheveux mais pour grogner et soupirer à propos de la rumeur selon laquelle une chose indigne avait été commise au Couvent ; qu'en se fondant sur ces commérages, le révérend Pulliam avait fait un sermon d'après Jérémie chapitre 1, verset 5 : « Avant que je t'eusse formé dans le ventre de ta mère, et avant que tu fusses sorti de son sein, je t'avais consacré. » Le révérend Misner avait répliqué avec les paroles de Paul dans l'Épître aux Corinthiens : « ... le plus grand de tous est l'amour. » Mais pour Billie Delia, la vraie bataille n'avait pas lieu à propos de la vie d'un bébé ou de la réputation d'une fiancée, mais à propos de la désobéissance, ce qui signifiait bien sûr que les étalons luttaient pour savoir qui contrôlait les juments et leurs poulains. Senior Pulliam avait les écritures et l'histoire de son côté. Misner avait les écritures et l'avenir du sien. Elle supposait qu'en ce moment il faisait attendre le monde jusqu'à ce que ce dernier ait compris sa position.

Bellie Delia quitta le regard inquisiteur du révérend Misner et baissa les yeux vers la lourde dentelle qui recouvrait la tête de la mariée, puis vers la nuque du marié, et elle pensa aussitôt à un cheval qu'elle aimait autrefois. C'était le jeune marié qui gardait dans son nom le souvenir d'une légendaire course de chevaux, mais c'était sa vie qui en avait été mutilée. « Biens d'Équipement », le cheval vainqueur, qu'avait monté K.D. à la fondation de Ruby, appartenait à Mr. Nathan DuPres. Des années après cette course mais avant qu'elle sache marcher, Mr. Nathan l'avait hissée sur le dos de Biens d'Équipement et elle s'était promenée avec une telle joie que tout le monde avait ri. À partir de ce moment-là, chaque mois environ, quand il venait faire des courses en ville, il descendait de cheval et la promenait autour de la cour de l'école à côté de chez elle, en lui tenant la taille avec la paume de la main. « Montez les enfants, disait-il. On a besoin de cavalières dans c'pays. Tout le monde y pleure pour une moto, y feraient mieux d'apprendre à monter à leurs gosses de bonne heure ! Biens d'Équipement, ses pneus y crèveront jamais ! » Cela continua jusqu'à ce que Billie Delia ait trois ans — trop petite encore pour porter une culotte les jours de semaine, et personne ne remarqua, ou ne fit attention, avec quelle perfection sa peau s'appliquait au large volume de la chair de l'animal qui bougeait en rythme. Quand elle faisait des efforts pour s'accrocher des chevilles à Biens d'Équipement et qu'elle supportait le frottement de son épine dorsale, les adultes souriaient et prenaient plaisir à voir son plaisir, tout en traitant Mr. Nathan de nègre rétrograde qui devrait apprendre à se servir d'un changement de vitesses pour pouvoir arriver à l'heure. Puis un jour. Un dimanche. Biens d'Équipement descendit la rue au petit trot avec Mr. Nathan sur son dos. Billie Delia, qui n'avait pas vu le cheval et son cavalier depuis longtemps, courut vers eux en demandant à monter. Mr. Nathan lui promit de s'arrêter après l'office. Elle attendit dans sa cour en robe du dimanche. Quand elle l'aperçut qui se frayait un chemin dans la foule sortant de l'église, elle se précipita au milieu de Central Avenue, où elle enleva sa culotte du dimanche avant de tendre les bras pour qu'on la hisse sur le dos de Biens d'Équipement.

Ensuite, tout sembla s'effondrer. Sa mère lui donna une fessée incompréhensible et il lui fallut des années pour comprendre sa honte. C'est alors que commencèrent les taquineries encore plus impitoyables parce que sa mère était la maîtresse d'école. Soudain, il y eut un sombre éclat dans les yeux des garçons qui ne craignaient pas de la dévisager. Soudain, un curieux encouragement chez les femmes et des regards qui se détournaient chez les hommes. Et une surveillance permanente de sa mère. Nathan DuPres ne lui proposa plus de monter sur son cheval. Elle avait perdu pour toujours Biens d'Équipement dont on ne se souvint publiquement que comme du cheval qui avait gagné la course avec K.D. sur le dos, et en privé comme du destinataire de la honte d'une petite fille. Seules Mrs Dovey Morgan et sa sœur Soane continuèrent à la traiter avec la même gentillesse — elles l'arrêtaient dans la rue pour ajuster les rubans de ses nattes ou pour la féliciter de son travail dans leurs potagers ; et une fois, quand Mrs Dovey Morgan l'arrêta pour essuyer ce qu'elle crut être du maquillage sur les lèvres roses de Billie Delia, elle ne le fit pas avec un sourire ni un sermon plein de haine. Elle s'excusa même quand elle vit que son mouchoir était propre. Sans elles et sans le retour d'Anna Flood, son adolescence aurait été invivable. Anna et les dames Morgan ne lui faisaient pas non plus sentir ce qu'il y avait d'étrange à être fille unique — peut-être parce qu'elles n'avaient pas ou peu d'enfants elles-mêmes. La plupart des familles se vantaient d'en avoir neuf, onze et même quinze. Et il était inévitable qu'Arnette, qui n'avait pas de sœur et un seul frère, devienne sa meilleure amie.

Elle savait que les gens la prenaient pour la sauvageonne, celle qui dès le début avait non seulement collé sans scrupules sa nudité sur le dos d'un cheval mais qui avait aimé cela au point d'enlever sa culotte devant la foule du dimanche simplement pour en ressentir le frisson. C'était Arnette qui avait couché à quatorze ans (avec le marié) mais c'était Billie Delia qui en portait la faute. Elle apprit très vite à reconnaître le regard prudent dans les yeux des filles prévenues par leurs mères d'éviter Billie Delia. En réalité, elle était intacte. Jusqu'ici. Elle était désespérément amoureuse de deux frères et sa virginité, à laquelle personne ne croyait, était devenue aussi muette que la croix que dressait le révérend Misner.

Maintenant, il fermait les yeux. Les muscles de ses mâchoires se contractaient. Il tenait la croix comme s'il s'était agi d'un marteau qu'il essayait de ne pas laisser tomber de peur de blesser quelqu'un. Billie Delia espéra qu'il allait rouvrir les yeux, regarder le marié et lui taper sur la tête. Mais non. Cela gênerait la mariée qui avait enfin gagné le mari que sa demoiselle d'honneur méprisait. Un mari qui avait fait des propositions à Billie Delia avant et après son truc avec Arnette. Un mari qui, lorsque Arnette n'était pas là, l'avait totalement oubliée et avait couru derrière chaque jupon si celle qui le portait avait moins de cinquante ans. Un mari qui avait laissé sa future femme enceinte et toute seule, en sachant que c'était la future mère non mariée (et non le futur père) qui devrait demander le pardon de son église. Billie Delia avait entendu ce genre de choses mais toute fille qui tombait enceinte à Ruby pouvait compter sur le mariage, que le garçon en ait envie ou non, parce qu'il devrait continuer à vivre à côté de la famille de la fille et avec la sienne. Il devrait la rencontrer à l'église et partout. Mais pas ce jeune marié. Ce jeune marié avait laissé souffrir la jeune mariée pendant quatre ans et il n'avait consenti au mariage que lorsqu'il avait été chassé du lit d'une autre femme d'un coup de pied dans les fesses. Un coup de pied si fort qu'il ne pouvait pas courir assez vite pour aller à l'autel. Elle se souvenait très bien du jour où celle qui lui avait botté les fesses était arrivée avec des chaussures déjà destinées aux fesses du garçon. La haine de Billie Delia pour la fille à l'allure étrange fut instantanée et elle aurait été éternelle si elle n'avait pas trouvé refuge au Couvent elle-même un jour très froid d'octobre, après une dispute avec sa mère qui avait mal tourné. Ce jour-là, sa mère s'était battue avec elle comme un homme. Elle s'était enfuie chez Anna Flood qui lui avait demandé d'attendre en haut le temps de régler quelque chose avec un livreur. Billie Delia avait pleuré seule pendant ce qui lui avait paru des heures, en léchant sa lèvre fendue et en touchant son œil poché. Quand elle aperçut le camion d'Apollo, elle redescendit par l'escalier de service et pendant qu'il s'achetait une boisson gazeuse, elle monta dans la cabine. Ni l'un ni l'autre ne sut quoi faire. Apollo lui proposa de l'emmener jusque chez lui. Mais comme elle eut honte de devoir expliquer l'état de son visage à ses parents et de soutenir les regards de chacun de ses douze frères et sœurs, elle lui demanda de la conduire au Couvent. C'était à l'automne 1973. Ce qu'elle vit et apprit là-bas la transforma à jamais. Accepter d'être la demoiselle d'honneur d'Arnette serait la dernière chose sentimentale qu'elle ferait à Ruby. Elle trouva un travail à Demby, acheta une voiture et elle serait sans doute partie à Saint-Louis sans son double amour désespéré pour les deux frères.

Avec ou sans chique dans la bouche, Steward n'était pas un homme patient. Aussi fut-il surpris de se voir aussi calme en observant le comportement de Misner. Tout autour de lui, l'assemblée avait commencé à murmurer, à échanger des regards, mais Steward se croyait moins désorienté que ceux qui l'entouraient, bien qu'il n'eût pas de chique pour se calmer. Quand il était petit, il avait écouté Grand Papa décrire un voyage de plus de cent kilomètres qu'il avait fait pour rapporter du ravitaillement à Haven. C'était en 1920. La prohibition était maintenant nationale. Une maladie qu'on appelait pneumonie galopante s'abattit sur Haven, et Grand Papa était un des seuls capables de voyager. Il partit seul. À cheval. Il acheta ce dont il avait besoin à Logan County, il enveloppa les médicaments sous son manteau, attacha ses provisions à son cheval et perdit son chemin ; après le coucher du soleil, il ne sut plus dans quelle direction aller. Il sentit sans être capable de le voir, un feu de camp qui semblait tout près sur sa gauche. Puis, soudain, sur sa droite, il entendit des cris, de la musique et des coups de feu. Mais il ne vit aucune lumière. Coincé dans l'obscurité entre des inconnus invisibles qui se trouvaient de chaque côté, il dut décider s'il devait aller vers l'odeur de fumée et de viande ou vers la musique et le bruit des armes. Ou vers aucun. Le feu de camp réchauffait peut-être des voleurs ; la musique pouvait distraire des lyncheurs. Son cheval décida. Sentant des êtres de son espèce, il se dirigea vers le feu de camp. Grand Papa y trouva des Indiens Sauk et Fox assis près d'un feu dissimulé dans un trou. Il mit pied à terre, s'approcha prudemment le chapeau à la main, et dit : « 'soir. » Les hommes l'accueillirent et quand ils apprirent sa destination ils lui déconseillèrent d'entrer dans la ville. Les femmes s'y battent avec leurs poings, dirent-ils ; les enfants y sont saouls ; les hommes ne discutent pas et ne se disputent pas, ils ne parlent qu'avec leurs armes ; les lois sur l'alcool ne s'y appliquent pas. Ils étaient venus sauver un membre de leur famille qui y buvait depuis douze jours. L'un d'eux s'y trouvait déjà et le recherchait. Quel est le nom de la ville, demanda Grand Papa. Pura Sangre, répondirent-ils. À l'entrée nord, il y avait un panneau : Interdit aux nègres. À l'entrée sud, il y avait une croix. Grand Papa passa plusieurs heures avec eux et, avant le jour, il les remercia et s'en alla — il revint sur ses pas pour retrouver son chemin.

Quand Steward entendit cette histoire pour la première fois, il ne put fermer la bouche en pensant à ce moment où son père était seul dans le noir, des fusils à droite, des inconnus à gauche. Mais les adultes rirent en pensant à autre chose : « Interdit aux nègres à un bout, une croix à l'autre, et le diable au milieu. » Steward ne comprit pas. Comment le diable pouvait-il se trouver près d'une croix ? Quel était le lien entre les deux choses ? Mais depuis cette date, il avait vu des croix entre les nichons des putains ; des croix militaires alignées sur des kilomètres ; des croix de feu dans la cour des nègres, des croix tatouées sur l'avant-bras de tueurs professionnels. Il avait vu une croix qui se balançait attachée au rétroviseur d'une voiture remplie de Blancs venus insulter les petites filles de Ruby. Quoi que pouvait penser le révérend Misner, il se trompait. Une croix ne valait pas mieux que celui qui la portait. Steward frisa sa moustache, conscient que son jumeau bougeait les pieds, prêt à empoigner le banc en face de lui et à mettre un terme au comportement de Misner.

Soane, assise à côté de Deek, écoutait sa lourde respiration et comprit la gravité de sa faute. Elle allait toucher le bras de son mari pour l'empêcher de se lever, quand Misner baissa enfin la croix et prononça les paroles d'ouverture de la cérémonie. Deek se détendit et s'éclaircit la gorge mais le mal était fait. Ils en étaient revenus au point de départ, quand Jefferson Fleetwood avait pointé un revolver sur K.D. ; quand Menus avait dû interrompre une bousculade entre Steward et Arnold. Et quand Mable n'avait pas envoyé de gâteau à la vente de toutes les églises. La paix et la bonne volonté retrouvées grâce à l'annonce du mariage étaient maintenant en miettes. La réception chez elle serait un condensé du problème, et le plus troublant c'était que Soane, à l'insu des autres, avait fait la faute d'inviter Connie et les filles du Couvent à la réception de mariage. N'ayant pas compris l'avertissement, elle était prête à accueillir un des plus grands désordres que Ruby ait connu. Ses deux fils morts étaient appuyés contre le Kelvinator et cassaient des coquilles de noix. « Qu'est-ce qu'il y a dans l'évier ? » lui demanda Easter. Elle regarda et vit des plumes — brillamment colorées mais petites comme des plumes de poulet — en tas, dans son évier. Elle s'interrogea : elle n'avait ni tué ni plumé de volaille et elle n'aurait jamais mis des plumes à cet endroit. « Je ne sais pas », répondit-elle. « Tu devrais les ramasser, maman », lui dit Scout. « C'est pas une place pour des plumes, tu sais. » Ils rirent tous deux et continuèrent à casser les noix. Elle se réveilla en se demandant quel genre d'oiseau était coloré comme ça. Alors que des couples et des couples de vautours volaient au-dessus de la ville, elle pensa que c'était ça la signification du rêve : quoi qu'on fasse, ce mariage ne réglerait rien. Puis, elle crut que ses fils avaient essayé de lui dire autre chose : elle s'était concentrée sur les couleurs alors que le point essentiel était l'évier. « C'est pas une place pour des plumes, tu sais. » Les plumes étranges qu'elle avait invitées n'étaient pas à leur place chez elle.

Quand Kate Golightly appuya enfin sur les touches de l'orgue et que le couple se retourna vers l'assemblée, Soane pleura. En partie à cause des sourires tristes des jeunes mariés, en partie à cause de la terreur que lui inspirait la méchanceté, qui rôdait et qui se dirigeait vers sa maison.

On avait remarqué depuis longtemps que les frères Morgan se parlaient et se regardaient rarement. Certains pensaient que c'était parce qu'ils se jalousaient ; que seules leurs conceptions semblaient être les mêmes ; qu'il existait au plus profond d'eux un ressentiment mutuel qui ne remontait à la surface que pour de petites choses. Dans leurs disputes sur les voitures, par exemple : la violente préférence de l'un pour les Chevrolet, la défense obstinée de l'autre des Oldsmobile. En fait, les frères étaient non seulement d'accord sur presque tout ; ils menaient aussi une conversation éternelle mais silencieuse. Chacun connaissait les pensées de l'autre aussi bien qu'il connaissait son visage et il n'avait besoin que rarement de la vérification d'un coup d'œil.

En ce moment, ils se trouvaient dans deux pièces différentes de la maison de Deek, et pensaient à la même chose. Par chance, Misner était en retard, Minus sobre, Pulliam triomphant et Jeff inquiet à cause de Sweetie. Mable, qui avait assisté à la cérémonie, avait relevé sa belle-sœur pendant la réception. Les jeunes mariés étaient l'un derrière l'autre — un sourire figé sur les lèvres, mais l'un derrière l'autre quand même. Personne ne valait le pasteur Simon Cary — apaisant et jovial — pour que les choses se passent bien. Lui et sa femme Lily étaient recherchés pour leurs duos et s'ils pouvaient faire un peu de musique...

Steward ouvrit le piano pendant que Deek traversait la foule des invités. En passant près du révérend Pulliam, qui hochait la tête et souriait avec Sweetie et Jeff, Deek lui donna une tape rassurante sur l'épaule. Dans la salle à manger, le buffet attirait des murmures élogieux mais pas encore d'invités à part les enfants. Les roucoulements devant la table des cadeaux semblaient forcés, excessifs. Steward attendait à côté du piano, ses cheveux gris acier et ses yeux innocents en parfaite harmonie. Autour de lui, les enfants brillaient comme des agates ; les femmes étaient resplendissantes mais calmes dans leurs robes de Pâques ; les chaussures neuves et craquantes des hommes reluisaient comme des pépins de pastèque. Chacun était raide, trop poli. Deek devait avoir du mal à convaincre les Cary, se dit-il. Steward chercha son tabac en poussant silencieusement son frère jumeau à trouver quelqu'un d'autre — la Chorale masculine, Kate Golightly — très vite avant que le révérend Pulliam se mette dans l'idée de les prier de se remettre en ordre de bataille ou, Dieu nous en préserve, que Jeff se lance dans la litanie de ses reproches envers le ministère des Anciens Combattants. Une fois parti, sa prochaine cible serait K.D. qui n'était pas allé à l'armée. Où est Soane ? se demanda-t-il. Steward vit Dovey en train d'ôter les épingles qui retenaient le voile de la mariée à ses cheveux, et la silhouette de sa femme enchanta une nouvelle fois son regard. Quelle que soit sa tenue — une robe habillée, l'uniforme blanc de l'église ou même son propre peignoir de bain — l'allure de son corps faisait naître sur ses lèvres un sourire de satisfaction. Mais Deek le tira de sa distraction et Steward cessa d'admirer Dovey et vit le succès des efforts de son frère. Kate s'approcha et s'assit devant le piano. Elle s'assouplit les doigts et se mit à jouer. Tout d'abord quelques arpèges accompagnés de toussotements amicaux et de murmures d'anticipation. Puis Simon et Lily Cary s'approchèrent à leur tour en fredonnant, fredonnant et en cherchant par quoi débuter. Ils en étaient au premier tiers de « Précieux Seigneur, prends ma main », les sourires étaient tous tournés vers la musique, quand on entendit le Klaxon d'une vieille Cadillac.

Connie n'était pas venue, mais ses pensionnaires avaient répondu à l'invitation. Mavis conduisait la Cadillac, Gigi et Seneca se trouvaient à l'arrière et une nouvelle occupait le siège du passager. Elles n'étaient pas habillées pour un mariage. Quand elles descendirent de voiture on aurait cru qu'elles sortaient d'une boîte de rock : des shorts roses, des corsages mini, des jupes transparentes ; des yeux faits, pas de rouge à lèvres ; manifestement pas de sous-vêtements, pas de bas. La boutique de Jezabel dévalisée pour orner les bras, les oreilles, les cous, les chevilles et même un nez. Mavis et Soane se saluèrent sur la pelouse, mal à l'aise. Deux autres femmes allèrent en flânant dans la salle à manger et inspectèrent les tables du buffet. Elles dirent : « Salut ! » et se demandèrent à haute voix s'il n'y avait rien d'autre à boire que de la limonade et du punch. Il n'y avait rien d'autre, alors elles firent ce qu'avaient déjà fait quelques jeunes gens : elles sortirent de la cour des Morgan, passèrent devant la boutique d'Anna Flood et allèrent jusqu'au Four. Les quelques filles qui se trouvaient déjà là s'en allèrent en groupe et laissèrent la place aux fils Poole : Apollo, Brood et Hurston. Aux Seawright : Timothy Jr. et Spider. Aux Destry, Vane et Royal. Menus vint les rejoindre, mais pas Jeff, à qui il était en train de parler. Ni le jeune marié qui observait la scène. Dovey enlevait le gras d'une tranche de gigot d'agneau quand la musique éclata. Elle se coupa le doigt à cause du bruit et commença à sucer le sang alors qu'Otis Redding hurlait : « Awwwww, lil girl... », en recouvrant la calme supplication du cantique. À l'intérieur, à l'extérieur, et en bas de la route les battements et l'échauffement étaient impitoyables.

« Oh, ils s'amusent, c'est tout », murmura une voix derrière le révérend Pulliam. Il se retourna pour voir mais ne put localiser celui qui avait parlé, alors il continua à regarder par la fenêtre. Il était au courant à propos de ces femmes. Comme des enfants, toujours à l'affût d'une occasion pour s'amuser, ne pensant qu'à ça, mais ayant besoin d'une pause pour pouvoir le faire. Un bout de chemin, une main, un billet de cinq dollars.

Quelqu'un pour les excuser ou les dorloter. Quelqu'un pour baisser les yeux et se taire quand elles troublaient le calme. Il échangea un regard avec sa femme qui lui fit un signe de tête et quitta la fenêtre. Elle savait, comme lui, que les adultes qui ne pensent qu'à s'amuser sont les signes évidents d'une décadence déjà avancée. Bientôt, tout le pays serait inondé par les jouets, assourdi par une musique tapageuse et des rires gras. Mais pas ici. Pas à Ruby. Pas tant que Senior Pulliam serait en vie.

Les filles du Couvent dansent ; elles lancent les bras au-dessus de leur tête et font comme ceci, comme cela et encore comme ceci. Elles sourient et poussent des cris mais ne regardent personne. Seulement leurs corps qui se balancent. Les filles d'ici regardent par-dessus leur épaule et reniflent. Brood, Apollo et Spider, des garçons de ferme aux muscles d'acier, aux yeux malins, se balancent en claquant les doigts. Hurston chante en même temps. Deux petites filles passent à bicyclette ; les yeux écarquillés, elles regardent les femmes qui dansent. L'une d'elles, avec des cheveux stupéfiants, demande si elle peut emprunter une bicyclette. Puis une autre. Elles descendent Central Avenue à vélo sans s'occuper de ce que le vent fait à leurs longues jupes à fleurs ni se rendre compte qu'appuyer sur les pédales leur gonfle les seins. L'une d'elles va en roue libre, les chevilles posées sur le guidon. Une autre s'assoit carrément sur le guidon avec Brood sur la selle. Une autre, avec le short rose le plus court qu'on puisse imaginer, est assise sur un banc, les bras serrés autour du corps. On dirait qu'elle est saoule. Le sont-elles toutes ? Les garçons rient.

Anna et Kate emportèrent leurs assiettes au bout du jardin de Soane.

« Laquelle ? murmura Anna.

— Celle-là, là-bas, répondit Kate. Celle qui a un chiffon en guise de corsage.

— C'est un débardeur, dit Anna.

— Un débardeur ? On se demande qui elle a envie de débarder.

— C'est après elle que K.D. courait ?

— Ouais.

— Je connais celle-là, là-bas. Elle vient à la boutique. C'est qui les deux autres ?

— Ça me dépasse.

— Regarde. Voilà Billie Delia.

— Naturellement.

— Oh, allez, Kate. Laisse Billie tranquille. »

Elles prirent une cuiller de salade de pommes de terre. Alice Pulliam arriva derrière elles en marmonnant. « Mon Dieu, mon Dieu, mon Dieu.

— Bonjour, tante Alice, dit Kate.

— Vous avez déjà vu un spectacle pareil ? Je vous parie que vous pouvez pas trouver un seul soutien-gorge dans toute la bande. » Alice souleva son chapeau dans la brise. « Pourquoi est-ce que vous souriez ? Je trouve que ce n'est absolument pas drôle.

— Non. Bien sûr que non, dit Kate.

— C'est un mariage, rappelez-vous.

— Tu as raison, tante Alice. J'ai dit que tu avais raison.

— Vous aimeriez ça que quelqu'un vienne danser de façon indécente à votre mariage ? » Les yeux noirs et brillants d'Alice fixaient les cheveux d'Anna.

Kate hocha la tête de façon compatissante tout en serrant les lèvres pour qu'aucun sourire ne s'en échappe. Anna essayait de paraître gravement offensée devant cette sévère femme de pasteur : Seigneur Dieu, je ne tiendrais pas une heure dans cette ville si j'épousais Richard.

« Je vais aller chercher le pasteur lui-même pour qu'il mette fin à tout ça », dit Alice et elle se dirigea d'un pas décidé vers la maison de Soane.

Anna et Kate attendirent plusieurs battements de rythme avant d'éclater de rire. Quoi qu'il en soit, pensa Anna, les femmes du Couvent avaient sauvé la journée. Rien de tel que les péchés des autres pour se distraire. Les jeunes avaient tort. Qu'Elle soit le Sillon de Son Front. Mais à propos, où se trouvait Richard ?

À genoux, Richard Misner était en colère de s'être mis en colère, de n'avoir pas su se maîtriser. Habitué aux obstacles, expert en désaccords, il n'arrivait pas à concilier le niveau de sa fureur actuelle avec ce qui semblait en être la source. Il aimait tant Dieu qu'il en souffrait, même si cet amour le faisait parfois éclater de rire. Et il respectait profondément ses collègues. Pendant des siècles, ils avaient tenu bon. Ils avaient prié, hurlé, dansé, chanté, encaissé, discuté, conseillé, supplié, commandé. Leur passion brûlait ou couvait lentement dans un pays qui leur avait fait la guerre, à eux et à leurs ouailles, sans répit. Une guerre de poltrons sans honneur, sans raison et sans récompense ; une guerre sans principes qui profitait autant à la lâcheté du vainqueur qu'à sa fausseté. Sur les scènes et dans les livres, ses frères et lui avaient été au cœur des comédies, les dos rêvés pour le poignard de la parodie. Ils étaient maudits par les condamnés à mort, ridiculisés par les maquereaux. On leur donnait à contrecœur des sommes misérables dans les quêtes. Et cependant, à travers tout ça, si l'Esprit semblait s'enfuir, ils s'y étaient accrochés avec leurs dents s'il le fallait, ils l'avaient serré dans leurs poings si cela était nécessaire. Ils l'avaient emporté dans des immeubles prêts à être démolis, dans des églises que les fidèles blancs avaient fui, dans des tentes capitonnées, dans des ravins ou parmi les arbres des clairières. Ils l'avaient murmuré dans des cabanes éclairées par la lune, de peur que la Loi les voie. Ils avaient prié pour lui derrière les arbres et dans des maisons à flanc de colline, et les rugissements des vents ne faisaient pas trembler leur voix. Depuis les Abyssiniens jusqu'aux vitrines des magasins noirs, depuis les Baptistes pèlerins jusqu'aux cinémas abandonnés ; avec des chaussures cirées, des bottes éculées, des voitures délabrées et des Lincoln Continental, bien nourris ou sous-alimentés, ils laissaient leur lumière, vacillante ou aveuglante comme une comète, percer l'obscurité des jours. Ils essuyaient les crachats des Blancs sur le visage des enfants noirs, ils cachaient des inconnus aux milices et à la police, ils transmettaient des informations qui sauvaient des vies plus vite que les journaux et mieux que la radio. Au chevet des malades ils regardaient la mort dans l'œil et dans la bouche. Ils serraient la tête de mères en pleurs contre leur épaule et conduisaient au cimetière des filles à qui l'on avait arraché la vie. Ils pleuraient sur les forçats enchaînés et discutaient avec des juges. Ils faisaient hurler des assemblées entières de fidèles. D'extase. De foi. Que la mort était *la vie*, vous ne savez pas, et *chaque* vie, vous ne savez pas, était sacrée, vous ne savez pas, dans Son regard. Bercés comme ils l'étaient par la vue du mal, son mufle leur était familier. Cependant, il y avait quelque chose de vraiment étonnant dans les formes et les substances stupéfiantes que prenait la grâce de Dieu : l'évangile en temps de persécution ; les victoires délicieuses de gens à qui il était interdit de concourir ; la droiture irréprochable de ceux qui ne laissaient aucune botte les mettre à terre — des gens qui faisaient passer la patience de Job pour de l'agitation. L'élégance quand tout autour était miteux.

Richard Misner savait tout cela. Cependant, même si sa connaissance et son respect étaient intacts, le tremblement qu'il ressentait en lui restait incontrôlable. Pulliam avait touché une membrane qui enfermait un appétit affamé de vengeance, un appétit qu'il avait besoin de comprendre pour le soumettre. L'époque avait-elle finalement réussi à l'influencer ? L'affliction née après l'assassinat de Martin Luther King, cette affliction qui était montée lentement, comme un raz de marée, le submergeait-elle ? Ou était-ce le malheur d'assister à la longue humiliation d'un président nuisible ? La longue guerre incompréhensible l'avait-elle infecté ? En se comportant comme un virus endormi qui s'éveille maintenant qu'elle en arrivait à une fin bâclée ? Tous ceux qui faisaient partie de l'équipe de football dans son université étaient morts dans cette guerre. Onze garçons larges d'épaules. Les seuls qu'il avait admirés, à qui il avait voulu ressembler. S'interdisait-il seulement de parler de la futilité de leur mort ? Était-ce l'origine de cet appétit naissant de violence ?

Ou était-ce Ruby ?

Qu'y avait-il dans cette ville, dans ces gens qui le mettait en fureur ? Ils n'étaient différents des autres communautés que sur deux points : la beauté et l'isolement. Ils étaient tous beaux et certains exceptionnellement. À part trois ou quatre, ils étaient noirs comme du charbon, athlétiques avec des regards prudents. Ils manifestaient tous une suspicion glaciale envers les étrangers. Sinon, ils se comportaient comme dans toute petite communauté noire : protecteurs, pieux, économes sans être avares. Ils épargnaient et dépensaient ; ils aimaient avoir de l'argent à la banque et posséder aussi de jolies choses. Quand il était arrivé, il avait pensé qu'ils avaient des défauts normaux ; des désaccords ordinaires. Les réussites de leurs voisins leur plaisaient et quand ils se moquaient des paresseux ou des oisifs, ils riaient aussi. En tout cas, autrefois. Aujourd'hui, il semblait que la méfiance glaciale qu'ils réservaient auparavant aux étrangers, ils se l'adressaient de plus en plus l'un à l'autre. Y avait-il contribué ? Il ne pouvait s'empêcher de penser que sans sa présence il n'y aurait sans doute pas de disputes, de poings peints, de querelles à propos de mots manquants sur la gueule d'un four. Pas de mises en garde à propos des réunions qu'il avait organisées avec une douzaine de jeunes. Sûrement pas d'affrontement public, et encore moins physique, entre commerçants. Et personne ne s'enfuyait. Personne ne buvait. Même en reconnaissant sa part de responsabilité dans la détérioration des rapports dans la ville, Misner restait insatisfait. Pourquoi cet entêtement, ces médisances contre le fait de revendiquer des droits, de réclamer un plus grand rôle dans les affaires des Noirs ? Ils connaissaient mieux que quiconque la nécessité d'une volonté sans partage ; la récompense du courage et de la loyauté. Ils comprenaient mieux que quiconque les mécanismes de la lutte pour le pouvoir. Non ?

À maintes reprises, et sans la moindre provocation, ils tiraient de leur stock d'histoires des récits sur les anciens, leurs grands-parents et leurs arrière-grands-parents ; leurs pères et leurs mères. Des affrontements dangereux, des manœuvres habiles. Des témoignages sur l'endurance, l'intelligence, l'adresse, la force. Des récits de coups de chance et d'outrages. Mais pourquoi n'avaient-ils pas d'histoires pour parler d'eux-mêmes ? À propos de leurs vies, ils se taisaient. Ils n'avaient rien à dire, passaient à autre chose. Comme si l'héroïsme du passé suffisait pour vivre l'avenir. Comme s'ils voulaient non pas des enfants, mais des doubles.

Misner, à genoux, espérait des réponses. Pas une liste de questions qui ne cessait de s'allonger. Alors il fit comme d'habitude : il Lui demanda de l'accompagner tandis qu'il filait, en retard et énervé, à la réception de mariage. Être en Sa compagnie apaisa sa colère. Il quitta le presbytère et tourna dans Central Avenue, et entendit la légère respiration de son compagnon, mais pas un mot de conseil ni de consolation. Il passait devant le bazar de Harper quand il vit un attroupement près du Four. Et, dans le rugissement d'un moteur qui avait besoin d'être réglé, une Cadillac en jaillit. En moins d'une minute, elle passa près de lui et, parmi les passagères, il reconnut deux femmes du Couvent. Quand il arriva dans la cour des Morgan, la foule s'était dispersée. Les enfants ivres de sucreries couraient et tombaient avec les colleys de Steward. Personne près du Four. À l'instant où il entra dans la maison de Soane et de Deek, il vit que tout était illuminé. Menus s'avança et le prit dans ses bras. Pulliam, Arnold et Deek interrompirent leur discussion animée pour lui serrer la main. Les Cary chantaient un duo accompagnés par un chœur. Aussi il ne fut pas surpris de voir Jeff Fleetwood rire de façon affable avec l'homme même sur lequel il avait pointé une arme quelques semaines plus tôt — le jeune marié. Seule la mariée regardait de travers.

Le silence qui régnait dans la Cadillac n'était pas un silence gêné. Aucune des passagères n'attendait grand-chose des hommes en costume, aussi elles ne furent pas étonnées qu'on leur demande de vider les lieux. « Rendez leurs bicyclettes à ces petites filles », dit l'un. « Fichez le camp d'ici », dit un autre, la bouche pleine de tabac à chiquer. Sans un mot, on fit partir les jeunes gens qui avaient ri avec elles et qui les avaient applaudies. Il suffit pour cela qu'un homme de plus de deux mètres lance un regard, fasse un signe de la tête. Elles n'étaient pas non plus en colère sur la façon dont on les avait congédiées — un peu contrariées, peut-être, mais rien de bien grave. L'une d'elles, celle qui conduisait, n'avait jamais vu un homme qui ne ressemblait pas à un explosif non allumé. Une autre, sur le siège du passager, réfléchissait aux images sexuelles ennuyeuses qu'elle avait sans doute fait naître et décida une nouvelle fois d'aller traîner ses guêtres ailleurs. Une troisième, qui s'était vraiment bien amusée, assise à l'arrière, se disait que si elle savait à quoi ressemblait la colère, elle n'avait aucune idée de la sensation qu'elle donnait. Elle faisait toujours comme on lui disait, aussi quand l'homme dit : « Rendez leurs bicyclettes... » elle s'exécuta avec un sourire. La quatrième passagère était bien contente qu'on les ait expulsées. C'était sa deuxième journée au Couvent et la troisième journée en tout où elle n'avait pas dit un seul mot à quelqu'un. Sauf aujourd'hui, quand la fille, Billie quelque chose, était venue près d'elle.

« Ça va ? » Elle portait une robe rose pâle et, au lieu d'un bonnet de douche, elle avait de petites roses jaunes épinglées dans les cheveux. « Pallas ? Tu vas bien ? »

Elle hocha la tête et essaya de ne pas trembler.

« Tu es bien là-bas, mais je vais venir voir si tu as besoin de quelque chose, d'accord ?

— Oui », murmura Pallas. Puis : « Merci. »

Voilà. Elle avait ouvert les lèvres un tout petit peu, pour dire deux mots et de l'eau noire n'en avait pas coulé. Le froid lui glaçait toujours les os mais l'eau noire avait reflué. Pour l'instant. Cette nuit, bien sûr, l'eau reviendrait et elle s'y retrouverait plongée — et elle essaierait de ne pas penser à ce qui nageait en dessous de son cou. Elle se concentrait sur la surface de l'eau et sur la lampe-torche qui en léchait les bords puis qui se dirigeait au-delà du miroitement obscur. Elle espérait, espérait, que les choses en dessous étaient de doux poissons rouges, comme ceux de l'aquarium que son père lui avait acheté quand elle avait cinq ans. Ou bien des guppys ou des anges. Pas des alligators ni des serpents. C'était un lac, pas un marécage ni l'aquarium du zoo de San Diego. Flottant à la surface de l'eau, les chuchotements étaient plus proches que leurs cris. Les appels « Hé, p'tite chatte, p'tite chatte. Petite, petite, petite », semblaient très loin ; mais le : « File-moi la lampe, face de nœud, c'est elle, tirons-nous, p'têt' qu'al s'est noyée » se glissa sous sa peau, derrière ses oreilles.

Pallas regarda par la portière un ciel si calme, un paysage si terne qu'elle n'eut pas la sensation d'être dans une voiture qui roulait. Le parfum du chewing-gum de Gigi qui se mêlait à l'odeur de la fumée de sa cigarette et lui donnait mal au cœur.

« Hé, p'tite chatte. Hé ! » Pallas avait déjà entendu ça. Il y avait une éternité, le plus beau jour de sa vie. Sur l'escalier mécanique. À Noël dernier. Prononcé par la folle, qu'elle pouvait voir maintenant plus en détail que la première fois où elle l'avait aperçue.

Sur sa tête, ses cheveux, séparés par une barrette en plastique rouge, auraient formé une coiffure relevée ou un cran s'ils avaient eu plus de six ou sept centimètres de long. Ce n'était pas le cas. Une simple touffe tenue bien droite par une barrette d'enfant. Deux autres pinces, une jaune et une violet fluo, tenaient des mèches de cheveux sur ses tempes. Le velours noir de la peau de son visage empêchait de voir les deux ronds rouges de la taille d'un sablé, le rouge fuchsia étalé de travers qui débordait de ses lèvres, et le trait noir de ses sourcils qui descendait vers ses pommettes. Tout le reste était clinquant et vulgaire : des boucles d'oreilles en plastique blanc, des bracelets de cuivre, des perles couleur pastel autour de la gorge, et beaucoup, beaucoup plus dans les sacs qu'elle transportait : des sacs de la BOAC et un porte-monnaie métallique en forme de boîte à cigares. Elle portait un haut bain-de-soleil en coton et une jupe rouge mini-mini. Sur ses jambes courtes, ses bas couleur cannelle, une teinte considérée comme allant bien aux femmes noires, posaient autant de problèmes que ses talons quand il lui fallait courir. La peau à l'intérieur de ses bras et un petit ventre rond faisaient penser qu'elle était dans la quarantaine, mais elle aurait pu avoir vingt ou cinquante ans. Sa danse sur l'escalier mécanique qui montait, son déhanchement, le balancement de sa tête rappelaient une époque révolue, avec des couples aux mouvements lents dans une salle mal éclairée. Pas le rock électrique de 1974. Les dents pouvaient avoir été refaites n'importe où : à Kingston en Jamaïque, ou à Pass Christian au Mississippi ; à Addis Abeba ou à Varsovie. Éblouissantes d'or, elles lui donnaient un sourire démodé et le sérieux que le reste de sa tenue lui refusait.

Presque tous les yeux se détournaient — ils se baissaient vers les marches flottantes en métal sous les pieds ou se levaient vers les décorations de Noël qui égayaient le grand magasin. Mais les enfants et Pallas Truelove regardaient.

Les Noëls en Californie sont toujours un régal et celui-ci promettait d'être une merveille. Le ciel éclatant et la chaleur avaient terni l'éclat lustré de la neige artificielle et fait pendre les guirlandes vert et or, rose et argent. Pallas, encombrée de paquets, réussit tout juste à ne pas se prendre les pieds dans l'escalator qui descendait. Elle ne comprenait pas pourquoi la femme aux dents rouge et or la fascinait. Elles n'avaient rien en commun. Les boucles qui pendaient aux oreilles de Pallas étaient de dix-huit carats ; les bottes qu'elle portait aux pieds étaient faites main, son jean taillé sur mesure, et la boucle de sa ceinture de cuir en argent finement travaillé.

Pallas avait quitté l'escalier mécanique en trébuchant, un peu paniquée, et s'était précipitée vers les portes devant lesquelles l'attendait Carlos. La rengaine révoltante de la femme se mêlait dans le magasin aux voix flûtées des chants de Noël : « Hé, p'tite chatte. T'en veux p'tite chatte, p'tite chatte. »

« Ma-a-a-vis ! »

Mavis ne la regarderait pas. Gigi déformait toujours son nom en l'étirant comme du chewing gum collant.

« Tu peux pas aller à plus de vingt à l'heure ? Mer-deu !

— Il faut changer la courroie de radiateur. Et je vais pas la pousser à plus de soixante-dix, répondit Mavis.

— Vingt ou soixante-dix, c'est comme si on marchait à pied. » Gigi poussa un soupir.

« Je vais peut-être m'arrêter ici pour que tu voies à quoi ça ressemble de marcher à pied. C'est ce que tu veux ?

— Fais pas chier. Emmène-moi loin de cette espèce de clodo... T'as vu le mec, Sen ? Menus. Celui qui a chié dans son froc quand il était avec nous ? »

Seneca fit oui de la tête. « Remarque, il a rien dit de mal.

— Il les a pas arrêtés non plus, répondit Gigi. Tout son vomi, toute sa merde que j'ai nettoyés.

— Connie a dit qu'il pouvait rester. Et on a toutes nettoyé, dit Mavis. Y a pas que toi. Personne t'a forcée. T'étais pas obligée de venir.

— Il avait le delirium tremens pour gueuler comme ça.

— Tu peux fermer ta fenêtre, s'il te plaît, Mavis ? demanda Seneca.

— Y a trop de vent derrière ?

— Elle tremble encore. Je crois qu'elle a froid.

— Il fait plus de trente ! Mais qu'est-ce qui lui arrive, merde ? » Gigi examina la fille qui tremblait.

« Faut que je m'arrête ? demanda Mavis. Elle va peut-être encore vomir.

— Non, ne t'arrête pas. Je vais la tenir. » Seneca prit Pallas dans ses bras et frotta ses bras couverts de chair de poule. « Elle a peut-être le mal de la route. Je pensais que la fête allait la remonter un peu. On dirait que c'est pire.

— Cette ville de peigne-culs débiles, ça fait gerber tout le monde. Je peux pas croire que c'est ça qu'ils appellent une fête. Des cantiques à vous faire hurler ! » Gigi éclata de rire.

« C'était un mariage, pas une discothèque. » Mavis essuya la sueur qui lui coulait dans le cou. « En plus, tu voulais seulement revoir ton petit étalon d'amour.

— Ce connard ?

— Ouais. Lui-même. » Mavis sourit. « Maintenant qu'il est marié, tu veux le reprendre.

— Si je veux le reprendre je peux le reprendre. Tout ce que je veux c'est me tirer de ce trou de merde.

— Ça fait quatre ans que tu dis ça... pas vrai, Sen ? »

Gigi ouvrit la bouche et s'arrêta. Ça faisait quatre ans ? Elle croyait que c'était deux. Mais elle avait perdu au moins deux ans avec K.D., ce couillon. L'avait-elle obligé à tenir cette longue promesse de gagner assez d'argent pour l'emmener loin d'ici ? Ou était-ce à cause d'une autre promesse qu'elle était restée ? Une promesse d'arbres entrelacés près de l'eau froide. « Ouais, eh ben maintenant, c'est pour de vrai », dit-elle à Mavis, et elle y croyait dur comme fer.

Mavis poussa un grognement de doute et la voiture redevint silencieuse. Pallas posa la tête sur les seins de Seneca en souhaitant qu'ils ne soient plus là et qu'à la place la poitrine dure et douce de Carlos lui soutienne la joue comme elle l'avait fait quand elle l'avait voulu pendant les onze cents kilomètres. Son cadeau d'anniversaire, une Toyota rouge, avec lecteur de cassettes huit pistes intégré, était remplie de cadeaux de Noël. Des choses que n'importe quelle mère aimerait, mais dans une grande variété de couleurs et de styles parce qu'elle ne pouvait courir le risque d'avoir quelque chose qui ne plairait pas à une mère qu'elle n'avait pas vue depuis treize ans. Partir, avec Carlos au volant, juste avant Noël était un voyage de vacances pour voir sa mère. Elle ne fuyait pas son père ; elle ne se faisait pas enlever par l'homme le plus froid et le plus magnifique du monde.

Tout avait été soigneusement mis au point : les objets cachés, les mouvements camouflés de peur que Providence, la gouvernante, ou son frère Jérôme, voient quelque chose. Son père n'était pas suffisamment présent pour remarquer quoi que ce soit. C'était un avocat avec peu de clients mais deux d'entre eux étaient des vedettes noires de la chanson. Tant que Milton Truelove les maintiendrait au sommet, il n'aurait pas besoin de trouver d'autres clients, mais il gardait l'œil sur des jeunes qui pouvaient arriver en tête du hit-parade et y rester.

Avec l'aide de Carlos ce fut à la fois facile et amusant : les mensonges racontés aux amies devaient être solides ; les objets laissés à la maison devaient signaler un retour, pas une fuite (son permis de conduire — un duplicata —, ses ours en peluche, sa montre, des objets de toilette, des bijoux, ses cartes de crédit). Ces dernières l'obligèrent à faire beaucoup d'achats et à payer en liquide le jour même où ils partirent. Elle voulait acheter plus de choses, toujours plus pour Carlos, mais il refusa. Il n'accepta jamais ses cadeaux pendant toute la période où il fut avec elle — quatre mois. Il ne la laissait même pas payer les repas. Il fermait ses beaux yeux et secouait la tête comme si ce qu'elle lui offrait l'attristait. Pallas l'avait rencontré sur le parking de son école le jour où sa Toyota avait refusé de démarrer. Elle le rencontra vraiment ce jour-là parce qu'elle l'avait déjà vu souvent. C'était l'employé d'entretien de son lycée, et il ressemblait à une star de cinéma. Toutes les filles fondaient devant lui. Le jour où il enfonça l'accélérateur de la voiture de Pallas jusqu'au plancher en lui disant que son moteur était noyé, ce fut le début. Il lui proposa de la suivre jusque chez elle dans sa Ford pour s'assurer qu'elle ne calerait pas une nouvelle fois. Elle ne cala pas et il fit au revoir d'un geste. Pallas lui apporta un cadeau — un album — le lendemain et elle eut du mal à le lui faire accepter. « Seulement si vous me laissez vous offrir un hot-dog », dit-il. Sous le coup de l'émotion, Pallas en eut la bouche desséchée. Ensuite, ils se retrouvèrent chaque week-end. Elle imagina tout ce qu'elle put pour qu'il lui fasse l'amour. Il répondait passionnément quand ils se caressaient mais pendant des semaines il refusa d'aller plus loin. C'est lui qui dit : « Quand nous serons mariés. »

Carlos n'était pas exactement concierge. Il sculptait et quand Pallas lui parla de sa mère peintre et de l'endroit où elle vivait, il sourit et dit que c'était un endroit rêvé pour un artiste. Tout se mit en place. Carlos pouvait quitter son travail sans trop de réclamations pendant les vacances. Milton Truelove serait hyper occupé par les fêtes de ses clients, les concerts de promotion et les contrats de télévision. Pallas chercha, parmi les cartes d'anniversaire et de Noël que sa mère lui avait envoyées, l'adresse la plus récente et les amants s'en allèrent sans encombres. À part la vieille Noire folle qui avait gâché les chants de Noël.

Pallas se pelotonna contre les seins de Seneca qui, bien qu'inconfortables, apaisaient le froid qui la faisait souffrir. Les femmes à l'avant se querellaient de nouveau, avec des voix haut perchées qui lui faisaient mal à la tête.

« T'es qu'une garce et une exhibitionniste ! Soane est une amie. Qu'est-ce que je vais lui dire maintenant ?

— C'est l'amie de Connie. Al'a rien à voir avec toi.

— C'est moi qui i'vends les piments, qui i' prépare son remontant...

— Ça fait-i'd'toi une pharmacienne ? C'est que du romarin et un peu de son, mélangés à l'aspirine.

— N'importe quoi que c'est, c'est moi qu'en est responsable.

— Seulement quand Connie est saoule.

— Arrête de parler d'elle comme ça avec ta sale bouche. Elle buvait jamais avant que t'arrives.

— C'est ce que tu dis. Elle dort même dans la cave à vin.

— C'est là qu'est sa chambre ! T'es vraiment une imbécile.

— C'est plus une jeune fille. Elle pourrait dormir en haut si elle voulait. Elle veut seulement être à côté de l'alcool, v'là tout.

— J'peux vraiment pas te piffer. »

Seneca les interrompit d'une voix destinée à rétablir l'harmonie. « Connie est pas saoule. Elle est malheureuse. Mais elle aurait quand même dû venir avec nous. Ça se serait passé autrement.

— C'était bien. Super bien ! dit Gigi. Jusqu'à c'que les types de ce connard de pasteur se pointent. » Elle alluma une cigarette avec son mégot.

« Tu peux pas t'arrêter de fumer deux minutes ? lui demanda Mavis.

— Non !

— J'vois pas ce qu'i' te trouvait ce nègre, continua Mavis. Ou peut-être que je vois, pass' qu'on dirait que t'arrives pas à le cacher.

— T'es jalouse ?
— Super jalouse.
— Super jalouse, super jalouse. Personne t'a baisée depuis dix ans. T'es sèche comme un hareng fumé.
— Fous le camp ! hurla Mavis en freinant. Fous le camp de ma voiture !
— C'est toi qui vas me virer ? Si tu me touches, je t'arrache les yeux. Salope de criminelle ! » et elle écrasa sa cigarette sur le bras de Mavis.

Elles ne pouvaient pas vraiment se battre dans l'espace disponible, mais elles essayèrent. Seneca serra Pallas dans ses bras et regarda. Autrefois, elle aurait essayé de les séparer mais maintenant plus question. Quand elles seraient fatiguées, elles s'arrêteraient et la paix régnerait plus longtemps que si elle était intervenue. Gigi connaissait les points sensibles de Mavis : tout ce qui insultait Connie et toute référence à sa situation de fugitive. Au cours de son dernier voyage, Mavis avait appris par sa mère qu'on avait lancé un mandat d'arrêt contre elle pour vol aggravé, abandon et parce qu'on la soupçonnait d'avoir assassiné ses deux enfants.

La Cadillac se balançait. Gigi savait se battre mais ses efforts étaient inutiles — elle ne voulait pas que son joli visage soit marqué de bleus ou de griffures, et elle s'inquiétait toujours pour ses cheveux. Mavis cognait lentement mais de façon précise et avec plaisir. Quand Gigi vit du sang, elle pensa que c'était le sien et elle sortit de la voiture à quatre pattes, et Mavis la suivit. Sous un ciel comme du métal en fusion dans lequel on ne voyait même pas la flèche d'un vol d'oiseaux, elles continuèrent à se battre sur la route et sur le bas-côté.

Pallas se redressa, hypnotisée par les corps qui roulaient dans la poussière et qui écrasaient les mauvaises herbes. Des corps ardents qui ignoraient ceux qui pouvaient les regarder, sous le ciel vide de l'Oklahoma, ou sous un ciel peint à Mehita, au Mexique. Des mois après les embrassades et les baisers excités de Dee Dee Truelove : des mois passés à s'émerveiller sur le paysage spectaculaire devant les fenêtres de sa mère ; des mois à manger des mets délicieux ; des mois de conversations d'artistes avec les amis de Dee Dee — toutes sortes d'artistes : des Indiens, des New-Yorkais, des gens âgés, des hippies, des Mexicains, des Noirs — et des mois de discussion, tous les trois, sous les étoiles de la nuit que Pallas croyait dessinées par Walt Disney. Après tous ces mois, Carlos dit : « Je suis chez moi ici », et il poussa un profond soupir. « C'est l'endroit que je cherchais. » Pallas regarda son visage baigné par le clair de lune, et son cœur s'arrêta. Sa mère bâilla. « Bien sûr », ajouta Dee Dee Truelove. Carlos bâilla lui aussi et, à ce moment-là, elle aurait dû voir — les bâillements simultanés, les voix posées. Elle aurait dû faire un petit calcul arithmétique. Carlos était plus d'âge avec Dee Dee qu'avec elle. Si elle avait remarqué ça, peut-être aurait-elle pu empêcher le spectacle des corps qui luttaient dans l'herbe en échangeant des gémissement et en ignorant celle qui pouvait les regarder. Alors, il n'y aurait pas eu de course hébétée vers la Toyota, pas de fuite aveugle sur les routes, sans destination, pas de choc, pas d'accrochage avec des camions. Pas d'eau avec des choses molles en dessous.

Pallas sentit de nouveau avec répulsion les chatouilles et les caresses de tentacules et d'écailles invisibles ; elle détourna les yeux du spectacle des deux femmes qui se battaient et elle leva les bras pour entourer le cou de Seneca et enfoncer plus encore son visage dans sa petite poitrine.

Seule Seneca vit le camion arriver. Le conducteur ralentit, peut-être pour contourner la Cadillac qui obstruait la route, peut-être pour proposer de l'aide, mais il resta assez longtemps pour voir des femmes proscrites se rouler par terre, la robe déchirée et la chair secrète étalée. Et pour voir aussi deux autres femmes enlacées à l'arrière de la voiture. Il regarda les yeux écarquillés, pendant de longs moments. Puis il secoua la tête et lança son moteur à toute vitesse.

Finalement, Gigi et Mavis restèrent allongées, à bout de souffle. L'une après l'autre, elles s'assirent pour se toucher et faire l'inventaire de leurs blessures. Gigi chercha la chaussure qu'elle avait perdue ; Mavis l'élastique qui lui tenait les cheveux. Elles revinrent vers la voiture sans un mot. Mavis conduisit d'une seule main. Gigi se planta une cigarette dans le coin non enflé de sa bouche.

En 1922, les ouvriers blancs avaient ri entre eux — une énorme maison de pierre au milieu de rien. Les Indiens n'avaient pas ri. Sous un mauvais climat, dans une région peu boisée où le chauffage au bois était un sacrilège, le charbon très cher et où les bouses de vache puaient, la demeure leur semblait quelque chose d'insensé. L'escroc avait commandé des tonnes de charbon — qu'ils n'avaient pas utilisé. Les bonnes sœurs qui reprirent la propriété avaient de la résistance, du pétrole et des épaisseurs de vêtements extrêmement bien faits. Mais au printemps, en été et pendant certains automnes assez chauds, les murs de pierre fournissaient une fraîcheur bénie.

Gigi monta l'escalier quatre à quatre et battit Mavis à la course pour l'eau du bain disponible. Pendant que la plomberie toussait, elle se déshabilla et se regarda dans le seul miroir non recouvert de peinture. À part un genou et ses deux coudes, il n'y avait pas trop de dégâts. Des ongles cassés bien sûr, mais pas d'œil poché ni de nez cassé. Pourtant, les bleus n'apparaîtraient que demain. Ce fut sa lèvre gonflée et fendue qui l'inquiéta. Quand elle appuya dessus un filet de sang en suinta et brusquement tout le monde se mit à courir dans les rues d'Oakland en Californie. Des sirènes — la police ? des ambulances ? des pompiers ? — déchiraient les tympans. Un mur de policiers qui s'avançaient, coupait tout passage vers l'est et l'ouest. Ceux qui couraient jetaient ce qu'ils avaient apporté ou ce qu'ils avaient trouvé, et filaient. Au début Mikey et elle se tenaient par la main et descendaient en courant une rue latérale, derrière une foule en désordre. Une rue avec de petites maisons, des pelouses. Il n'y avait pas de coups de feu — pas du tout de rafales. Simplement les cris musicaux des filles et le grondement régulier des hommes avec des gueules de brutes. Des sirènes, oui, des porte-voix au loin, mais pas de bruit de verre brisé, de corps qui tombe, pas de coups de feu. Alors pourquoi une carte rouge se mit-elle à s'étaler sur la chemise blanche du petit garçon ? Elle ne voyait pas bien. La foule s'épaissit puis s'arrêta, empêchée d'avancer par quelque chose devant. Mikey se trouvait plusieurs épaules au-delà et essayait de passer. Gigi regarda de nouveau le petit garçon sur la pelouse verte fraîchement tondue. Il était si bien habillé : nœud papillon, chemise blanche, chaussures vernies lacées. Mais maintenant la chemise était sale, recouverte de pivoines rouges. Il eut un sursaut et du sang lui coula de la bouche. Il tendit les mains, prudemment, pour l'attraper afin que cela n'abîme pas ses chaussures comme cela avait déjà sali sa chemise.

Plus d'une centaine de blessés, dit le journal, mais aucune mention de coup de feu ni de jeune garçon tué. Aucune mention d'un petit garçon de couleur bien propre portant son sang dans ses mains.

Un mince filet d'eau coulait dans la baignoire. Gigi se mit des rouleaux dans les cheveux. Puis elle s'allongea sur le ventre pour examiner une nouvelle fois les progrès qu'elle avait faits avec la boîte cachée sous la baignoire. Le carreau du dessus était complètement descellé, mais la boîte métallique semblait cimentée sur place. Le problème c'était de l'atteindre. Si elle en avait parlé à K.D., il aurait pu l'aider mais, dans ce cas-là, elle aurait dû en partager le contenu : de l'or peut-être, des diamants, de gros paquets de billets. Quoi que ce soit, c'était à elle — et à Connie si elle en voulait un peu. Mais à personne d'autre. Surtout pas à Mavis. Seneca ne voudrait rien et la dernière arrivée, avec les lunettes cassées et d'épais cheveux bouclés autour de la tête, comment savoir qui ou quoi elle était ? Gigi se releva, essuya la poussière et les saletés collées à sa peau puis elle entra dans l'eau. Elle resta assise à réfléchir aux différentes possibilités. Connie, se dit-elle. Connie.

Puis elle s'allongea pour que la mousse lui atteigne le menton et elle pensa au nez de Seneca, à la façon dont ses narines bougeaient quand elle dormait. À ses lèvres légèrement relevées, qu'elle sourie ou non ; à ses sourcils parfaitement arqués. Et à sa voix — douce, un peu avide. Comme un baiser.

Dans la salle de bains, à l'autre bout du couloir, une Mavis exaltée se lavait dans le lavabo. Puis elle changea de vêtements avant de descendre dans la cuisine préparer le dîner. Des restes de poulet, coupés en petits morceaux avec des piments, des oignons, de l'estragon, de la sauce, peut-être du fromage, le tout enveloppé dans cette crêpe que Connie lui avait appris à faire. Elle aimait ça. Elle en descendrait une assiette à Connie et lui raconterait ce qui s'était passé. Pas la bagarre. Ce n'était pas important. En fait, cela l'avait amusée. Cogner, cogner et même mordre Gigi l'avait ragaillardie, comme faire la cuisine. C'était une preuve supplémentaire que l'ancienne Mavis était bien morte. Celle qui ne pouvait pas se défendre toute seule devant un garçon de onze ans, et encore moins devant son mari. Celle qui, autrefois, était incapable d'imaginer ou de préparer un repas tout simple, celle qui comptait sur les boutiques de plats préparés ou sur les distributeurs où l'on se servait directement en voiture, créait maintenant des recettes délicieuses sans faire les courses chaque jour.

Mais la référence de Gigi à son absence de vie sexuelle l'avait piquée au vif — ce qui était drôle dans un sens. Quand Frank et elle s'étaient mariés, elle aimait bien ça. D'une certaine façon. Puis c'était devenu une torture imposée, ça durait plus longtemps que d'être renversée de sa chaise par une gifle mais ça n'était pas très différent. Rien de semblable au cours des années passées au Couvent. Pourtant quand la chose venait la nuit elle ne la repoussait plus. Autrefois, cela avait été un cauchemar occasionnel — un lionceau qui lui rongeait la gorge. Récemment, cela avait pris une autre forme — humaine — qui s'allongeait sur elle ou s'approchait par-derrière. « Un incube, avait dit Connie. Repousse-le. » Mais Mavis ne pouvait pas, ou ne voulait pas. Maintenant, elle avait besoin de savoir si ce que Gigi avait dit d'elle expliquait pourquoi elle l'accueillait avec plaisir. Elle entendait toujours Merle et Pearl, elle les sentait palpiter dans chaque pièce du Couvent. Peut-être devrait-elle admettre, confesser à Connie, que si l'on additionnait les visites nocturnes, les enfants qui riaient et une « mère » qui l'aimait, cela ressemblait à une famille heureuse. Mieux : quand elle porterait le souper à Connie, elle lui raconterait la réception, comment Gigi avait gêné tout le monde, en particulier Soane, puis elle lui demanderait ce qu'elle devait faire à propos des visites nocturnes. Connie saurait. Connie.

Le poncho en cachemire de Norma Fox se révéla très utile une fois de plus. Seneca l'enroula autour de Pallas et lui demanda si elle n'avait besoin de rien. De l'eau ? Quelque chose à manger ? Pallas fit signe que non. Elle ne peut toujours pas pleurer, pensa Seneca. La douleur était trop profonde. Quand elle remonterait, les larmes suivraient et Seneca voulait que Connie soit là quand ça arriverait. Alors elle réchauffa la jeune fille du mieux qu'elle put, elle essaya de coiffer ses lourds cheveux et, en s'éclairant d'une bougie, elle la conduisit jusqu'à Connie.

Dans une partie de la cave, les murs d'une immense chambre froide avec un plafond cintré étaient recouverts de casiers à bouteilles. Du vin aussi vieux que Connie. Les bonnes sœurs y avaient à peine touché, lui avait dit Connie, seulement quand elles réussissaient à faire venir un prêtre pour dire la messe dont elles étaient privées. Et parfois à Noël, elles faisaient un baba imbibé de Veuve Cliquot 1915 à la place de rhum. Tout autour, on distinguait dans l'ombre des coffres, des caisses en bois, des meubles, hors d'usage et cassés. Des femmes nues en marbre poli ; des hommes sculptés dans une pierre grossière. Tout au bout, il y avait la chambre de Connie. Bien qu'elle n'eût pas été construite pour une bonne, comme disait Mavis, sa destination d'origine n'était pas claire. Connie l'occupait et l'aimait pour son obscurité. Ici, la lumière du soleil n'était pas une menace pour ses yeux.

Seneca frappa, n'obtint pas de réponse et ouvrit la porte. Connie, assise dans un rocking chair d'osier, ronflait légèrement. Quand Seneca entra elle se réveilla aussitôt.

« Qui est-ce qui apporte cette lumière ?

— C'est moi... Seneca. Et une amie.

— Pose-la là-bas. » Elle indiqua une commode derrière elle.

« Voici Pallas. Elle est arrivée il y a quelques jours. Elle a dit qu'elle voulait te rencontrer.

— C'est vrai ? » demanda Connie.

On voyait mal à cause de la flamme de la bougie, mais Seneca reconnut la Vierge Marie, la paire de minuscules chaussures de religieuses, le chapelet et, sur la coiffeuse, quelque chose qui prenait racine dans une cruche d'eau.

« Qui t'a fait mal, ma petite ? » demanda Connie.

Seneca s'assit par terre. Elle avait pratiquement abandonné tout espoir que Pallas parle beaucoup si toutefois elle disait quelque chose. Mais Connie était magique. Elle tendit simplement la main et Pallas alla vers elle, s'assit sur ses genoux, puis parla, en pleurant au début, et ne fit plus que pleurer, pendant que Connie disait : « Bois un peu de ça », et : « Quelles jolies boucles d'oreilles » et : « Pauvre petite, pauvre, pauvre petite. Ils ont fait du mal à ma pauvre petite. »

Ce fut noyé de vin et ça prit une heure ; ce fut une plongée dans le passé, plein de trous et incomplet, mais ça sortit — la petite histoire de ceux qui lui avaient fait mal.

Elle avait perdu ses chaussures, dit-elle, aussi au début personne ne voulait s'arrêter pour elle. Puis, dit-elle, l'Indienne en chapeau mou. Ou plutôt un camion plein d'Indiens s'arrêta pour elle alors qu'elle clopinait nu-pieds sur le côté de la route. Un homme conduisait. À côté de lui, la femme, avec un enfant sur les genoux. Pallas ne pouvait pas dire s'il s'agissait d'un garçon ou d'une fille. Six jeunes hommes étaient assis à l'arrière. Ce fut la femme qui rendit possible d'accepter l'offre. Sous le bord de son chapeau, ses yeux d'un gris de glace étaient sans expression mais sa présence parmi les hommes les civilisait — comme l'enfant sur ses genoux.

« Où tu vas ? » demanda-t-elle.

Ce fut à ce moment-là que Pallas découvrit que ses cordes vocales ne marchaient pas. Qu'en ce qui concernait le pouvoir d'émettre des sons, elle ne pouvait rivaliser avec le moulin à vent solitaire qui grinçait dans le champ derrière elle. Alors elle tendit le doigt dans la direction où allait le camion.

« Monte derrière », dit la femme.

Pallas grimpa avec les hommes — la plupart de son âge — et s'assit aussi loin d'eux qu'elle le put, en priant que la femme soit leur mère, leur sœur, leur tante — ou ait suffisamment d'influence sur eux pour les retenir.

Les Indiens la fixaient des yeux sans dire un mot. Les bras posés sur les genoux, ils regardaient son short rose, son T-shirt fluo. Au bout d'un moment, ils ouvrirent des sacs en papier et se mirent à manger. Ils lui offrirent un épais sandwich à la mortadelle et un des oignons qu'ils croquaient comme des pommes. Craignant qu'ils prennent un refus comme une insulte, Pallas accepta, puis elle découvrit qu'elle mangeait tout comme un chien, goulûment, surprise par sa faim. À cause des secousses et des balancements du camion, elle s'endormait de temps en temps ; à chaque fois elle se réveillait en se débattant dans un rêve d'eau noire qui lui entrait dans la bouche, dans le nez. Ils traversèrent des paysages aux maisons dispersées, Agways, une station service, mais ils ne s'arrêtèrent qu'en arrivant dans une ville plus importante. C'était la fin de l'après-midi. Le camion descendit une rue vide et ralentit devant une église baptiste avec le mot « Primitif » sur un panneau.

« Tu vas attendre ici, dit la femme. Quelqu'un va venir s'occuper de toi. »

Les garçons l'aidèrent à descendre et le camion s'en alla.

Pallas attendit sur les marches de l'église. Elle ne voyait

aucune maison et il n'y avait personne dans la rue. Quand le soleil disparut, l'air devint très frais. Seule la plante de ses pieds, à vif et brûlante, lui faisait oublier le froid qui la glaçait jusqu'à la moelle des os. Elle entendit enfin un bruit de moteur et quand elle leva les yeux elle vit l'Indienne — mais seule cette fois — au volant du même camion.

« Monte », dit-elle et elle conduisit Pallas à quelques rues de là, devant une maison basse avec un toit en tôle ondulée. « Vas-y, dit-elle. C'est une clinique. Je ne sais pas si t'as des problèmes ou quoi. T'en as l'air à mon avis. L'air d'une fille qu'a des problèmes. Mais leur dis rien. Je ne sais pas si c'est vrai mais n'en parle pas, tu m'entends. Vaut mieux pas. T'as qu'à dire qu'on t'a battue ou mise à la porte, quelque chose comme ça. »

Alors elle sourit, mais ses yeux restèrent très sérieux. « T'as les cheveux pleins d'algues de rivière. » Elle enleva son chapeau qu'elle posa sur la tête de Pallas. « Vas-y », dit-elle.

Pallas s'assit dans la salle d'attente avec d'autres patients aussi silencieux qu'elle. Deux femmes d'un certain âge, un fichu sur la tête, un bébé fiévreux dans les bras de sa mère endormie. L'employée de la réception la regarda avec une curiosité malsaine mais ne lui dit rien. Il commençait à faire sombre quand deux hommes entrèrent, dont l'un avait une main à moitié sectionnée. On ne s'était pas encore occupé de Pallas ni de la mère endormie mais l'homme dont le sang imbibait une serviette passa en priorité. Quand l'employée de la réception l'emmena, Pallas sortit en courant, fit le tour du bâtiment et vomit l'oignon et la mortadelle. Alors qu'elle avait de violents haut-le-cœur, elle entendit, avant de les voir, deux femmes qui s'approchaient. Toutes deux portaient des bonnets et des uniformes bleus.

« Regarde-moi ça », dit l'une.

Elles s'avancèrent vers Pallas et s'arrêtèrent, la tête penchée, en la regardant haleter.

« Tu entres ou sors ?
— Elle doit être enceinte.
— T'as essayé de voir l'infirmière, ma chérie ?
— Elle ferait mieux de se dépêcher.
— Emmène-la voir Rita.
— Emmène-la toi, Billie. Il faut que j'y aille.

— Elle a un chapeau mais pas de chaussures. D'accord, allons-y. À demain. »

Pallas se redressa, en se tenant l'estomac et en respirant violemment par la bouche.

« Écoute-moi. La clinique est fermée si c'est pas une urgence. T'es sûre que t'es pas enceinte ? »

Pallas essaya de maîtriser un autre hoquet et frissonna.

Billie se retourna pour regarder la voiture de son amie quitter le parking puis elle baissa les yeux vers le vomi. Sans faire de grimace, elle jeta de la terre dessus avec le pied jusqu'à ce qu'on ne voie plus rien.

« Où est-ce qu'est ton sac ? demanda-t-elle en éloignant Pallas de ce qu'elle venait d'enterrer. « Où t'habites ? Comment qu'on t'appelle ? »

Pallas porta la main à sa gorge et fit un bruit qui ressemblait à celui d'une clef qu'on essaie de tourner dans la mauvaise serrure. Elle ne put que secouer la tête. Puis, comme une enfant solitaire dans une cour de récréation, elle traça son nom dans la boue avec son orteil. Et lentement, en imitant la façon dont la jeune femme avait recouvert son vomi, elle fit disparaître les lettres du pied, en le recouvrant entièrement de terre rouge.

Billie ôta son bonnet. Elle était beaucoup plus grande que Pallas et elle dut se pencher pour regarder dans ses yeux baissés.

« Viens avec moi, ma petite, dit Billie. Si c'est pas malheureux de voir ça. Et pourtant, j'en ai vu ! »

Elle conduisait dans l'air bleu du soir, en parlant d'une voix calme, rassurante. « C'est un endroit où tu pourras rester un petit peu. Pas de questions. J'y suis allée une fois et elles ont été gentilles avec moi. Plus gentilles que... enfin, très gentilles. Aie pas peur. Moi, j'avais peur. Peur d'elles, je veux dire. On voit pas beaucoup de filles comme elles dans le coin. » Elle rit. « Un peu cinglées peut-être, mais pas difficiles, tranquilles, quelque chose comme ça. Sois pas étonnée si elles ont rien sur le dos. Moi, je l'ai été au début, mais c'était, je sais pas, c'était rien. Ma mère m'aurait flanqué une sacrée raclée si j'avais traîné comme ça. Enfin, tu pourras te reposer un peu là-bas, réfléchir aux choses, sans rien ni personne pour t'embêter tout le temps. Elles vont s'occuper de toi ou te laisser tranquille... comme tu voudras. »

Le bleu s'obscurcissait autour d'elles, sauf une ligne d'argent au loin. Les champs ondulaient sous le vent chaud mais Pallas frissonnait quand elles arrivèrent au Couvent.

Quand elle eut remis Pallas à Mavis, la jeune femme dit : « Je repasserai voir comment tu vas, d'accord ? J'm'appelle Billie Cato. »

La bougie ne mesurait plus que quelques centimètres mais la flamme était haute. Pallas s'essuya la bouche du revers de la main. Le rocking-chair se balançait. Connie avait une respiration si profonde que Pallas crut qu'elle dormait. Elle voyait Seneca, le menton dans la main, le coude sur le genou, qui la regardait, mais la flamme de la bougie, comme le clair de lune à Mehita, déformait les visages.

Connie bougea.

« Je t'ai demandé qui t'a fait du mal. Tu me racontes qui t'a aidée. Tu veux garder ça secret pour l'instant ? » Pallas ne répondit rien.

« T'as quel âge ? »

Dix-huit ans s'apprêta-t-elle à dire, mais elle choisit la vérité. « Seize ans. Je serais passée en dernière année, l'an prochain. »

Elle aurait pleuré de nouveau cette année perdue mais Connie lui donna un bon coup de coude. « Debout. Tu me fatigues les genoux. » Puis d'une voix plus douce : « Allez, va dormir un peu. Reste ici aussi longtemps que tu veux, et raconte-moi la suite quand t'en auras envie. »

Pallas se leva et vacilla légèrement à cause du rocking-chair et du vin.

« Merci. Mais. Je devrais appeler mon père. Je crois. »

— On va t'emmener, dit Seneca. Je sais où il y a un téléphone. Mais il faut que tu t'arrêtes de pleurer, hein ? »

Alors, elles s'en allèrent, en marchant prudemment dans l'obscurité, les yeux habitués à la faible lumière que répandait la flamme de la bougie. Pallas, élevée au grand soleil de Los Angeles, dans des maisons sans cave, les associait au mal, à l'ordure, aux choses rampantes comme on en voit dans les films. Elle prit la main de Seneca et respira par la bouche. Ses gestes étaient l'expression d'une inquiétude anticipée mais pas vraiment ressentie. En fait, quand elles montèrent l'escalier, les images d'une grand-mère se balançant tranquillement, de bras, de genoux, d'une voix qui chantait, l'apaisèrent. La maison entière semblait imprégnée d'une absence d'hommes bénie, comme un domaine protégé, sans chasseurs mais passionnante aussi. Peut-être pouvait-elle se retrouver ici — une Pallas libre et authentique, mais qu'elle imaginait « froide » — dans une des nombreuses pièces de cette maison.

Un plat de choses qui ressemblaient à des *tortillas* était posé sur la table. Gigi, pimpante et calme, avec seulement une lèvre tordue pour gâcher son maquillage, tripotait les grandes ondes de son poste de radio pour essayer de trouver une station qui jouait la musique qu'elle avait envie d'entendre — et pas les nouvelles agricoles, de la country music ou des trucs de la Bible. Mavis, qui marmonnait pour elle-même sa recette de cuisine, se tenait devant la cuisinière.

« Connie va bien ? demanda Mavis quand elle les vit entrer.

— Très bien. Elle a été très gentille avec Pallas. Pas vrai, Pallas ?

— Oui, très gentille. Je me sens mieux.

— Ouah ! Ça parle », dit Gigi.

Pallas sourit.

« Mais est-ce que ça va encore dégobiller ? C'est ça la question.

— Gigi. Tu la fermes ta sale gueule ! » Mavis regarda Pallas avec empressement. « Tu aimes les crêpes ?

— Hum. Je meurs de faim, répondit Pallas.

— Il y en a plein. J'en ai mis de côté pour Connie, et je peux en faire d'autres si tu en as envie.

— Ça a besoin de vêtements. » Gigi regardait Pallas de près. « J'ai rien qui peut lui aller.

— Arrête de dire "ça" quand tu parles d'elle.

— Tout ce que ça mérite d'avoir c'est un chapeau. Où tu l'as mis ?

— Je peux lui donner des jeans », dit Seneca.

Gigi ricana. « Assure-toi que tu les as lavés avant.

— Bien sûr.

— Bien sûr ? Pourquoi tu dis "bien sûr" ? Je t'ai jamais rien vu laver depuis que t'es arrivée ici, toi compris.

— Ça va comme ça, Gigi ! » Mavis parla les dents serrées.

« Eh ben, pas moi ! » Gigi se pencha sur la table et dit à Seneca : « On n'a pas grand-chose mais du savon, ça on en a.

— J'ai dit que je les laverais, non ? » Seneca essuya la sueur qui lui coulait sous le menton.

« Pourquoi que tu relèves pas tes manches ? Tu ressembles à une shootée, dit Gigi.

— Regardez qui est-ce qui parle, dit Mavis en gloussant.

— Je parle de défonce, ma petite. Pas d'un petit joint. »

Seneca regardait Gigi. « Je prends pas de produits chimiques.

— Mais tu en as pris, non ?

— Non, jamais.

— Alors, fais-moi voir tes bras.

— Fous-moi la paix !

— Gigi ! » cria Mavis. Seneca avait l'air désespéré.

« D'accord, d'accord, dit Gigi.

— Pourquoi est-ce que tu es comme ça ? lui demanda Seneca.

— Je m'excuse, d'accord ? » C'était une parole rare mais apparemment sincère.

« J'ai jamais pris de drogues. Jamais !

— J'ai dit que je m'excusais. Merde, Seneca.

— C'est une spécialiste des piques, Sen. Toujours en train d'aiguillonner quelqu'un. » Mavis nettoyait son assiette. « La laisse pas te l'enfoncer sous la peau. C'est là qu'est le sang.

— Ferme ta sale gueule ! »

Mavis éclata de rire. « Ça recommence. C'est pour le "je m'excuse".

— Je me suis excusée auprès de Seneca, pas de toi.

— Laisse tomber. » Seneca poussa un soupir. « T'es d'accord qu'on ouvre la bouteille, Mavis ?

— Pas seulement d'accord ; je te donne l'ordre. En l'honneur de Pallas, non ?

— Et de sa voix. » Seneca sourit.

« Et de son appétit. Regarde-la. »

Pallas avait cessé de manger à cause de Carlos. Quand il l'aimait (ou faisait semblant), en dehors du premier hot-dog, manger l'ennuyait, ce n'était qu'une excuse pour boire du Coca, ou une raison pour sortir. Les kilos, contre lesquels elle s'était battue depuis l'école élémentaire, fondirent. Carlos ne lui avait jamais parlé de son poids, mais comme dès le début, quand elle était boulotte, elle lui avait plu — il l'avait choisie, il lui avait fait l'amour —, elle lui faisait confiance. La trahison de Carlos alors qu'elle n'avait jamais été aussi mince ne fit qu'attiser sa honte. Le cauchemar qui l'avait obligée à se cacher au fond d'un lac, avait fait passer au deuxième plan pour quelque temps la trahison et la douleur qui l'avaient fait fuir de chez sa mère. Elle n'avait pas été capable de le murmurer même dans la pénombre d'une pièce éclairée par une bougie. Sa voix lui était revenue mais les mots pour dire sa honte restaient accrochés dans sa gorge comme des polypes.

Le fromage fondu qui recouvrait la crêpe-tortilla, avait un petit goût désagréable et les morceaux de poulet une vraie saveur, comme de la viande ; le beurre pâle, presque blanc, qui coulait du maïs frais ne ressemblait à rien de ce qu'elle connaissait ; il avait un goût crémeux et douceâtre. On avait versé une sauce chaude et sucrée sur le gâteau. Et le vin, verre sur verre. La peur, les chamailleries, la nausée, l'horrible bagarre dans la terre, les larmes dans le noir — le drame fou de la journée se dissipa dans le plaisir de mastiquer les aliments. Quand Mavis revint, après avoir porté son dîner à Connie, Gigi avait trouvé sa station et dansait, la radio posée devant la porte ouverte pour une meilleure réception. Elle dansa jusqu'à la table et se versa un autre verre de vin. Baissant les paupières et balançant les hanches, elle referma les bras autour du cou d'un danseur imaginaire. Les autres femmes la regardaient en terminant leur repas. Quand elles entendirent le succès de l'an dernier, *Killing me Softly*, elles ne mirent pas longtemps à la suivre. Même Mavis. Tout d'abord seules, en imaginant l'autre partenaire. Puis en couples, en s'imaginant mutuellement autres.

Apaisées par le vin, elles dormirent cette nuit-là d'un sommeil profond comme la mort. Gigi et Seneca dans la même chambre. Mavis seule dans une autre. Et ce fut Pallas, qui dormait sur le canapé du bureau/salle de jeu, qui entendit frapper.

La fille portait des chaussures de soie blanche et une robe bain-de-soleil en coton. Elle tenait un morceau de gâteau de mariage sur un plat de porcelaine tout neuf. Et son sourire faisait plaisir à voir.

« Je suis mariée maintenant, dit-elle. Où est-il ? Ou est-ce que c'était une fille ? »

Plus tard, cette nuit-là, Mavis dit : « Nous aurions dû lui donner une des poupées. Quelque chose.

— Elle est folle, dit Gigi. Je la connais. K.D. m'a tout raconté sur elle, c'est une maison de fous à elle toute seule. Mon vieux K.D. est dans la merde.

— Pourquoi est-ce qu'elle est venue ici pendant sa nuit de noces ? demanda Pallas.

— C'est une longue histoire. » Mavis se tamponna de l'alcool sur le bras, en comparant les griffures qui saignaient à celles que Gigi y avait faites plus tôt. « Elle est venue ici y a des années. Connie l'a accouchée. Mais elle voulait pas du bébé.

— Et où il est ?

— Avec Merle et Pearl, je crois.

— Avec qui ? »

Gigi décocha un regard terrible à Mavis. « Il est mort.

— Elle ne le sait pas ? demanda Seneca. Elle a dit que vous l'aviez toutes tué.

— Je viens de te dire que c'est une maison de fous à elle toute seule.

— Elle est partie juste après, dit Mavis. Je ne sais pas ce qu'elle sait. Elle l'a même pas regardé. »

Elles se turent en revoyant la scène : le visage détourné, les mains sur les oreilles afin de ne pas entendre ce cri nouveau mais lugubre. Il n'y aurait pas de sein, alors. Rien à mettre dans la petite bouche. Pas d'épaule de mère pour se blottir. Aucune d'elles ne voulait se rappeler ni savoir ce qui s'était passé ensuite.

« Peut-être que c'était pas à lui, à K.D., dit Gigi. Peut-être qu'elle le trompait.

— Et alors ? Si c'était pas à lui. C'était à *elle*. » Seneca semblait blessée.

« Je ne comprends pas. » Pallas s'avança vers le poêle où se trouvait le reste du gâteau.

« Moi si. D'une certaine façon. » Mavis poussa un soupir. « Je vais faire du café.

— Pas pour moi. Je retourne me coucher. » Gigi bâilla.

« Elle était vraiment folle. Vous croyez qu'elle va revenir maintenant ?

— Sainte Seneca. S'il te plaît.

— Elle poussait des cris, dit Seneca en regardant Gigi.

— Nous aussi. » Mavis mit une mesure de poudre dans la machine à café.

« Ouais, mais on l'a jamais traitée de tous les noms. »

Gigi fit un bruit avec ses dents. « Comment que tu veux appeler une psychopathe qu'a rien de mieux à faire pendant sa nuit de noces que de se mettre en chasse d'un bébé mort.

— On peut dire que c'est une pauvre fille ?

— Pauvre fille mon cul, répondit Gigi. Tout ce qu'elle veut c'est s'accrocher à la petite queue qu'elle vient d'épouser.

— T'as pas dit que tu allais te coucher ?

— J'y vais. Viens, Seneca. »

Seneca ignora sa compagne de chambre. « Est-ce qu'on devrait en parler à Connie ?

— Pour quoi faire ? répliqua brusquement Mavis. Écoute bien. Je veux pas voir cette fille traîner autour de Connie.

— Je crois qu'elle m'a mordue. » Pallas avait l'air étonné. « Regardez. C'est des marques de dents là ?

— Qu'est-ce que tu veux, une piqûre contre la rage ? » Gigi bâilla. « Allez, Sen. Hé, Pallas, allume. »

Pallas la regarda fixement. « Je ne veux pas dormir en bas toute seule.

— Qui t'a dit que tu devais ? C'était ton idée.

— Y a plus de lits en haut.

— Oh, merde. » Gigi partit en direction de l'entrée, Seneca sur ses talons. « Quel bébé.

— Je te l'ai dit. Les autres lits sont rangés à la cave. J'en monterai un demain. Tu peux dormir avec moi cette nuit, dit Mavis. T'inquiète pas. Elle va pas revenir. » Elle ferma à clef la porte qui donnait à l'arrière puis vint se planter devant la machine à café. « À propos, comment tu t'appelles ? Ton nom de famille, je veux dire.

— Truelove[1].

— Sans rigoler. Et ta mère t'a donné Pallas comme prénom ?

— Non. Mon père.

— C'est quoi son prénom ? À ta mère ?

— Dee Dee. C'est une abréviation pour Divine.

— Oooh ! J'adore. Gigi ! Gigi ! T'entends ? Elle s'appelle Divine. Divine Truelove. »

---

1. Amour vrai. (*N.d.T.*)

Gigi revint en courant et passa la tête par la porte. Seneca aussi.

« C'est pas vrai ! C'est le nom de ma mère.

— Elle est strip-teaseuse ? » Gigi eut un sourire épanoui.

« Artiste.

— Elles le sont toutes, ma chérie.

— Arrête de la taquiner, murmura Seneca. Elle a eu une longue journée.

— D'accord, d'accord, d'accord. Bonne nuit... Divine. » Gigi passa la porte et disparut.

« Ne fais pas attention à elle », dit Seneca, puis elle ajouta à voix basse en partant : « Elle est bête. »

Mavis, qui souriait toujours, versa le café et coupa du pudding. Elle servit Pallas et s'assit à côté d'elle en soufflant sur sa tasse. Pallas prit une troisième part de gâteau.

« Fais-moi voir la marque des dents », dit Mavis.

Pallas tourna la tête et tira sur son T-shirt pour montrer son épaule.

« Oooh, grogna Mavis.

— C'est tous les jours comme ça, ici ? demanda Pallas.

— Oh, non. » Mavis caressa la peau blessée. « C'est l'endroit le plus paisible du monde.

— Tu m'emmèneras demain, pour que je téléphone à mon père ?

— Ouais. Toute affaire cessante. » Mavis cessa de la caresser. « J'adore tes cheveux. »

Elles finirent la petite collation nocturne en silence. Mavis prit la lampe et elles abandonnèrent la cuisine à l'obscurité. Quand elles furent devant la porte de sa chambre, Mavis n'ouvrit pas. Elle se figea sur place.

« T'entends ? Elles sont heureuses », dit-elle, en portant la main à ses lèvres qui riaient. « Je le savais. Elles l'aiment, ce bébé. Elles l'aiment vraiment. » Elle se tourna vers Pallas. « Elles t'aiment bien toi aussi. Elles pensent que tu es divine. »

Patricia

Des cloches et des sapins, découpés dans du papier vert et rouge, étaient soigneusement empilés sur la table de la salle à manger. Tout était fini. Il ne restait que le papier brillant pour la décoration. L'an dernier, elle avait fait une erreur en laissant les plus petits s'en occuper. Après leur avoir nettoyé les doigts et les coudes pleins de colle, après leur avoir ôté des taches de peinture argent dans les cheveux, elle avait quand même dû faire la plupart des décorations. Cette fois, elle répartirait les cloches et les sapins tout en contrôlant chaque point de colle elle-même. Pour organiser le Noël de l'école, toute la ville aidait ou s'en mêlait : les hommes les plus âgés réparaient l'estrade, montaient la crèche ; les jeunes fabriquaient de nouveaux aubergistes et repeignaient les masques. Les femmes faisaient des poupées et les enfants dessinaient des images colorées de plats de Noël, surtout des desserts — des gâteaux, des tartes, des sucres d'orge, des fruits —, parce que les dindes rôties étaient un véritable défi pour leurs petits doigts. Quand les plus jeunes auraient passé les cloches et les sapins à la peinture argent, Patricia elle-même n'aurait plus qu'à coudre de petites boucles au sommet. L'étoile du matin venait du magasin de Harper. Il la vérifiait chaque année pour être sûr que ses pointes étaient bien aiguës et qu'elle luirait comme il faut dans le ciel de tissu obscur. Et elle supposait que le vieux Nathan DuPres prononcerait les paroles d'ouverture. Un homme gentil, mais incapable de ne pas se lancer dans des digressions. Le programme de l'église était plus formel — des sermons, des chœurs, des récitations par les enfants, avec des prix pour ceux qui s'en sortaient sans bredouiller, sans pleurer, et sans rester muets — mais le programme de l'école, qui représentait la nativité et qui engageait toute la ville, était plus ancien car il avait commencé avant la construction des églises.

Contrairement aux dernières années, décembre 1974 fut chaud et venté. Le ciel se comportait comme une choriste : il échangeait la pâleur et la mélancolie de ses matins contre les rubans aux couleurs criardes des soirs. Il y avait dans l'air une senteur minérale, venue d'un temps de Genèse quand les volcans étaient en activité et que la lave refroidissait rapidement sous un vent impitoyable. Un vent qui décapait la pierre froide, la sculptait et, enfin, l'émiettait en fragments de rocher qu'aimaient les chiens. Le même vent qui autrefois soulevait les cheveux abondants des Cheyennes/Arapahos et séparait les touffes de poils sur l'épaule des bisons, en avertissant chacun de la proximité de l'autre.

Elle avait remarqué cette senteur minérale toute la journée et maintenant, alors qu'elle en avait fini avec les copies et les décorations, elle vérifia le ciel aux allures de choriste pour assister à une nouvelle représentation. Mais c'était fini. Seules quelques formes lilas couraient derrière un soleil ripoliné.

Son père était allé se coucher de bonne heure, épuisé par le monologue dans lequel il s'était lancé sur son projet de station-service. La compagnie Eagle Oil l'encourageait — inutile de discuter avec les grandes compagnies. Deek et Steward étaient intéressés par un soutien au prêt, à condition qu'il puisse persuader quelqu'un de lui vendre le terrain. Aussi la question était l'endroit. Devant le magasin d'Anna ? Un bon emplacement mais l'église du Saint Rédempteur n'en penserait peut-être pas autant. Au nord alors ? À côté du magasin Fourrage et Semences de Sargeant ? Il y aurait beaucoup de clients — personne n'aurait plus à parcourir cent cinquante kilomètres pour aller chercher de l'essence ni à faire des réserves chez soi. Les routes ? On pourrait faire quelque chose aux deux chemins de terre qui continuaient au nord et au sud les rues pavées de Ruby, et qui allaient rejoindre la route du comté. S'il obtenait la concession, le comté les goudronnerait peut-être. Mais il serait difficile d'essayer de convaincre les gens d'ici de soutenir le projet — les vieux s'y opposeraient. Ils aimaient être à l'écart de la route du comté, accessible seulement à ceux qui se perdaient ou ceux qui étaient informés. « Mais réfléchis un peu,

Patsy, réfléchis un instant. Je pourrais réparer des voitures, des moteurs ; vendre des pneus, des batteries, des courroies de ventilateur. Des boissons gazeuses aussi. Des choses qu'Anna n'a pas en stock. Pas question de se la mettre à dos. »

Patricia approuva d'un signe de tête. Une bonne idée se disait-elle, comme toutes ses idées. Son activité de vétérinaire (illégale — il n'avait pas d'autorisation mais en savait assez et était assez dévoué pour faire cent cinquante kilomètres afin d'aider Wisdom Poole à sortir un veau coincé dans la mère) ; son travail de boucher (amenez-lui un bouvillon abattu — il lui enlevait la peau, le débitait, le découpait et vous le mettait au congélateur) ; et, bien sûr, son ambulance/corbillard. Il avait voulu être médecin et faire les études nécessaires, aussi la plupart de ses entreprises avaient un rapport avec les malades et les morts. L'idée de la station-service était la première proposition dont elle se souvenait, sans rapport avec la chirurgie (même si ses yeux s'enflammaient quand il parlait de démonter des moteurs). Elle aurait aimé qu'il soit docteur, qu'on l'ait accepté dans une école de médecine. Sa mère serait sans doute encore en vie aujourd'hui. Peut-être pas. Il se serait peut-être trouvé à Meharry et pas au centre de formation des croque-morts quand Delia était décédée.

Pat monta l'escalier qui conduisait à sa chambre et décida de passer le reste de la soirée sur son projet d'histoire ou plutôt sur ce qui avait été un projet d'histoire mais qui n'en était plus un maintenant. Cela avait commencé comme un cadeau destiné aux citoyens de Ruby — un ensemble d'arbres généalogiques ; ceux de chacune des quinze familles. Des arbres la tête en bas, les troncs s'enfonçant dans l'air et les branches pendant vers le bas. Quand elle avait terminé les arbres généalogiques, elle avait commencé à ajouter des notes aux branches pour indiquer qui avait engendré qui : par exemple quel était leur travail, où ils habitaient, à quelle église ils appartenaient. Certains des points les plus intéressants (« Missy Rivers, l'épouse de Thomas Blackhorse, était-elle née près du Mississippi ? Son nom semble le suggérer... »), elle les avait glanés dans les compositions autobiographiques de ses élèves. Plus maintenant. Les parents s'étaient plaints qu'on demande à leurs enfants de rapporter des potins, de divulguer ce qui pouvait être des informations privées, des secrets même. Ensuite, ses notes émanèrent de discussions avec les gens, de consultations des Bibles familiales et d'examens du registre des églises. Les choses lui échappèrent quand elle demanda à voir des lettres et les certificats de mariage. Les femmes baissèrent les paupières avant de sourire et de lui proposer du café. Des portes invisibles se fermèrent et on parla de la pluie et du beau temps. Mais elle ne voulait plus ni ne souhaitait plus faire de nouvelles recherches. Les arbres généalogiques réclamaient toujours des ajouts occasionnels — naissances, mariages, morts — mais son intérêt pour les notes complémentaires augmenta en même temps que les notes elles-mêmes, et elle abandonna toute apparence de commentaire objectif. Le projet devint inconvenant pour tout autre regard que le sien. Il avait atteint le point où le petit m — pour époux ou épouse de — était une plaisanterie, un rêve, une violation de la loi qui l'avait amenée à se ronger l'ongle du pouce de frustration. Qui étaient ces femmes qui, comme sa propre mère, n'avaient qu'un prénom ? Céleste, Olive, Sorrow, Ivlin, Pansy. Qui étaient ces femmes avec des noms de famille très généraux ? Brown, Smith, Rivers, Stone, Jones. Des femmes dont l'identité reposait sur les hommes qu'elles avaient épousés — s'il y avait eu mariage : une Morgan, une Flood, une Blackhorse, une Poole, une Fleetwood. Dovey, l'épouse de Steward Morgan lui avait laissé la Bible des Morgan pendant plusieurs semaines, mais c'était les vingt minutes passées à consulter la Bible des Blackhorse qui l'avaient convaincue qu'une nouvelle sorte d'arbre généalogique serait nécessaire pour aller plus loin, afin de rendre compte des relations entre les quinze familles de Ruby, leurs ancêtres de Haven et, en remontant plus haut, au Mississippi et en Louisiane. Cette activité conçue à l'origine pour remplir ses heures de loisir était devenue un travail intense marqué de mauvais sentiments qui parcourent la peau comme un pollen quand on sait trop de choses sur ses voisins. L'histoire officielle de la ville, élaborée en chaire, à l'école du dimanche et dans les discours prononcés au cours des cérémonies, avait une vie publique vigoureuse. Toute note marginale, toute brèche, toute question enflammait l'imagination et excitait un esprit mal à l'aise avec les histoires orales. Pat avait cherché des preuves dans les documents disponibles afin de faire pendant aux récits et, quand les preuves n'étaient pas accessibles, elle interprétait — librement mais, pensait-elle, avec perspicacité, parce qu'elle seule avait la distance affective nécessaire. Elle seule pouvait comprendre pourquoi on avait tiré un trait sur le nom d'Ethan Blackhorse dans la Bible des Blackhorse et pourquoi une grosse tache d'encre cachait presque le prénom de Zechariah (Grand Père) dans la Bible des Morgan. Son père, Roger Best, lui avait dit des choses mais il refusait de parler du reste. Des amies comme Kate et Anna étaient ouvertes, mais les femmes plus âgées — Dovey, Soane et Lone DuPres — laissaient entendre le maximum en en disant le minimum. « Oh, je crois que ses frères ont eu un conflit sur quelque chose. » C'était tout ce que disait Soane à propos du nom rayé de son grand-oncle. Pas un mot de plus.

Neuf grandes familles entières avaient fait le voyage originel, elles avaient été chassées de Fairly en Oklahoma, et avaient continué pour fonder Haven. Leurs noms étaient une légende : Blackhorse, Morgan, Poole, Fleetwood, Beauchamp, Cato, Flood et les deux familles DuPres. Avec leurs frères et leurs sœurs, leurs femmes et leurs enfants, ils étaient soixante-dix neuf ou quatre-vingt-un en tout (si l'on comptait ou non les deux enfants volés). Des fragments d'autres familles les accompagnaient : une sœur et un frère, quatre cousins, une ribambelle de tantes et de grand-tantes qui gardaient les enfants de leurs sœurs, frères, nièces, neveux décédés. Des histoires sur ces fragments, qui se montaient à une cinquantaine de personnes, apparaissaient dans les devoirs écrits des élèves de Pat, dans les bavardages et les souvenirs au cours de pique-niques, dans les dîners de l'église et dans les commérages des femmes qui faisaient leurs corvées ou qui se coiffaient. Les grands-mères assises par terre pendant que leurs petites-filles leur grattaient le cuir chevelu, aimaient bien raconter leurs souvenirs. Alors des bribes de récits jaillissaient comme des étincelles et éclairaient les absences suspendues au-dessus de leur enfance et les ombres qui obscurcissaient leur vie d'adulte. Des anecdotes marquaient les espaces qui les entouraient devant les feux de camp. Des plaisanteries illuminaient les objets — une bague, une montre de gousset — qu'elles avaient serrés dans leur poing en dormant et la description des vêtements qu'elles portaient. Des chaussures trop grandes qui appartenaient à un frère ; le châle d'une grand-tante ; le bonnet bordé de dentelle d'une sœur plus jeune. Elles parlaient des orphelins, garçons et filles, entre douze et seize ans, qui avaient repéré les voyageurs et avaient demandé à se joindre à eux, et les deux petits enfants qui marchaient à peine, qu'elles avaient simplement pris parce que les circonstances dans lesquelles on les avait trouvés ne leur avaient pas permis de faire autrement. Huit de plus. Ainsi, au total, cent quatre-vingt-huit achevèrent le voyage.

Quand ils arrivèrent aux abords de Fairly, on se mit d'accord pour que Drum Blackhorse, Rector Morgan et ses frères, Pryor et Shepherd aillent se présenter pendant que les autres attendaient avec leur père Zechariah, qui à ce moment-là boitait trop pour se tenir sans aide debout et droit devant des inconnus dont il aurait exigé le respect et dont la pitié l'aurait brisé. On lui avait tiré une balle dans le pied — qui et pourquoi, personne ne le savait ni ne le reconnaissait, car il semblait que la clef de l'histoire c'était qu'il n'avait ni crié ni boité quand la balle était entrée. Cette blessure l'avait obligé à rester en arrière et à laisser son ami et ses fils parler à sa place. Cependant, cela se révéla être une bénédiction parce qu'il ne fut pas témoin du véritable Rejet ; et il n'entendit pas les mots incroyables formés dans la bouche d'hommes et destinés à d'autres hommes, des hommes semblables à eux en tous points, sauf un. Ensuite, ces gens ne furent plus neuf familles et quelques-uns de plus. Ils devinrent un groupe uni de voyageurs, liés par l'énormité de ce qui leur était arrivé. Leur horreur des Blancs était convulsive mais abstraite. Ils gardèrent la clarté de leur haine pour les hommes qui les avaient insultés de façon trop troublante pour le langage : tout d'abord en les excluant, puis en leur offrant des produits de première nécessité pour survivre dans cette exclusion même. Tout ce que chacun voulait savoir sur les citoyens de Haven ou de Ruby se trouvait dans les ramifications, dans ce refus parmi tant d'autres. Mais les ramifications de ces ramifications étaient une autre histoire.

Pat alla jusqu'à la fenêtre qu'elle leva. La tombe de sa mère se trouvait à la limite de la cour. Le vent frémissait comme s'il essayait d'arracher les paillettes du ciel de crêpe noir. Les buissons de lilas frottaient contre le mur de la maison. Les restes de senteur minérale se perdaient dans les odeurs de repas qui flottaient dans l'air. Pat referma la fenêtre et revint à son bureau pour noter d'autres éléments dans ses carnets.

Arnette et K.D., mariés en avril dernier, attendaient un enfant pour mars prochain. C'était en tout cas ce qu'avait dit

Lone DuPres qui devait savoir. Lone était l'un des bébés volés. Fairy DuPres l'avait aperçue, assise, immobile comme une pierre, à la porte d'une maison au toit recouvert d'herbe. La vue de cette enfant silencieuse avec des langes sales aurait pu rester une des images de solitude qui les avaient frappés, mais la désolation de cet endroit était insoutenable. À l'époque, Fairy avait quinze ans et elle était têtue. Elle alla voir avec Missy Rivers. À l'intérieur, elles découvrirent la mère morte et pas un seul morceau de pain. Missy poussa un gémissement avant de cracher. Fairy dit : « Nom de Dieu. 'Scuse moi Seigneur », et elle ramassa le bébé. Quand elles dirent aux autres ce qu'elles avaient trouvé, les hommes prirent leurs pelles : Drum Blackhorse, ses fils Thomas et Peter, Rector Morgan, Able Flood, Brood Poole, Senior, et le père de Nathan DuPres, Juvenal. Pendant qu'ils creusaient, Fairy donna au bébé du gâteau à l'eau. Praise Compton déchira son jupon pour l'envelopper. Fulton Best fabriqua une croix solide. Zechariah, flanqué par deux de ses fils, Shepherd et Pryor, et appuyant son pied blessé sur le talon, dit une prière. Ses filles, Loving, Ella et Selanie, cueillirent du mille-feuilles jaune pour la tombe. Il y eut une grave discussion pour savoir ce qu'on allait faire de l'enfant trouvée — où la mettre — parce que les hommes semblaient ne pas vouloir ajouter un bébé à moitié mort de faim à leurs enfants affamés au quart. Fairy mena un tel combat qu'elle brisa leur résistance, puis elle se disputa avec Cato pour le prénom. Elle l'emporta une nouvelle fois et appela le bébé Lone[1] parce que c'était ainsi qu'elles l'avaient trouvée. Et elle était toujours Lone parce qu'elle ne s'était jamais mariée, et quand Fairy, qui l'avait élevée et qui lui avait enseigné tout ce qu'elle savait sur la profession de sage-femme, mourut, Lone la remplaça et s'occupa des accouchements de tout le monde, sauf maintenant d'Arnette qui voulait aller à l'hôpital de Demby pour mettre son enfant au monde. Lone en fut piquée au vif (elle pensait toujours que les femmes convenables accouchaient chez elles et que seules celles des saloons allaient à l'hôpital), mais elle savait que les Fleetwood la tenaient toujours en partie responsable des enfants de Sweetie et de Jeff, bien qu'elle eût déjà mis au monde trente-deux enfants en pleine santé, de mères qui se

---

1. Seule. (*N.d.T.*)

portaient comme un charme, depuis la naissance du dernier bébé brisé des Fleetwood. Aussi, elle ne dit rien sauf qu'Arnette serait à terme en mars 1975.

Pat sortit le dossier Morgan et alla à la branche qui, jusqu'ici, ne contenait que :

Coffee Smith (aussi appelé K.D. pour Kentucky Derby), m. Arnette Fleetwood.

Elle se demanda une nouvelle fois qui était ce garçon qu'avait épousé Ruby Morgan ? Un copain d'armée de ses frères, disait-on. Mais d'où venait-il ? Son prénom, Coffee, était le même que celui de Zechariah avant que ce dernier n'en change pour se présenter comme vice-gouverneur ; son nom de famille était aussi générique que cela était possible. Il avait été tué en Europe, aussi personne ne l'avait bien connu, même pas sa femme. D'après sa photo, on pouvait dire qu'il n'y avait pas la moindre trace de Private Smith dans son fils. K.D. tenait surtout des Blackhorse et des Morgan.

Il ne restait pas beaucoup de place en dessous de l'entrée K.D.-Arnette, mais elle se dit qu'ils n'en auraient certainement pas besoin de beaucoup plus. S'il vivait, le bébé qu'ils attendaient serait sans aucun doute leur seul enfant. La mère d'Arnette n'avait eu que deux enfants, dont l'un n'avait eu que des anormaux. En outre, ces derniers Morgan n'étaient pas aussi prolifiques que les premiers. Ils n'étaient pas comme Zechariah Morgan (aussi appelé Grand Papa, né Coffee), marié à Mindly Flood (NB : grand-tante d'Anna Flood) dont neuf enfants sur quatorze avaient survécu. Pat suivi du doigt leurs prénoms : Pryor Morgan, Rector Morgan, Shepherd Morgan, Ella Morgan, Loving Morgan, Selanie Morgan, Governor Morgan, Queen Morgan et Scout Morgan. Griffonnée dans la marge à l'encre noire, une de ses premières notes disait : « Il fallut sept naissances pour qu'ils en arrivent à donner à une fille un prénom administratif, à la sonorité autoritaire, et je parie qu'ils devaient l'appeler "Queenie". Un autre commentaire, relié au prénom Zechariah par une flèche, s'étalait au dos de la page : "Il a changé son prénom. Coffee était le prénom qu'on lui a donné à sa naissance — une mauvaise orthographe pour Kofi, sans doute. Et comme aucun Morgan de Louisiane et personne de Haven n'avait travaillé pour un Blanc du nom de Morgan, il devait avoir choisi son nom de famille ainsi que son prénom d'après quelque chose ou un endroit qu'il aimait. Zacharie, le père de Jean Baptiste dans l'Évangile ? Ou le Zacharie qui avait des visions ? Celui qui vit des rouleaux de malédictions et des femmes dans des paniers ; celui qui vit les vêtements crasseux de Josué se transformer en riches parures ; qui vit le résultat de la désobéissance. La punition pour n'avoir montré ni pitié ni compassion fut une dispersion parmi toutes les nations et une terre agréable rendue déserte. Tout cela aurait parfaitement convenu à Zechariah Morgan : la malédiction, les femmes entassées dans un panier avec un couvercle de plomb, caché dans une maison, mais surtout la dispersion. La dispersion l'aurait effrayé. Le démembrement du groupe ou de la tribu ou l'association de familles ou, dans le cas de Coffee, l'éclatement d'un ensemble de familles qui avaient vécu avec les autres ou près des autres avant même Bunker Hill[1]. Il ne devait pas avoir eu de mal à imaginer la peur de voir séparés tous ceux qu'il connaissait, jetés en différents endroits dans un pays inconnu et devenant des étrangers les uns aux autres. Il devait avoir été effrayé de ne pas connaître la ligne d'une mâchoire qui signifiait une famille, un strabisme ou une façon de marcher qui identifiait quelqu'un. De ne pas être capable de se voir reformer dans un petit-fils de la troisième ou de la quatrième génération. De ne pas savoir où étaient enterrées les générations précédentes ni comment les retrouver si on ne le savait pas. Tel aurait été le Zechariah que Coffee se serait choisi pour lui-même. Cela aurait éveillé son imagination s'il avait entendu quelque pasteur lui raconter l'histoire de Josué couronné. Il ne se serait pas donné le nom de Josué, le roi, mais celui du témoin à qui Dieu et les anges parlaient régulièrement de choses que connaissait Coffee." »

Quand elle demanda à Steward d'où son grand-père tenait son nom de famille, il grogna et dit qu'il croyait qu'à l'origine c'était Moyne, pas Morgan. Ou Le Moyne, quelque chose comme ça, mais « certains l'appelaient Café noir. Nous l'appelions Grand Papa. On appelait mon père, Grand Père », comme

---

1. Bataille de Bunker Hill en 1775 (Boston, Massachusetts). Les colons américains furent vaincus par les forces britanniques. (*N.d.T.*)

si cela mettait un point final à l'affaire. Comme s'il se sentait insulté parce que lui-même n'était ni papa ni père, ni grand ni autrement. La lignée des Morgan avait une maigre descendance. Un des fils de Zechariah (Grand Papa), Rector, avait eu sept enfants avec sa femme, Beck, mais quatre seulement avaient survécu : Elder, les jumeaux Deacon et Steward, et la mère de K.D., Ruby. Elder mourut en laissant sa femme, Susannah (Smith) Morgan, avec six enfants — qui tous quittèrent Haven pour les États du nord. Zechariah aurait détesté ça. Pour lui, se déplacer aurait signifié se « disperser ». Et il avait raison, assurément, car, à partir de ce moment-là, la fertilité diminua, même quand la fortune augmenta. Plus il y avait d'argent, moins il y avait d'enfants ; moins il y avait d'enfants, plus il y avait d'argent à donner à moins d'enfants. À supposer que vous en amassiez assez, ce qui expliquait pourquoi les plus riches — Deek et Steward — tenaient tant au mariage de K.D. Ou c'était ce que pensait Pat.

Cependant, eux tous, et chaque membre des neuf familles entières, avaient la petite marque qu'elle avait choisi de mettre après leur nom : AB. Une abréviation pour "Abouts", les mineurs qui descendaient dans la veine la plus profonde dans les mines de charbon. Des gens d'un noir bleu, grands et élancés, dont les vastes yeux clairs ne laissaient rien paraître de ce qu'ils ressentaient profondément envers ceux qui n'étaient pas des AB comme eux. Les descendants de ceux qui se trouvaient dans le Territoire de Louisiane quand il était français, quand il devint espagnol, puis quand il fut de nouveau français, avant d'être vendu à Jefferson et de devenir un État en 1812. Qui parlaient un patois en partie espagnol, en partie français, en partie anglais, et en totalité à eux-mêmes. Les descendants de ceux qui, après la Guerre de Sécession, s'étaient cachés ou avaient défié les Blancs qui faisaient tout pour les obliger à rester et à travailler comme métayers. Les descendants de ceux dont le mérite était si général que trois de leurs enfants furent élus au Congrès de l'État dans l'administration du comté ; qui, lorsqu'on les mit à la porte sans autre cérémonie ni aucune preuve d'infraction, refusèrent de croire que ce qu'ils soupçonnaient était la vraie raison pour laquelle il leur fut impossible de trouver un autre travail intellectuel. Presque tous les Noirs chassés des bureaux ou remerciés (dans le Mississippi, en Louisiane, en Georgie) trouvèrent un travail certes de moindre influence mais toujours de col blanc à la suite des purges de 1875. L'un d'eux, originaire de Caroline du Sud, finit ses jours comme balayeur des rues. Mais eux seuls (Zechariah Morgan et Juvenal DuPres en Louisiane, Drum Blackhorse au Mississippi) furent réduits à la misère et/ou au travail des champs. Quinze années de mendicité à suer dans les champs de coton, de riz ou à l'abattage des arbres après cinq années glorieuses à reconstruire un pays. Ils durent soupçonner mais n'osèrent pas dire que leur malchance absolue était due au seul élément qui les distinguait de leurs semblables noirs AB. En 1890, ils se trouvaient dans le pays depuis cent vingt ans. Aussi, ils prirent cette histoire, toutes ces années et leur mérite incorruptible, et se joignirent à « l'Exode ». Ils allèrent à pied du Mississippi et de Louisiane jusqu'en Oklahoma et se rendirent sur les lieux décrits dans les annonces soigneusement pliées dans leurs chaussures ou enfoncées dans le rebord de leurs chapeaux, pour en être chassés comme des poulets. Cette fois les choses étaient claires : pendant dix générations, ils avaient cru que la division qu'ils avaient combattu était celle de homme libre contre l'esclave, de l'homme riche contre le pauvre. En général, mais pas toujours, l'homme à peau blanche contre l'homme à peau noire. Ils découvraient maintenant une nouvelle séparation : l'homme à peau claire contre l'homme à peau noire. Oh, ils savaient qu'il existait une différence dans l'esprit des Blancs, mais ils n'avaient pas encore été frappés par le fait que cela avait des conséquences, de graves conséquences, pour les Noirs eux-mêmes. Assez graves pour qu'on fuie leurs filles ; pour qu'on choisisse leurs fils en dernier ; pour que les hommes à peau claire soient embarrassés d'être vus faire la fête avec leurs sœurs. La marque de la pureté raciale qu'ils avaient considérée comme une garantie, était devenue une tache. La dispersion, qui faisait peur à Zechariah parce qu'il croyait qu'elle les épuiserait, avait atteint maintenant un niveau de mal encore plus dangereux, car s'ils se séparaient et s'ils étaient dévalués par les impurs alors, aussi certain que la mort, ces dix générations troubleraient la paix de leurs enfants pendant l'éternité.

Pat était convaincue que lorsque les générations suivantes des hommes AB, s'étaient effectivement dispersés dans l'armée, exactement comme l'avait craint Zechariah, cela aurait pu en être fini d'elles. Cela aurait dû en être fini d'elles. Le rejet, qu'ils appelaient la « Désapprobation », était une brûlure dont les tissus blessés furent engourdis par 1949, n'est-ce pas ? Oh, non ! Ceux, qui avaient survécu à cette guerre particulière, étaient rentrés directement chez eux, ils avaient vu ce qu'il était advenu de Haven, ils avaient entendu parler des testicules absents des autres soldats à peau claire ; des médailles arrachées par des bandes de petits Blancs et les Fils de la Confédération — et ils reconnurent la Désapprobation, deuxième partie. Cela aurait été comme de regarder la bannière d'un défilé disant SOLDATS ÉPUISÉS PAR LA GUERRE ! VOUS N'ÊTES PAS LES BIENVENUS CHEZ VOUS ! Alors ils recommencèrent. Et tout comme les voyageurs d'autrefois n'avaient jamais cherché une autre ville métisse après que la première leur eut tourné le dos, les hommes de cette génération ne rejoignirent aucune organisation, ne participèrent à aucune bataille civile. Ils protégèrent le sang des Abouts et, toujours aussi hautains, ils s'en allèrent vers l'ouest. Les Nouveaux Pères : Deacon Morgan, Steward Morgan, William Cato, Ace Flood, Aaron Poole, Nathan DuPres, Moss DuPres, Arnold Fleetwood, Ossie Beauchamp, Harper Jury, Sargeant Person, John Seawright, Edward Sands et le père de Pat, Roger Best qui fut le premier à violer la loi du sang. Celui dont personne ne reconnaissait qu'il avait existé. Celui qui était établi quand le groupe du Mississippi remarqua et se souvint que la Désapprobation venait des hommes à la peau claire. Des hommes jaunes aux yeux bleus ou gris, dans de beaux costumes. Cependant, l'histoire disait qu'ils se montrèrent aimables. Ils leur donnèrent de quoi manger et des couvertures ; ils firent une quête pour eux ; mais ils restèrent inflexibles dans leur refus de laisser les AB se reposer plus d'une nuit. L'histoire disait que Zechariah Morgan et Drum Blackhorse interdirent aux femmes de manger la nourriture. Que Jupe Cato laissa les couvertures dans la tente, avec les trois dollars et neuf cents de la quête posés dessus. Mais Soane disait que sa grand-mère, Céleste Blackhorse, revint furtivement sur ses pas et prit la nourriture (pas l'argent) qu'elle donna secrètement à sa sœur Sally Blackhorse, à Bitty Cato et à Praise Compton, afin qu'elles la distribuent aux enfants.

Ainsi la règle fut établie et vécut une vie paisible et palpitante parce qu'on n'en parla jamais, sauf pour l'allusion dans les mots que Zechariah forgea pour le Four. Plus qu'une règle. Une énigme : « Prends garde au Sillon de Son Front » dans laquelle le « Tu » (sous-entendu), vocatif, n'était pas un ordre donné aux croyants mais une menace adressée à ceux qui les avaient rejetés. Cela avait dû lui prendre des mois pour imaginer que ces mots — sous cette forme — aient plusieurs significations : qu'ils apparaissent sévères, en exigeant l'obéissance à Dieu, mais astucieusement sans identifier le nom propre sous-entendu, sans spécifier ce que le Sillon pouvait causer ni à qui. Aussi, les adolescents, que Misner organisait, et qui voulaient changer la phrase en : « Sois le Sillon de Son Front », étaient plus perspicaces qu'ils ne l'imaginaient. Regardez ce qu'ils avaient fait à Menus, en l'obligeant à rendre ou à raccompagner la femme qu'il avait ramenée pour l'épouser. La jolie fille aux cheveux blond roux venue de Virginie. Menus perdit (ou fut obligé d'abandonner) la maison qu'il avait achetée pour elle et depuis il n'avait cessé de boire. Mais ils attribuaient ses week-ends d'ivresse à ses souvenirs du Vietnam et même s'ils riaient avec lui quand il leur coupait les cheveux, Pat reconnut l'amour à son stade désespéré quand elle le vit. Elle croyait l'avoir vu dans les yeux de Menus ainsi que dans ceux de son père, pauvrement dissimulé par ses entreprises commerciales.

Avant de ranger les pages de K.D., Pat écrivit en marge : « Quelqu'un a tabassé Arnette. Les femmes du Couvent, comme disent les gens ? Ou, même si personne n'en parlait, K.D. ? » Puis elle prit le dossier de Best, Roger. Au dos de la page de titre, où l'on pouvait lire :

Roger Best, m. à Delia.

Elle écrivit : « Papa, ils ne nous détestent pas parce que maman fut ta première cliente. Ils nous détestent parce qu'elle ressemblait à une petite Blanche et qu'elle était destinée à avoir des enfants avec des têtes de petits Blancs comme moi, et bien que je me sois mariée avec Billy Cato, qui était un AB comme toi, comme eux, j'ai donné ma peau à ma fille comme toi et tout le monde savait que je le ferais. Remarque comme beaucoup de ces Sands qui ont épousé des Seawright font très attention à ce que leurs enfants se marient dans les autres familles AB. Nous avons été le premier raté visible, mais il y en eut un autre, invisible qui n'avait aucun rapport avec la couleur de la peau. Je sais que tous les couples voulaient un mariage célébré par le pasteur, et beaucoup en eurent un. Mais il y en eut beaucoup d'autres qui pratiquèrent ce que Fairy DuPres appelait des « engagements ». Une jeune veuve pouvait s'engager dans la maison d'un homme seul. Un veuf pouvait demander à un ami ou à un parent lointain s'il pouvait engager une jeune fille qui n'avait pas d'espérances. Comme la famille de Billy. Sa mère, Fawn, née Blackhorse, fut engagée par l'oncle de sa grand-mère, August Cato. Ou, pour dire les choses autrement, la mère de Billy était la femme de son propre grand-oncle. Ou encore : le père de mon mari, August Cato, est aussi l'oncle de sa grand-mère (Bitty Cato Blackhorse), et par conséquent l'arrière-grand-oncle de Billy. (Le père de Bitty Cato, Sterl Cato, engagea une femme nommée Honesty Jones. Ce dut être elle qui insista pour prénommer sa fille Friendship[1], et elle fut sans doute agacée d'entendre appeler l'enfant Bitty pendant le reste de ses jours.) Comme Bitty Cato épousa Peter Blackhorse, et comme sa fille, Fawn Blackhorse, fut la femme de l'oncle de Bitty, et comme Peter Blackhorse est le grand-père de Billy Cato — enfin, tu vois le problème avec les règles du sang. C'est lointain, je sais, et August Cato était un vieil homme quand il engagea la petite Fawn Blackhorse. Et il ne l'aurait jamais fait sans la permission de Blackhorse. Et il n'aurait jamais obtenu cette permission s'il avait eu une réputation de débauché parce que les rapports hors mariage ou engagements étaient non seulement mal vus mais les fornicateurs pouvaient être tellement mis au ban de la société qu'il ne leur restait plus qu'à faire leurs paquets et à s'en aller. Comme cela a peut-être été le cas (cela expliquerait le trait qui barre son nom) avec Ethan Blackhorse — le plus jeune frère de Drum — et une femme prénommée Solace, et on a pensé que c'était certainement le cas avec Martha Soane, la mère de Menus (bien que Harper Jury était incapable de déterminer avec qui il croyait que sa femme l'avait trompé). Aussi August Cato repoussa toute tentation ou toute idée de regarder en dehors des familles et il demanda à Thomas et à Peter Blackhorse la fille de Peter, Fawn. L'âge avancé d'August Cato explique peut-être pourquoi elle n'eut qu'un

---

1. Amitié. (*N.d.T.*)

enfant, mon mari, Billy. Pourtant, le sang des Blackhorse est bien là, et cela fait de ma fille, Billie Delia, une cousine au cinquième (?) degré de Soane et de Dovey, parce que Peter Blackhorse était le frère de Thomas Blackhorse et de Sally Blackhorse, et Thomas Blackhorse était le père de Soane et de Dovey. Aujourd'hui, Sally Blackhorse a épousé Aaron Poole et a eu treize enfants. Aaron voulut en prénommer un Deep, mais Sally se mit dans une colère épouvantable, alors Aaron, avec un humour grinçant dont personne ne l'aurait cru capable, l'appela Deeper[1]. Mais Billie Delia est amoureuse de deux autres de ces treize enfants et, en plus du nombre et des règles du sang, il y a quelque chose qui ne va pas dans cette histoire et je ne sais pas quoi. »

Pat souligna les cinq derniers mots puis écrivit le nom de sa mère qu'elle souligna aussi et dessina un cœur autour, avant de continuer.

« Les femmes ont vraiment essayé, maman. Vraiment. La mère de Kate, Catherine Jury, tu te souviens d'elle, et Fairy DuPres (elle est morte maintenant) ainsi que Lone, Dovey Morgan et Charité Flood. Mais aucune d'elles ne savait conduire à l'époque. Tu as dû penser qu'au fond d'elles-mêmes elles te haïssaient, mais toutes ne te haïssaient pas, peut-être aucune, parce qu'elles ont supplié les hommes d'aller au Couvent chercher de l'aide. Je les ai entendues. Dovey Morgan pleurait en partant chercher quelqu'un, de maison en maison : chez Harper Jury, le propre mari de Catherine, chez le mari de Charité, Ace Flood, et chez Sargeant Person (comment se fait-il que ce Noir ignorant ne sait pas que son nom est Pierson ?). Toutes les excuses étaient bonnes, raisonnables. Ils les servirent même à leurs femmes qui les suppliaient parce qu'ils te méprisaient, maman, je le sais, et ils méprisaient papa d'avoir épousé une femme qui n'avait pas de nom de famille, une femme sans famille, une femme à la peau couleur de soleil, une femme aux origines raciales mêlées. Les deux sages-femmes étaient inquiètes (l'enfant arrivait trop vite, les jambes repliées en dessous) et tout ce qu'elles voulaient c'était qu'on aille chercher une des religieuses au Couvent. Miss Fairy dit que l'une d'elles avait travaillé dans un hôpital. Catherine Jury alla chez Soane

---

1. *Deep*, profond ; *deeper*, plus profond. (*N.d.T.*)

pour voir si Deek s'y trouvait. Il était absent, mais il y avait Dovey. Ce fut elle qui alla chez Seawright puis chez Fleetwood. Elle alla dans chaque maison où l'on pouvait se rendre à pied. La famille de Moss DuPres habitaient très, très loin. Nathan aussi (il aurait attelé Biens d'Équipement et serait allé trouver Jésus au galop pour avoir de l'aide). Steward aussi et les Poole, les Sands et les autres. Finalement, elles obtinrent l'accord de Senior Pulliam. Mais le temps qu'il mette ses chaussures, il était trop tard. Miss Fairy se précipita de ton chevet jusque chez Pulliam, et elle hurla à travers la porte — trop fatiguée pour frapper, trop en colère pour entrer — : « Tu peux enlever tes chaussures, Senior ! Tu peux préparer tes habits de pasteur, comme ça tu seras à l'heure à l'enterrement ! » Puis elle s'en alla.

« Quand papa revint, tout le monde était malade d'inquiétude pour ce qu'il fallait faire et combien de temps les corps pouvaient tenir, père ou pas père, mari ou pas mari, avant qu'on doive vous mettre en terre toutes les deux. Mais papa revint le second jour. Pas le temps de faire une veillée convenable. Alors tu fus son premier enterrement. Et il fit ça merveilleusement bien. Tu étais belle. Avec le bébé dans le creux de ton bras. Tu aurais été tellement fière de lui.

« Il n'accuse personne, sauf lui-même parce qu'il est allé passer l'examen professionnel de croque-mort. Nous nous sommes querellés à ce propos, et il n'est pas d'accord avec moi quand je dis que ces hommes AB n'ont pas voulu ramener une Blanche en ville ; ou qu'il n'ont pas voulu aller chercher de l'aide dans une maison de Blancs ; ou qu'ils méprisaient tellement la pâleur de ta peau qu'ils ont inventé des raisons pour ne pas y aller. Papa dit que plus d'une femme est morte en couches et je réponds, qui ? Ainsi mourut la mère qui n'en avait pas ; et le bébé, que tu voulais appeler Faustine si c'était une fille, et Richard si c'était un garçon, mourut lui aussi. C'était une fille, maman. Faustine. Ma petite sœur. Nous aurions grandi ensemble. Patricia et Faustine. Trop claires peut-être, mais ensemble cela n'aurait pas eu d'importance pour nous. Nous aurions formé une équipe. Je n'ai ni oncles ni tantes, souviens-toi, parce que toutes les sœurs et tous les frères de papa sont morts de ce qu'on appelle une pneumonie galopante mais qui a dû être l'épidémie de grippe espagnole de 1919. Alors j'ai épousé Billy Cato, en partie parce qu'il était beau, en partie parce qu'il me faisait rire, et en partie surtout parce qu'il avait cette peau de minuit des Cato et des Blackhorse, avec les cheveux raides comme des baguettes de tambour des Blackhorse. Comme les cheveux de Soane et de Dovey, comme les cheveux d'Easter et de Scout. Mais il est mort, Billy, et j'ai pris mon bébé à peau claire mais non blanchâtre, et je suis revenue dans ta jolie petite maison avec le salon mortuaire et ta pierre tombale à l'arrière, et j'ai été l'institutrice qui se desséchait, et les enfants m'appelaient Miss Best en employant le nom de papa comme le font tous les autres, si bref fut le temps où je me suis appelée Pat Cato. »

Les mots avaient rempli depuis longtemps le dos de la page et elle utilisait de nouvelles feuilles pour continuer :

« Je pourrais peut-être aussi te dire qu'à part toi et la mère de K.D., personne n'est jamais mort à Ruby. Note bien que j'ai dit à Ruby, et ils en sont vraiment fiers car ils croient qu'ils sont bénis, et tout cela parce que, après 1953, ceux qui sont morts, sont morts en Europe, en Corée ou quelque part en dehors de cette ville. Même les enfants de Sweetie sont toujours vivants et Dieu sait qu'il n'y a aucune raison. Eh bien, aussi fou que cela puisse paraître, je crois que cette prétention d'immortalité est la façon pour la ville de condamner le salon mortuaire de papa, car il a dû attendre nos quatre hommes tués au champ d'honneur, ou une mort au Couvent ou un accident quelque part, sinon son ambulance n'aurait jamais été corbillard. (Quand Billy est mort, il ne restait rien à enterrer à part quelques « objets personnels », dont un anneau d'or trop tordu pour qu'on puisse y passer un doigt.) Ils pensent que papa mérite cette condamnation parce qu'il a été le premier à rompre la règle du sang et je les crois bien capables de refuser de mourir simplement pour que papa ne réussisse pas. Il se trouve que les morts à la guerre et les accidents dans d'autres villes (Miss Fairy est morte en retournant à Haven ; Ace Flood est mort à l'hôpital de Demby, mais il a été enterré à Haven) représentent tout le travail qu'a eu papa, et c'est assez difficile. L'affaire de l'ambulance ne marche pas mieux et je m'efforce de le convaincre que l'argent que la ville me donne pour enseigner n'est que pour la maison et qu'il n'est pas obligé d'emprunter à la banque de Deek sur ses actions et qu'il devrait oublier son histoire de station-service et tout ça. »

Pat s'appuya au dossier de sa chaise et croisa les mains derrière la tête en se demandant ce qui allait se passer quand de plus en plus de gens deviendraient aussi vieux que Nathan ou Lone. S'adresseraient-ils à son père ou feraient-ils comme lors du voyage depuis la Louisiane ? Quand on les enterrait là où ils tombaient. Ou avaient-ils raison ? La mort ne pouvait-elle pas entrer dans Ruby ? Patricia se sentait fatiguée, elle avait envie de dormir, mais elle ne pouvait pas abandonner Delia comme ça.

« La route était longue, maman, de Haven jusqu'ici. Toi et moi, maman, au milieu de tous ces géants à la peau bleu noir, sans qu'eux ni leurs femmes ne regardent tes longs cheveux bruns et tes yeux tachetés de miel. Papa t'a-il dit ne te tracasse pas ; tout va bien se passer ? Rappelle-toi comme ils avaient besoin de toi, comme ils se servaient de toi pour entrer dans un magasin acheter des provisions ou un bidon de lait pendant qu'ils attendaient un peu plus loin ? C'était la seule chose pour laquelle ta peau était bonne. Sinon, elle les gênait. Elle leur rappelait pourquoi Haven existait, pourquoi une nouvelle ville devait en prendre la place. Il était difficile de vivre avec la loi des sang-mêlé inventée par les Blancs si personne ne savait qu'elle existait. Quand nous traversions une ville, ou quand une voiture de shérif s'approchait, papa nous disait de nous baisser, de nous allonger sur le plancher de la voiture, parce qu'il aurait été inutile de dire à un inconnu que tu étais une métisse et pire encore de lui dire que tu étais sa femme. Soane et Dovey, qui étaient elles aussi jeunes mariées, avaient-elles des conversations de femmes avec toi ? Tu te croyais de nouveau enceinte et elles aussi. Mais parliez-vous de ce que vous ressentiez ? Prépariez-vous du thé contre les hémorroïdes, vous donniez-vous mutuellement du sel à lécher ou de la terre mêlée de cuivre à manger en secret ? J'avais des envies de bicarbonate de soude quand j'étais enceinte de Billie Delia. Toi aussi quand tu m'attendais ? Les femmes plus âgées qui avaient des enfants t'ont-elles donné des conseils, comme la femme d'Aaron Poole, Sally Blackhorse, qui avait déjà quatre enfants ? Et Alice Pulliam — son mari n'était pas pasteur mais il avait déjà la vocation et avait décidé de le devenir, aussi auraient-ils dû montrer un peu de charité, un peu de sentiments pieux alors qu'ils étaient jeunes. T'avaient-ils accueillie tout de suite ou attendirent-ils tous que le Four soit reconstruit ou, l'année suivante, quand le ruisseau se remplit, te baptisèrent-ils afin de pouvoir te parler directement et te regarder dans les yeux ?

« Que te dit papa au pique-nique de l'Église Épiscopale Africaine de Sion ? Celui qu'on organisa pour les soldats métis en garnison sur la base du Tennessee. Comment l'un de vous pourrait-il raconter de quoi parlait l'autre ? Il parlait de la Louisiane, tu parlais du Tennessee. Une musique si différente, un son venant d'une autre partie du corps. Ce devait être comme d'entendre des chansons arrangées par deux compositeurs différents. Mais quand vous avez fait l'amour, il a dû te dire je t'aime et ça tu l'as compris et c'était vrai aussi, parce que, depuis, j'ai vu le désespoir dans ses yeux — quelle que soit l'activité commerciale à laquelle il pense. »

Pat s'arrêta et frotta le cal de son majeur. Elle avait mal au coude et à l'épaule d'avoir serré son stylo si fort. De l'autre côté de l'entrée, par la porte ouverte de la chambre, elle entendait le ronflement de son père. Comme toujours, elle lui souhaita de beaux rêves — quelque chose qui puisse adoucir le malheur de ses journées, des journées passées à essayer de plaire, de se rattraper. En dehors d'avoir épousé sa mère, Pat n'arrivait pas à trouver quelle règle il avait violée, ce qui lui faisait rechercher avec tant d'ardeur l'approbation de ceux qui lui manquaient de respect. Il lui avait décrit autrefois à quoi ressemblait Haven quand il avait quitté l'armée. Il disait qu'il restait assis devant chez son père et qu'il toussait afin que personne ne sache qu'il pleurait sur nous. Son père, Falcon Best, et sa mère, Olive, étaient à l'intérieur où ils lisaient le cœur brisé de chagrin les demandes qu'il avait adressées au fonds d'aide pour la formation des anciens G.I. Il voulait aller à l'université et entrer dans une faculté de médecine, mais c'était aussi leur dernier enfant survivant, tous les autres étaient morts dans l'épidémie de grippe espagnole. Ses parents ne supportaient pas l'idée de le voir partir de nouveau ni de le voir rester dans une ville où tout disparaissait à jamais sauf le cœur. Il contemplait le ciment craquelé de Main Street quand Ace Flood et Harper Jury vinrent le voir pour lui dire qu'il y avait un projet. Deek et Steward Morgan avaient un projet. Quand il apprit de quoi il s'agissait, la première chose qu'il fit fut d'écrire à la fille aux yeux noisette et aux cheveux brun clair qui avait eu son enfant pendant la guerre. Heureusement, il ne leur avait pas parlé de nous. Ils l'auraient dissuadé de se marier comme ils le firent plus tard avec Menus. Peut-être le savait-il, et c'est la raison pour laquelle il nous fit envoyer chercher. « Delia Chérie, viens. Tout de suite. Je te joins un mandat. Je vais avoir beaucoup de mal à ce que mon cœur reste tranquille. En attendant que vous soyez ici toutes les deux, je vais être comme fou... » Leurs mâchoires ont dû s'affaisser quand nous sommes arrivées mais, à part Steward, personne ne parla ouvertement. Ils n'en eurent pas besoin. Olive se mit au lit. Fulton ne cessait de grogner et de se frotter les genoux. Seul Steward eut l'impudence de dire : « Il ramène la bouse de vache que vous avons laissée derrière nous. » Dovey le fit taire. Soane aussi. Mais Fairy DuPres le maudit en lui disant : « Dieu n'aime pas ceux qui se conduisent mal. Prends garde qu'Il ne t'enlève ce que tu aimes toi aussi. » Une remarque à laquelle Dovey a dû souvent penser jusqu'en 1964, quand la malédiction se réalisa. Mais ce n'était que des femmes et ce qu'elles disaient pouvait facilement être ignoré par des hommes, bons et courageux, en chemin vers le Paradis. Ils y allèrent et eurent finalement la satisfaction de voir la bouse enterrée. La plus grande partie en tout cas. Il en reste encore un peu sur la terre, qui donne à leurs enfants un niveau d'instruction que leurs parents n'atteindront jamais.

Pat fit un bruit avec ses dents et repoussa le dossier Best. Elle choisit un cahier et, sans mettre de titre ni d'introduction, elle continua à écrire.

« Elle ne m'écoutera pas. Pas un mot. Elle travaille à Demby dans une clinique — femme de ménage, je crois, mais elle veut faire croire qu'elle est aide-soignante à cause de l'uniforme qu'elle doit porter. Je ne sais pas comment elle vit. Elle a une chambre, dit-elle, dans la maison d'une famille très bien. Je ne le crois pas. Pas tout. Un des fils Poole — les deux sans doute — lui rendent visite. Je le sais parce que la plus petite, Dina, a raconté en classe que son grand frère lui avait montré une maison avec un Père Noël et des lumières au-dessus de l'entrée. Et bien, ce n'était pas à Ruby, c'est sûr. Elle ment et j'aimerais mieux être mordue par le serpent que d'avoir une fille qui ment. Je ne voulais pas la frapper aussi fort. Je ne m'en suis pas rendu compte. Je voulais seulement lui fermer sa bouche de menteuse qui me disait qu'elle n'avait rien fait. Je les ai vus.

Tous les trois derrière le Four, et elle était au milieu. En plus, c'est moi qui lave les draps ici. »

Pat s'arrêta, posa son stylo et, se couvrant les yeux de la main, elle essaya de séparer ce qu'elle avait vu de ce qu'elle craignait de voir. Et qu'est-ce que les draps avaient à voir là-dedans ? Y avait-il du sang là où il n'y aurait pas dû y en avoir, ou pas de sang là où il y aurait dû y en avoir ? Cela remontait à plus d'un an et elle pensait que tout était marqué au fer rouge dans sa mémoire. La bagarre avait eu lieu en octobre 1973. Ensuite, Billie Delia s'enfuit et resta au Couvent pendant deux semaines et un jour. Elle revint pendant la classe du matin, alors que Pat faisait cours au moins de douze ans, et elle resta assez longtemps pour dire qu'elle ne restait pas. Elles échangèrent des paroles affreuses, pleines de haine, mais toutes deux craignaient de s'approcher l'une de l'autre de peur que la querelle ne dégénère en bagarre comme la première fois. Elle s'en alla avec un des fils Poole et ne revint qu'au début de cette année pour parler de son travail et lui donner son adresse. Depuis, Pat ne l'avait vue que deux fois : en mars et au mariage d'Arnette, où elle était la seule demoiselle d'honneur, parce que Arnette n'aurait voulu personne d'autre, et parce que de toute façon aucune jeune fille ne voulait avoir l'honneur de descendre l'allée à côté de Billie Delia. Ou c'est ce que pensait Pat. Elle était allée au mariage, pas à la réception, mais elle n'avait rien manqué parce qu'elle avait une vue imprenable sur ce qui s'était passé autour du Four avec ces filles du Couvent. Elle les vit. Elle vit les fils Poole. Et elle vit Billie Delia s'asseoir et parler à une des filles comme à une vieille amie. Elle vit le révérend Pulliam et Steward Morgan discuter avec les filles, et quand elles s'en allèrent en voiture, elle vit Billie Delia jeter son bouquet dans la poubelle d'Anna avant de s'éloigner, avec Apollo et Brood Poole sur les talons.

Billie Delia s'en alla le lendemain dans sa voiture et ne lui dit jamais un mot du mariage, de la réception, des filles du Couvent ou d'autre chose. Pat essayait de se rappeler comment ce fer à repasser était arrivé dans sa main, ce qui avait été dit qui lui avait fait monter l'escalier quatre à quatre avec un fer électrique GE de 1950, appelé Bien-Être Royal, coincé entre ses doigts pour en frapper sa fille sur la tête. Elle, la plus douce des femmes, avait failli tuer sa propre fille. Elle, qui aimait les enfants et qui les protégeait non seulement les uns des autres mais aussi de leurs parents trop sévères, s'était précipitée sur sa propre fille. Elle, qui avait appris à avoir des manières douces et raisonnables, de la discrétion et de la dignité, dégringolant l'escalier et se blessant au point d'annuler deux jours de classe. À qui l'on avait appris et qui avait appris toute seule à faire savoir à tous que la fille bâtarde de la femme à la peau couleur de soleil et sans nom de famille, n'était pas seulement adorable mais aussi de grand mérite et d'une valeur inestimable. En essayant de comprendre comment elle avait pu saisir ce fer à repasser, Pat se rendit compte que depuis que Billie Delia était bébé, elle avait pensé à elle comme à une sorte de risque. Sensible à la possibilité de n'être pas suffisamment une dame comme le devait Patricia Cato. Était-ce cette histoire d'avoir baissé sa culotte en pleine rue. Billie Delia n'avait que trois ans à l'époque. Pat savait que si sa fille avait été une AB, ils n'auraient pas retenu cette histoire contre elle. Ils auraient considéré cela pour ce que c'était — seule une enfant innocente pouvait faire cela, bien sûr. Quelque chose m'a-t-il échappé ? Y avait-il quelque chose d'autre ? Mais la question qu'elle se posait maintenant dans le silence de cette nuit, c'était de savoir si elle avait défendu Billie Delia ou si elle l'avait sacrifiée. Et la sacrifiait-elle toujours ? Tandis qu'elle montait l'escalier quatre à quatre, le Bien-Être Royal se trouvait dans sa main pour frapper la jeune fille qui vivait dans l'esprit des AB, pas la jeune fille qu'était devenue son enfant.

Pat passa la langue sur sa lèvre inférieure, la trouva salée et se demanda pour qui exactement étaient ces larmes.

Nathan DuPres, considéré comme l'homme le plus vieux de Ruby, accueillit l'assemblée. Il contestait cette priorité de l'âge chaque année, en désignant son cousin Moss, puis disait que le révérend Simon Cary convenait mieux. Mais il se laissait convaincre par la ville parce que le révérend Cary parlait trop longtemps, en outre il n'appartenait pas aux premières familles, et son arrivée n'était pas associée à la Seconde Guerre mondiale mais à la guerre de Corée. Nathan, qui était un type costaud et d'une telle bonté que même Steward l'admirait, avait épousé la fille d'Elder Morgan, Mirth. Comme aucun de leurs enfants n'avait survécu, il chérissait ceux des autres : il accueillait le pique-nique annuel de la fête des enfants, peaufinait les répétitions de la chorale et avait toujours dans ses poches des gouttes contre la toux et des pétards.

Nathan sentait encore l'odeur du cheval dont il venait de descendre il gravit les marches de l'estrade et contempla l'assemblée. Il s'éclaircit la gorge et s'étonna lui-même. Il avait oublié ce qu'il avait préparé et les mots qu'il prononça lui semblèrent convenir à un autre événement.

« J'avais cinq ans, dit-il, quand nous avons quitté la Louisiane et soixante-cinq quand j'ai sauté dans le camion qui quittait Haven pour venir dans ce nouvel endroit d'ici. Je sais que je l'aurais pas fait si Mirth elle avait été vivante ou si l'un de nos enfants avait encore été de ce monde. Vous savez tous que mes bébés ont — tous — été emportés par une tornade en 1922. Mirth et moi, on les a retrouvés dans le champ de blé d'un inconnu. Mais j'ai jamais regretté d'être venu ici. Jamais. Dans ce pays, il y a du miel plus doux que tous ceux que j'ai goûtés et j'ai coupé de la canne dans des endroits où la terre elle-même avait un goût de sucre, ce qu'est pas peu dire. Non, j'ai jamais la moindre minute de regret. Mais il y a une tristesse en moi aujourd'hui. Peut-être qu'en cette saison de la naissance de mon Seigneur, est-ce que je vais apprendre ce que c'est. Ce dessèchement dans ma gorge. Cette eau qui reste dans mes yeux. Je sais que j'ai vu plus d'années que Dieu ne le permet en général à un homme, mais cette sécheresse est nouvelle. L'eau des yeux aussi. Quand je fouille dans mon esprit tout ce que je trouve c'est qu'un rêve que j'ai fait il y a un certain temps. »

Dans l'avant dernière rangée, Lone DuPres était assise à côté de Richard Misner, et Anna se trouvait de l'autre côté. Elle se pencha pour jeter un coup d'œil à Anna afin de savoir si elle aussi était en train de devenir folle. Anna sourit mais ne lui rendit pas son regard, alors elle se rassit pour supporter encore un des rêves incohérents de Nathan.

Nathan se passa les doigts sur la tête et ferma les yeux comme pour retrouver tous les détails.

« Y avait un Indien qui venait vers moi près d'un rang de haricots. Un Cheyenne, je crois. Les tiges étaient vertes, tendres. Les fleurs s'épanouissaient partout. Il a regardé le rang de haricots et a secoué la tête, l'air triste. Puis il m'a dit dommage l'eau était mauvaise ; il m'a dit qu'il y en avait beaucoup mais elle était pourrie. Je lui ai dit : Mais regarde ici, regarde toutes les fleurs. Pour moi, ça ressemble à une excellente moisson. Il m'a dit : Le coton le plus haut ne donne pas la meilleure récolte ; en plus, ces fleurs-là sont pas de la bonne couleur. Elles sont rouges. Alors j'ai regardé et c'était vrai. Al' sont devenues roses puis rouges. Comme des gouttes de sang. Al' m'ont fait peur. Mais quand j'ai regardé de nouveau, il était plus là. Et les pétales étaient de nouveau blancs. M'est avis que la vue c'est comme cette histoire-là, qu'on va encore raconter ce soir. Elle montre la force de notre récolte si nous la comprenons. Mais elle peut nous briser si nous ne la comprenons pas. Et nous damner aussi. Que Dieu bénisse le pur et le saint et que rien nous sépare les uns des autres ni de Celui qui nous bénit. Amen. »

Quand Nathan quitta l'estrade, parmi les murmures de gentillesse à défaut de remerciements, Richard Misner profita de l'interruption pour chuchoter quelque chose à Anna et pour quitter son siège. Il espérait se libérer d'une claustrophobie naissante qui ne l'avait plus tourmenté depuis qu'il avait été emprisonné avec trente-huit autres dans une minuscule cellule en Alabama. Il s'était retrouvé très embarrassé parce que la sueur et la nausée indiquaient à ses compagnons qu'il avait peur. Et ce fut une dure leçon d'apprendre que quels que soient les risques qu'il prenait, quelle que soit son ardeur dans les confrontations dangereuses, une cellule surpeuplée pouvait l'humilier sans pitié devant des adolescents. Ressentant une crise d'étouffement dans cette salle de classe bondée, il rejoignit Pat Best qui, debout dans l'entrée, regardait le spectacle et l'assemblée par la porte ouverte. Une longue table couverte de gâteaux, de biscuits et de punch était poussée contre le mur, derrière elle.

« Bonjour, révérend. » Sans le regarder Pat bougea légèrement pour lui faire une place.

« Bonsoir Pat », répondit-il en épongeant la sueur de son cou avec son mouchoir. « Je suis mieux à l'extérieur.

— Moi aussi. D'ici, on voit tout sans tendre le cou ni lorgner entre deux chapeaux. »

Ils regardèrent au-dessus des têtes du public quand les

rideaux de percale — lavés et repassés avec soin — remuèrent. Une file d'enfants en surplis blancs sortit par l'ouverture et la perfection de leurs visages graves et de leurs coiffures impeccables était parfois détruite par une chaussette tombée sur la cheville ou par un nœud papillon penchant à droite. Après un coup d'œil à Kate Golightly, ils prirent ensemble une grande respiration pour « Ô Sainte Nuit, les étoiles brillent... ».

Au second vers, Richard Misner se pencha vers Pat : « Je peux vous demander quelque chose ?

— Allez-y. » Elle crut qu'il allait lui demander un don parce qu'il avait eu du mal à trouver de l'argent (autant qu'il l'avait espéré) pour participer à la défense devant le tribunal de quatre adolescents arrêtés à Norman et inculpés de détention d'armes, résistance, incendie volontaire, trouble à l'ordre public, incitation à la violence et tout ce que l'accusation avait pu dénicher dans ses lois contre de jeunes garçons noirs qui disaient Non ou qui l'avaient pensé. Ils étaient en prison, avait dit Richard Misner à ses fidèles, depuis presque deux ans. Quand on les avait inculpés, ils étaient derrière les barreaux depuis vingt mois. On allait bientôt fixer la date du procès et il fallait payer les avocats pour ce qu'ils avaient déjà fait et ce qui leur restait à faire. Jusqu'à maintenant, Richard n'avait réuni que l'argent que lui avaient donné les femmes. Les femmes qui pensaient plus à la douleur ressentie par les mères des garçons qu'à l'injustice de la situation de leurs fils. Mais les hommes, les Fleetwood, Pulliam, Sargeant Person et les Morgan s'étaient montrés inflexibles dans leur refus. Manifestement, Richard n'avait pas préparé assez soigneusement sa demande. Il aurait dû constituer une fondation pour fils prodigues plutôt qu'une fondation politique. Ainsi, alors qu'il se tenait devant l'église du Calvaire, où il continuait à demander de l'argent, il n'aurait pas été obligé d'entendre des phrases du genre : « Je désapprouve la violence », venant d'hommes qui avaient manié des fusils toute leur vie. Ou : « Les petits nègres hors-la-loi avec des armes et sans éducation, il faut les mettre en prison. » Cette dernière phrase venant de Steward, évidemment. Mais Richard avait beau insister sur le fait que les garçons n'avaient pas d'armes et que les manifestations n'étaient pas interdites, les hommes n'ouvraient pas leur portefeuille pour autant. Pat décida, s'il lui demandait directement, de lui donner tout ce qu'elle pourrait. C'était agréable de penser qu'il avait besoin de sa générosité, aussi elle fut irritée d'apprendre que ce n'était pas du tout ce à quoi pensait Richard Misner.

« J'essaie de calmer les choses chez les Poole, et je pense que je ferais bien de parler à Billie Delia, si vous n'y voyez pas d'inconvénient. Est-ce qu'elle est ici ce soir ? »

Pat serra les bras autour d'elle et le regarda : « Je ne peux pas vous aider, révérend.

— Vous en êtes sûre ?

— Je suis sûre que tout ce qui peut se passer là-bas n'a rien à voir avec Billie Delia. En plus, elle n'habite plus ici. Elle est partie à Demby. » Elle aurait aimé cesser de se montrer hostile envers lui, mais à cause de l'évocation des relations de sa fille avec les fils Poole, elle ne pouvait se contrôler.

« Son nom a été prononcé une fois ou deux. Mais Wisdom Poole ne me dira rien. Il y a quelque chose qui déchire cette famille.

— Ils n'aiment pas qu'on fourre son nez dans leurs affaires. C'est quelque chose à propos de Ruby.

— Je comprends bien mais quelque chose comme ça a tendance à s'étaler, à toucher plus d'une famille. Quand je suis arrivé ici, les choses étaient claires : s'il y avait un problème qui couvait, on formait une délégation pour l'étudier. Pour empêcher les gens de se séparer les uns des autres. Je l'ai vu de mes propres yeux, et j'y ai aussi participé.

— Je sais.

— Cette communauté était très soudée.

— Elle l'est toujours. Elle est en crise. Mais sinon, ils sont très liés.

— Vous voulez dire "nous" ? "Nous sommes soudés" ?

— Si je l'avais dit, est-ce que vous me demanderiez de vous expliquer ?

— Pat, s'il vous plaît. Ne prenez pas mal tout ce que je dis. Je viens de me rappeler qu'en cours d'instruction religieuse, les enfants disent aussi "ils" en parlant de leurs parents.

— En cours d'instruction religieuse ? Ça ressemble plus à un cours sur la guerre. Quelque chose de militaire d'après ce qu'on m'a dit.

— Militant, peut-être. Pas militaire.

— Pas des Panthères en herbe ?

— C'est ce que vous pensez ?
— Je ne sais pas quoi penser.
— Eh bien, permettez-moi de vous dire quelque chose. Contrairement à la plupart des gens d'ici, nous lisons des journaux et différentes sortes de livres. Nous nous maintenons informés. Eh oui, nous discutons les stratégies de défense. Pas d'agression. De défense.
— Ils savent faire la différence ? »

Il n'eut pas à répondre tout de suite parce que les applaudissements éclatèrent et se prolongèrent jusqu'à ce que le dernier enfant de la chorale ait disparu derrière le rideau.

Quelqu'un éteignit les lumières du plafond. Des toux discrètes apprivoisèrent l'obscurité. Le rideau s'ouvrit lentement en glissant sur des poulies bien huilées. Sous des projecteurs installés en coulisses, et jetant de grandes ombres derrière elles, quatre silhouettes portant des chapeaux de feutre et des costumes trop grands sont debout devant une table et comptent des billets de banque géants. Le visage de chacune des personnes est dissimulé par un masque jaune et blanc avec des yeux brillants et des lèvres grondantes, rouges comme une blessure. Au-dessus d'un panneau cloué sur le devant de la table et où on peut lire AUBERGE, ils comptent des dollars en faisant des bruits de bouche et ils ne s'arrêtent pas quand un défilé de familles pieuses, portant des vêtements en lambeaux, s'approche d'eux sur un rythme à quatre temps. Sept couples s'alignent devant la table de l'argent. Chaque garçon porte un bâton de pèlerin. Chaque fille serre une poupée dans ses bras.

Misner les regarde attentivement, et pour se donner plus de temps afin de trouver une réponse à la question de Pat, il essaie d'identifier chacun des enfants qui se tiennent sur la scène. Les quatre plus jeunes filles Cary : Hope, Chaste, Lovely et Pure ; Dina Poole ; et une des filles de Pious DuPres — Linda. Puis les garçons, qui serrent virilement leur bâton tout en s'approchant en rythme de ceux qui comptent l'argent. Les deux petits-fils de Peace et Solarine Jury, Ansel et celui qu'ils ont appelé Fruit ; Joe-Thomas Poole, couplé avec sa sœur Dina ; le fils de Drew et d'Harriet Person, James ; le fils de Payne Sands, Lorcas, et deux petits-fils de Timothy Seawright, Steven et Michael. Deux des garçons masqués sont à l'évidence des Beauchamp — Royal et Destry, qui à quinze et dix-sept ans mesuraient déjà plus d'un mètre quatre-vingts — mais pour les deux autres il n'était pas sûr. C'était la première fois qu'il assistait au spectacle. Il avait toujours lieu quinze jours avant Noël, quand il retournait en Georgie voir les siens. Mais cette année, son voyage avait été retardé parce qu'une réunion de toute la famille était prévue au Jour de l'An. Il emmènerait Anna, si elle était d'accord, pour que sa famille la connaisse et, supposait-il, pour permettre à Anna de la connaître. Il avait laissé entendre aux évêques qu'il était candidat à une autre paroisse. Rien d'urgent. Mais il n'était pas certain d'être bien utilisé à Ruby. Il avait pensé que n'importe quel endroit conviendrait dès l'instant qu'il y avait des jeunes à qui il fallait enseigner, à qui il fallait dire que le Christ était un juge et aussi un guerrier. Que les Blancs non seulement n'étaient pas propriétaires du christianisme ; mais que souvent ils y faisaient obstacle. Que Jésus avait été libéré de la religion blanche, et il voulait que ces gosses sachent qu'ils n'avaient pas à mendier le respect ; il était déjà en eux et ils n'avaient qu'à le montrer. Mais la résistance qu'il avait rencontrée à Ruby l'épuisait. Ses élèves se faisaient de plus en plus souvent punir à cause des croyances qu'il leur inculquait. Maintenant, Pat Best — avec qui il avait enseigné l'Histoire noire tous les jeudis après-midi — lui détruisait ses cours d'éducation religieuse en confondant amour-propre et arrogance, éveil et désobéissance. Croyait-elle que l'éducation consistait à en savoir juste assez pour trouver un travail ? Elle ne semblait pas plus faire confiance que lui à ces fortes têtes de Ruby en ce qui concernait l'avenir, mais elle n'encourageait pas non plus le changement. Pat trouvait l'histoire des Noirs et la liste des exploits d'autrefois suffisantes, mais pas cette nouvelle génération. Il fallait que quelqu'un leur parle et il fallait que quelqu'un les écoute. Sinon...

« Vous savez mieux que personne que ces jeunes sont très dégourdis. Mieux que personne... » Sa voix se perdit sous « Douce nuit ».

« Vous trouvez que ce que je leur enseigne n'est pas assez bien ? »

Avait-elle lu dans ses pensées ? « C'est très bien, évidemment. Mais ce n'est pas suffisant. Le monde est immense et nous faisons partie de cette immensité. Ils veulent savoir à propos de l'Afrique...

— Oh, s'il vous plaît, révérend. Ne soyez pas sentimental avec moi.
— Si vous vous coupez de vos racines, vous vous dessécherez.
— Les racines qui ignorent les branches se transforment en poussière de termites.
— Pat ! dit-il avec une certaine surprise. Vous méprisez l'Afrique.
— Non. Pas du tout. Simplement, ça ne signifie rien pour moi.
— C'est quoi alors, Pat ? Qu'est-ce qui signifie quelque chose pour vous ?
— Le tableau périodique des éléments.
— C'est triste, répondit-il. Triste et froid. » Richard Misner s'éloigna.

Lorcas Sands quitte le groupe des familles et s'adresse aux masques d'une voix forte mais hachée : « Y a-t-il de la place ? »
Les masques se tournent les uns vers les autres puis vers le demandeur, puis de nouveau les uns vers les autres, après quoi ils rugissent en secouant la tête comme des lions. « Fichez le camp d'ici ! Allez ! Il n'y a pas de place pour vous ! »
« Mais nos femmes sont enceintes ! » Lorcas les montre avec son bâton.
« Nos enfants vont mourir de soif ! » Pure Cary lève une poupée.
Les masques secouent la tête et rugissent.

« Ce n'était pas gentil de me dire ça, Richard.
— Je suis désolé ?
— Je ne suis ni triste ni froide.
— Je parlais du tableau, pas de vous. Limiter votre foi à des molécules comme si...
— Je ne limite rien. Simplement je ne crois pas qu'une stupide dévotion envers un pays étranger — et l'Afrique est un

pays étranger, en fait c'est cinquante pays étrangers — soit une solution pour ces gosses.

— L'Afrique est notre patrie, Pat, que ça vous plaise ou non.

— Ça ne m'intéresse vraiment pas Richard. Vous voulez vous identifier à des Noirs étrangers, pourquoi pas l'Amérique du Sud ? Ou l'Allemagne d'ailleurs. Ils ont aussi des bébés noirs là-bas avec lesquels vous pouvez entrer en relation. Ou est-ce que vous ne recherchez qu'une certaine sorte de passé sans esclavage ?

— Pourquoi pas ? Il y a eu toute une vie avant l'esclavage. Et nous devons savoir ce que c'est. C'est-à-dire, si nous voulons nous débarrasser de la mentalité d'esclave.

— Vous vous trompez, et si c'est votre champ vous le labourez dans l'eau. L'esclavage est notre passé. Rien ne peut changer ça, et sûrement pas l'Afrique.

— Nous vivons dans le monde, Pat. Le monde entier. Nous séparer, nous isoler — cela a toujours été leur arme. L'isolement tue les générations. Cela n'a pas d'avenir.

— Vous croyez qu'ils n'aiment pas leurs enfants ? »

Misner se caressa la lèvre supérieure et poussa un long soupir : « Je pense qu'ils les aiment à mort. »

Tout en révérences et en courbettes, les masques tendent les bras sous la table et soulèvent de grands carrés de carton mou sur lesquels on a collé des images de nourriture. « Tenez. Prenez ça et fichez le camp d'ici. » Ils jettent les images par terre et rient et dansent. Les familles pieuses se reculent comme si on leur avait jeté des serpents. Elles tendent le doigt, agitent le poing et chantent : « Dieu vous réduira en poussière. Dieu vous réduira en poussière. » Le public approuve en fredonnant : « Oui, Il le fera. Oui, Il le fera. »

« En poussière ! » C'était Lone DuPres.

« N'ayez pas l'audace de Le tromper. N'ayez pas cette audace. »

« Il vous écrasera plus fin que de la farine. »

« Bien dit, Lone. »

« Il vous frappera au moment de son choix ! »

Et, bien sûr, les masques vacillent et s'écroulent par terre, pendant que les sept familles s'éloignent. Quelque chose en moi qui chasse la douleur ; quelque chose en moi que je ne peux expliquer. Leurs voix frêles sont accompagnées par des voix plus fortes dans le public et, à la dernière note, plus d'un pleure à chaudes larmes. Les familles se réunissent comme autour d'un feu de camp, à droite de la scène. Les filles bercent les poupées. Dans la mangeoire, pas de crèche pour Sa tête. Lentement, un garçon entre en scène. Il a un large chapeau et porte un sac en cuir. Les familles forment un demi-cercle derrière lui. Le garçon au grand chapeau s'agenouille et sort de sa besace des bouteilles et des paquets qu'il étale par terre. Le petit Seigneur Jésus pose Sa douce tête.

Quel est le problème ? se demanda Richard. Regarde le spectacle et laisse Pat tranquille. Il voulait discuter, pas se disputer. Il regarda les mouvements des enfants, d'abord avec un peu d'affection, puis avec de plus en plus d'intérêt. Il avait cru que c'était pour faire plaisir au plus grand nombre d'enfants possible qu'il y avait quatre aubergistes, sept Marie et sept Joseph. Mais il y avait peut-être d'autres raisons. Sept familles pieuses ? Richard toucha l'épaule de Pat : « Qui a monté ça ? Je croyais que vous m'aviez dit qu'il y avait neuf familles à l'origine. Où sont les deux autres ? Et pourquoi un seul Sage ? Et pourquoi remet-il les cadeaux dans sa besace ?

— Vous ne savez pas où vous êtes, n'est-ce pas ?

— Eh bien, aidez-moi à comprendre cet endroit. Je sais que je suis un étranger, mais je ne suis pas un ennemi.

— Non, vous ne l'êtes pas. Mais dans cette ville, ces deux mots signifient la même chose. »

Une grâce stupéfiante, la douceur du chant. Sous une pluie d'étoiles en papier d'or, les familles couchent les poupées, posent les bâtons et forment un cercle. Les voix du public résonnent à l'unisson. Autrefois j'étais perdu, mais je me suis retrouvé.

Richard sentit l'amertume remplacer la nausée qui lui avait fait quitter son siège. Dans vingt ou trente ans, se dit-il, toute sorte de gens revendiqueraient un poste central, de direction, essentielle dans le mouvement pour les droits. Quelques-uns seraient justifiés. La plupart seraient des imposteurs. Ce qui ne pourrait être contredit, mais resterait invisible dans les journaux et les livres qu'il achetait pour ses élèves, ce seraient les gens ordinaires. Le concierge qui avait éteint les lumières pour que la police ne puisse pas voir ; la grand-mère qui gardait les bébés pour que les mères puissent participer à la marche ; les femmes des endroits reculés avec des serviettes de toilette dans une main et un fusil dans l'autre ; les jeunes enfants qui apportaient des piles électriques et de la nourriture aux réunions secrètes ; les pasteurs qui gardaient à l'abri des églises entières de manifestants pourchassés jusqu'à ce qu'arrive de l'aide ; les vieillards qui ramassaient les corps brisés des jeunes gens ; les jeunes gens qui écartaient les bras pour protéger les vieillards des bâtons auxquels ils n'auraient pu survivre ; les parents qui essuyaient les crachats et les larmes sur le visage de leurs enfants et qui disaient : « Fais pas attention, mon chéri. Y fais pas attention. Tu n'es pas et tu ne seras jamais un nègre, un négro, un bamboula, un lapin de la jungle ni aucune autre chose que les Blancs apprennent à dire à leurs enfants. Tu es l'enfant du Bon Dieu. » Oui, dans vingt ou trente ans, ces gens seront morts ou oubliés, leurs petites histoires n'appartiendront à aucun grand récit ni même à ses notes de bas de page, bien qu'ils aient été l'axe sur lequel se tenaient ceux qui passaient à la télévision. Aujourd'hui, sept ans après l'assassinat de l'homme à la place de qui il aurait été heureux de prendre l'épée, il menait un troupeau qui, non seulement, croyait qu'il avait créé le pâturage dans lequel il broutait mais que l'herbe de toute autre prairie était empoisonnée. Pour eux, les solutions que propose Booker T. Washington résolvent à chaque fois les problèmes que soulève Du Bois[1]. Peu importe qui ils sont, se dit-il, ou qu'ils se croient particuliers, une communauté sans vision politique est

---

1. Booker T. Washington (1865-1915), enseignant et écrivain noir américain. William E.B. Du Bois (1868-1963), historien et dirigeant noir américain.

condamnée à exploser comme du bois de Georgie. J'étais aveugle mais maintenant je vois.

« Ils signifient la même chose ? » Cela était formulé comme une question mais pour Pat cela ressemblait à une conclusion.

« Ils valent mieux que vous ne le pensez, dit-elle.

— Ils valent mieux qu'*ils* ne le pensent, la corrigea-t-il. Pourquoi se contentent-ils de si peu ?

— Ici, ils sont chez eux ; je suis chez moi aussi. Chez soi, ce n'est pas si peu.

— Je ne dis pas ça. Mais est-ce que vous n'arrivez même pas à imaginer ce qu'on doit ressentir si l'on a un véritable chez soi ? Je ne parle pas des cieux. Je parle d'un vrai chez soi terrestre. Pas une quelconque forteresse qu'on a achetée et bâtie et qu'on doit garder fermée à tous ceux qui veulent y entrer ou en sortir. Un vrai chez soi. Pas un endroit dans lequel on est allé et qu'on a envahi en massacrant ceux qui s'y trouvaient pour le garder. Pas un endroit qu'on a revendiqué et dont on s'est emparé parce qu'on avait les armes. Pas un endroit qu'on a volé aux gens qui y vivaient, mais son propre chez soi, là où si l'on remonte avant ses arrière-arrière-grands-parents, avant les leurs, et les leurs, avant toute l'histoire de l'Occident, avant le début de la connaissance organisée, avant les pyramides et les flèches empoisonnées, jusqu'au moment où la pluie était nouvelle, avant que les plantes aient oublié qu'elles savaient chanter et avant que les oiseaux pensent qu'ils étaient des poissons, là où Dieu dit : Cela est bon ! — là-bas, exactement là-bas où l'on sait que les siens sont nés, ont vécu et sont morts. Imaginez, Pat. Cet endroit. À qui Dieu parlait-il sinon aux miens qui vivaient chez moi ?

— Vous faites un sermon, révérend.

— Non, c'est à vous que je parle, Pat. C'est à vous que je parle. »

Les derniers applaudissements éclatèrent quand les enfants se mirent en ligne pour saluer. Anna Flood se leva en même temps que le public et se fraya un chemin jusqu'à l'endroit où se trouvaient Pat et Richard, animés par leur discussion et les yeux dans les yeux. Les deux femmes avaient été l'objet de spéculations pour savoir laquelle préférerait le nouveau pasteur, jeune, seul et bel homme. Anna et Pat étaient les seules femmes d'un certain âge, sans mari et disponibles. Sauf si le nouveau pasteur les aimait beaucoup plus jeunes, il serait obligé de choisir entre ces deux-là. Deux ans plus tôt, Anna l'avait emporté haut la main — elle en était sûre. Jusqu'à maintenant. Aussi, s'avança-t-elle vers Richard avec un large sourire en espérant arrêter les langues de ceux qui auraient pu penser autrement en le voyant préférer la compagnie de Pat à la sienne pendant le spectacle de Noël. Ils se faisaient la cour avec prudence et ne se touchaient jamais en public. Quand elle lui préparait son souper, elle s'assurait que le presbytère flamboie de toutes ses lumières et il la raccompagnait chez elle en voiture à sept heures et demie pour que tout Ruby puisse les voir. Mais aucune date n'ayant été fixée, les langues pouvaient devenir nerveuses. Cependant, quelque chose la préoccupait plus que leur conduite bienséante : la lumière dans l'œil de Richard. Elle lui semblait moins brillante ces derniers temps. Comme s'il avait perdu une bataille dont dépendait sa vie.

Elle arriva près de lui juste au moment où la foule se dirigeait en se bousculant, en bavardant et en riant vers les tables du buffet.

« Salut, Pat. Qu'est-ce qu'il vous est arrivé Richard ? dit Anna.

— J'ai été malade comme un chien pendant une minute, répondit-il. Venez, on va faire un tour avant que ça recommence. »

Ils dirent au revoir à Pat et la laissèrent décider si elle voulait parler aux parents heureux, s'occuper du buffet ou s'en aller. Elle venait de se décider pour la dernière solution quand Carter Seawright lui marcha sur le pied.

« Oh. Excusez-moi, Miss Best. Je suis désolé.

— Ce n'est rien, Carter, mais calme-toi un peu.

— Oui, m'dame.

— Et n'oublie pas. Juste après les vacances, toi et moi, nous avons une leçon de rattrapage. Le six janvier, tu te souviens ?

— C'est moi qui l'a demandée, Miss Best.

— Qui l'ai. C'est moi qui l'ai.

— Oui, m'dame. C'est moi qui l'ai demandée. »

Dans la cuisine où elle faisait chauffer de l'eau pour le thé, Pat referma violemment la porte du buffet et les tasses tintèrent. C'était un coup de pile ou face pour ceux dont le comportement l'avait le plus irritée, Anna ou les siens. Au moins, elle comprenait Anna : elle protégeait ses intérêts. Mais elle, pourquoi avait-elle défendu des gens, des choses et des idées avec une passion qu'elle n'éprouvait pas ? Le plaisir profond et larmoyant, que le public avait pris au spectacle, la dégoûtait. Toutes ces stupidités avec lesquelles elle avait grandi lui semblaient une excuse à la haine. Richard avait raison de poser la question, pourquoi sept et pas neuf ? Pat avait vu la pièce toute sa vie, mais on ne l'avait jamais choisie que pour la chorale. C'était à l'époque où Soane enseignait à l'école — avant même qu'elle ait remarqué la bizarrerie du nombre. Quelque temps plus tard elle avait remarqué qu'ils n'étaient plus que huit. Quand elle comprit qu'on avait enlevé la famille Cato, il y eut une autre suppression. Qui ? Seules deux familles ne faisaient pas partie des neuf familles d'origine, mais elles étaient arrivées à Haven assez tôt pour avoir une sorte de statut d'associées : les Jury (bien que leur petit-fils, Harper, eût épousé une Blackhorse de l'origine — ce qui était bon pour lui) et le père de son propre père : Fulton Best. Ils ne comptaient pas parmi les familles d'origine, alors il devrait s'agir... de qui ? Sûrement pas les Flood si Anna épousait Richard Misner. Cela ne compterait-il pas ? Richard pourrait-il sauver la lignée des Flood ? Ou était-ce les Poole, à cause de Billie Delia ? Il y avait des cargaisons d'hommes dans cette famille. Ce serait la preuve des badinages d'Apollo et de Brood, mais si cela se voulait dissuasif, les Morgan eux-mêmes avaient été en grave danger jusqu'à ce que K.D. épouse Arnette. Et si Arnette avait un fils et non une fille, leur position serait beaucoup plus sûre. Celle des Fleetwood aussi. Comme Jeff et Sweetie ne s'étaient pas montrés à la hauteur, Arnette était critiquée par les deux familles.

Le thé était prêt, et Pat se pencha au-dessus en fronçant les sourcils, tellement prise par son problème qu'elle n'entendit pas Roger avant qu'il n'apparaisse à la porte.

« Tu es partie trop tôt, dit-il. Nous avons chanté.

— Ah oui ? Oh ! Très bien. » Pat réussit à faire un sourire.

« Il manquait des bons gâteaux. » Il bâilla. « On a fait une bonne quête pour Lone après. Mon dieu, elle est folle. » Trop fatigué pour rire, Roger secoua la tête et sourit. « Mais elle était bien quand elle était jeune. » Il se retourna pour s'en aller en disant : « Ben, bonne nuit, ma chérie. Il faut que je change des pneus demain matin de bonne heure.

— Papa, lui dit Pat alors qu'il lui partait.

— Heu, hein ?

— Pourquoi est-ce qu'ils ont changé ? Il y avait neuf familles dans la pièce. Puis huit pendant des années et des années. Et maintenant, sept.

— De quoi tu parles ?

— Tu le sais.

— Non. J'en sais rien.

— La pièce. Comment se fait-il que les familles pieuses sont de moins en moins nombreuses ?

— C'est Kate qui fait tout ça. Et Nathan. I'choisissent les enfants, je veux dire. Peut-être qu'ils en avaient pas assez pour le nombre habituel.

— Papa. » Il dut reconnaître le doute dans sa voix. « Quoi ? » S'il l'entendit, il n'en montra rien.

— C'était la couleur de la peau, n'est-ce pas ?

— Quoi ?

— La façon dont les gens sont choisis et classés dans cette ville ?

— Ho, non. En fait, on a peut-être pris un peu la mouche... il y a longtemps. Mais rien de grave.

— Non ? Qu'est-ce qu'a dit Steward quand tu t'es marié ?

— Steward ? Oh, en fait, les Morgan sont très sérieux sur ce qui les concerne. Trop parfois. »

Pat souffla sur sa tasse.

Roger la regarda en silence puis revint à un sujet moins difficile.

« Moi, j'ai trouvé que la pièce était très belle. Mais il faut qu'on fasse quelque chose pour Nathan. C'est plus le couteau le mieux aiguisé du tiroir. » Puis après réflexion : « Qu'est-ce que le révérend Misner avait à te dire ? Ça semblait drôlement sérieux dans le fond. »

Elle ne leva pas les yeux. « On a seulement... parlé.

— Il vous est arrivé quelque chose à tous les deux ?

— Papa, s'il te plaît.

— Y a pas de mal à demander, non ? » Il attendit une réponse, et comme il n'en reçut pas, il s'en alla, en murmurant des choses sur la chaudière.

Si, il y en a. Du mal. Pat but une cuillerée de thé en faisant très attention. Demande à Richard Misner. Demande-lui ce que je viens de lui faire. Ou ce que tout le monde lui fait. Quand il pose des questions, on ne lui dit que ce qui est évident, superficiel. Et moi plus que n'importe qui je sais ce qu'on ressent. Nous ne sommes pas assez bien pour être représentés par des gosses de huit ans sur une scène.

Un quart d'heure plus tard, Pat se tenait dans le jardin, à cinquante mètres de la tombe de Delia. Le froid était tombé avec le soir mais le temps n'était pas à la neige. La citronnelle était ratatinée mais les touffes de lavande et de sauge restaient entières et parfumées. Pas de vent pour ainsi dire, et elle contrôlait facilement le feu dans le vieux fût à huile. L'un après l'autre, elle jeta des dossiers en carton, des feuilles de papier — agrafées ou volantes — dans les flammes. Elle dut arracher les couvertures des cahiers d'exercice et les tenir en biais avec un pique-feu pour qu'elles n'étouffent pas les flammes. La fumée lui piquait les yeux. Elle recula, cueillit des poignées de lavande qu'elle jeta aussi dans le brasier. Cela lui prit un certain temps mais finalement elle tourna le dos aux cendres et rentra dans la maison en laissant dans son sillage une odeur de lavande brûlée. Elle se lava les mains dans l'évier de la cuisine et s'aspergea le visage. Elle se sentit propre. C'est peut-être pourquoi elle se mit à rire. Doucement au début puis bruyamment, la tête renversée tandis qu'elle s'asseyait devant la table. Croyaient-ils vraiment qu'ils pouvaient continuer ainsi ? Les nombres, les descendances, le qui baise qui ? Que toutes ces générations de AB continuent, simplement pour finir serrées comme une pelote de fil de fer ? Enfin, peut-être pourraient-elles, devraient-elles rester en vie puisque personne ne mourait à Ruby.

Elle s'essuya les yeux et prit sa tasse. Les feuilles de thé étaient agglutinées dans le fond. Rajouter un peu d'eau bouillante, laisser infuser, et les feuilles noires donneraient encore leur arôme. Encore et encore. Jusqu'à. Voilà, maintenant. Que sais-tu ? C'était clair comme de l'eau de roche. Non seulement les générations ne devaient pas être mélangées racialement mais elles ne devaient pas non plus être touchées par l'adultère. « Que Dieu bénisse les purs et les saints », en effet. Telle était leur pureté. Telle était leur sainteté. Tel était le contrat conclu par le vieux Zechariah Morgan pendant qu'il fredonnait sa prière. Ce n'était pas « le Front de Dieu » qu'il fallait craindre. C'était le sien, les leurs. Était-ce pour cela que « Sois le Sillon de Son Front » les rendait fous ? Mais le contrat devait avoir été rompu ou modifié, parce que maintenant ils n'étaient plus que sept familles. Par qui ? Les Morgan sans doute. Ils dirigeaient tout, contrôlaient tout. Quel nouveau contrat les jumeaux, Deacon et Steward, avaient-ils conclu ? Croyaient-ils vraiment que personne ne mourait à Ruby ? Soudain Pat pensa qu'elle savait tout. Le sang AB, sans adultération et sans adultère, ne conservait sa magie qu'aussi longtemps qu'il résidait à Ruby. Telle était leur recette. Tel était leur marché. Pour l'immortalité.

Pat eut un sourire de travers. Dans ce cas, se dit-elle, tout ce qui les inquiète doit venir des femmes.

« Mon Dieu, murmura-t-elle. Mon Dieu, mon dieu. J'ai brûlé tous les papiers. »

Consolata

Dans l'obscurité bien propre de la cave, Consolata s'éveilla avec la déception déchirante de ne pas être morte au cours de la nuit. Chaque matin, tous ses espoirs brisés, elle restait allongée sur un petit lit au sous-sol, écœurée par son existence de limace dont elle ne réussissait à traverser chaque heure qu'en sirotant des bouteilles noires aux noms très chic. Chaque soir, elle sombrait dans un sommeil qui devait être le dernier, et elle espérait qu'un pied gigantesque descendrait pour l'écraser comme un animal nuisible dans un jardin.

Déjà enfermée dans un espace aussi étroit qu'un cercueil, déjà vouée à l'obscurité, étrangère depuis longtemps à tout appétit, ne désirant que l'oubli, elle s'efforçait de comprendre cette attente. « Pour quoi faire ? » demandait-elle et sa voix n'était qu'une de celles qui remplissaient la cave depuis les solives du plafond jusqu'au sol de pierre. Plusieurs fois par semaine, la nuit ou dans la partie obscure du jour, elle remontait à la surface. Elle sortait dans le jardin, faisait un tour, levait les yeux vers le ciel pour voir la seule lumière qu'elle pouvait supporter. Une des femmes, en général Mavis, insistait pour l'accompagner. Elle parlait, parlait, parlait tout le temps. Ou d'autres venaient. Siroter les bouteilles poussiéreuses aux noms chic — Jarnac, Médoc, Haut-Brion, Saint-Émilion — lui permettait de les écouter et même parfois de leur répondre. En dehors de Mavis, qui était la plus ancienne ici, il devenait de plus en plus difficile de distinguer les autres. Ce qu'elle savait d'elles, elle en avait oublié l'essentiel, et il lui semblait de moins en moins important de s'en souvenir, parce que le timbre de leurs voix racontait la même histoire : désordre, tromperie et, ce contre quoi sœur Roberta mettait en garde les petites Indiennes : fugue. Les trois termes qui pavaient la route de la perdition et dont le plus important était la fugue.

Elles étaient arrivées au cours des huit années précédentes. La première, Mavis, pendant la longue maladie de Mère ; la deuxième juste après sa mort. Puis deux autres. Chacune demandant la permission de rester quelques jours mais ne repartant jamais vraiment. De temps en temps, l'une ou l'autre fourrait deux trois affaires dans un petit sac minable, disait au revoir et semblait disparaître pendant quelque temps — mais seulement quelque temps. Elles revenaient toujours pour rester, pour vivre comme des souris dans une maison dont personne ne voulait, même pas le percepteur, avec une femme amoureuse du cimetière. Consolata les regardait à travers le bronze, le gris ou le bleu de ses différentes lunettes de soleil et voyait des filles brisées, des filles effrayées, faibles et menteuses. Quand elle buvait du Saint-Émilion ou du Jarnac au goût de fumée, elle arrivait à les tolérer, mais elle avait de plus en plus envie de leur briser la nuque. N'importe quoi pour mettre fin à cette nourriture mal cuite et indigeste, aux martèlements entêtés de cette musique, aux bagarres, aux rires vides et éraillés, aux réclamations. Mais surtout les fugues. Sœur Roberta leur aurait mis les mains en bouillie. Non seulement elles ne faisaient que le strict nécessaire, mais elles n'avaient aucun projet. À la place, elles avaient des désirs — des désirs stupides de petites filles. Mavis n'arrêtait pas de parler d'entreprises qui rapporteraient à coup sûr de l'argent : des ruches, quelque chose qui s'appelait « bed and breakfast » ; un commerce de traiteur ; un orphelinat. L'une d'elles pensait avoir trouvé un coffre au trésor plein d'argent ou de bijoux ou de quelque chose et elle voulait de l'aide pour que les autres n'aient rien. Une autre se tailladait secrètement les cuisses et les bras. Elle souhaitait être la reine des cicatrices et se faisait de fines entailles dans la peau avec ce qui lui tombait sous la main : rasoir, épingles à nourrice, ciseaux à ongles. Une autre avait la nostalgie de ce qui ressemblait à une sorte de vie de cabaret, un endroit bondé où elle pourrait chanter des chansons tristes, les yeux fermés. Consolata écoutait les rêves de ces petites filles, avec une indulgence patiente et avinée, car cela la mettait moins en fureur que tous leurs chuchotements d'amour qui s'attardaient bien après le départ des femmes. L'une après l'autre, elles flottaient jusqu'en bas de l'escalier, en portant une lampe à pétrole ou une bougie, comme des vierges pénétrant dans un temple ou dans une crypte, pour s'asseoir par terre et parler d'amour comme si elles y connaissaient quelque chose. Elles parlaient d'hommes qui venaient les caresser dans leur sommeil ; d'hommes qui les attendaient dans le désert ou près d'une eau froide ; d'hommes qui autrefois les avaient aimées sans espoir ; ou d'hommes qui auraient dû les aimer, qui les avaient peut-être aimées, qui les auraient aimées.

Lors des pires journées, quand la dépression vorace souillait la propreté de l'obscurité, elle voulait toutes les tuer. C'était peut-être pour cela que sa vie de limace se prolongeait. Cela et la froide sérénité du courroux de Dieu. Mourir sans Son pardon condamnait son âme. Mais mourir sans celui de Maria Magna la souillait per omnia saecula saeculorum. Elle le lui aurait peut-être donné si Consolata lui en avait parlé en temps, si elle s'était confessée avant que l'esprit de la vieille femme ne soit devenu un ânonnement monotone. Lors de ce dernier jour, Consolata monta dans le lit derrière elle et après avoir jeté les oreillers par terre, elle souleva le corps à la légèreté de plume dans ses bras et entre ses jambes. La petite tête blanche se nicha entre les seins de Consolata et la dame était entrée dans la mort comme une naissance, accompagnée des bercements et des prières de la femme qu'elle avait kidnappée quand elle était encore une enfant. En fait, elle avait kidnappé trois enfants ; une des choses les plus faciles du monde en 1925. Mary Magna, qui, à l'époque, n'était qu'une simple religieuse, pas une mère supérieure, refusa absolument de laisser deux enfants sur le tas d'ordures où ils étaient assis. Elle les ramassa tout simplement, les emmena à l'hôpital où elle travaillait, et les nettoya en utilisant à la suite du bicarbonate de soude Ordorno, du désinfectant Glover's Mange, du savon, de l'alcool, de la Pommade Bleue, du savon, de l'alcool puis de la teinture d'iode mise délicatement sur leurs bobos. Elle les habilla et, avec la complicité des autres sœurs de la mission, elle les ramena avec elle sur le bateau. Six religieuses américaines qui rentraient aux États-Unis après douze années pendant lesquelles elles avaient été mises au second plan par des Ordres portugais plus anciens et plus sévères. Personne ne posa de questions aux Sœurs Dévouées aux Indiens et aux Gens de couleur qui payaient des billets à tarif réduit pour trois marmots non-blancs certainement à leur charge. Car il y en avait trois maintenant, Consolata étant le résultat d'une décision de dernière minute parce qu'elle avait déjà neuf ans. Pour tout le monde, le kidnapping était un sauvetage, car quelle que soit la vie vers laquelle les entraînaient les religieuses exaspérées et têtues, elle serait supérieure à ce qui les attendait dans les venelles couvertes de merde de cette ville. Quand elles arrivèrent à Puerto Limon, sœur Mary Magna en plaça deux dans un orphelinat car, à ce moment-là, elle était tombée amoureuse de Consolata. Les yeux verts ? Les cheveux couleur thé ? Peut-être sa docilité ? Peut-être sa peau couleur de fumée, de coucher de soleil ? Elle l'emmena comme pupille dans le poste où la religieuse difficile était nommée — un asile/pensionnat pour jeunes Indiennes dans une région déserte à l'ouest de l'Amérique du Nord.

Sur un panneau près de la route d'accès, on pouvait lire en lettres blanches sur fond bleu : ÉCOLE DU CHRIST ROI POUR JEUNES FILLES INDIGÈNES. C'était peut-être ainsi que tout le monde aurait dû appeler l'endroit mais, dans la mémoire de Consolata, seules les religieuses utilisaient son vrai nom — surtout dans leurs prières. Contre toute raison, les élèves, les fonctionnaires de l'État et ceux qu'on rencontrait en ville l'appelaient le Couvent.

Pendant trente ans, Consolata travailla dur pour devenir et rester la fierté de Mary Magna, un de ses exploits singuliers dans la vie de celle qui s'était consacrée à l'enseignement, à l'éducation et aux soins dans des endroits portant des noms dont les propres parents de la religieuse n'avaient jamais entendu parler et qu'ils avaient été incapables de répéter quand leur fille les avait prononcés. Consolata lui vouait un culte. Après avoir été volée et conduite à l'hôpital, ils lui enfoncèrent des aiguilles dans les bras pour la protéger, disaient-ils, des épidémies. Elle se souvenait de la violente maladie qui s'ensuivit comme de quelque chose d'agréable, parce que tandis qu'elle était couchée dans le service des enfants, un beau visage encadra la veillait. Il avait des yeux bleus comme un lac, fermes, clairs mais avec une touche de panique en eux, une inquiétude que Consolata n'avait jamais vue. Cela valait la peine de tomber malade, de mourir même, pour voir cette sorte d'intérêt dans les yeux d'un adulte. De temps en temps, la femme au visage encadré tendait la main pour toucher le front de Consolata du dos de ses doigts ou pour essuyer ses cheveux humides et emmêlés. Les perles de verre attachées à sa taille ou qu'elle tenait entre ses mains scintillaient. Consolata adorait ces mains : les ongles plats, la peau douce et tendue des paumes. Et elle adorait la bouche sérieuse, qui n'avait jamais besoin de découvrir les dents pour rayonner de bonheur ou de bienveillance. Consolata voyait une lumière froide et bleue qui luisait doucement sous son habit. Elle pensait que cela venait du cœur.

De l'hôpital, Consolata, vêtue d'une robe marron et propre qui lui descendait jusqu'aux chevilles, alla directement en compagnie des religieuses sur un bateau qui s'appelait l'*Atenas*. Après l'escale de Panama, elles débarquèrent à La Nouvelle-Orléans et, de là, elles voyagèrent dans une voiture, un train, un autocar et dans une autre voiture. Et la magie qui avait commencé avec les piqûres de l'hôpital ne fit que se multiplier : des toilettes dans lesquelles coulait une eau assez propre pour la boire ; du pain tendre et blanc déjà coupé en tranches dans son emballage ; du lait dans des bouteilles de verre ; et tout au long de la journée et chaque jour, la langue magnifique faite exprès pour parler au ciel. Ora pro nobis / gratia plena / sanctificetur nomen tuum fiat voluntas tua, sicut in caelo, et in terra / sed libera nos a malo a malo a malo. Ce n'est que lorsqu'elles arrivèrent à l'école que la magie se ralentit. Rien ne le laissait deviner dans le pays mais la maison ressemblait à un château, remplie d'une beauté que Mary Magna dit qu'il fallait éliminer tout de suite. Les premières tâches de Consolata consistèrent à briser les silhouettes de marbre choquantes et à surveiller de grands feux de joie qu'elle alimentait avec des livres et elle se signait quand des amants nus jaillissaient du brasier et qu'il fallait les remettre dans les flammes. Consolata couchait dans l'office, récurait le carrelage, nourrissait les poulets, priait, épluchait, jardinait, faisait des conserves et lavait. C'est elle, et personne d'autre, qui découvrit le buisson sauvage chargé de piments brûlants et qui les cultiva. Sœur Roberta lui apprit des rudiments de l'art culinaire et elle en sut assez pour s'occuper de la cuisine et du jardin. Elle allait en classe avec les Indiennes mais ne se lia d'amitié avec aucune.

Pendant trente ans, elle offrit son corps et son âme au Fils de Dieu et à sa Mère, aussi totalement que si elle avait pris le voile elle-même. À elle au cœur navré de douleur et à l'amour infini. Elle quae sine tactu pudoris. À la beata viscera Mariae Virginis. À Elle dont la voie était étroite mais parfumée par la douceur du thym. À Lui dont l'amour était si parfaitement disponible qu'il confondait les sages et les damnés. Lui qui s'était fait homme pour que nous puissions Le connaître, Le toucher, Le voir de la façon la plus simple. Il s'était fait homme pour que Ses souffrances reflètent les nôtres, que l'agonie de Sa mort, Son doute, Son désespoir, Son échec puissent témoigner et atténuer, pendant notre passage sur terre, ce à quoi nous étions vulnérables. Et ces trente années d'abandon au Dieu vivant craquèrent comme un œuf de poulette quand elle rencontra l'homme vivant.

C'était en 1954. Les gens construisaient des maisons, clôturaient des champs, labouraient la terre à quelque vingt-cinq kilomètres au sud du Christ Roi. Ils avaient commencé à construire un magasin de fourrage, une épicerie et, pour la plus grande joie de Mary Magna, une pharmacie plus proche que celle qui se trouvait à cent kilomètres. Elle pourrait y acheter les tampons de coton antiseptique pour les règles des filles, les aiguilles fines, le fil de 60 qui les occupait à raccommoder encore et encore, le Lydia Pinkham, la poudre StanBack et le chlorure d'aluminium avec lequel elle fabriquait du déodorant.

Lors d'un de ces voyages, alors que Consolata accompagnait Mary Magna dans le break Mercury de l'école, avant qu'elles aient atteint la nouvelle route, il fut clair qu'il se passait quelque chose. Quelque chose d'effréné se déroulait sous le soleil brûlant. Elles entendirent des acclamations de joie, et au lieu de la trentaine de personnes tranquillement occupées à la construction d'une ville, elles virent des chevaux qui galopaient et une foule qui hurlait de rire. Des petites filles, avec des fleurs rouges et violettes dans les cheveux, sautaient sur place. Un garçon qui s'accrochait à l'encolure de son cheval fut porté en triomphe et déclaré vainqueur. Des jeunes gens et des garçons lancèrent leur chapeau en l'air et pourchassèrent les chevaux en essuyant leurs yeux noyés de larmes. Alors que Consolata observait cette joie insouciante, elle entendit un faible mais insistant cha cha cha. Cha cha cha. Puis le souvenir d'une peau et d'hommes semblables, en train de danser avec des femmes dans les rues, au rythme d'une musique qui battait comme un cœur rendu furieux, le torse immobile, les hanches décrivant de petits cercles au-dessus de jambes qui bougeaient si rapidement qu'il était inutile d'essayer de comprendre comment une telle aisance était possible. Mais, ici, les hommes ne dansaient pas ; ils riaient, couraient, se criaient des choses entre eux et aux femmes pliées en deux de joie. Ils habitaient ici, dans un petit hameau et non dans une ville bruyante pleine de Noirs à la peau luisante. Consolata sut qu'elle les connaissait.

Il fallut un certain temps pour que le pharmacien s'occupe de Mary Magna. Il sortit enfin de la foule et revint avec elles jusque chez lui, où une partie fermée de la véranda servait de boutique. Il ouvrit la porte moustiquaire et, en baissant poliment la tête, fit entrer Mary Magna. Ce fut pendant que Consolata attendait sur les marches qu'elle le vit pour la première fois. Cha cha cha. Un jeune homme maigre à cheval qui en tirait un autre. Sa chemise kaki était trempée de sueur et à un moment il enleva son large chapeau plat pour essuyer la transpiration de son front. Ses hanches se balançaient dans la selle, d'arrière en avant, d'arrière en avant. Cha cha cha. Cha cha cha. Consolata vit son profil et l'aile d'une chose emplumée, ressuscitée, palpita dans son estomac. Il continua son chemin et disparut dans l'écurie. Mary Magna ressortit avec ses achats en se plaignant un peu pour une chose ou une autre — le prix, la qualité — et se précipita vers le break, Consolata sur ses talons portant des rouleaux de coton chirurgical enveloppés dans du papier de soie bleu. Au moment où elle ouvrait la portière du passager, il passa de nouveau. Il courait, impatient de retrouver le groupe qui faisait la fête un peu plus bas. Par hasard, négligemment, il tourna les yeux vers elle. Consolata le regarda elle aussi et crut voir une hésitation dans ses yeux et peut-être dans son pas. Elle s'engouffra rapidement dans la Mercury brûlante, et la chaleur sembla expliquer sa respiration difficile. Elle ne le revit pas pendant deux mois — période rendue instable par une chose emplumée qui luttait pour déployer ses ailes. Deux mois de prières ferventes et d'attention particulière dans ses corvées. Deux mois de tension aussi, parce qu'on avait donné l'ordre à l'école de fermer. La dotation de la femme très riche, qui avait fondé et qui finançait l'ordre, avait survécu aux années trente, mais elle s'épuisa dans les années cinquante. Les douces et belles jeunes filles indiennes étaient parties depuis longtemps — récupérées par leurs mères ou leurs frères ou engagées dans une vie pieuse. Depuis trois ans, l'école demandait à l'État de l'Oklahoma qu'il lui confie des handicapées mentales : des effrontées qui pensaient manifestement que les religieuses rigolaient la plupart du temps et étaient sinistres durant le reste. Deux s'étaient déjà enfuies ; il n'en restait plus que quatre. Si les religieuses n'arrivaient pas à convaincre l'État de leur envoyer (et de payer pour) d'autres jeunes Indiennes perverses et handicapées, les ordres étaient de se préparer à la fermeture et à une nouvelle affectation. L'État en avait des handicapées, bien sûr, car le mot handicap englobait tout depuis mouiller son lit, fuguer et bégayer en classe, mais il préférait les confier à des écoles protestantes dans lesquelles elles pouvaient comprendre les vêtements des enseignantes à défaut de comprendre leur comportement religieux. En Oklahoma, les églises et les écoles catholiques étaient rares comme le loup blanc. Cela expliquait pourquoi la bienfaitrice avait acheté la demeure à l'origine. C'était l'occasion d'intervenir au cœur du problème : apporter Dieu et la langue aux indigènes qui, supposait-on, en étaient dépourvues ; changer leurs habitudes alimentaires, leurs vêtements, leur façon de penser ; les aider à mépriser tout ce qui autrefois avait donné de la valeur à leur vie et leur offrir à la place le privilège de connaître le seul et unique Dieu et, par conséquent, une possibilité de rédemption. Mary Magna écrivit lettre sur lettre, se rendit à Oklahoma City et même au-delà dans l'espoir de sauver l'école. Dans cette atmosphère un peu désordonnée, les maladresses de Consolata, ce qu'elle faisait tomber, ce qu'elle brûlait, ses visites précipitées et imprévues à la chapelle, dérangeaient les sœurs mais n'apparaissaient pas comme des signes d'inquiétude différents des leurs. Quand on lui demandait ce qui se passait ou quand on la réprimandait pour une erreur intolérable, elle inventait des excuses ou boudait. Tapie dans sa confusion, quotidiennement renouvelée par sa piété sommaire, il avait peur qu'on lui demande de sortir du Couvent, de retourner faire des courses en ville. Aussi elle accomplissait les corvées à l'extérieur aux premières lueurs du jour et passait le reste du temps à l'intérieur, en faisant très mal son travail. Tout cela en pure perte, en fin de compte. Ce fut lui qui vint la voir.

Par une claire journée d'été, alors qu'elle désherbait à genoux dans le jardin, avec deux filles renfrognées de l'État, une voix d'homme dit derrière elle :

« Excusez-moi, mademoiselle. »

Il ne voulait que des piments noirs.

Il avait vingt-neuf ans. Elle en avait trente-neuf. Et elle perdit la tête. Complètement.

Consolata n'était pas vierge. Une des raisons pour lesquelles elle avait accepté avec autant de reconnaissance la main de Mary Magna tendue au-dessus des ordures comme une aile de colombe, c'était les cochonneries auxquelles la soumettaient ses neuf ans. Mais jamais, quand la main blanche se fut refermée sur sa patte crasseuse, elle ne connut ni ne voulut connaître d'homme, ce qui dut expliquer qu'être frappée par l'amour après trente ans de célibat fut pour elle de nature comestible.

Que dit-il ? Viens avec moi ? Comment on t'appelle ? C'est combien une demi livre ? Ou revint-il le lendemain acheter d'autres piments noirs ? S'avança-t-elle vers lui pour le voir mieux ? Ou est-ce lui qui s'approcha d'elle ? De toute façon, avec quelque chose qui ressemblait à de la stupéfaction, il dit : « Vos yeux sont comme des feuilles de menthe. » Répondit-elle « Et les vôtres sont comme le commencement du monde », à haute voix, ou ces mots restèrent-ils enfouis dans sa tête ? Tomba-t-elle vraiment à genoux et lui encercla-t-elle les jambes, ou était-ce simplement ce qu'elle voulut faire ?

« Je vais vous rapporter votre panier. Mais il sera peut-être tard quand je reviendrai. Ça ne fait rien si je vous dérange ? »

Elle ne se souvenait pas d'avoir répondu quelque chose mais son visage lui dit sans doute ce qu'il avait besoin de savoir, parce que le soir il était là et elle était là aussi et il lui prit la main dans la sienne. Pas de panier en vue. Cha cha cha.

Dans son camion, en descendant lentement l'allée de gravier, le chemin de terre étroit, puis en prenant de la vitesse sur la route goudronnée plus large, ils ne parlèrent pas. Apparemment, il conduisait pour le plaisir — le vrombissement contenu sous l'acier du capot ; la façon adroite dont le camion partageait l'obscurité immédiate et, simultanément, fonçait dans la voûte d'obscurité lointaine — au-delà de ce qu'on pouvait imaginer. Ils roulèrent pendant ce qui parut des heures à Consolata, sans échanger un seul mot. Le danger et sa nécessité les obligeaient à se concentrer, à être calmes. Elle ignorait et peu lui importait où ils allaient ni ce qui se passerait quand ils arriveraient. Fonçant vers l'imprévisible, assise à côté de lui, plus obscur que l'obscurité qu'ils fendaient, Consolata laissa les plumes se déployer et se décoller des murs d'un ventre froid comme de la pierre. Ici où le vent n'était plus une aide ni une menace pour les tournesols, ni la lune un langage pour dire l'heure ou le temps, les semailles ou les moissons, mais un élément du monde originel destiné à eux deux.

Finalement, il ralentit et s'engagea dans un sentier à peine assez large où l'herbe à coyote grattait le pare-chocs. Au beau milieu, il freina et il l'aurait prise dans ses bras si elle ne s'y était déjà trouvée.

Sur le chemin du retour, ils restèrent de nouveau sans parler. Ce qu'ils avaient dit en faisant l'amour penchait vers le langage, exprimait son affiliation par gestes, mais était en fait non-mémorable, non-contrôlable, non-traduisible. Avant l'aube ils s'arrachèrent l'un à l'autre comme si, après leur arrestation, ils avaient entendu leur condamnation à la prison, sans dire un mot. Quand elle ouvrit la portière et descendit, il dit : « Vendredi. Midi. » Consolata resta là tandis qu'il s'en allait en marche arrière. Elle ne l'avait pas bien vu, même une seule fois, pendant la nuit. Mais Vendredi. Midi. Ils feraient ça, feraient ça, feraient ça, en plein jour. Elle serra ses bras autour d'elle, tomba à genoux et se plia en deux. Son front heurta vraiment la terre tandis qu'elle se balançait dans un harnais de plaisir.

Elle se glissa dans la cuisine et affirma à Sœur Roberta qu'elle revenait du poulailler.

« Alors ? Où sont les œufs ?

— Oh, j'ai oublié le panier.

— Ne me prends pas pour une imbécile, s'il te plaît !

— Non, ma sœur. Jamais.

— Il y a un tel désordre partout.

— Oui, ma sœur.

— Alors, remue-toi.

— Oui, ma sœur. Excusez-moi, ma sœur.

— Qu'y a-t-il de drôle ?

— Rien, ma sœur. Mais...

— Mais ?

— Je... c'est quel jour aujourd'hui.

— Sainte Marthe.

— Je veux dire, quel jour de la semaine ?
— Mardi, pourquoi ?
— Pour rien, ma sœur.
— Il faut te ressaisir, ma fille. Te reprendre.
— Oui, ma sœur. »
Consolata saisit un panier et sortit de la cuisine en courant.

Vendredi. Midi. Le soleil a chassé tout le monde derrière les murs de pierre, pour y trouver un abri. Tout le monde sauf Consolata et, elle l'espère, l'homme vivant. Elle n'a pas d'autre choix que de supporter la chaleur avec seulement un chapeau de paille afin de se protéger du soleil qui la prend pour une enclume. Elle se tient dans la courbe de l'allée mais bien en vue depuis la maison. Ce pays est plat comme le sabot d'un cheval, ouvert comme la bouche d'un bébé. Aucun endroit pour cacher son indignité. Si sœur Roberta ou Mary Magna l'appellent ou lui demandent une explication, elle inventera quelque chose — ou rien. Elle entend son camion avant de le voir et quand il arrive il passe près d'elle. Il ne tourne pas la tête mais lui fait signe. Il lève un doigt au-dessus du volant et indique plus loin devant. Consolata tourne à droite et suit le bruit des pneus puis leur silence quand ils atteignent la route goudronnée. Il l'attend sur le bas-côté.
Dans le camion, ils se regardent longtemps, gravement, prudemment, puis ils se sourient.
Il va jusqu'à une ferme incendiée sur une levée de terre en friche. Il franchit une étendue de barbon et de mouron et gare la voiture derrière le chicot d'une cheminée cassée. La main dans la main, ils écartent les arbustes et les ronces pour atteindre un petit fossé. Consolata aperçoit aussitôt ce qu'il veut lui faire voir : deux figuiers qui poussent entremêlés. Quand il peuvent faire des phrases complètes, il la regarde fixement en disant :
« Ne me demande pas d'expliquer. Je ne peux pas.
— Rien à expliquer.
— J'essaie de réussir dans la vie. Beaucoup de gens dépendent de moi.
— Je sais que tu es marié.

— Et j'ai l'intention de le rester.
— Je sais.
— Tu sais quoi encore ? » Il pose le doigt sur le nombril de Consolata.
« Que je suis bien plus âgée que toi. »
Il lève le regard, de son nombril à ses yeux, et sourit. « Personne n'est plus âgé que moi. »
Consolata rit.
« Sûrement pas toi, dit-il. C'était quand la dernière fois ?
— Avant que tu sois né.
— Alors tu es à moi.
— Oh, oui. »
Il l'embrasse légèrement, puis se baisse sur son coude. « J'ai voyagé. Partout. Je n'ai jamais rien vu comme toi. Comment peut-on comparer quelque chose à toi ? Tu sais à quel point tu es belle ? Tu t'es regardée ?
— Maintenant je regarde. »

Aucune figue ne poussa jamais sur ces arbres tout le temps qu'ils se rencontrèrent là, mais ils leur étaient reconnaissants pour l'ombre de leurs feuilles poussiéreuses et la protection des troncs torturés. Ils se couchaient autant que possible sur les couvertures qu'il apportait. Plus tard, chacun vit les écorchures et les bleus que laissait le ruisseau à sec.

On posa des questions à Consolata. Elle refusa de répondre ; détourna la curiosité par des lamentations. « Qu'est-ce que je vais devenir quand tout sera fermé ? Personne a dit ce que j'allais devenir. »

— Ne sois pas ridicule. Tu sais fort bien que nous nous occuperons de toi. Toujours. »

Consolata bouda en prétendant être folle d'inquiétude et qu'il était impossible de compter sur elle. Plus on lui donnait d'assurances, plus elle insistait pour aller se promener, « être toute seule », disait-elle. Un besoin qui la prenait surtout le vendredi. Vers midi.

Quand Mary Magna et sœur Roberta cessèrent toute activité, en septembre, sœur Mary Elizabeth et trois élèves, maintenant sans aucune énergie, continuèrent à faire les paquets, à nettoyer et à maintenir la prière. Deux élèves, Clarissa et Penny, commencèrent à sourire quand elles voyaient Consolata. Elles avaient quatorze ans ; elles étaient menues avec de beaux yeux malins qui pouvaient devenir brusquement vides. Elles n'attendaient que de pouvoir s'en aller et maintenant que la fin approchait elles étaient de bonne disposition. Récemment, elles avaient commencé à considérer Consolata comme une complice plutôt que comme une ennemie ayant pour but de ruiner leur vie. Et en se parlant à voix basse dans une langue que les sœurs leur avaient interdit d'utiliser, elles la couvraient en assurant le ramassage des œufs, ce qui était la responsabilité de Consolata. Le désherbage et la lessive. Parfois, elles faisaient le guet depuis les fenêtres de la salle de classe, leur tête se touchant, les yeux brillants, pendant que la femme, qu'elles croyaient assez âgée pour être leur mère, attendait par tous les temps le camion Chevrolet.

« Quelqu'un est au courant ? » Consolata caresse de l'ongle du pouce le sein de l'homme vivant.

« Ça ne les étonnerait pas, répondit-il.
— Ta femme ?
— Non.
— Tu en as parlé à quelqu'un ?
— Non.
— Quelqu'un nous a vus ?
— Je ne pense pas.
— Alors comment quelqu'un peut savoir ?
— J'ai un frère jumeau. »
Consolata s'assoit. « Vous êtes deux ?
— Non. » Il ferme les yeux. Quand il les rouvre, il regarde au loin. « Y'a que moi. »

Le mois de septembre passa en barbouillant chaque chose de peinture à l'huile : des arpents de jaune cardamome, d'orange brûlé, des kilomètres de terre de Sienne, des ravins bleu de nuit ou céruléen, avec des ciels d'un violet à fendre l'âme. Quand octobre arriva et que les courges se gonflèrent là où avaient poussé les radis, Mary Magna et sœur Roberta revinrent, très irritées par les prêtres, les avocats, les ecclésiastiques et les religieux. Les nouvelles qu'elles rapportaient n'étaient pas nouvelles du tout. Le sort de chacune avait été réglé à Saint Père, sauf le sien. La décision viendrait plus tard. L'âge de Mary Magna, soixante-douze ans, devait être pris en considération, mais elle refusait un placement dans une maison de retraite. Il y avait aussi l'entretien de la propriété. La fondation de la bienfaitrice (qui était maintenant aux mains de son directeur) était propriétaire si bien que la maison et le terrain n'appartenaient pas vraiment à l'église ; par conséquent, la question était de savoir si l'ensemble était soumis aux impôts courants avec les arriérés. Mais pour le juge la vraie question, c'était de savoir pourquoi, dans une région protestante, une bande de femmes catholiques un peu bizarres, sans mission masculine pour les contrôler, bénéficiait d'un traitement spécial. Heureusement ou malheureusement, on n'avait trouvé jusqu'ici aucune ressource naturelle sur les terres, ce qui empêchait les responsables de la fondation de s'en décharger. Ils ne pouvaient pas s'en laver les mains comme ça, non ? Mary Magna réunit tout son monde pour lui expliquer. Une fille s'était encore enfuie, mais les deux dernières, Penny et Clarissa, écoutèrent avec une attention profonde tandis qu'on leur présentait leur avenir — qui avait pris forme dans les mains d'un vieil homme en costume. Elles baissèrent leur jolie tête en signe solennel d'acquiescement, certaines que l'aide dont elles avaient besoin pour échapper aux griffes des religieuses n'était pas loin.

Cependant, Consolata écouta à peine ce que disait Mary Magna. Pas question qu'elle aille quelque part. Elle vivrait dans les champs s'il le fallait ou, mieux, dans les ruines incendiées qui étaient devenues sa maison imaginaire. Elle l'y avait déjà suivi trois fois, en équilibre sur des planchers tordus dans une odeur de fumée vieille de douze ans. Là-bas, sans même un arbre en vue, comme une maison construite sur les vagues de sable de la solitude du Sahara, sans une seule personne ou une seule chose pour la gêner, la maison avait brûlé librement dans le jeu du vent et le sentiment de sa beauté. Le feu avait-il pris la nuit, pendant le sommeil des enfants ? Ou la maison était-elle inoccupée quand les flammes avaient commencé à tourbillonner ? Le mari se trouvait-il soixante arpents plus loin en train de lier, de marquer au fer, de débroussailler, de semer ? La femme penchée sur un baquet de lessive dans la cour, des mèches de cheveux lui agaçant le front ? Dans ce cas-là, elle aurait jeté un ou deux seaux d'eau, elle aurait crié pour appeler les enfants, elle se serait précipitée pour emporter ce qu'elle pouvait. Elle aurait entassé dans la cour tout ce qu'elle aurait pu attraper, saisir. Il y avait sans doute une cloche, un triangle rouillé — quelque chose à faire tinter ou à cogner pour prévenir les autres du danger. À l'arrivée du mari, la fumée l'aurait obligé à pleurer. Mais seulement la fumée, parce qu'il ne s'agissait pas de gens qui pleuraient facilement. Il se serait d'abord inquiété du bétail et l'aurait mis en lieu sûr ou l'aurait lâché en se rappelant qu'il n'avait pas d'assurance. À part ce qu'il y avait dans la cour, tout était perdu. Même les tournesols à l'angle nord-ouest de la maison, près de la cuisine d'où la femme pouvait les voir en remuant la bouillie de maïs.

Consolata fouilla dans des tiroirs où des souris avait grignoté des quittances de propane. Elle vit comment les meubles carbonisés avaient été polis comme de la soie par le vent. Des formes inférieures avaient occupé l'espace que des êtres humains avaient fui. Une sorte de statuaire d'un peuple de cendre. Un homme, de deux mètres cinquante errait près de la cheminée. Ses jambes, des jambes robustes de cow-boy, et la forme de sa mâchoire alors qu'il leur faisait face, répondait aux questions immédiates sur le domaine. Le doigt à l'extrémité de son long bras noir était pointé à gauche, vers le ciel, là où un mur s'était effondré et il exigeait qu'on sorte rapidement de chez lui. Près de l'homme qui tendait le doigt, gravé sur le mur ocre, il y avait une jeune fille avec des ailes de papillon de trois pieds de long. Le mur opposé était habité par ce que Consolata prenait pour des pêcheurs, mais l'homme vivant dit : Non, plutôt des yeux d'Esquimau.

« Esquimau ? demanda-t-elle en relevant ses cheveux de dans son cou. C'est quoi un Esquimau ? »

Il éclata de rire et, obéissant à l'ordre du cow-boy, il l'entraîna au-dehors, par-dessus les décombres du mur effondré et ils retournèrent dans le fossé où ils rivalisèrent avec les figuiers pour s'éteindre l'un l'autre.

Mi-octobre, il sauta une semaine. Un vendredi arriva et Consolata attendit pendant deux heures et demie là où le chemin de terre rejoignait la route goudronnée. Elle aurait attendu plus longtemps, mais Penny et Clarissa vinrent la chercher.

Il doit être mort, pensait-elle, et personne pour le lui dire. Elle se tourmenta toute la nuit — sur sa paillasse dans l'office ou, la tête enfoncée dans les épaules, devant la table de la cuisine. Le matin la trouva en train de contempler le monde des choses vivantes s'écouler au loin avec l'absence de l'homme vivant. Son cœur, écrasé par la terrible nouvelle, s'affaiblit. Ses veines semblaient devenues des tubes de Cellophane froissée. Le poids dans sa poitrine s'alourdissait si vite qu'il lui fut impossible de respirer normalement. Finalement, elle décida de découvrir la vérité ou de le découvrir lui.

Le samedi était une journée très active dans le coin. L'autocar hebdomadaire la klaxonna pour qu'elle s'écarte alors qu'elle marchait à grandes enjambées au beau milieu de la route du comté. Consolata courut sur le bas-côté et le souffle du tuyau d'échappement souleva ses cheveux dénattés. Quelques minutes plus tard, un camion d'essence la doubla et le chauffeur lui cria quelque chose par la fenêtre. Une demi-heure plus tard, il y eut un reflet au loin. Une voiture ? Un camion ? Lui ? Son cœur gargouilla et laissa filtrer un peu de sang dans ses veines de Cellophane. Elle n'osait pas laisser le sourire qui grandissait sur sa bouche s'étaler sur son visage. Pas plus qu'elle n'osait s'arrêter de marcher tandis que le véhicule apparaissait lentement. Oui, mon Dieu, un camion. Et une seule personne au volant, Jésus. Et le voilà qui ralentissait. Consolata se retourna pour le voir s'arrêter tout à fait et se régaler au spectacle du visage de l'homme vivant.

Il se pencha à la portière avec un sourire.

« Je vous emmène ? »

Consolata traversa la route en courant et fit le tour jusqu'à la portière du passager. Quand elle y arriva, elle était ouverte. Elle monta, et pour une raison quelconque — un désir de femme de le réprimander, d'annihiler vingt-quatre heures de désespoir ; de faire semblant au moins que la souffrance qu'il lui avait fait endurer exigeait des excuses, une explication pour qu'elle lui pardonne —, une sorte d'instinct la retint et elle ne glissa pas la main entre ses cuisses comme elle en avait envie.

Il se taisait, bien sûr. Mais ce n'était pas le silence du vendredi à midi quand il venait la prendre. Alors, l'absence de paroles était lourde de promesse. Facile. Sonore. Le silence d'aujourd'hui était stérile, un mutisme doublé d'acide. C'est alors qu'elle remarqua l'odeur. Pas du tout désagréable, mais pas la sienne. Consolata se figea ; puis, sans oser regarder son visage, elle jeta un coup d'œil en biais vers ses pieds. Il ne portait pas ses souliers noirs mais des bottes de cow-boy, ce qui la convainquit qu'un inconnu tenait le volant, habitait son corps, que ce n'était pas lui.

Elle pensa hurler, se jeter sur la route. Elle se débattrait s'il la touchait. Elle n'eut pas le temps d'imaginer autre chose car ils s'approchaient du chemin de terre qui conduisait au Couvent. Elle s'apprêtait à ouvrir la portière quand l'inconnu freina et s'arrêta doucement. Il se pencha, lui frôla les seins avec le bras et souleva la poignée de la portière. Elle descendit aussitôt et se retourna pour voir.

Il toucha le bord de son Stetson, sourit. « À la prochaine, dit-il. À la prochaine. »

Elle recula en fixant le visage exact de l'homme vivant, éprouvant de la répulsion pour lui mais rivée à ses yeux pudiques et agrandis par la haine.

L'incident ne met pas un terme aux rendez-vous du figuier. Il vient le vendredi suivant avec les bonnes chaussures et le bon parfum, et ils se disputent un peu.

« Qu'est-ce qu'il a fait ?

— Rien. Il ne m'a même pas demandé où j'allais. Il m'a simplement raccompagnée.

— C'est bien ce qu'il a fait.

— Pourquoi ?

— Il nous a rendu service à tous les deux.

— Sûrement pas. Il était...

— Quoi ?

— Je ne sais pas.

— Qu'est-ce qu'il t'a dit ?

— Il a dit : « Je vous emmène ? » et il a dit : « À la prochaine. »

Comme s'il devait recommencer. Je peux dire qu'il ne m'aime pas.

— Probablement. Mais pourquoi il devrait t'aimer ? Tu le veux lui aussi ? Comme toi ?

— Non. Oh, non. Mais.

— Mais quoi ? »

Consolata se redresse et regarde fixement l'arrière de la maison incendiée. Quelque chose avec une fourrure brune court dans ce qui reste d'un tonneau pour eaux de pluie.

« Tu lui as parlé de moi ? demande-t-elle.

— Jamais dit un mot de toi.

— Alors comment il savait que j'allais te chercher ?

— Il savait peut-être pas. Peut-être qu'il a seulement pensé que tu allais en ville à pied.

— Il n'a pas fait demi-tour. Il allait au nord. C'est pour ça que j'ai cru que c'était toi.

— Écoute », dit-il. Il s'accroupit et lance des cailloux. « Nous devons avoir un signal. Je ne peux pas toujours venir le vendredi. Mettons quelque chose au point, comme ça tu sauras. »

Ils ne trouvèrent rien de satisfaisant. Elle finit par lui dire qu'elle attendrait le vendredi mais seulement une heure. Il dit : Si je ne suis pas à l'heure c'est que je ne viens pas du tout.

La régularité de leurs rendez-vous, avant l'arrivée de son frère jumeau, avait apaisé la faim de Consolata jusqu'à ce qu'elle soit comme une lame émoussée. L'irrégularité la poignarda. Même ainsi, il l'emmena encore deux fois là où les figuiers persistaient à vivre. Elle ne le savait pas sur le moment, mais la seconde fois fut la dernière.

C'est fin octobre. Il ferme une partie de la maison incendiée avec une couverture de selle, et ils s'allongent sur un sac de couchage de l'armée. Le ciel pâle au-dessus d'eux est entouré d'une obscurité qui monte et qu'ils n'auraient pas vue même s'ils avaient regardé. Aussi la neige qui illumine les cheveux de Consolata et refroidit le dos de l'homme vivant les surprend. Ensuite, ils parlent de leur situation. Bloqués par le temps et les circonstances, ils parlent surtout pour savoir Où. Il cite une ville à cent cinquante kilomètres au nord, mais il se reprend aussitôt, parce qu'aucun motel ou hôtel ne les acceptera. Elle propose le Couvent en raison des nombreux endroits où se cacher. Il s'étouffe de mécontentement.

« Écoute, chuchote-t-elle. Il y a une petite pièce dans la cave. Non. Attends, écoute. Je vais l'arranger, ce sera très beau. Avec des bougies. En été, c'est frais et sombre, en hiver chaud comme le café. Nous aurons une lampe pour nous voir mais personne pourra nous voir. Nous pouvons crier aussi fort qu'on le voudra et personne nous entendra. Il y a les poires en bas et des murs de vin. Les bouteilles dorment allongées sur le côté et chacune a un nom, comme Veuve Cliquot ou Médoc, et un numéro : 1, 9, 1, 5 ou 1, 9, 2, 6, comme des prisonniers qui attendent qu'on les libère. » Elle insiste : « Allez. S'il te plaît. Viens dans ma maison. »

Pendant qu'il réfléchit, Consolata fait des plans. Des plans pour fourrer des chapelets dans les taies d'oreiller ; rincer des draps de lin à l'eau chaude parfumée à la cannelle. Ils étancheront leur soif avec le vin prisonnier, lui dit-elle. Il a un petit rire satisfait et elle lui mord la lèvre ce qui, en y repensant, fut sa grande erreur.

Consolata fit tout ce qu'elle avait dit et plus encore. La chambre de la cave étincelait dans la lumière d'un chandelier à huit branches de Hollande et exhalait des parfums d'herbes sèches. Des poires remplissaient une coupe blanche. Rien de tout cela ne lui plut car il ne vint jamais. Il ne sentit jamais le frottement du drap de lin sur sa peau, ni n'enleva d'éclats de bâton de cannelle des cheveux de Consolata. Les deux verres à vin qu'elle récupéra dans des caisses remplies de paille et qu'elle essuya jusqu'à obtenir une transparence anormale se couvrirent de grains de poussière puis, en novembre, juste avant Thanksgiving, une araignée assidue s'y installa.

Penny et Clarissa s'étaient lavé les cheveux et, assises près du poêle, elles les séchaient en y passant les doigts. De temps en temps, l'une d'elles se penchait et en secouait une poignée noire plus près de la chaleur. Elles fredonnaient des berceuses interdites en algonquin et observaient Consolata comme elles l'avaient toujours fait : ses périodes de surexcitation, d'énergie presque folle ; son lent changement jusqu'à se ronger les ongles. Elles l'aimaient bien parce qu'on l'avait volée, comme elles, et elles se sentaient tristes pour elle. Elles considéraient son comportement comme une grave mise en garde sur les limites et les possibilités de l'amour et l'emprisonnement, et elles retenaient la leçon pour l'équilibre de leur vie. Cependant, en ce moment, leur avenir immédiat prenait le pas. Leurs sacs prêts, leurs plans mis au point, elles n'avaient plus besoin que d'argent.

« Où est-ce que tu gardes l'argent, Consolata ? S'il te plaît, Consolata. Mercredi, ils nous emmènent en maison de correction. Juste un peu, Consolata. Dans l'office, hein ? D'accord, où ? Rien que lundi il y a eu un dollar et vingt cents. »

Consolata faisait la sourde oreille. « Arrêtez de m'ennuyer.

— On t'a aidée, Consolata. Maintenant, tu dois nous aider. Ce n'est pas du vol — on a travaillé dur ici. D'accord ? Rappelle-toi comment on a travaillé. »

Elles avaient des voix chantantes, apaisantes, elle secouaient leurs cheveux et la regardaient avec les yeux radieux des vierges en péril.

Les coups frappés à la porte de la cuisine n'étaient pas très forts mais montraient une confiance évidente. Trois coups. Pas plus. Les filles cessèrent d'agiter leurs cheveux. Consolata se leva de sa chaise comme si le shérif ou un ange l'avait appelée. D'une certaine façon, c'était un peu les deux, sous les traits d'une jeune femme, épuisée, qui respirait difficilement mais se tenait droite comme un I.

« Ça fait un bout de chemin, dit-elle. Je voudrais m'asseoir, s'il vous plaît. »

Penny et Clarissa disparurent comme de la fumée.

La jeune femme prit la chaise que Penny venait de libérer.

« Je peux vous donner quelque chose ? demanda Consolata.

— De l'eau, s'il vous plaît.

— Pas du thé ? Vous avez l'air gelé.

— Oui. Mais de l'eau d'abord. Puis un peu de thé. »

Consolata versa de l'eau d'une cruche et se pencha pour vérifier le feu dans le poêle.

« C'est quoi cette odeur ? demanda la visiteuse. De la sauge ? »

Consolata fit oui de la tête. La femme porta ses doigts à ses lèvres.

« Ça vous dérange ?

— Ça va passer. Merci. » Elle but l'eau lentement jusqu'à ce que le verre soit entièrement vide.

Consolata savait, ou croyait savoir, mais elle posa quand même la question. « Qu'est-ce que c'est que vous voulez ?

— Que vous m'aidiez. » Elle avait une voix douce, réservée. Pas de jugements, pas de supplication.

« Je ne peux pas vous aider.
— Vous le pouvez si vous le voulez.
— Vous cherchez quel genre d'aide ?
— Je ne peux pas avoir cet enfant. »

De l'eau chaude tomba dans la soucoupe. Consolata reposa la bouilloire et épongea l'eau avec un torchon. Elle n'avait jamais vu cette femme — une jeune fille en fait, une vingtaine d'années — mais dès qu'elle était entrée, elle avait su de qui il s'agissait. Le parfum de l'homme vivant l'entourait, ou son parfum à elle l'entourait lui. Ils avaient vécu assez proches l'un de l'autre et assez longtemps pour avoir respiré le parfum des phlox, du savon Camay et du tabac et le laisser flotter dans leur sillage. Ça et un certain nombre d'autres choses : l'odeur de petits enfants, l'arôme agréable de l'huile d'amande douce, de la poudre pour bébé et d'une nourriture sans viande. C'était une mère, disant une chose brutale indigne d'une mère qui se précipita vers Consolata comme une langue fourchue. Elle évita la langue mais le venin la frappa avec ce qu'elle avait su mais qu'elle n'avait jamais imaginé : elle le partageait avec sa femme. Maintenant elle voyait les images qui représentaient exactement ce que ce mot — partager — signifiait.

« Je ne peux pas vous aider pour ça ! Qu'est-ce qu'il y a qui va pas ?
— J'ai eu deux enfants en deux ans. Si j'en ai un autre...
— Pourquoi vous venez me voir ? Pourquoi que vous me demandez à moi ?
— Qui d'autre ? » demanda la femme, avec sa voix claire, comme s'il s'agissait d'une évidence.

Le poison se répandait. Consolata l'avait perdu. Tout à fait. Pour toujours. Sa femme ne le savait peut-être pas, mais Consolata se souvint de son visage. Pas quand elle lui mordit la lèvre, mais quand elle fredonna en léchant le sang qui en coulait. Il avait respiré brusquement. Dit : « Ne recommence jamais ça. » Mais ses yeux, tout d'abord effrayés puis révoltés, lui avaient dit le reste de ce qu'elle aurait dû savoir tout de suite. Le trèfle, la cannelle, le lin ancien et doux — qui prendrait le risque des poires et d'un mur de vin prisonnier avec une femme prête à vous manger ?

« Fichez le camp. Vous êtes pas venue ici pour ça. Vous êtes venue me dire, me montrer à quoi vous ressemblez. Et vous croyez que je vais m'arrêter parce que je sais ce que vous voulez. Et ben, je m'arrêterai pas.

— Non, mais lui il va s'arrêter.

— Vous seriez pas venue si c'était ce que vous pensez. Vous voulez voir à quoi je ressemble ; si je suis enceinte aussi.

— Écoutez-moi. Il ne peut pas échouer dans ce qu'il fait. Aucun de nous ne peut échouer. Nous construisons quelque chose.

— Qu'est-ce que j'en ai à faire de votre petite ville minable ? Fichez le camp. Allez-vous-en. J'ai du travail. »

Rentra-t-elle chez elle à pied ? Ou était-ce aussi un mensonge ? Sa voiture était-elle rangée tout près ? Ou, si elle rentra à pied, est-ce que personne ne s'arrêta pour la prendre ? Est-ce pour cela qu'elle perdit le bébé ?

Elle s'appelait Soane et quand Consolata et elle devinrent des amies fidèles, Soane lui dit qu'elle ne le pensait pas. C'était le mal qu'elle avait dans le cœur qui en était la cause. L'arrogance qui s'écoulait avec l'hypocrisie, dit-elle. Simulant un sacrifice, elle n'avait pas l'intention de lui apprendre à ne pas jouer avec la volonté de Dieu. La vie qu'elle offrait comme un marché lui tomba entre les jambes dans une mare de liquides rouges et dans des draps séchés au vent. Leur amitié mit quelque temps à naître. Dans l'intervalle, après le départ de la femme, Consolata jeta un petit sac de toile rempli de pièces à Penny et à Clarissa en leur criant : « Fichez-moi le camp ! »

Alors que la lumière changeait ainsi que les repas, les jours suivants furent un long siège de chagrin, au cours duquel Consolata chercha des bribes de son amour dévorant. Son aventure amoureuse, étirée jusqu'au point de rupture, se rompit, ne laissant qu'un simple transfert irresponsable. Du Christ, auquel on s'abandonne entièrement avant d'avaler l'idée de Sa Chair, vers un homme vivant. La honte. La honte sans faute. Consolata revint pour ainsi dire en rampant vers la petite chapelle (en désirant ardemment qu'Il soit là, rougeoyant dans la faible lumière). Elle revint précipitamment, comme le font les femmes, comme dans des bras qui comprennent où le corps, ainsi qu'un spasme musculaire, n'a aucun souvenir de sa crainte. Aucune prière de supplication ne s'éleva. Aucun Domine, non sum dignus. Elle fléchit simplement les genoux qu'elle avait été si heureuse d'écarter et dit : « Seigneur, je ne voulais pas le manger. Je voulais seulement aller chez moi. »

Mary Magna entra dans la chapelle, s'agenouilla à côté d'elle, posa le bras sur les épaules de Consolata et dit : « Enfin.

— Vous ne savez pas, répondit Consolata.

— C'est inutile, mon enfant.

— Mais lui, mais lui. » Cha cha cha. Cha cha cha, voulait-elle dire, mais lui et moi, nous sommes pareils.

— Ch ch ch chut, dit Mary Magna. Ne reparle jamais de lui. »

Elle aurait pu ne pas accepter aussi vite, mais tandis que Mary Magna la conduisait de la chapelle dans la salle de classe, un éclat de soleil lui brûla l'œil droit, signe avant-coureur de sa vision de chauve-souris, et elle commença à mieux voir dans le noir. Consolata avait reçu une réponse.

Mary Magna dépensa ce qu'elle pouvait afin d'emmener toute la maisonnée à Middleton où chacune, mais surtout Consolata, put se confesser et assister à la messe. Clarissa et Penny, des modèles de pénitence, insistèrent sans succès pour visiter le musée de l'Ouest et des Indiens qu'un panneau annonçait sur la route. Sœur Mary Elizabeth dit que c'était peu sage après la confession. Pendant le long voyage de retour, le silence ne fut troublé que par les *chwit* que faisaient les pages de missel qu'on tournait et les rares murmures des dernières pensionnaires de l'école.

Bientôt, il ne resta plus que Mère et sœur Roberta. Sœur Mary Elizabeth accepta un poste d'institutrice dans l'Indiana. Penny et Clarissa avaient été conduites vers l'est et, comme on l'apprit plus tard, elles s'étaient enfuies de l'autocar, une nuit, à Fayetteville dans l'Arkansas. À part un mandat adressé à Consolata et signé d'un nom de roman, on n'entendit plus jamais parler d'elles.

Les trois femmes passèrent l'hiver à attendre, puis à ne plus attendre, soit une retraite, soit un « foyer ». L'indépendance à laquelle était destinée la mission commença à ressembler à un abandon. Elles prirent certaines décisions pour conserver la propriété sans contracter de dettes que la fondation ne pouvait plus payer. Sargeant Person accepta de leur louer de la terre pour y cultiver du maïs et de la luzerne. Elles firent des sauces, des confitures de fruits et du pain. Elles vendirent des œufs, des piments, des marinades et de la sauce barbecue relevée, qu'elles annoncèrent sur un grand carton recouvrant le nom de l'école à la peinture bleue et blanche un peu passée. En 1955, la plupart de leurs clients conduisaient des camions entre l'Arkansas et le Texas. Les citoyens de Ruby s'arrêtaient rarement pour acheter autre chose que des piments, car eux-mêmes faisaient une excellente cuisine et préparaient et cultivaient ce qu'ils voulaient. Ce n'est que dans les années soixante, au temps des vaches grasses, qu'ils se joignirent aux conducteurs de camions et qu'ils considérèrent que ce qu'ils appelaient les poulets du Couvent étaient suffisamment supérieurs aux leurs pour valoir le déplacement. Puis ils goûtèrent aussi un peu de gelée de jalapeno ou des marinades de maïs. Les jeunes pécans plantés dans les années quarante étaient en plein rendement en 1960. Le Couvent vendit les noix et, quand elles en firent des tartes, celles-ci partirent comme des petits pains. Elles faisaient une tarte à la rhubarbe si délicieuse que ceux qui en mangeaient en parlaient à tout le monde, et la sauce barbecue s'acquit une réputation divine grâce au feu d'enfer des piments.

C'était une vie parfaite pour Consolata. Mieux que parfaite, car Mary Magna lui avait appris la patience comme première vertu. Après avoir pris les dispositions pour sa confirmation, elle avait gardé la jeune Consolata près d'elle et ensemble elles surveillaient le café qui passait ou s'asseyaient en silence à la limite du jardin. On ne voit la générosité de Dieu, disait-elle, que dans le don de patience. Cette leçon rendit Consolata très utile et elle remarqua à peine tout ce qu'elle perdait. La première chose à partir furent les rudiments de sa propre langue. De temps en temps, elle se rendait compte qu'elle parlait et pensait dans cet endroit intermédiaire, la vallée entre les règles de sa première langue et le vocabulaire de la seconde. Ensuite, sa gêne disparut. Enfin, elle perdit la capacité de supporter la lumière. À l'époque où Mavis arriva, sœur Roberta était partie dans une clinique et Consolata n'avait comme seule préoccupation que de soigner Mary Magna.

Mais avant cela, avant que la femme échevelée en sandales de cuir hurle au bord du jardin, avant la maladie de Mary Magna, toujours en état de dévotion et de cécité, et dix ans après l'été où elle s'était caché dans un fossé derrière une maison remplie d'êtres de cendre inhospitaliers, Consolata se laissa tromper par la résurrection des morts.

C'étaient des années en demi-teinte. Une pénitence toujours présente mais qui ne dévorait pas tout. Il restait du temps pour s'occuper des choses de tous les jours. Consolata apprit à prendre en main tout ce qui ne nécessitait pas de papier : elle améliora la sauce barbecue dont les gens de cette région d'élevage raffolaient ; elle se querellait avec les poulets ; elle faisait un grand détour pour éviter les oies méchantes ; et s'occupait du jardin. Avec sœur Roberta, elles avaient décidé d'avoir de nouveau une vache et Consolata, debout dans le jardin, se demandait où lui faire un enclos quand de la sueur lui coula dans le cou et à la naissance des cheveux comme une pluie qui tombe. Elle lui brouilla même les lunettes noires qu'elle portait maintenant. Elle les enleva pour essuyer la sueur qui lui coulait dans les yeux. À travers l'eau salée elle vit une ombre qui venait vers elle. Quand elle fut tout près, elle se transforma en une petite femme. Consolata, prise de vertige, essaya de s'appuyer à une rame de haricots, elle la rata et tomba. Quand elle reprit ses esprits, elle était assise sur la chaise rouge, la petite femme fredonnait en lui épongeant le front.

« Pouvez dire que vous avez de la chance », marmonna-t-elle en mâchant un chewing gum.

« Qu'est-ce qu'il m'est arrivé ? » Consolata regarda vers la maison.

« Le retour d'âge, je pense. Voilà vos lunettes. Mais tordues. »

Elle s'appelait Lone DuPres, dit-elle, et si elle n'était pas venue chercher des piments, qui sait combien de temps Consolata serait restée allongée dans les haricots.

Consolata se rendit compte qu'elle était trop faible pour se lever aussi elle laissa aller sa tête contre le haut du dossier et demanda de l'eau.

« Ho, ho, répondit Lone. Vous en avez déjà trop eu. Quel âge avez-vous ?

— Quarante-neuf ans. Bientôt cinquante.

— Bon, j'en ai plus de soixante-dix et je m'y connais. Faites ce que je vous dis et le retour d'âge sera plus facile et plus rapide.

— Vous savez pas que c'est ça.

— Vous pariez ? Et c'est pas seulement la suée. Vous ressentez quelque chose de plus, non ?
— Comme quoi ?
— Vous le savez si c'est le cas.
— Ça fait comment ?
— Dites-le-moi. Y a des femmes qui supportent pas. Y en a d'autres qui disent que ça leur rappelle, enfin, vous savez.
— J'ai la gorge desséchée », dit Consolata.
Lone fouilla dans son sac. « Je vais vous préparer une tisane pour vous aider.
— Non. Les sœurs. Je veux dire, elles vont pas être d'accord. Elles vont pas vous laisser entrer comme ça et traficoter sur le poêle.
— Oh, elles seront d'accord. »
Et elles le furent. Lone donna à Consolata une boisson chaude qui avait un goût de sel. Quand elle décrivit l'envoûtement qu'elle avait subi et le remède de Lone à Mary Magna, cette dernière rit et dit : « Eh bien, l'enseignante que je suis pense "charlatanerie". La femme que je suis pense que tout ce qui aide, aide. Mais fait très attention. » Mary Magna baissa la voix. « Je crois qu'elle pratique. »
Lone ne venait pas souvent mais, à chaque fois, elle donnait à Consolata une information qui la mettait mal à l'aise. Consolata se plaignait de ne pas croire à la magie ; que l'église et toutes les choses saintes interdisaient tout recours à sa connaissance et à sa pratique. Lone ne se montrait pas agressive. Elle disait simplement : « Il arrive que les gens ont besoin de quelque chose en plus.
— Jamais, affirmait Consolata. Dans ma foi, la foi est tout ce dont j'ai besoin.
— Vous avez besoin de ce qu'on a tous besoin : la terre, l'air, l'eau. Ne séparez pas Dieu de ses éléments. Il a tout créé. Vous vous efforcez de Le séparer de Son œuvre. Ne déséquilibrez pas Son monde. »
Consolata écoutait sans trop y croire. Elle n'avait pas une grande curiosité ; ses habitudes religieuses étaient solides. Sa sécurité ne résidait pas dans la chute d'un balai ou dans les crottes d'un coyote. Son bonheur n'était ni augmenté ni diminué par la vue d'un animal mal formé. Elle n'avait pas envie de parler avec l'eau. Et elle ne croyait pas non plus que les gens

ordinaires pouvaient ou devaient intervenir sur les conséquences naturelles. Cependant, la route de Demby était toute droite et un adolescent qui la parcourait en voiture pour la première fois croyait non seulement qu'il pouvait y conduire les yeux bandés mais aussi en dormant, ce que faisait régulièrement Scout Morgan, dans un sens et dans l'autre, comme il le fit un jour, en début de soirée sur la route qui passait près du Couvent. Il avait quinze ans et conduisait le camion du père de son meilleur ami, (qui n'était rien comparé au camion Little Deere que son oncle lui avait appris à manier), tandis que son frère, Easter, dormait sur la couchette et leur meilleur ami à côté de lui. Ils étaient allés en douce à Red Fork voir le Black Rodeo auquel leurs pères leur avaient interdit d'assister, et ils avaient bu beaucoup de bière Falstaff. Scout s'assoupit au volant et le camion quitta légèrement la route ce qui n'aurait pas eu de graves conséquences sans les poteaux électriques entassés sur le bas-côté et prêts à être enlevés dès que les ouvriers chargés de les planter en auraient reçu l'ordre. Le camion les heurta et se renversa. July Person et Easter furent éjectés. Scout resta coincé à l'intérieur, et des lignes rouges et brisées rehaussaient le noir de sa peau sur sa tempe.

Lone, assise à la table de Consolata, sentit plus qu'elle n'entendit l'accident : les cris de July et d'Easter ne pouvaient pas avoir porté si loin. Elle se leva et saisit le bras de Consolata.

« Viens !
— Où ça ?
— Tout près je crois. »

Quand elles arrivèrent, Easter et July avaient sorti le corps de Scout de la cabine et poussaient des hurlements au-dessus de leur ami mort. Lone s'adressa à Consolata : « Je suis trop vieille maintenant. Je ne peux plus faire ça, mais toi si.
— Le soulever ?
— Non. Entre en lui. Réveille-le.
— En lui ? Comment ?
— Entre. Entre simplement en marchant sur lui. Secours-le, ma petite ! »

Consolata regarda le corps et sans hésitation enleva ses lunettes et fixa les filets rouges qui décoloraient ses cheveux. Elle entra. Elle vit la route sur laquelle il avait rêvé, elle sentit le camion se renverser, le mal à la tête, la poitrine écrasée, le refus de respirer. Elle entendit comme de très loin Easter et July qui donnaient des coups de pied au camion en gémissant. À l'intérieur du garçon, elle vit un point de lumière qui s'éloignait. Elle réunit son énergie qui ressemblait à de la peur et elle le fixa jusqu'à ce qu'il s'agrandisse. Puis de plus en plus pour que de l'air puisse s'infiltrer au début, puis entrer en force. Cela faisait un mal de chien de regarder ce point de lumière pourtant elle se concentra comme si les poumons qui avaient besoin d'air avaient été les siens.

Scout ouvrit les yeux, poussa un gémissement et s'assit. Les femmes dirent aux deux garçons non blessés de le transporter au Couvent. Ils hésitèrent en échangeant un regard. Lone cria : « Mais qu'est-ce que vous avez tous nom de Dieu ! »

Tous deux étaient profondément soulagés par la guérison de Scout, mais, Non, m'dame, Miss DuPres, dirent-ils, faut qu'on rentre. « Regardons si le camion marche encore », dit Easter. Ils le remirent sur ses roues et le trouvèrent en état de rouler. Lone partit avec eux et laissa Consolata à moitié folle de joie et à moitié morte de honte à cause de ce qu'elle avait fait. Elle avait pratiqué.

Des semaines passèrent avant le retour de Lone qui la rassura à propos de la guérison de Scout.

« Tu es douée. Je l'ai toujours su. »

Consolata fit grise mine et se signa en marmonnant « Ave Maria, gracia plena ». Sa joie avait disparu et tout lui semblait dégoûtant. Comme de la sorcellerie. Comme l'œuvre du malin. Quelque chose qui la mortifierait si elle devait l'avouer à Mary Magna, à Jésus ou à la Vierge. Elle ne savait pas ce qu'elle faisait à ce moment-là ; elle était envoûtée. L'envoûtement de Lone. Et elle le lui dit.

« Sois pas bête. Dieu fait pas d'erreur. Mépriser le don qu'Il t'a fait, ça c'est une erreur. Tu crois qu'Il est bête, comme toi ?

— Je ne comprends rien ce que tu dis, répliqua Consolata.

— Mais si tu comprends. Laisse ton esprit s'habituer à ce que Dieu te donne.

— Je pense qu'Il veut je t'ignore.

— Tu es têtue », dit Lone. Elle prit son sac et descendit l'allée pour attendre au soleil la voiture qui devait l'emmener.

Puis Soane vint. « Lone DuPres m'a dit ce que vous aviez fait. Je suis venue vous remercier de tout mon cœur. »

Consolata ne la trouva pas du tout changée, sauf qu'elle avait coupé ses longs cheveux, de 1954, collants de désespoir. Elle portait un panier qu'elle posa sur la table. « Vous serez éternellement dans mes prières. »

Consolata souleva la serviette qui recouvrait le panier. Des gâteaux ronds étaient posés entre du papier ciré. « Mère va les aimer avec son thé », dit-elle. Puis, elle regarda Soane : « Iront bien avec du café aussi.

— J'en boirais bien une tasse. Plus que n'importe quoi. »

Consolata posa les gâteaux sur un plateau. « Lone pense...

— Ça m'est complètement égal. Vous me l'avez rendu. »

Un jars poussa un cri dans la cour et fit fuir les oies devant lui.

« Je ne savais pas que c'était votre fils.

— Je le sais.

— C'était quelque chose que j'ai pas pu m'en empêcher. Je veux dire que ça m'échappait complètement, pour ainsi dire.

— Je le sais aussi.

— Qu'est-ce qu'il pense ?

— Il pense que vous l'avez sauvé.

— Il a peut-être raison.

— Peut-être.

— Qu'est-ce que vous pensez ?

— Qu'il a eu de la chance de nous avoir toutes les deux. »

Consolata secoua les miettes du panier et y remit la serviette soigneusement pliée. Elles échangèrent ce panier pendant des années.

Avec quelqu'un d'autre que Mary Magna, « entrer » était inutile. Il n'y avait pas de mot pour ça. La lumière que Consolata ne pouvait approcher de ses yeux, elle la supporta pour la révérende mère quand elle tomba malade. Au début, elle essaya à cause de la faiblesse de la dévotion qui se transforma en panique — rien se semblait soulager Mary Magna —, puis, rendue furieuse par son impuissance, elle prit la direction des événements. Elle entra dedans pour trouver le point de lumière. Elle le manipula, l'agrandit, le renforça. Elle lui redonna vie, elle la releva même, de temps en temps. Et elle entrait en elle avec une telle intensité que Mary Magna brilla comme une lampe jusqu'à son dernier souffle dans les bras de Consolata. Ainsi, elle avait pratiqué, et bien que ce fût au profit de la femme qu'elle aimait, elle savait qu'il s'agissait d'un anathème, que Mary Magna aurait reculé de dégoût et de fureur si elle avait su que le mal prolongeait sa vie. Que la bénédiction de ce départ final était repoussée délibérément par quelqu'un qui aurait dû savoir. Aussi Consolata ne lui en parla jamais. Cependant, bien qu'il fût répugnant, le don ne disparut pas. Troublant comme il l'était, accouplant le péché d'orgueil à la sorcellerie, elle finit par pactiser avec lui et se persuada qu'ainsi elle ne L'offenserait pas et ne mettrait pas non plus son âme en péril. C'était une question de langage. Lone appelait cela « entrer à l'intérieur ». Consolata disait « voir à l'intérieur », ainsi le don était une « vision intérieure ». Quelque chose que Dieu rendait accessible à ceux qui voulaient le développer. C'était un peu tortueux mais cela mit un terme à la discussion entre Lone et elle et lui permit d'accepter les remèdes de Lone pour soigner toutes sortes de maladies et d'en expérimenter d'autres quand la « vision intérieure » l'éblouissait. Plus le monde visible devenait obscur, plus sa « vision intérieure » devenait éblouissante.

Quand Mary Magna mourut, Consolata, cinquante-quatre ans, se sentit orpheline comme ne l'avait pas été l'enfant des rues et comme ne l'avait jamais été la servante. L'église avait raison de mettre en garde contre un amour humain excessif, et quand Mary Magna la quitta, Consolata accepta l'amitié de ses deux amies, l'aide et les chuchotements d'encouragement de Mavis, les efforts de Grace pour l'égayer, mais la corde qui la reliait au monde lui avait glissé des doigts. Elle n'avait pas d'identité, pas d'assurance, pas de famille, pas de travail. Face à l'anéantissement, s'attendant à être chassée, méfiante à l'égard de Dieu, elle avait l'impression d'être un morceau de papier — sans rien d'écrit dessus — dans le coin d'un placard vide. On lui avait promis que, de toute façon, on s'occuperait d'elle, mais on ne lui avait pas dit que « de toute façon » n'était pas « de toutes les façons » ni éternellement. Le vin prisonnier ne l'aida pendant qu'un certain temps et elle découvrit, pleine d'une méchanceté d'ivrogne, qu'elle souhaitait avoir la force de frapper à mort les femmes qui vivaient en parasites dans la maison. « Dieu fait pas d'erreur », lui avait crié Lone. Peut-être pas mais, de temps en temps, il se montrait par trop généreux. Comme de donner des pouvoirs sataniques à une ivrogne ignorante et sans le sou, qui vivait dans l'obscurité, incapable de se lever de son lit pour faire quelque chose d'utile ou d'y mourir pour débarrasser le monde de sa puanteur. Les cheveux gris, les yeux vidés de ce pour quoi des yeux sont faits, elle imaginait le spectacle qu'elle devait donner. Ses yeux sans couleur ne voyaient rien de précis sauf ce qu'il y avait dans l'esprit des autres. Exactement à l'opposé de cette saison aveugle où elle s'accouplait dans la boue avec l'homme vivant et bien qu'elle vît pour la première fois car elle faisait tant d'efforts pour regarder. Mais on lui avait parlé, on l'avait à moitié maudite, à moitié bénie. Il avait brûlé le vert de ses yeux et l'avait remplacé par une vision pure qui la damnait si elle l'utilisait.

Des pas puis des coups sur la porte interrompirent ses pensées tristes et sans issue.
La fille ouvrit la porte.
« Connie ?
— Qui d'autre ?
— C'est moi, Pallas. J'ai encore appelé mon père. Voilà. Tu sais. Je le retrouve à Tulsa. Je suis venue te dire au revoir.
— Je vois.
— Ça a été formidable. J'en avais besoin. Ça fait une éternité que je l'ai vu pour la dernière fois.
— Aussi longtemps que ça ?
— Tu vas pas me croire.
— C'est difficile. Tu as grossi.
— Ouais. Je sais.
— Qu'est-ce que tu vas faire ?
— Comme toujours. Un régime.
— Je parle pas de ça. Je parle du bébé. Tu es enceinte.
— Je ne suis pas enceinte.
— Non ?
— Non !
— Pourquoi ?
— Je n'ai que seize ans !
— Oh ! », fit Consolata en regardant la tête ronde comme

une lune qui flottait au-dessus d'une colonne vertébrale, les quatre petits appendices — des pattes ou des mains ou des sabots ou des pieds. Difficile à dire à ce stade. Pallas pouvait porter un agneau, un bébé, un jaguar. « Quelle pitié », dit-elle alors que Pallas s'enfuyait. Et « Quelle pitié » de nouveau quand elle imagina la vie probable de l'enfant avec sa jeune mère imbécile. Elle se souvint d'une autre jeune fille, à peu près du même âge, qui était arrivée quelques années plus tôt — à un très mauvais moment. Consolata se trouvait à l'intérieur depuis dix-sept jours, seule, elle maintenait la respiration de Mary Magna, et la lumière bleue et froide vacilla jusqu'à ce que Mary Magna demande la permission de s'en aller, bien que privée des derniers sacrements. La deuxième fille, Grace, était arrivée juste à temps pour briser la redoutable solitude qui s'abattit au moment où on emporta le corps ce qui permit à Consolata de dormir. Mavis venait de rentrer avec de l'eau de Lourdes et des antalgiques illégaux. Consolata accueillit cette compagnie qui lui permettait d'échapper à ses pensées d'éviction, de faim et de mort dans le péché. Sans papiers ni protection, elle se sentait aussi vulnérable qu'à neuf ans quand elle s'accrochait à la main de Mary Magna, près du bastingage de l'*Atenas*. Quelle que soit l'aide que Lone DuPres ou Soane pouvaient lui offrir, cela ne comprenait pas un toit. Pas dans cette ville.

Puis vint la fille de Ruby. Les yeux alourdis de larmes. Et quelque chose d'autre. Le travail de son ventre ne l'angoissait pas comme on aurait pu s'y attendre, mais la révoltait. Une répulsion si violente qu'elle l'amenait à séparer son esprit de son corps et à considérer cette chair qui produisait de la chair comme étrangère, rebelle, anormale, malade. Consolata ne trouvait pas la cause de cette répugnance, mais elle existait bel et bien. Et elle apparut de nouveau dans le Non ! hurlé par une autre : une terreur à l'état pur. Avec la première, Consolata fit ce qu'elle savait qu'aurait fait Mary Magna : elle calma la fille et lui conseilla d'attendre son terme. Elle lui dit qu'elle pouvait attendre l'accouchement au Couvent si elle le voulait. Mavis était folle de joie, Grace amusée. Elles prirent le loyer des terres et allèrent acheter ce qu'il fallait pour le nouveau-né et elles revinrent avec assez de bottons, de couches et de poupées pour une crèche. La fille, qui refusait obstinément que la sage-femme s'occupe d'elle, attendit, calme et renfrognée, pendant environ une semaine. Enfin, d'après Consolata. Mais jusqu'à ce que le travail commence, elle ne savait pas que la jeune mère s'était frappé impitoyablement le ventre. Si Consolata avait eu une meilleure vue et si la peau de la fille n'avait pas été aussi noire que la nuit d'un amoureux de l'océan, elle aurait vu les marques tout de suite. Mais elle ne vit que des gonflements et de larges surfaces là où en dessous la peau était violette plutôt qu'argent. Mais les véritables dégâts, c'était le manche à balai, enfoncé avec une adresse de violeur — sans pitié, plusieurs fois — entre ses jambes, qui les avait causés. Avec la délectation et la volonté d'un mâle furieux, elle avait essayé d'arracher la vie hors de sa vie. Et, d'une certaine façon, elle avait merveilleusement réussi. Le bébé de cinq ou six mois se révolta. Énergique, indigné, raide de peur, il essaya de s'échapper du navire délabré et démoli qui le portait. Les coups sur son crâne délicat, les gnons que recevait son derrière. Les frissons dans sa moelle épinière. Sinon, c'était sans espoir. S'il n'avait pas essayé de sauver sa peau, il se serait brisé en morceaux ou noyé dans la nourriture de sa mère. Et il vint au monde, si l'on peut dire, trop tôt et épuisé par sa fuite. Mais il respirait. Ou tout comme. Mavis s'en occupa. Grace se mit au lit. Consolata et Mavis lui nettoyèrent les yeux, lui enfoncèrent leurs doigts dans la gorge pour faire passer l'air, et elles essayèrent de le nourrir. Cela marcha quelques jours, puis il s'abandonna à la compagnie de Merle et de Pearl. À ce moment-là, la mère était partie, sans l'avoir jamais regardé ni touché, sans avoir posé de questions sur lui, ni lui avoir donné de nom. Grace l'appela Che et Consolata ne savait toujours pas où on l'avait enterré. Simplement, elle avait marmonné Agnus Dei, qui tollis peccata mundi : miserere nobis sur les trois livres de vie courageuse mais vaincue avant que Mavis, qui souriait et gazouillait, l'emporte.

C'était aussi bien, pensa Consolata. La vie avec cette mère aurait été un enfer pour Che. Et maintenant, il y en avait une autre qui criait Non ! comme si ça réglait l'affaire. Quelle pitié.

Consolata prit une bouteille et s'aperçut qu'elle était vide. Elle soupira et se laissa aller sur le dossier de sa chaise. Sans vin, elle le savait, ses pensées deviendraient insupportables ; résignation, apitoiement sur elle-même, rage muette, dégoût et honte brillant comme des braises dans un feu qui s'éteint. Au moment où elle se levait pour satisfaire son vice, une immense fatigue s'empara d'elle et l'obligea à se laisser retomber sur son siège, le menton appuyé sur la poitrine. Elle s'endormit dans la sobriété. Elle se réveilla la tête douloureuse et la bouche pâteuse, avec un besoin pressant. Au premier étage, elle entendit qu'on pleurnichait derrière une porte et qu'on chantait derrière l'autre. Elle redescendit l'escalier et décida d'aller prendre un peu l'air. Elle traversa la cuisine en traînant les pieds et sortit. Le soleil avait disparu en laissant derrière lui une lumière moins violente. Consolata contempla le jardin dévasté par l'hiver. Les pieds de tomates pendaient mollement au-dessus des fruits tombés, noirs et éclatés dans la terre. Les plants de moutarde étaient d'un jaune pâle à cause de la pourriture et de l'abandon. Toute une récolte de melons s'affaissait sur elle-même, près des chrysanthèmes d'un brun de boue. Quelques plumes de poulet restaient accrochées au grillage de la clôture basse qui protégeait tant bien que mal le potager. Sans une intervention humaine, les taupinières, les termitières, les ravages des lapins et des corbeaux se multipliaient. Au-delà, les tiges du maïs dans les champs soigneusement moissonnés semblaient abandonnées. Et les touffes des piments, auxquels pendaient les doigts fripés de leurs fruits, étaient raides de froid. Malgré les grains de sable que portait le vent et qui lui piquaient les jambes, Consolata s'assit sur la chaise rouge à la couleur délavée.

« Non sum dignus, murmura-t-elle. Mais dis-moi. Où est le repos des jours, les bordures de thym, le parfum de véronique que Tu avais promis ? Le lait et le miel que d'après Toi j'avais mérités ? Le bonheur que procure les tâches accomplies, la sérénité que nous assure le devoir, les bénédictions des travaux ? Ce que j'ai fait par amour de Toi était-il aussi terrible ? »

Mary Magna ne trouva rien à dire. Consolata écouta le silence de refus, plus étonnée que contrariée par le ciel, qui prenait maintenant des couleurs de plumage, or et vert bleu, se pavanant comme un amour partagé sur l'horizon. Elle eut peur de mourir seule, sans personne pour la pleurer, dans une terre profane, mais elle savait que c'était exactement ce qui l'attendait. Comme elle désirait la mort bienfaisante ! « Je veux Te dire que Tu me manqueras, lui dit-elle. Vraiment. » La lumière du ciel trembla.

Un homme s'approcha. De taille moyenne, la démarche légère, il remonta directement l'allée. Il portait un chapeau de cow-boy qui dissimulait ses traits mais, de toute façon, Consolata n'aurait pas pu les voir. Là où il s'assit, sur les marches de la cuisine, dans l'encadrement de la porte, un triangle d'ombre obscurcissait son visage mais pas ses vêtements : un gilet vert sur une chemise blanche, des bretelles rouges accrochées de chaque côté à son pantalon marron, des souliers noirs et brillants.

« Qui c'est ? demanda-t-elle.

— Allez, petite. Tu me connais. » Il se pencha en avant et elle vit qu'il portait des lunettes de soleil — avec des verres étincelants comme des miroirs.

« Non, dit-elle. Je peux pas dire.

— C'est pas important. Je passais. » Quinze mètres les séparaient, mais ses paroles léchèrent la joue de Consolata.

« Tu viens de la ville ?

— Hou, hou. J'viens de loin. Que'que chose à boire ?

— Regarde toi dans la maison. » Consolata commençait à glisser vers la langue de l'homme comme du miel qui coule d'un rayon.

« Ah, bon, dit-il comme si ça réglait la question et qu'il préférait avoir soif.

— Y'a qu'à appeler », dit Consolata. Les filles vont t'apporter quelque chose. » Elle se sentait légère, sans poids, comme si elle avait pu se déplacer, si elle le voulait, sans se lever.

« Tu ne me connais pas mieux que ça ? demanda l'homme. C'est pas tes filles que je veux voir. C'est toi. »

Consolata éclata de rire. « T'as des lunettes pires que moi. »

Brusquement, il fut à côté d'elle sans avoir bougé — il souriait comme s'il avait passé (ou s'attendait à passer) un bon moment. Consolata rit de nouveau. Ça semblait tellement drôle, comique même, la façon dont il avait volé vers elle depuis les marches et la façon dont il la regardait — séducteur, secrètement farceur. À quinze centimètres de son visage, il enleva son grand chapeau. Des cheveux clairs, couleur thé, tombèrent en cascade sur ses épaules et dans son dos. Puis il enleva ses lunettes et fit un clin d'œil, le lent battement séducteur d'une seule paupière. Elle vit que ses yeux étaient ronds et verts comme des pommes fraîches.

À la lumière d'une bougie, par un soir glacial de janvier, Consolata nettoie, lave et relave encore deux poules qu'on vient de tuer. Elles sont jeunes, de mauvaises pondeuses avec des plumes naissantes difficiles à arracher. Les cœurs, les cous, les abattis et les foies tournent lentement dans l'eau qui bout. Elle soulève la peau pour y enfoncer le doigt le plus loin possible. Sous la poitrine, elle cherche une poche près de l'aile. Puis, elle tient la poitrine de la main gauche et ses doigts de la main droite s'enfoncent sous la peau noire pour aller doucement jusqu'à la colonne vertébrale. À tous ces endroits — là où elle a écarté la peau et séparé la membrane de la chair qu'elle protégeait — elle met du beurre. Épais. Pâle. Glissant.

Pallas s'essuie les yeux du dos de la main et se mouche. Et maintenant ?
Le dernier coup de téléphone dont elle a parlé à Connie, n'était pas très différent du premier. Un peu plus court seulement. Mais il produisit la même frustration que ce qui avait tenu lieu de conversation avec son père l'été dernier.
Mon Dieu mais où est-ce que t'es, merde ? On pensait que tu étais morte. Grâce à Dieu. Ils ont retrouvé la voiture mais elle était enfoncée, merde, d'un côté et quelqu'un a tout arraché dedans. Tu vas bien ? Oh, mon bébé. *Papa.* Où est-ce qu'il est — il va en prendre plein le cul. Dis-moi ce qui s'est passé. Ta garce de mère dit n'importe quoi comme d'habitude. Est-ce qu'il t'a fait du mal ? *Papa, non.* Bon, quoi ? Il était seul ? On fait un procès à l'école, mon bébé. On les tient. *Ce n'était pas lui. Plusieurs garçons m'ont poursuivie.* Quoi ? *Dans leur camion. Ils ont embouti ma voiture et m'ont obligée à quitter la route. J'ai couru et...* Ils t'ont violée ? *Papa !* Tiens bon ma chérie. Jo Anne, appelle le détective. Dis-lui que j'ai Pallas en ligne. Non, elle va bien, appelle-le, d'accord ? Vas-y ma chérie. *Je suis.* Où est-ce que tu es ? *Tu vas venir me chercher papa ?* Bien sûr que je vais

venir. Tout de suite. Tu as besoin d'argent ? Tu peux aller dans un aéroport, une gare ? Dis-moi seulement où tu arriveras. Attends. Tu peux peut-être appeler la police. La police locale je veux dire. Ils pourront te conduire à un aéroport. Dis-leur de m'appeler. Tu m'appelles de la gare. Où est-ce que tu es ? Pallas ? D'où est-ce que tu m'appelles ? Pallas, t'es là ? *Minnesota.* Minnesota ? Merde. Je croyais que tu étais au Nouveau-Mexique. C'est quoi là-bas ? Bloomington ? Non, Saint Paul. Tu es près de Saint Paul, ma chérie ? *Je ne suis près de rien, papa. C'est comme la campagne.* Appelle la police, Pallas. Demande-leur de venir te chercher, tu m'entends ? *D'accord, papa.* Ensuite, appelle-moi de la gare. *D'accord.* Tu as compris ? Tu n'es pas blessée, rien ? *Non, papa.* Bien. D'accord. Je serai ici ou Jo Anne si je sors. Ah, mon vieux, tu m'en as fait voir. Mais tout va aller bien maintenant. Nous parlerons de ce petit con quand tu seras rentrée. D'accord ? Appelle-moi. Il faut qu'on parle. Je t'aime, mon bébé.

Parler. Bien sûr. Pallas n'appela personne — ni la police, ni Dee Dee, ni lui — jusqu'en août. Il était furieux mais il lui envoya quand même l'argent du voyage.

S'ils avaient ri derrière son dos avant Carlos, s'ils avaient fait des plaisanteries à ses dépens, cela n'arriva jusqu'à elle que comme une pâle sensation : un geste interrompu quand elle entrait dans la salle d'étude ; un regard qui glissait quand elle se retournait devant son placard ; un sourire hésitant quand elle arrivait à une table déjà pleine pour déjeuner. Elle n'avait jamais été vraiment très populaire mais son adresse et l'argent de son père faisaient l'affaire. Maintenant, on se moquait d'elle ouvertement (Pallas Truelove s'est sauvée avec le conciiierge, tu ne trouves pas ça super ?) et personne n'essayait plus de se cacher. Elle était revenue dans cet endroit où se déroulent les guerres à mort, les tranchées organisées du lycée, où la honte est le temps qu'on met à descendre le hall, l'échec une maladresse avec la serrure à combinaison et le dégoût un préservatif qui bouche une fontaine. Où, en dehors de l'échange de vêtements et de jouets, il n'existe aucune bonne intention. Où règne la suffisance, les jugements instantanés et les renvois permanents. Et les adultes n'en savent rien. Seule la prison pouvait être aussi vulgaire et aussi effrayante, car sous les règles et les rituels existait une vie de violence qui ronge. Ceux qui venaient de familles calmes et réglées étaient frappés par une cruauté qui s'abattait sur eux dès qu'ils franchissaient les grilles. Une cruauté qui se déguisait en joie juvénile.

Pallas essaya. Mais l'humiliation l'épuisa. Milton lui tira les vers du nez à propos de sa mère. On l'avait mis en garde sur les conséquences d'un mariage en dehors de son milieu, et chaque avertissement s'était révélé vrai : Dee Dee était irresponsable, amorale ; une vraie salope pour dire la vérité. Pallas resta vague, et fit des réponses évasives. Il poursuivait le lycée en justice à cause du laxisme et du danger de l'environnement, sans parler des tendances criminelles des employés. Mais la « victime » de « l'enlèvement » était partie de son plein gré ; et la destination du voyage « au-delà de la frontière de l'État » était la propre mère de la « victime ». Comment tout cela pouvait-il être criminel ? Se passait-il quelque chose chez le père dont la justice devrait être informée ? Quelque chose qui faisait que la fille voulait, absolument, se sauver pour retrouver sa mère ? En outre, rien de fâcheux ne s'était produit dans le cadre du lycée — sauf la réparation de la voiture de la « victime » et le fait qu'on l'ait raccompagnée chez elle. Et « l'enlèvement » avait eu lieu pendant les vacances alors que le lycée était fermé. Enfin, la « victime » n'était pas seulement partie de son plein gré, elle avait coopéré et trompé tout le monde pour accompagner un homme (un artiste) qui n'avait aucun antécédent et dont la conduite et le travail au lycée étaient irréprochables. Avait-il agressé sexuellement la « victime » ? Elle disait Non, non, non. L'avait-il droguée, lui avait-il donné à fumer quelque chose d'illégal ? Pallas répondait non d'un signe de tête en se rappelant que c'était sa mère qui avait fait ça. Qui a embouti votre voiture ? Je ne sais pas. Je n'ai pas vu leurs visages. Je me suis sauvée. Où ? J'ai fait du stop et des gens m'ont prise. Qui ? Des gens. Dans une sorte d'église. Dans le Minnesota ? Non, dans l'Oklahoma. Quelle est l'adresse, le numéro de téléphone ? Arrête, papa. Je suis rentrée, non ? Ouais, mais je ne veux plus me faire du souci à ton sujet. Arrête. Arrête.

Pallas n'allait pas bien. La moindre chose qu'elle mangeait lui faisait prendre des kilos et elle vomissait pourtant presque tout. Elle passa le Thanksgiving toute seule en se nourrissant à la fortune du pot. Pour Noël, elle demanda à partir. Milton dit Non. Tu resteras ici. Simplement à Chicago, dit-elle, pour rendre visite à sa tante. Il finit par accepter, et sa secrétaire de direction s'occupa du voyage. Pallas resta avec la sœur de Milton jusqu'au 30 décembre, puis elle s'en alla sans prévenir (en laissant un mot rassurant mais trompeur). À l'aéroport de Tulsa, il lui fallut deux heures et demie pour louer une voiture avec chauffeur afin qu'on la conduise au Couvent. Une simple visite, disait-elle. Pour voir comment elles allaient, disait-elle. Et qui, à part elle, pouvait-elle tromper ? Personne, apparemment. Connie jeta un coup d'œil en elle. Et maintenant ?

Consolata penche les poules et regarde dans leur cavité rose et argent. Elle y jette du sel et enlève ce qui est tombé autour, puis elle enduit l'extérieur d'un mélange de beurre et de cannelle. Elle ajoute de l'oignon aux morceaux de cou, aux cœurs et aux abattis qui nagent à la surface du bouillon. Dès que les poules sont assez dorées et tendres, elle en farcit l'intérieur afin qu'elles rendent leur jus.

Tiède et peu profonde, l'eau de la baignoire ne lui montait qu'à la taille. Gigi aimait un bain brûlant avec beaucoup d'eau et de mousse. La plomberie de la demeure se détériorait : elle donnait de l'eau colorée, qui montait difficilement et qui parfois n'atteignait même pas le premier étage. L'eau du puits passait par une chaudière à bois que personne à part elle ne pensait à entretenir. C'était une vraie casse-pieds à vouloir toujours obtenir des litres d'eau chaude d'un système délabré et encore pire en hiver. Seneca l'avait bien sûr aidée en portant plusieurs seaux d'eau fumante depuis le poêle de la cuisine jusqu'à la salle de bains. Pour la mousse, elle y versait un peu de lessive Neige d'Ivoire et elle agitait l'eau le mieux possible, mais cela ne donnait qu'une sorte de vase décevante. Elle avait demandé à Seneca de venir avec elle dans le bain et avait essuyé le refus habituel, mais même si elle comprenait pourquoi son amie préférait ne pas se montrer nue, Gigi ne pouvait s'empêcher de la taquiner à propos de la rareté de ses bains. Le papier toilette taché de sang elle l'avait vu, mais les traces sur la peau de

Seneca elle les avaient seulement senties sous les couvertures. Bien qu'elle fût brutale et odieuse, Gigi ne pouvait l'interroger à ce sujet. La réponse aurait peut-être eu trop de rapports avec la scène du petit garçon noir qui saignait.

 Elle tendit les jambes et sortit ses pieds de l'eau afin de les admirer, comme elle l'avait fait si souvent quand elle les posait sur le dos de K.D., alors qu'elle était allongée dans le grenier et qu'il était assis, son dos nu tourné vers elle. Il lui manquait de temps en temps. Son dévouement désordonné, plein de sautes d'humeurs, de blessures, de désirs et de quantités d'abandons. C'est vrai, elle l'avait un peu poursuivi. Sa disponibilité et son adoration lui avaient plu parce qu'elle en avait si peu l'expérience. Mikey. On ne pouvait pas appeler ça de l'amour. Mais l'amour selon K.D. ne resta pas amusant très longtemps. Elle l'avait taquiné, insulté ou refusé une fois de trop et il l'avait poursuivie autour de la maison, il l'avait attrapée et giflée. Mavis et Seneca l'avaient retenu, elles l'avaient frappé avec les ustensiles de cuisine et l'avaient mis à la porte — et toutes les trois avaient répondu à ses insultes avec de plus violentes de leur invention.

 Très bien. Voici une nouvelle année, se dit-elle. Mille neuf cent soixante-quinze. De nouveaux projets puisque les anciens s'étaient révélés n'être que de la camelote. Quand elle avait enfin réussi à sortir la boîte du carrelage de la salle de bains, elle avait hurlé de joie pour n'y découvrir que des certificats. Cela amusa le responsable de la banque qui lui en offrit vingt-cinq dollars afin de les encadrer ou de les mettre dans une vitrine pour l'amusement de ses clients. Ce n'était pas tous les jours qu'on pouvait voir une documentation sur une des plus grandes escroqueries de l'Ouest. Elle en exigea cinquante dollars, sortit de la banque d'un pas lourd et ordonna à Mavis de démarrer, s'il te plaît.

 Elle emmènerait Seneca avec elle. Pour de bon cette fois. Elle retournerait dans la mêlée. N'importe comment. N'importe où. Sa mère était impossible à localiser ; son père au cimetière. Il ne restait qu'un grand-père qui vivait dans une chouette caravane à Alcorn, dans le Mississippi. Elle n'y avait jamais vraiment réfléchi, mais maintenant elle se demandait pourquoi elle était partie. De la mêlée. Pas seulement à cause du petit garçon en sang, ni de la farce de Mikey à propos du couple qui faisait ça dans le désert ou du conseil du petit type sur l'eau claire et les arbres entrelacés. Avant Mikey, le but de sa vie se perdait dans le plaisir et l'aventure. Les manifestations provocatrices, les tracts, les querelles, la police, les squatters, les responsables et les discussions, les discussions, toujours en train de discuter. Rien n'était sérieux. D'une main couverte de savon, Gigi resserra un rouleau dans ses cheveux. Aucun lycéen ni aucun étudiant, pas un seul, même pas les autres filles, ne considéraient sérieusement son sérieux. Si elle n'avait pas été capable d'imprimer personne n'aurait su qu'elle existait. Sauf Mikey. « Salauds », cria-t-elle à haute voix. Puis, sans savoir quels salauds la mettaient le plus en colère, elle frappa du plat de la main dans l'eau dégoûtante de la baignoire et disant « merde ! » à chaque fois. Elle se calma au bout de quelque temps, suffisamment pour s'allonger dans le bain, se couvrir le visage et murmurer dans ses mains ruisselantes : « Non, c'est toi qui es une imbécile, une garce imbécile. Parce que tu n'as pas été assez dure. Assez maligne. C'est comme avec tout le reste, t'as pas assez de résistance. Tu pensais que ce serait marrant et que ça marcherait. Pendant une saison ou deux. Tu pensais qu'on était de la lave chaude et quand ils nous ont réduits en sable, tu t'es sauvée. »

Gigi n'était pas du genre à pleurer ; même maintenant, alors qu'elle se rendait compte qu'elle n'était pas contente d'elle-même depuis très, très longtemps, ses yeux restèrent secs comme ceux d'une crâne vide.

Consolata épluche de petites pommes de terre brunes qu'elle coupe en quatre. Elle les met dans une eau bouillante parfumée avec du jus de viande, du laurier et de la sauge, avant de les disposer dans un poêlon où elles vont dorer à point. Elles les saupoudre de paprika et de grains de piment le plus noir. « Oh, oui, dit-elle. Oh, oui. »

La meilleure chose sur des roues qu'il avait dit, et Mavis espérait que l'affection qu'il portait à la Cadillac vieille de dix ans voulait dire qu'il lui ferait un rabais. Elle ne saurait jamais s'il en avait fait un mais, juste avant la fermeture de sa boutique, l'ouvrier termina et il prit cinquante dollars de main-d'œuvre, trente-deux pour les pièces, treize pour l'huile et l'essence, et presque tout l'argent du loyer du champ de maïs disparut. Pas d'autre paiement à attendre de Mr Person avant trois mois. Mais il restait assez pour les courses et pour la peinture que voulait Connie (pour la chaise rouge, pensa-t-elle ; mais de la blanche aussi, sans doute pour le poulailler), ainsi que pour les bâtonnets glacés. Les jumeaux adoraient ça et les mangeaient en un rien de temps. Mais ils n'avaient pas touché aux jouets de Noël et Mavis avait dû attendre cinq heures au guichet des mises au point et des réparations pour échanger le camion Fisher-Price contre un Tonka, et la poupée Tiny Tina contre une qui parlait. Pearl serait bientôt assez grande pour avoir une Barbie. C'était stupéfiant comme ils changeaient et grandissaient. Ils ne pouvaient pas encore tenir leur tête quand ils étaient partis mais, la première fois qu'elle les entendit dans le Couvent, ils marchaient déjà, deux ans. Elle pouvait le dire précisément d'après leur rire. Et d'après la façon dont ils étaient bien intégrés aux autres enfants qui couraient dans les chambres, elle savait de combien ils avaient grandi. Maintenant, ils étaient d'âge à aller à l'école, six ans et demi, et Mavis devait penser à des cadeaux d'anniversaire et de Noël adaptés à leur âge.

Ils lui avaient tant manqué quand elle était revenue au Maryland en 1970. Alors qu'elle regardait la récréation à l'école où elle avait inscrit Sal, Frankie et Billy James, elle se rendit compte avec un choc que Sal devait être en dernière année de lycée, Billy James en troisième année de primaire et Frankie en cinquième année. Pourtant, dans son esprit, les reconnaître ne posait aucun problème même si elle n'était pas sûre de s'identifier. C'était peut-être ses doigts agrippés au grillage de la cour, ou quelque chose de travers dans son visage ; quoi que ce soit, cela avait dû faire peur aux élèves, parce qu'un homme vint lui poser des questions — elle ne put répondre à aucune. Elle se sauva en essayant de se cacher et de regarder en même temps. Elle voulait se rendre devant la maison de Peg mais sans se faire voir par Frank ou par les voisins. Quand elle la retrouva — la petite fille au bonnet menait toujours les canards — elle pleura. Le rosier de Saron, si vigoureux, si sauvage et si beau, avait été coupé à ras. Seule la peur d'être reconnue l'empêcha de traverser la rue en courant. Avec une clarté soudaine et brillante, elle comprit qu'elle n'était pas en sécurité ici ni en aucun endroit où Merle et Pearl ne se trouvaient pas. C'était avant qu'elle téléphone à Birdie et apprenne l'existence du mandat d'arrêt.

Mavis avait relevé ses cheveux dans un grand béret vert sombre, elle avait acheté une paire de lunettes de mauvaise qualité, puis elle avait pris un autocar pour Washington et, de là, un autre pour Chicago. Elle y acheta ce que Connie voulait pour Mère, prit un autre autocar, encore un autre, et arriva dans le parking de la gare routière de Middleton où elle avait laissé la Cadillac. Elle partit donner ses achats à Connie et retrouver la compagnie de ses jumeaux, et elle fonça sur tout le parcours. Angoissée, le souffle court, Mavis gravit l'allée en dérapant et s'arrêta près d'une Gigi nue qui avait déjà élu domicile dans son abri. Elles se querellèrent, se battirent pendant trois ans et, par chance pour Connie, elles réussirent à éviter le meurtre. Mavis croyait que c'était la folie de Gigi pour l'homme de Ruby qui les retint de prendre un couteau. Car Mavis l'aurait fait, elle aurait lutté jusqu'au bout contre n'importe qui, y compris cette garce endurcie par la rue, qui menaçait de la tuer et de laisser ses enfants sans protection. Aussi elle accueillit la douce Seneca de façon sincère, extravagante même. Un accueil que Gigi partagea complètement car lorsque Seneca arriva, elle vira K.D. comme on crache un pépin de raisin. Dans la nouvelle configuration l'orgueil de Mavis fut assuré. Même la triste petite fille riche, au beau visage blessé, ne l'avait pas remise en cause. Les jumeaux étaient heureux et Mavis était plus proche de Connie que n'importe laquelle des autres. Et c'était parce qu'elles étaient si proches et se comprenaient si bien, que Mavis commença à s'inquiéter. Non pas à cause des habitudes nocturnes de Connie ni de son penchant pour la boisson — ou son absence de penchant en fait, car les vapeurs habituelles avaient disparu récemment. Quelque chose d'autre. La façon dont Connie hochait la tête comme si elle écoutait quelqu'un près d'elle ; dont elle disait Hum Hum ou Si tu le dis, pour répondre à des questions que personne n'avait posées. D'autre part, elle n'avait pas seulement cessé de mettre des lunettes de soleil, mais, chaque jour, elle se faisait belle, si l'on peut dire, en portant une des robes que Soane Morgan lui donnait quand elle n'en voulait plus. Et elle avait aux pieds les chaussures vernies de religieuse qui se trouvaient autrefois sur sa table de toilette. Mais elle-même, avec des rires joyeux qui lui tintaient aux oreilles, des bâtons glacés qui fondaient au cœur de l'hiver, n'était pas en position pour juger de telles choses. Connie ne posait jamais de questions sur la réalité des jumeaux et, pour Mavis, qui n'avait pas l'intention d'expliquer ou de défendre ce qu'elle savait être vrai, cette acceptation était essentielle. Le visiteur nocturne faisait des apparitions de plus en plus rares et ce qui la concernait et l'occupait maintenant c'était la vitesse à laquelle grandissait Merle et Pearl. Et si elle pouvait les suivre.

Six pommes jaunes, fripées par l'hiver et dont on a enlevé le trognon, flottent sur l'eau. Des raisins secs chauffent dans une casserole de vin. Consolata remplit chaque pomme avec un mélange crémeux fait de jaune d'œuf, de miel, de noix de pécan et de beurre, et elle y ajoute, un par un, les grains de raisin gonflés de vin. Elle verse le vin parfumé dans une poêle et y jette les pommes. Le liquide chaud et sucré s'agite.

Les petites rues étaient étroites et droites mais dès qu'elle les traçait, elles débordaient. Parfois elle prenait du papier toilette pour éponger le sang mais elle aimait bien aussi le laisser couler. Le truc consistait à entailler juste à la bonne profondeur. Pas trop en surface sinon la coupure ne produisait qu'une faible ligne rouge. Pas profond sinon le sang montait et jaillissait si vite qu'on ne voyait plus la rue. Elle était passée de ses bras à ses jambes pour dessiner la carte, mais elle reconnaissait avec plaisir les traces des anciennes routes, les anciennes avenues que même Norma avait trouvées répugnantes. Parfois, une seule suffisait pour des mois. Puis, à d'autres moments, elle en traçait deux par jour, en laissant à peine le temps à une rue de se refermer avant d'en ouvrir une autre. Mais elle ne prenait pas de risques. Elle utilisait des instruments propres et avait beaucoup de teinture d'iode (meilleure que le mercurochrome). Et elle avait ajouté de la crème d'aloès à son nécessaire.

L'habitude, prise dans une famille d'accueil, commença par hasard. Avant que son frère adoptif — un autre gosse qu'élevait maman Greer — lui enlève ses sous-vêtements pour la première fois, une épingle à nourrice, qui tenait sa ceinture à la place du bouton, s'ouvrit et lui griffa le ventre au moment où Harry tira sur son jean. Quand il l'eut jeté et il lui enlevé sa culotte, la ligne de sang l'excita encore plus. Elle ne pleura pas. Ça ne lui fit pas mal. Quand maman Greer lui donna son bain, elle fit claquer sa langue. « Ma pauvre chérie. Pourquoi tu m'as pas dit ? » et elle mit du mercurochrome sur la griffure. Elle ne savait pas bien de quoi elle aurait dû parler : de l'épingle à nourrice ou de la conduite de Harry. Alors elle se griffa elle-même avec une épingle et le montra à maman Greer. Parce que sa compassion avait diminué elle lui parla de Harry. « Ne répète jamais ça. Tu m'entends ? Hein ? Des choses comme ça se passent pas ici. » Après un repas composé de ses plats préférés, on la plaça dans une autre famille. Il ne se passa rien pendant des années. Jusqu'au lycée. À ce moment-là, elle sut que quelque chose en elle poussait les garçons à la toucher et les hommes à faire de l'exhibitionnisme. Si elle buvait un Coca avec cinq autres filles dans une buvette, c'était à elle qu'un garçon, à la suite d'un pari avec ses copains qui ricanaient, venait pincer la pointe des seins. Quatre filles, ou une seule, pouvaient descendre la rue, mais quand elle passait devant l'homme assis avec sa petite fille sur le banc d'un square, c'est à ce moment-là qu'il sortait son pénis et faisait des bruits de baisers. Chercher refuge auprès de petits amis ne valait pas mieux. Ils considéraient son attachement comme une chose garantie, mais si elle se plaignait auprès d'eux que leurs copains ou des inconnus l'avaient pelotée, leur colère se retournait contre elle, et ainsi elle sut que le problème c'était quelque chose en elle.

Elle s'engagea dans son vice comme un poète interdit au vocabulaire trop souple et trop choquant pour être publié. Il lui donnait des frissons. Il lui donnait de l'assurance. Accéder à cette vie sous ses vêtements, lui laissait les yeux secs et faisait naître en elle une sérénité que n'ébranlaient que les femmes qui pleuraient et dont la vue faisait éclater en elle une douleur si sauvagement triomphante qu'elle aurait fait n'importe quoi pour la tuer. Elle avait dix ans et ne traçait pas de trottoirs quand Kennedy fut tué et que le monde entier pleura en public. Mais elle en avait quinze quand Martin Luther King fut tué un printemps et un autre Kennedy l'été suivant. À chaque fois, elle se mit en congé maladie de son travail de baby-sitter et resta enfermée pour entailler des rues, des chemins et des allées dans ses bras. Les traces de son sang étaient faciles à cacher. Comme Eddie Turtle, la plupart de ses petits amis faisaient ça dans le noir. Pour ceux qui tenaient à avoir une réponse, elle inventait une maladie. La compassion était immédiate car les cicatrices avaient vraiment l'air chirurgical.

La sécurité qu'elle avait trouvée chez Connie ne fut plus aussi pure quand Pallas arriva. Elle avait passé beaucoup de temps à lui remonter le moral et à la nourrir, parce que, quand Pallas ne mangeait pas, elle pleurait ou essayait de ne pas pleurer. Le soulagement qui accompagna son départ fin août disparut avec son retour en décembre — plus jolie, plus grosse, prétendant ne s'être arrêtée que pour une visite. Dans une limousine, pas moins. Avec trois valises. On était en janvier maintenant, et chaque nuit on pouvait l'entendre renifler dans toute la maison.

Seneca traça une autre route. Une intersection en fait, car elle croisait celle qu'elle avait tracée quelques instants plus tôt.

La table est mise ; la nourriture en place. Consolata enlève son tablier. Avec le regard aristocratique des aveugles, elle parcourt le visage des femmes et dit : « Je m'appelle Consolata Sosa. Si vous voulez rester ici, vous faites ce que je dis. Mangez comme je le dis. Dormez quand je le dis. Et je vous apprendrai de quoi vous avez faim. »

Les femmes se regardent puis tournent les yeux vers quelqu'un qu'elles ne reconnaissent pas. Elle a les traits de la chère Connie, mais ils sont sculptés autrement — des pommettes plus hautes, un menton plus fort. Ses sourcils ont-ils toujours été aussi épais, ses dents d'une telle blancheur de perle ? Ses cheveux ne sont plus gris. Sa peau a une douceur de pêche. Pourquoi parle-t-elle ainsi ? Et de quoi parle-t-elle ? Se demandent-elles. Cette vieille dame douce, pas menaçante, qui semblait aimer chacune d'elles ; qui n'a jamais réprimandé quelqu'un, qui partageait tout mais qui avait besoin de peu ou de rien ; qui ne demandait aucun investissement affectif ; qui écoutait ; qui ne fermait aucune porte et acceptait chacune comme elle était. De quoi peut-elle bien parler, cette parente, cette amie, cette compagne idéale, avec qui elles se sentaient à l'abri du danger ? À quoi pense-t-elle cette parfaite propriétaire qui ne faisait rien payer et accueillait tout le monde ; cette grand-mère l'oie à qui l'on se confiait ou qu'on ignorait, à qui l'on mentait ou qu'on trompait, cette mère pour jouer qu'on pouvait prendre dans ses bras ou quitter selon le caprice de l'enfant ?

« Si vous avez un endroit, poursuivit-elle, où vous devriez être et si quelqu'un qui vous aime vous y attend, alors partez. Sinon, restez ici et suivez-moi. Quelqu'un pourrait vouloir vous rencontrer. »

Aucune ne s'en alla. Il y eut des questions angoissées, un seul éclat de rire effrayé, quelques moues et quelques tentatives d'indignation simulée, mais immédiatement elles en arrivèrent à la conclusion qu'elles ne pouvaient quitter le seul endroit qu'elles étaient libres de quitter.

Progressivement, elles perdirent le compte des jours.

Au début, la chose la plus importante fut le tracé des silhouettes. Tout d'abord, elles durent récurer vigoureusement le sol de la cave jusqu'à ce que les dalles soient aussi propres que des rochers sur un rivage. Puis elles placèrent des bougies en cercle tout autour. Consolata leur dit à chacune de se déshabiller et de s'allonger par terre. Dans la lumière flatteuse, sous le doux regard de Consolata, elles firent comme on le leur demandait. Comment devons-nous nous allonger ? Comme vous le sentez. Elles essayèrent les bras le long du corps, étendus au-dessus de la tête, croisés sur la poitrine ou sur l'estomac. Au début, Seneca s'allongea sur le ventre, puis elle se mit sur le dos, les mains serrant ses épaules. Pallas se coucha sur le côté, les genoux repliés. Gigi écarta bras et jambes, tandis que Mavis adopta une pose de baigneuse, les bras pliés et les genoux relevés. Quand chacune eut trouvé la position qu'elle pouvait supporter sur le sol froid et intraitable, Consolata en fit le tour et peignit la silhouette de chaque corps. Quand toutes furent dessinées, chacune reçut l'ordre de rester où elle se trouvait. Sans parler. Nue dans la lumière des bougies.

Elles se tortillèrent dans une angoisse cruelle mais refusèrent de sortir de la silhouette qu'elles avaient choisie. Elles pensèrent plusieurs fois qu'elles ne pourraient pas tenir une seconde de plus, mais aucune ne souhaita être la première à abandonner devant ces yeux pâles qui les surveillaient. Consolata parla la première.

« Mon corps d'enfant, blessure, souillure, saute dans les bras d'une femme qui m'apprendre mon corps est rien mon esprit tout. J'ai été même avis avec elle jusqu'à ce que je rencontrai un autre. Ma chair est si affamée pour elle-même que je l'ai mangé. Quand il s'enfuit, la femme me sauver à nouveau de mon corps. Deux fois elle le sauve. Quand son corps tombe malade je veille sur elle de toutes les façons que la chair marche. Je le tiens dans mes bras et entre mes jambes. Je le nettoie, le berce, j'entre dedans pour qu'il continue à respirer. Après qu'elle est morte je ne peux pas aller plus loin. Mes os sur les siens la seule bonne chose. Pas l'esprit. Les os. Pas différents de l'homme. Mes os sur les os de l'homme, la seule vraie chose. Aussi je me demande où est perdu l'esprit dans ça ? Il est vrai, comme des os. Il est bon, comme les os. Un doux, un amer. Où il est perdu ? Entendez-moi, écoutez. Jamais les casser en deux. Jamais mettre l'un sur l'autre. Ève est la mère de Marie. Marie est la fille d'Ève. »

Puis dans des termes plus clairs que dans son discours introductif (qu'aucune ne comprit), elle leur parla d'un endroit où des trottoirs blancs descendaient dans la mer, et où des poissons couleur prune nageaient parmi les enfants. Elle parla de fruits qui avaient un goût semblable à l'apparence des saphirs et de petits garçons qui jouaient aux dés avec des rubis. De cathédrales parfumées faites d'or où les dieux et les déesses s'asseyaient sur les bancs avec les fidèles. D'œillets grands comme des arbres. De nains avec des diamants à la place de dents. De serpents qui éveillaient la poésie et le son des cloches. Puis elle leur parla d'une femme qui s'appelait Piedade, qui chantait mais ne disait jamais un mot.

C'est ainsi que commença le rêve à haute voix. Comment les histoires naissaient dans cet endroit. Les demi-contes et les récits jamais-rêvés s'échappaient de leurs lèvres pour s'élever très haut, au-dessus des bougies qui coulaient, et déplacer la poussière sur les caisses et les bouteilles. Et il n'était jamais important de savoir qui disait le rêve ou s'il avait un sens. Malgré ou à cause de leur corps qui les fait souffrir, elles entrent facilement dans le conte de la rêveuse. Elles entrent dans la chaleur de la Cadillac, sentent la gifle de l'air froid dans le Grand Désordre. Elles savent que leurs chaussures de tennis sont délacées et qu'une bretelle de soutien-gorge agace à chaque fois qu'elle glisse de l'épaule. Le paquet de saucisses de Francfort Armour est poisseux. Elles inhalent le parfum des nouveau-nés endormis et elles ressentent une tranquillité de parent bien qu'elles remarquent qu'une tête est maladroitement tournée. Elles replacent la tête du bébé endormi et refusent, refusent tout net, ce qu'elles savent et rentrent à la maison en voiture. Elles montent les marches du perron en portant les saucisses de Francfort, les bébés et le sac dans leurs bras. Elles disent : « On dirait qu'ils ne veulent pas se réveiller, Sal. Sal ? Regarde. On dirait qu'ils ne veulent pas. » Elles agitent les jambes sous l'eau mais pas trop fort pour ne pas éveiller les nageoires ou les écailles qui sont aussi en dessous. Les voix masculines qui disent, disent, qui disent toujours, enfoncent leur propre voix dans leur gorge. Elles disent, disent, jusqu'à ce qu'il ne reste plus de souffle pour crier ou contredire. Chacune cligne des paupières et a des haut-le-cœur à cause des gaz lacrymogènes, porte lentement la main vers le tibia écorché, le ligament déchiré. Elle remonte en courant et descend les salles en plein jour, dort dans un bal dont les lumières restent allumées toute la nuit. Elle plie les cinq cents dollars dans sa chaussette. Elle pousse des cris de douleur à cause du pénis d'un inconnu et de la rivalité d'une mère — attirant et corrosif comme de la cocaïne.

Dans le rêve à haute voix, le monologue n'est pas différent d'un cri ; les accusations, portées contre les morts et ceux qui sont partis depuis longtemps, sont réparées par des murmures d'amour. Aussi, épuisées et furieuses, elles se lèvent et rejoignent leur lit en se jurant de ne jamais se soumettre de nouveau à ça, mais en sachant très bien qu'elles le feront encore. Et elles le font.

La vie, vraie et intense, se déplaça pour descendre là dans des flaques étroites de lumière, l'air enfumé par les lampes à pétrole et la cire des bougies. Le tracé des silhouettes les attirait comme des aimants. C'est Pallas qui insista pour qu'elles achètent des tubes de peinture, des craies de couleur. Des diluants et des peaux de chamois. Elles comprirent et commencèrent à commencer. Tout d'abord avec les éléments naturels : les seins, les sexes, les orteils et les cheveux. Seneca reproduisit sur un œuf bleu de rouge-gorge l'une de ses plus élégantes cicatrices, avec une goutte de sang à l'une des extrémités. Plus tard, quand elle eut une envie dévorante de s'entailler l'intérieur des cuisses, elle choisit à la place de les marquer sur le corps offert, allongé sur le sol de la cave. Elles parlaient entre elles de ce dont elles avaient rêvé et ce qui avait été dessiné. Es-tu sûre que c'était ta sœur ? C'était peut-être ta mère. Pourquoi ? Parce qu'une mère peut faire une telle chose mais jamais une sœur. Seneca referma son tube de peinture. Gigi dessina un médaillon en forme de cœur autour du cou de son corps, et quand Mavis lui demanda ce que c'était, elle dit qu'il s'agissait d'un cadeau de son père qu'elle avait jeté dans le golfe du Mexique. Y avait-il des photos à l'intérieur du médaillon ? demanda Pallas. Ouais. Deux. De qui ? Gigi ne répondit pas ; elle renforça simplement les points qui représentaient la chaîne. Pallas avait mis un bébé dans le ventre de sa silhouette. Quand on lui demanda qui était le père, elle ne dit rien mais dessina à côté du bébé un visage de femme avec de longs cils et une bouche velouteuse et tordue. Elles la pressèrent de questions, mais doucement, sans moquerie ni dédain. Carlos ? Les garçons qui la firent tomber dans l'eau ? Pallas ajouta deux longues dents à la bouche tordue.

Janvier passa. Février aussi. En mars, les jours s'enchaînèrent aux nuits alors que le dessin des parties de leurs corps et des événements mémorables les occupaient. Des barrettes jaunes dans les cheveux, des pivoines rouges, une croix verte dans un espace blanc. Un pénis majestueux transpercé par une flèche de Cupidon. Des pétales de roses de Saron, des sablés Lorna Doones. Un couple orange clair immobile faisant l'amour sous un soleil enfantin.

Sous la responsabilité de Consolata, nouvelle révérende mère, qui leur donnait à manger une nourriture insipide et seulement de l'eau pour apaiser leur soif, elles changèrent. Elles durent se souvenir du corps mobile qu'elles portaient, si séducteurs étaient les corps vivants en bas.

Un client de passage n'aurait guère remarqué de changement.

Peut-être se serait-il demandé pourquoi le potager n'était pas encore bêché ou qui avait écrit le mot TRISTESSE sur le coffre de la Cadillac. Peut-être même se serait-il demandé pourquoi la vieille femme qui avait ouvert ne cachait pas ses yeux horribles derrière des lunettes noires ; ou qu'est-ce que les plus jeunes avaient bien pu faire à leurs cheveux. Un voisin en aurait remarqué plus — un sentiment de surabondance ; l'air alourdi de la maison, qui donnait une sensation d'étrangeté, et le regard nettement différent dans les yeux des occupantes des lieux — : sociables et agréables quand elles vous parlaient, immobiles et vous jugeant le reste du temps. Mais si une amie était venue, sa première inquiétude à la vue des jeunes femmes se serait peut-être tue devant leur comportement d'adultes ; comme elles semblaient calmes. Et Connie — comme elle était droite et belle. Comme cette robe familière avait fini par lui aller. En s'installant sur le siège du conducteur, un panier avec un paquet dessus posé à côté d'elle, cette amie aurait été irritée tout d'abord d'être incapable de dire ce qui manquait exactement. En s'approchant de chez elle, et en descendant Central Avenue, son regard serait peut-être tombé sur la maison de Sweetie Fleetwood, la maison de Pat Best, ou elle aurait peut-être remarqué un des fils Poole ou Menus se rendant chez Ace. Alors elle aurait peut-être compris ce qui manquait : contrairement à certains habitants de Ruby, les femmes du Couvent n'étaient plus hantées. Ni chassées, aurait-elle peut-être ajouté. Mais là elle se serait trompée.

Lone

L'allée était étroite, le tournant très brusque mais elle réussit à sortir l'Oldsmobile du chemin de terre pour l'engager sur la route goudronnée sans renverser complètement le panneau. Plus tôt, en arrivant, dans l'obscurité et avec un seul phare, Lone n'avait pas pu empêcher le pare-chocs de l'érafler et, maintenant, alors qu'elle quittait le Couvent, le poteau penchait et la pancarte — MELONES PRÉCOCES — était prête à tomber. « Savent pas écrire, pfut », marmonna-t-elle. Celui qui était enveloppé dans un papier sûrement. Pas beaucoup d'instruction ici. Mais le mot « précoce » était correct, et pas seulement l'orthographe. Juillet était pas fini et le jardin du Couvent avait des melons déjà assez mûrs pour être cueillis. Comme leurs têtes. Lisses à l'extérieur, douces à l'intérieur, mais mon Dieu, qu'est-ce qu'elles étaient bouchées. Elles avaient rien voulu entendre. Elles avaient dit que Connie était occupée, elles avaient refusé de l'appeler et elles avaient pas cru un mot de ce que disait Lone. Elle était venue jusqu'ici en pleine nuit, pour leur dire, pour les prévenir, et elle les avait regardées, impuissante et furieuse, qui bâillaient et souriaient. Maintenant, elle devait trouver quelque chose d'autre à faire, sinon les melons qui allaient éclater, ce serait leurs têtes rasées.

L'air de la nuit était chaud et la pluie qu'elle avait sentie était encore loin mais s'approchait, c'est ce qu'elle avait pensé deux heures plus tôt, quand espérant trouver des racines de mandragore pendant qu'il faisait encore sec, elle alla discrètement sur la berge du ruisseau près du Four. Si elle n'y était pas allée, elle n'aurait jamais entendu les hommes ni découvert le plan diabolique qu'ils mijotaient.

Des nuages cachaient les plus beaux joyaux du ciel nocturne mais elle connaissait la route de Ruby comme le plateau de la quête. Elle n'en regardait pas moins attentivement au cas où quelque chose ou quelqu'un traverserait devant elle — devant le seul phare de l'Oldsmobile. Un opossum, un raton laveur, un chevreuil à queue blanche, ou même une femme en colère car c'étaient des femmes qui marchaient sur cette route. Seulement des femmes. Jamais des hommes. Lone les avait vues pendant plus de vingt ans. Aller et retour, aller et retour : des femmes en pleurs, des femmes au regard fixe, des femmes fronçant les sourcils ou se mordant les lèvres, des femmes totalement perdues. Ici, sur cette terre rouge et or marquée parfois par des rochers noirs ou un morceau de vert ; ici, sous des ciels tellement remplis d'étoiles que c'en était honteux ; ici, où le vent vous empoignait comme un homme, des femmes traînaient leur chagrin sur cette route entre Ruby et le Couvent. Elles seules se déplaçaient à pied. Sweetie Fleetwood l'avait parcourue, Billie Delia aussi. Et la fille qui s'appelait Seneca. Une autre qui s'appelait Mavis. Arnette aussi, et plus d'une fois. Et pas seulement aujourd'hui. Elles avaient arpenté cette route depuis le premier jour. Soane Morgan, par exemple, et autrefois, quand elle était jeune, Connie elle aussi. Lone avait vu beaucoup de ces femmes qui marchaient ; pour les autres, elle l'avait appris. Mais les hommes ne marchaient jamais sur cette route ; ils y conduisaient une voiture, bien que parfois leur destination fût la même que celles des femmes : Sargeant, K.D., Roger, Menus. Et le brave Deacon lui-même, quelques dizaines d'années plus tôt. Bon, si elle ne trouvait pas quelqu'un pour lui réparer la courroie de ventilateur et pour resserrer le bouchon de vidange, elle allait finir à pied elle aussi, à condition qu'il reste un endroit où on puisse encore aller.

S'il y avait jamais eu un moment où il fallait accélérer c'était bien maintenant, mais l'état de la voiture l'interdisait. En 1965, les essuie-glace, l'air conditionné, la radio, tout marchait. Maintenant, seul un chauffage violent rappelait encore la puissance d'origine de l'Oldsmobile. En 1968, après deux propriétaires, Deek puis Soane Morgan, Soane lui avait demandé si elle saurait s'en servir. Lone avait poussé un cri de joie. Enfin, à soixante-dix neuf ans, sans permis de conduire mais en pleine forme, elle allait apprendre à conduire et avoir aussi sa voiture.

Plus de stop avec le break, plus de coups de frein dans sa cour à n'importe quelle heure venant la chercher pour les urgences qui n'en étaient pas ou des attentes qui se transformaient en crise. Maintenant, elle ferait à son idée, irait voir les mères quand elle le voudrait ; elle allait chez elles dans sa propre voiture et, surtout, elle s'en allait quand elle le souhaitait. Mais le cadeau arriva trop tard. Au moment où elle pouvait vraiment se déplacer en voiture, personne ne voulut plus de son savoir-faire. Après avoir rendu furieux les animaux à sabots et terrifié les animaux à griffes, après avoir soulevé des tourbillons de poussière rouge sur les chemins agricoles pendant des semaines, elle n'avait nulle part où aller. Ses patientes la laissaient tâter et regarder mais, pour l'accouchement, elles faisaient plusieurs heures de voyage (si elles le pouvaient) jusqu'à l'hôpital de Demby, pour se mettre entre les mains froides des Blancs. Aujourd'hui, à quatre-vingt-six ans, malgré sa réputation sans tache (ce qui voulait dire qu'elle n'avait jamais perdu de mère, comme cela était arrivé une fois à Fairy), elles lui refusaient leurs ventres gonflés, leurs cris et leurs mains qui s'agrippaient. Elles riaient de ses bandages propres, de ses gouttes d'urine maternelle. Elles jetaient son thé au piment dans les toilettes. Ça ne comptait pas qu'elle se fût pelotonnée sur leurs canapés pour bercer des enfants irritables, qu'elle eût hoché la tête dans leurs cuisines après avoir natté les cheveux de leurs filles, qu'elle eût planté des herbes dans leurs jardins et qu'elle leur eût donné de bons conseils au cours des vingt-cinq dernières années et pendant les cinquante années précédentes à Haven, avant qu'on l'eût envoyée chercher. Ça ne comptait pas qu'elle leur eût appris à masser leurs seins pour faire couler leur lait ; quoi faire du placenta ; dans quelle direction on devait pointer le couteau sous le matelas. Ça ne comptait pas qu'elle eût parcouru tout le comté pour leur trouver toutes les cochonneries qu'elles voulaient manger. Ça ne comptait pas qu'elle se fût mise au lit avec elles en appuyant la plante de ses pieds contre les leurs afin de les aider à pousser, pousser ! Ou à leur masser le ventre avec de l'huile douce pendant des heures. Ça ne comptait absolument pas. Elle avait été assez bonne pour les mettre au monde, et quand on les appela, Fairy et elle, pour qu'elles continuent leur travail dans la nouvelle ville, Ruby, les mères s'assirent dans leur fauteuil, écartèrent les genoux et respirèrent soulagées. Maintenant que Fairy était morte, en ne laissant qu'une seule sage-femme pour une population qui avait besoin et qui se vantait de familles aussi grandes que les alentours, les mères emportaient leur ventre loin d'elle. Mais Lone pensait qu'il y avait plus que la mode des maternités. Elle avait mis au monde les bébés Fleetwood et chaque enfant anormal avait entaché sa réputation comme si elle les avait *faits* et pas seulement mis au monde. Le soupçon qu'elle avait le mauvais œil et les commodités de l'hôpital de Demby se combinaient pour la priver du travail qu'elle avait appris. Une des mères lui dit qu'elle ne pouvait s'empêcher d'adorer la semaine de repos, le plateau repas, le thermomètre, le contrôle de la tension ; elle raffolait de la sieste en plein jour et des cachets contre la douleur ; mais elle adorait par-dessus tout, dit-elle, qu'on lui demande tout le temps comment elle se sentait. Elle ne connaîtrait rien de tout ça si elle accouchait à la maison. Là, dès le deuxième ou troisième jour, elle aurait préparé le petit déjeuner de toute la famille et elle se serait fait du souci sur la qualité du lait de la vache et sur le sien. D'autres femmes avaient dû ressentir la même chose — le luxe du sommeil et de l'éloignement de chez elles, le nouveau-né emporté chaque nuit et mis sous la garde de quelqu'un d'autre. Et les pères — eh bien, Lone les soupçonnait d'être, eux aussi, plus heureux d'attendre dans l'entrée, avec des portes fermées, de se trouver dans un endroit sous la responsabilité d'autres hommes et non d'une vieille femme édentée mâchant du chewing-gum pour avoir des gencives dures. Fairy l'avait mise en garde : « Ne te méprends pas sur les remerciements des hommes. Les hommes ont eu peur de nous, et ce sera toujours pareil. Pour eux, nous sommes les servantes de la mort qui se tiennent entre eux et les enfants que portent leurs femmes. » Fairy disait que dans ces moments-là, la sage-femme est celle qui intervient, qui donne des ordres, et tant de choses dépendent de son savoir secret ; ce pouvoir les irritait. En particulier, ici, dans cette ville, où ils étaient venus pour se multiplier en paix. Fairy avait raison, comme d'habitude, mais Lone avait une autre responsabilité. On disait qu'elle savait lire dans les pensées, un don qui lui venait de quelque chose qui, quoi que ce soit, n'était pas Dieu, et qu'elle avait utilisé dès l'âge de deux ans, quand elle s'était installée elle-même dans la cour afin qu'on la trouve alors que sa mère était morte dans son lit. Lone le niait ; elle croyait que tout le monde savait ce que pensaient les autres. Simplement, ils ne voulaient pas voir ce qui sautait aux yeux. Cependant, elle savait quelque chose de plus profond que la mémoire de Morgan ou le livre d'histoire de Pat Best. Elle savait ce que ni la mémoire ni l'histoire ne peuvent dire ni écrire : le « truc » de la vie et sa « raison ».

Quoi qu'il en soit, ayant perdu son gagne-pain (on ne l'avait appelée que deux fois au cours des huit dernières années), Lone dépendait de la générosité des fidèles de l'église et de ses voisins. Elle passait son temps à cueillir des plantes médicinales, à aller d'une église à l'autre pour recevoir le produit d'une quête de la Main Tendue, à surveiller les champs qui l'attiraient non pas parce qu'ils étaient ouverts mais parce qu'ils étaient remplis de secrets. Comme la pleine voiture de squelettes qu'elle avait découverte quelques mois plus tôt. Si elle avait fait attention à ses pensées et non aux bavardages, elle serait allée voir d'un peu plus près les vautours du carême dès qu'ils étaient apparus — il y avait deux ans au dégel de printemps, en mars 1974. Mais comme on les avait vus juste au moment où les Morgan et les Fleetwood avaient annoncé le mariage, les gens ne savaient plus si ce mariage avait fait venir les vautours ou s'il protégeait la ville. Maintenant tout le monde savait qu'ils avaient été attirés par un festin familial de gens perdus dans une tempête de neige. Des plaques minéralogiques de l'Arkansas. L'étiquette de Harper Jury sur un médicament contre la toux. Ils s'aimaient dans cette famille. Même avec le désordre créé par les oiseaux de proie, on pouvait voir qu'ils se serraient dans les bras l'un de l'autre alors qu'ils s'enfonçaient de plus en plus dans ce froid profond.

Au début, elle pensa que Sargeant devait avoir été au courant. Il cultivait du maïs dans les champs environnants. Mais l'étonnement qui parut sur son visage et sur celui des autres, quand ils apprirent la nouvelle ne laissait aucun doute. Le problème c'était de savoir s'il fallait ou non prévenir la police. On décida qu'il ne fallait pas. Les enterrer même aurait été reconnaître quelque chose qui ne les concernait pas. Quand des hommes allèrent voir, l'essentiel de leur attention ne se porta pas sur la scène qu'ils avaient sous les yeux mais sur le Couvent qu'ils voyaient au loin, à l'ouest. Elle aurait dû comprendre à ce moment-là. Si elle avait fait attention d'abord aux vautours, ensuite aux pensées des hommes, elle n'userait pas tout son Wrigley et toute son essence dans une mission qu'elle espérait être la dernière. Une vue trop faible, des articulations trop raides — ce n'était pas un travail pour une sage-femme de talent. Mais Dieu lui avait confié cette tâche, que Son cœur sacré soit béni et, à cinquante à l'heure par une chaude nuit de juillet, elle savait qu'elle voyageait dans le temps de Dieu et non pas au-dehors. C'était Lui qui l'avait placée là ; qui l'avait encouragée à aller chercher des simples qu'il fallait cueillir sèches, la nuit.

Le ruisseau n'avait plus d'eau ; la pluie qui montait allait y remédier, de même qu'elle ramollirait les deux jambes charnues des racines de la mandragore. Elle avait entendu des rires et la musique d'une radio qui venaient du Four. Des jeunes couples qui flirtaient. Au moins, ils étaient dehors, se dit-elle, ils ne se tortillaient pas dans un grenier à foin ni sous une couverture à l'arrière d'un camion. Puis les rires et la musique s'arrêtèrent. Des hommes aux voix graves donnèrent des ordres, le rayon de lampes torches éclaira des corps, des visages, des mains et ce qu'elles tenaient. Sans un murmure, les couples s'en allèrent, mais pas les hommes. Appuyés contre les murs du Four ou accroupis, ils se rassemblèrent dans le noir. Lone voila le rayon de sa lampe électrique avec son tablier et elle serait allée sans qu'on la voie à l'arrière de l'église du Saint Rédempteur où sa voiture était garée, si elle ne s'était souvenue des autres événements qu'elle avait ignorés ou mal compris : les vautours du carême ; le nouveau pistolet d'Apollo. Elle s'arrêta dans l'obscurité complète et s'assit sur l'herbe desséchée. Elle devait cesser de nourrir du ressentiment à l'égard des gens de la ville parce qu'ils refusaient ses services ; cesser d'entretenir sa soif de vengeance en ne cherchant pas à savoir ce qui se tramait et en laissant le mal suivre son cours. Jouer à l'aveugle lui permettrait de ne pas entendre ce que lui disait Dieu. Il ne donnait pas ses instructions en grondant et ne murmurait pas ses messages à l'oreille. Oh, non. C'était un Dieu libérateur. Un professeur qui vous enseignait comment apprendre, à voir par vous-même. Ses signes étaient tout à fait clairs, abondants, si l'on arrêtait de baigner dans le jus amer de sa propre vanité et si l'on faisait attention à Son monde. Il voulait qu'elle entende les hommes réunis auprès du Four décider et imaginer comment chasser les femmes du Couvent, et s'Il voulait qu'elle soit le témoin de ça, Il devait aussi vouloir qu'elle fasse quelque chose. Au début, elle ne sut pas ce qui se passait ni quoi faire. Mais comme autrefois quand elle était embrouillée, elle ferma les yeux et murmura : « Ta volonté, Ta volonté ». Alors les voix s'élevèrent et elle entendit aussi nettement que si elle s'était trouvée au milieu d'eux, ce qu'ils se disaient et ce qu'ils pensaient. Ce qu'ils exprimaient et ce qu'ils n'exprimaient pas.

Ils étaient neuf. Certains fumaient, certains soupiraient, et ils se mirent à parler l'un après l'autre. Lone avait déjà entendu à peu près tout ce qu'ils disaient, mais sans les écailles rugueuses qui poussaient sur les mots serpentant dans la nuit. Le sujet n'était pas nouveau, mais il n'avait rien du plaisir habituel quand on le développait depuis une chaire. Le révérend Cary s'en était emparé dans un sermon si bien accueilli qu'il en reprenait une version chaque dimanche.

« Qu'avez-vous abandonné pour vivre ici ? » demanda-t-il, en soulignant le « né » comme un soprano. « Quel sacrifice faites-vous *chaque* jour pour vivre ici dans la beauté de Dieu, dans Sa munificence, Sa paix ?

— Dites-le-nous, révérend. Dites-le.

— Je vais vous le dire. » Le révérend gloussa.

« Oui, révérend.

— Allez-y, révérend. »

Le révérend Cary avait levé sa main droite haut en l'air et avait refermé le poing. Puis en dressant un doigt à la fois, il avait fait la liste de ce dont les fidèles s'étaient privés.

« La télévision. »

L'assemblée éclata de rire.

« Une discothèque . »

Ils rirent, plus fort, en secouant la tête.

« La police. »

Le rire se transforma en hurlement.

« Le cinéma, la musique dégoûtante. » Il continua avec les doigts de sa main gauche. « La perversité dans les rues, le vol la nuit, le meurtre le matin. L'alcool comme déjeuner, la drogue comme dîner. Voilà ce que vous avez abandonné. »

Chaque chose déclenchait des soupirs et des gémissements de chagrin. Débordant de reconnaissance pour avoir refusé et avoir échappé à tous les maux sordides, cruels et impies déguisés en plaisirs, chaque membre de l'assemblée sentait son cœur se gonfler de pitié pour ceux qui luttaient contre ces « sacrifices ».

Mais ici, il n'y avait aucune pitié. Ici, quand les hommes parlaient de la ruine qui les menaçait — la façon dont Ruby changeait intolérablement — ils ne pensaient pas y remédier en tendant une main en signe d'amitié ou d'amour. À la place, ils organisaient la défense et aiguisaient les preuves nécessaires, afin que chaque élément s'ajuste à une rainure déjà prête. Quelques-uns parlaient plus, d'autres assez peu, et deux ne disaient rien, mais malgré leur silence, Lone savait que le commandement était jumelé.

Vous vous souvenez du scandale qu'elles ont fait au mariage ? Qu'est-ce tu dis ? Hum, et c'est le jour même que je les ai vues en train de s'embrasser à l'arrière de la Cadillac délabrée. Le jour même, et comme si ça suffisait pas pour plaire au diable, y en avait deux autres qui se battaient dans la boue. En plein dedans. Seigneur, je déteste cette sale bonne femme. Sweetie dit qu'elles ont fait tout ce qu'elles ont pu pour l'empoisonner. Je l'ai entendu le dire aussi. Prise dans une tempête de neige dans cette direction-là et elle a cherché refuge avec elles. Elle aurait dû faire attention. Enfin, vous connaissez Sweetie. De toute façon, elle a dit qu'elle avait entendu des bruits qui venaient de quelque part dans la maison. Elle aurait cru des petits bébés qui pleuraient. Mais, nom de Dieu, qu'est-ce que des petits bébés font là-bas ? C'est à moi que tu demandes ça ? Quoi que c'est, c'est pas naturel. Eh ben, y a des petites filles qui y habitaient, non ? Ouais, je m'en souviens. Elles disaient que c'était une école. Une école de quoi ? Elles enseignaient quoi là-dedans ? Sargeant, t'a pas trouvé de la marijuana qui poussait au milieu de ta luzerne ? Ouais. Sûr. Ça m'étonne pas. Tout ce que je sais c'est qu'elles ont tabassé Arnette quand elle est allée les trouver à cause des mensonges qu'elles y avaient raconté. Elle croit qu'elles ont gardé son bébé et qu'elles lui ont dit qu'il était mort-né. Ma femme, elle dit qu'elles l'ont avortée. Tu crois ça ? Je sais pas, mais elles en sont bien capables. Moi, ce que je sais, c'est qu'elle avait le visage drôlement amoché. Oh, mon vieux. Ça peut plus durer. Roger m'a dit que la Mère — vous savez, la vieille blanche qui venait faire des courses ici de temps en temps ? — eh ben, il m'a dit que quand elle est morte, elle pesait pas cinquante livres et elle luisait comme du soufre. Nom de Dieu ! Il a dit que la fille qu'il a déposée là-bas flirtait ouvertement avec lui. C'est celle qui est tout le temps à moitié à poil ? J'ai su qu'elle avait quelque chose qui tournait pas rond à l'instant où elle est descendue du car. De toute façon, comment elle a réussi à faire venir un car ici ? Je m'en doute, pas toi ? Vous croyez qu'elles ont des pouvoirs ? Je *sais* qu'elles en ont. Les pouvoirs de qui sont les plus forts, c'est ça la question. Pourquoi est-ce qu'elles s'en vont pas tout simplement ? Hé ! Tu t'en irais toi si tu avais une vieille maison, très grande, pour y vivre sans travailler ? Il se passe quelque chose là-bas, et j'aime pas ça. Non, vieux. Des femmes qui s'embrassent. Des bébés qu'on cache. Nom de Dieu ! Sans parler du reste. Regardez ce qui est arrivé à Billie Delia quand elle a commencé à aller traîner là-bas. Elle a fait tomber sa maman en bas de l'escalier d'un coup de poing et elle a filé là-bas comme un petit cochon qui cherche de quoi téter. On m'a dit aussi qu'elles buvaient comme des trous. La vieille était toujours saoule quand je l'ai vue, et vous vous souvenez des premiers mots qui leur sont sortis de la bouche quand elles sont arrivées au mariage ? Quelque chose à boire, voilà ce qu'elles ont demandé, et quand on leur a donné un verre de limonade, elles ont fait comme si on leur avait craché dessus et elles sont sorties. Je m'en rappelle. Des garces. Des sorcières plutôt. Mais regarde un peu, mon frère, les squelettes ça dépasse tout. J'arrive pas à croire que toute une famille est morte là-bas sans que personne le sache. Ils étaient pas si loin, si vous voyez ce que je veux dire. Personne pourra me dire qu'ils ont quitté la route et qu'ils se sont perdus dans un champ avec une énorme maison à moins de trois kilomètres. Ils l'auraient vue. Ils auraient dû. L'homme aurait dû sortir de la voiture et aller jusqu'à la maison, vous voyez ce que je veux dire ? Il pouvait réfléchir, non, et même s'il pouvait pas réfléchir, il pouvait voir. Comment tu peux rater une maison de cette taille en plein jour dans un pays plat comme la tête d'un clou ? Tu veux dire qu'elles ont quelque chose à voir dans le coup ? Écoute, il s'est jamais rien passé par ici comme ce qui arrive en ce moment. Avant que ces poules viennent en ville c'était un endroit bien calme. Les autres avant elles avaient au moins un peu de religion. Mais ces salopes, là-bas toutes seules, elles mettent jamais les pieds à l'église et je vous parie un dollar contre un cent qu'elles n'y pensent même pas. Elles ont pas besoin d'hommes et elles ont pas besoin de Dieu. Elles peuvent pas dire qu'elles n'ont pas été prévenues. On leur a d'abord demandé, ensuite on les a prévenues. Si elles restaient entre elles encore, ce serait quelque chose. Mais non. Elles se mélangent. Elles attirent les gens comme la merde attire les mouches, et celui qui s'approche d'elles en revient estropié et le désordre s'infiltre dans *nos* maisons, dans *nos* familles. On peut plus supporter ça, vous tous. On peut plus supporter ça du tout.

Ainsi, se dit Lone, les crochets et la queue du serpent sont ailleurs. Il se glisse là-bas, dans une maison remplie de femmes. Pas des femmes enfermées et à l'abri des hommes ; mais bien pire, des femmes qui ont choisi la compagnie d'elles-mêmes, c'est-à-dire que ce n'est plus un Couvent mais un sabbat de sorcières. Lone secoua la tête et replaça son Doublemint. Elle écoutait les paroles sans trop d'attention et s'efforçait de deviner les pensées qui se trouvaient derrière. Elle en saisissait certaines tout de suite. Sargeant, elle le savait, hochait la tête à chaque bribe de bavardage, en mâchonnant des lambeaux de vérité et en se demandant à haute voix pourquoi cette ville si délibérément belle, dirigée par des hommes responsables, ne pouvait pas le rester : stable, prospère, sans jeunes qui répondaient. Pourquoi voulaient-ils s'en aller et élever des familles (des clients) ailleurs ? Mais il pensait aussi que ses frais seraient bien inférieurs s'il possédait les terres du Couvent et que, si les femmes s'en allaient, il serait en bien meilleure position pour les acquérir. Tout le monde savait qu'il avait déjà visité le Couvent — pour les « prévenir », ce qui signifiait qu'il leur avait proposé de l'acheter, et devant le regard incompréhensible qu'il obtint comme réponse, il dit à la vieille femme d'y « penser avec attention », et que « d'autres choses pourraient se passer pour faire baisser le prix ». Wisdom Poole devait chercher une raison qui expliquerait pourquoi il n'avait plus aucun contrôle sur ses frères et sœurs. Afin d'expliquer comment il se faisait que ceux, qui autrefois le révéraient et l'écoutaient, étaient maintenant égarés et essayaient d'être indépendants. L'an dernier, Brood et Apollo s'étaient tirés dessus à cause de Billie Delia, et cela lui donnait une raison suffisante pour s'amuser à jeter quelques femmes à la rue. Billie Delia était l'amie de ces femmes, elle avait demandé à un des jeunes frères de Wisdom de la conduire là-bas, et c'est après que les problèmes entre

Apollo et Brood avaient pris un tour dangereux. Aucun des deux n'avait obéi à l'ordre de Wisdom de ne plus jamais parler à cette fille ni de la voir. Le résultat fut biblique — un homme se tenant en embuscade pour massacrer son frère. Quant aux Fleetwood, Arnold et Jeff, eh bien, depuis très longtemps, ils voulaient accuser quelqu'un des enfants de Sweetie. C'était peut-être la faute de la sage-femme, peut-être la faute du gouvernement, mais la sage-femme on ne pouvait que la priver d'emploi et le gouvernement n'était pas responsable, et bien que Lone eût mis au monde certains des enfants malades de Jeff bien avant l'arrivée de la première femme au Couvent, ils n'allaient pas laisser un détail de ce genre les empêcher de trouver une faute ailleurs que dans leur propre sang. Ou dans celui de Sweetie. Menus, eh bien, il était mûr pour un raid contre n'importe qui. Après avoir passé toutes ces semaines là-bas, sans boire, on aurait pu s'attendre à de la reconnaissance de sa part. Ces femmes avaient dû être témoin de certaines choses, et il ne voulait pas qu'elles traînent dans la tête de quelqu'un au cas où elles sortiraient de la bouche des femmes. Peut-être n'était-ce que pour éliminer la honte qu'il ressentait d'avoir laissé Harper et les autres le dissuader d'épouser la femme qu'il avait ramenée. Ils lui dirent que cette jolie fille n'était pas assez bonne pour lui ; ils lui dirent qu'elle ressemblait plus à une dévergondée qu'à une mariée. Il parlait comme il buvait à cause de ce que lui avait fait le Vietnam, mais Lone pensait que la perte de la jolie jeune fille était le vrai problème. Il n'avait pas eu le courage de s'en aller vivre avec elle ailleurs. Il avait choisi à la place de se soumettre à la règle de son père et de lui en faire payer le prix : l'acceptation sans discussion de son malheur. Se débarrasser de femmes indépendantes qui avaient nettoyé derrière lui, lavé ses caleçons, enlevé son vomi, écouté ses malédictions et ses sanglots, l'avait peut-être convaincu pendant quelque temps que c'était un homme véritable que la faiblesse de sa mère n'avait pas touché, digne de la patience de son père, et qu'il avait eu raison de laisser partir la jolie jeune fille. Lone ne pouvait plus faire le compte du nombre de fois où, assise dans l'église de la Nouvelle Sion, elle avait entendu son père, Harper, commencer à porter témoignage, commencer à examiner ses propres péchés, et terminer sur les femmes de mauvaise vie qui pouvaient vous empêcher de savoir qui, quoi et où étaient vos enfants. Il avait épousé une Blackhorse, Catherine, qui avait fini par avoir des digestions difficiles parce qu'il la harcelait pour savoir ce qu'elle faisait, qui elle voyait et ceci et cela, et si elle élevait correctement leur fille Kate. Kate se maria aussi vite qu'elle le put simplement pour lui échapper. Sa première femme, la mère de Menus, Martha, avait dû lui en faire voir de dures. À tel point qu'il ne laissa jamais leur unique fils l'oublier. Puis il y avait K.D., le père de famille. Il disait à quel point une des filles du Couvent était bizarre et comment il s'en était rendu compte dès qu'il l'avait vue descendre du car. Ha, ha. Maintenant il est père d'un fils de quatre mois avec tous ses doigts et tous ses orteils et, qui sait, un cerveau complet aussi, grâce au médecin qui acceptait de s'occuper des Noirs à Demby. Arnette et lui avaient méprisé Lone, et même si Arnette était heureuse maintenant et si elle voulait faire passer sa première « erreur » sur le dos des femmes du Couvent qui l'avaient trompée, K.D. ne leur en gardait pas moins rancune. La fille, dont le nom aujourd'hui l'offusquait, il l'avait poursuivie pendant des années avant qu'elle le flanque à la porte. Il lui faudrait une quantité de bébés bien-portants pour qu'il oublie ça. C'est un Morgan après tout, et ils n'ont rien oublié depuis 1755.

Lone comprenait ces pensées intimes et ce que pouvaient être certaines des motivations de Steward et de Deacon : aucun des deux ne supportait ce qu'il ne pouvait contrôler. Mais elle ne pouvait imaginer la rancœur de Steward — son amertume à la pensée que son petit-neveu (peut-être ?) avait sans aucun doute était blessé ou tué dans cet endroit. C'était comme une bulle d'air qui flottait dans son sang sans jamais ni se réduire ni déclencher une crise. Elle ne pouvait imaginer non plus où se trouvait au plus profond de son cerveau le souvenir de son frère qui avait bien failli rompre son mariage avec Soane. À quel point Deek s'était écarté du droit chemin quand il avait regardé dans le poison de ces yeux empoisonneurs. Pendant des mois, tous deux s'étaient rencontrés secrètement, pendant des mois Deek s'était montré distrait, avait fait des fautes, et si cette garce était tombée enceinte ? Si elle avait eu un sang mêlé ? Steward bouillait de colère en pensant qu'ils avaient bien failli trahir tout ce qu'ils devaient et tout ce qu'ils avaient promis aux Pères Fondateurs. Mais, ce qui menaçait de façon permanente la vision tendrement entretenue qu'il avait de son frère et de lui-même, dépassait de très loin cette trahison, évitée de justesse, de la loi des Pères Fondateurs, la loi de la perpétuation et de la multiplication. Pour lui, les femmes du Couvent étaient une parodie tapageuse des dix-neuf dames Noires que son frère et lui gardaient en mémoire et comprenaient parfaitement. Elles étaient la dégradation de ce moment partagé de peau ensoleillée et de verveine. Avec leurs ricanements stupides, elles avaient outragé les voix suaves, le tintement des rires joyeux et accueillants des dix-neuf dames qui, destinées à vivre éternellement dans des rêves aux nuances pastel, étaient maintenant promises à l'extinction par cette nouvelle engeance de femmes obscènes. Il ne pouvait supporter qu'elles aient souillé son histoire personnelle avec leurs vêtements de racoleuses et leurs appétits de prostituées ; qu'elles aient ridiculisé et profané la vision qui leur avait permis, à lui et à son frère, de traverser une guerre, qui avait imprégné leurs mariages et consolidé leurs efforts pour bâtir une ville où cette vision s'épanouissait. Il ne leur pardonnerait jamais ça, pas plus qu'il ne pouvait tolérer cette perte du sentiment de charité.

Lone ne savait pas non plus quel glacier était l'orgueil de Deacon Morgan. Sa masse cachée, son accroissement, son immobilité. Elle était au courant de son ancienne relation avec Consolata. Mais elle n'avait pu mesurer l'étendue de sa honte ni comprendre à quel point il était important pour lui de supprimer à la fois cette honte et le genre de femme qu'il croyait en être la source. Une femme incontrôlable, dévorante qui ne lui avait mordu la lèvre que pour lécher le sang qui en coulait ; une femme extérieurement belle, à la peau dorée, aux yeux verts comme la mousse, qui essayait de prendre un homme au piège, de l'enfermer dans une cave avec de l'alcool pour l'affaiblir, afin qu'ils puissent faire des choses charnelles, anormales, dans l'obscurité ; une Salomé à laquelle il avait échappé juste à temps sinon elle aurait présenté sa tête posée sur un plat. Une femme vorace prête à baiser par terre, qui n'était pas sortie de sa vie car elle s'était insinuée dans l'affection de Soane à qui, soupçonnait-il, elle avait fait boire des potions de malheur pour qu'elle soit moins disposée à aimer qu'auparavant, car ce n'était pas la douleur inconsolable de la perte de ses fils qui la rendait frigide mais les saletés qu'elle avalait et que lui donnait la femme qui avait transformé son nom même en une plaisanterie et un travesti de ce que devrait être une femme.

Lone ne connaissait pas, ne pouvait pas connaître tout cela, mais elle en savait assez et la lumière des torches électriques lui avait révélé l'équipement des hommes : des menottes étincelantes, des rouleaux de corde, et elle n'eut pas besoin de se demander ce qu'ils avaient d'autre. Elle suivit la berge du ruisseau en marchant sans bruit, jusqu'à sa voiture. « Ta volonté. Ta volonté », murmura-t-elle, convaincue que ce qu'elle avait entendu et deviné n'était pas des paroles en l'air. Les hommes n'étaient pas venus là pour une simple répétition. Comme de jeunes recrues parées de pied en cap, comme des envahisseurs qui se préparent pour un massacre, ils étaient là pour délirer, pour s'échauffer le sang ou pour le refroidir en fonction de ce qui convenait à la mission. Il y avait une chose en particulier qu'elle avait immédiatement comprise : la seule voix qui ne chantait pas était celle de celui qui dirigeait le chœur.

« Où est Richard Misner ? » Lone ne prit pas la peine de dire bonjour. Elle avait frappé chez Misner, elle était même entrée et avait trouvé la maison vide plongée dans l'obscurité. Et elle venait de tirer sa voisine, Frances Poole DuPres, de son sommeil. Frances grogna.

« Qu'est-ce qui te prend, Lone ?

— Dis-moi où est Misner.

— Ils sont partis à Muskogee. Pourquoi ?

— Ils ? Qui ça ils ?

— Le révérend Misner et Anna. À une conférence. T'as besoin de lui pourquoi à une heure pareille de la nuit ?

— Laisse-moi entrer, dit Lone, et elle passa devant Frances pour aller jusque dans la pièce de séjour.

— Viens dans la cuisine, dit Frances.

— Pas le temps. Écoute. » Lone décrivit la réunion en disant « Toute une bande d'hommes qui mettaient quelque chose au point contre le Couvent. Y'avait aussi les Morgan, les Fleetwood et Wisdom. Ils en ont après les femmes du Couvent là-bas.

— Mon Dieu, qu'est-ce que c'est que ces histoires ? Ils vont leur faire peur en pleine nuit ?
— Écoute-moi. Ils ont des fusils avec des lunettes dessus.
— Ça veut rien dire. J'ai jamais vu mon frère aller quelque part sans son fusil, sauf à l'église, et encore il l'a dans sa voiture.
— Ils ont aussi des cordes, Frannie.
— Des cordes ?
— De la corde de deux pouces.
— Qu'est-ce que t'en penses ?
— On perd du temps. Où est-ce qu'est Sut ?
— Il dort.
— Réveille-le.
— Je vais pas déranger mon mari pour des trucs de dingues...
— Réveille-le, Frannie. Je ne suis pas folle, tu le sais. »

Les premières gouttes furent chaudes et lourdes, avec des senteurs d'astragale et de cactus venues des régions du nord et de l'ouest. Elles s'écrasèrent sur les gentianes et les trompettes du désert et coulèrent sur les feuilles de chicorée. Gonflées et glissantes, elles roulèrent comme des boules de mercure sur la terre craquelée entre les rangées de légumes du jardin. Assises dans la lumière de la cuisine, Lone, Frances et Sut DuPres voyaient et même sentaient la pluie, mais ils ne l'entendaient pas tant les gouttes étaient tendres et duveteuses.

Sut n'était pas convaincu qu'il fallait courir les arrêter comme le demandait Lone, mais il voulait bien parler aux révérends Pulliam et Cary demain matin. Lone dit que demain matin, il serait peut-être trop tard, et elle s'en alla mécontente pour essayer de trouver quelqu'un qui ne s'adressait pas à elle comme si elle était une enfant incapable de s'éveiller d'un cauchemar. Anna Flood ne se trouvait pas chez elle ; elle ne pouvait aller voir Soane à cause de Deek ; et comme K.D. et Arnette avaient repris l'ancienne maison de Menus, Dovey Morgan ne serait pas en ville. Elle pensa à Kate mais elle savait qu'elle ne s'opposerait pas à son père. Elle réfléchit à Pénélope mais rejeta l'idée car non seulement elle était mariée avec Wisdom, mais elle était aussi la sœur de Sargeant. Lone se rendit compte qu'elle devrait aller jusqu'aux ranches et aux fermes, trouver des gens dont les relations familiales, croyait-elle, ne les empêcheraient pas de voir clair. Des essuie-glaces en état de marche représentaient un luxe inaccessible, et Lone, qui mâchait lentement son chewing-gum, s'efforçait d'être prudente. En passant devant le Four désert, heureuse d'avoir cueilli à temps des mandragores, elle remarqua qu'il n'y avait aucune lumière chez Anna ni, derrière, dans la maison de Deek Morgan. Lone roula prudemment sur les quelques kilomètres de chemin de terre entre la route de Ruby et celle du Comté. C'était un passage traître parce que maintenant la terre absorbait l'eau, gonflait les racines des plantes brûlées et formait partout de petites rigoles. Elle conduisait lentement en se disant que si cette mission était vraiment la volonté de Dieu, rien ne pouvait s'y opposer. À mi-chemin de la maison d'Aaron Poole, l'Oldsmobile s'embourba dans un fossé du bas côté.

À l'heure où Lone DuPres essayait d'éviter le panneau des Melones précoces, les hommes réglaient les derniers détails en buvant un café et quelque chose de plus fort pour ceux qui le souhaitaient. Il n'y avait pas d'ivrogne parmi eux, sauf Menus mais, cette nuit, ils n'étaient pas contre le fait d'arroser leur café. Derrière le bâtiment de Sargeant qui ressemblait à une grange, où était installé son commerce, au fond de l'enclos dans lequel il enfermait autrefois des chevaux, il y avait un hangar. Il y réparait des harnais — un passe-temps aujourd'hui, plus qu'un travail —, il y ruminait et y fuyait les femmes de sa famille. Il y avait installé un confort masculin, un petit poêle, un frigidaire, une table de travail et des chaises, tout cela posé sur un sol à toute épreuve. Les hommes commençaient juste à souffler sur leur café quand la pluie se mit à tomber. Après quelques gorgées, ils rejoignirent Sargeant dans la cour pour recouvrir des sacs et des matériaux avec une bâche goudronnée. Quand ils revinrent, trempés, dans le hangar, ils se sentirent de bonne humeur et soudain ils eurent faim. Sargeant leur proposa des biftecks et il alla dans la maison chercher ce dont il avait besoin pour donner à manger aux hommes. Priscilla, sa femme, l'entendit et lui proposa de l'aider, mais il la renvoya se coucher, fermement. La pluie parfumée tambourinait. Dans le hangar, s'établit une atmosphère fraternelle qui leur redonna du courage, tandis que les hommes mangeaient les steaks épais préparés comme autrefois, frits dans un poêlon brûlant.

Le parfum de la pluie était plus fort au nord de Ruby, en particulier au Couvent, où le trèfle blanc et le genêt d'Écosse avaient tout envahi sauf le potager. Mavis et Pallas, tirées de leur sommeil par ces senteurs, se précipitèrent pour dire à Consolata, Grace et Seneca que la pluie tant attendue était enfin arrivée. Réunies à la porte de la cuisine, elles regardèrent d'abord, puis elles tendirent la main pour sentir. Ce fut comme une lotion sur leurs doigts alors elles y entrèrent et la laissèrent couler comme un baume sur leurs crânes rasés et leurs visages levés. Consolata commença ; les autres ne tardèrent pas à la rejoindre. Il y a de grands fleuves dans le monde et sur leurs berges et sur le rivage des océans des enfants frémissent sous l'appel de l'eau. Dans les endroits où la pluie est légère, ce frisson est presque érotique. Mais ces deux sensations s'inclinent devant l'extase de femmes saintes qui dansent sous la pluie chaude et douce. Elles en auraient ri si l'enchantement n'avait été aussi profond. Si elles avaient gardé le moindre souvenir de menaces ou d'avertissements récents, la pluie irrésistible les emporta. Seneca serra dans ses bras et lâcha enfin un matin très sombre dans une H.L.M.. Grace vit une chemise blanche que rien n'aurait jamais dû tacher être enfin lavée. Mavis s'avança dans le frémissement des pétales des roses de Saron qui lui chatouillaient la peau. Pallas, qui avait mis au monde un fils délicat, le serrait contre elle tandis que la pluie emportait une femme effrayante sur un escalier mécanique et toute peur de l'eau noire. Consolata, pleinement habitée par le dieu qui la cherchait dans le jardin, était la danseuse la plus acharnée, Mavis la plus élégante. Seneca et Grace dansaient ensemble, puis elles se séparèrent pour gambader dans la boue fraîche. Pallas, qui essuyait les gouttes de pluie sur la tête de son bébé, se balançait comme une fougère.

Enfin sortie du fossé, Lone alla naturellement trouver un DuPres. Elle avait été élevée dans cette famille, sauvée, et une des sœurs l'avait formée. Mais plus que ça, elle savait de quoi ils étaient faits. Elle choisit en premier Pious DuPres, le fils de Booker DuPres et neveu du célèbre Juvenal DuPres. Comme les Morgan et les Blackhorse, ils étaient heureux de se savoir les descendants d'hommes qui avaient dirigé des Congrès d'État, mais, contrairement à eux, ils se sentaient plus fiers des premières générations : artisans, armuriers, couturières, dentellières, cordonniers, ferronniers, maçons dont le travail sérieux leur fut volé par des immigrants blancs. Leur respect le plus profond allait aux générations qui avaient vu leurs boutiques incendiées et leurs marchandises jetées dans la rue. Parce que les immigrants blancs ne pouvaient faire confiance ni supporter une concurrence loyale, les leurs avaient été arrêtés, menacés, chassés et éliminés du travail qualifié et de l'artisanat. Mais les familles se cramponnèrent à ce qu'elles purent et à ce qu'elles avaient gagné en 1755, quand le premier DuPres porta une serviette blanche sur l'épaule et un livre de prière dans la poche. La croyance qui leur donnait leur force n'était pas une grimace. La vertu, la bonté inattendue les faisaient sourire. Peu de choses leur gonflait le cœur comme la droiture délibérée. Ils ne savaient pas toujours de quoi il s'agissait, mais ils passèrent beaucoup de temps à tenter de le découvrir. Bien avant que Juvenal fût élu au Congrès de l'État, la conversation du dîner autour de la table des DuPres tournait autour des problèmes de chacun et on cherchait comment chacun et tous pouvaient s'en sortir ou donner un coup de main. Et toujours on parlait de la morale d'une action, de la clarté des motifs, si une conduite faisait progresser Sa gloire et leur conservait Sa confiance. Aucune des branches de la famille DuPres n'aimait ni n'approuvait les femmes du Couvent, mais ce n'était pas la question. Ils avaient appris le comportement de Brood et d'Apollo comme des insultes. Wisdom Poole était le frère de leur belle-sœur, et dans sa participation à un groupe qui voulait faire du mal à des femmes — quelle qu'en soit la raison — ils verraient rapidement l'ouvrage du monstre. Ce qu'ils firent. Quand Lone leur dit tout ce qu'elle avait entendu et ce qu'elle savait, Pious ne perdit pas de temps. Il chargea sa femme d'aller chez les Beauchamp ; pour demander à Ren et à Luther de venir le retrouver.

Lone et lui iraient chercher Deed Sands et Aaron Poole. Melinda dit qu'ils devraient en parler à Dovey, mais ils n'arrivèrent pas à se mettre d'accord sur la façon de le faire, si Steward se trouvait là-bas. Lone ne savait pas s'ils étaient déjà mis en route pour le Couvent ou s'ils attendraient le lever du soleil, mais Lone dit que quelqu'un devrait prendre le risque d'informer Dovey, qui, si elle le voulait, pourrait faire savoir à Soane ce qui se passait.

Fatiguées par leur nuit de danse, mais heureuses, les femmes reviennent dans la maison. En se séchant, elles demandent à Consolata de leur parler de nouveau de Piedade pendant qu'elles huilent leur cheveux avec du wintergreen.

« Nous nous installions sur le front de mer. Elle me baignait dans une eau d'émeraude. Sa voix faisait pleurer les femmes orgueilleuses dans les rues. Des pièces tombaient des doigts des artistes et des policiers, et les plus grands chefs du pays nous suppliaient de venir manger chez eux. Les chansons de Piedade pouvaient apaiser une vague, la faire s'arrêter dans la courbe de sa chute pour écouter un langage qu'elle n'avait jamais entendu depuis que la mer s'était ouverte. Des bergers, avec des oiseaux de couleur sur l'épaule, descendaient des montagnes pour se rappeler de leur vie dans ses chansons. Des voyageurs refusaient d'embarquer sur des bateaux obligés de rester à quai pendant qu'elle chantait. La nuit, elle retirait les étoiles de ses cheveux de laine et m'y enveloppait. Son souffle sentait l'ananas et la noix de cajou... »

Les femmes dorment, s'éveillent et se rendorment avec des images de perroquets, de coquillages de cristal et l'image d'une femme qui chantait et ne parlait jamais. À quatre heures du matin, elles se réveillent afin de se préparer pour la journée. L'une pétrit la pâte pendant qu'une autre allume le poêle. D'autres récoltent des légumes pour le repas de midi, puis mettent le couvert du petit déjeuner. Le pain, pétri en petites boules, est placé dans de petits plats en fer blanc où on le laisse lever.

Le soleil est impatient de briller quand les hommes arrivent. Le bleu délavé du ciel est difficile à briser, mais le temps que les hommes se garent derrière les jeunes chênes, et partent vers le Couvent, le soleil l'a fait craquer. Un bleu éclatant. L'eau de la nuit s'élève en brume depuis les flaques et les trous inondés sur le bas-côté de la route. Quand ils atteignent le Couvent, ils évitent le craquement bruyant du gravier, et se faufilent dans les hautes herbes et les arcs-en-ciel fugitifs vers la porte d'entrée. Les griffes de fer, détournent peut-être le regard de Steward du monde. Marbrées et luisantes de pluie, elles tiennent les marches. En montant entre elles, il lève le menton puis son fusil et tire dans la serrure pour ouvrir une porte qui n'a jamais été fermée à clef. Elle s'ouvre vers l'intérieur en penchant sur ses gonds. Le soleil entre avec lui et éclabousse les murs de l'entrée sur lesquels des enfants avec un sexe jouent à travers la peinture écaillée. Soudain, une femme avec la même peau blanche apparaît, et tout ce que Steward a besoin de voir ce sont ses yeux sensuels qui l'évaluent, pour appuyer de nouveau sur la détente. Les autres hommes tressaillent mais cela ne les empêche pas d'enjamber la femme. Ils caressent leurs armes et se sentent brusquement si jeunes et si bons qu'ils se souviennent que ces fusils ne sont pas qu'une décoration, une menace, une consolation. Ils ont un but.
Deek donne les ordres.
Les hommes se séparent.

Trois femmes qui préparent à manger dans la cuisine entendent un coup de feu. Un silence. Un autre coup de feu. Elles regardent avec précaution par les portes battantes. À contre-jour, dans la lumière qui passe par la porte cassée, des ombres d'hommes armés apparaissent dans l'entrée. Les femmes se précipitent dans la salle de jeux et referment la porte, quelques secondes avant que les hommes prennent position dans le couloir. Elles entendent des pas qui entrent dans la cuisine qu'elles viennent de quitter. Pas de fenêtres dans la salle de jeux — les femmes sont prises au piège et le savent. Les minutes passent. Arnold et Jeff Fleetwood sortent de la cuisine et sentent une trace de wintergreen dans l'air. Ils ouvrent la porte de la salle de jeux. Un cendrier d'albâtre frappe Arnold à la tempe, ce qui met en joie la femme qui le manie. Elle continue à frapper jusqu'à ce qu'il soit à quatre pattes et Jeff, pris au dépourvu, pointe son fusil une seconde trop tard. Il lui vole des mains quand une queue de billard lui brise le poignet et, en se relevant, lui entre dans la mâchoire. Il lève le bras, tout d'abord pour se protéger ensuite pour saisir l'extrémité de la queue de billard, quand le cadre de Catherine de Sienne s'écrase sur sa tête.

Les femmes s'élancent dans le couloir, mais s'immobilisent quand elles voient deux silhouettes sortir de la chapelle. Elles retournent en courant dans la cuisine et Harper et Menus sont juste derrière elles. Harper saisit la taille et le bras de l'une d'elles. Elle se débat et il ne voit pas le poêlon qui lui cogne le crâne. Il tombe en lâchant son fusil. Menus, qui se démène pour passer les menottes à une autre, se retourne quand son père s'écroule. Le liquide qui lui trempe le visage est si brûlant qu'il ne peut crier. Il met un genou à terre et la main d'une femme se tend vers le fusil qui tourne sur le sol. Malgré la douleur, à demi aveuglé, il lui tire sur la cheville gauche. Le pied droit de la femme le frappe en pleine tête. Derrière lui, une autre femme lève un couteau de boucher et l'enfonce si profondément entre les os de son épaule qu'elle ne peut pas le retirer pour frapper une seconde fois. Elle le laisse là et se sauve dans la cour avec les deux autres, et elles se dispersent comme des oiseaux.

Wisdom Poole et Sargeant Person, qui descendent de l'étage, ne voient personne. Ils entrent dans la salle de classe baignée dans la lumière qui pénètre par les fenêtres. Ils regardent derrière les pupitres poussés contre le mur bien qu'il soit évident que personne, pas même un enfant, n'est assez petit pour s'y cacher.

En bas, sous les longs rayons d'une torche Black et Decker, Steward, Deek et K.D. observent une profanation, une violence et des perversions qui dépassent l'imagination. Des cochonneries dessinées avec amour recouvrent le sol comme des tapis. K.D. touche sa croix en feuille de palmier. Deek tapote la poche de sa chemise où il a mis ses lunettes de soleil. Il avait pensé les utiliser pour autre chose mais il se demande s'il en a besoin maintenant pour protéger son regard de cette mer de dépravation qui l'appelle en bas. Aucun n'ose marcher dessus. Considérant leur attente amplement justifiée, ils font demi-tour et remontent l'escalier. La porte de la salle de classe est ouverte ; Sargeant et Wisdom leur font signe d'entrer. Regroupés devant les fenêtres, tous les cinq comprennent : les femmes ne se cachent pas. Elles se sont échappées.

Peu de temps après que les hommes ont quitté le hangar de Sargeant, les citoyens de Ruby arrivent au Four. La pluie se calme. Des détritus tournoient à la surface de la poubelle. Le ruisseau s'est rempli mais ne déborde pas. L'eau s'infiltre dans le sol. La pluie, qui tombe en cascade du Four, coule dans la boue tachée par des éclats d'enduit arrachés aux briques. Le Four penche légèrement sur le côté. Le sol sur lequel il est construit est affouillé par l'eau. Dans des camions et des voitures, les citoyens de Ruby partent retrouver les hommes.

Aucune des deux sœurs n'a besoin d'être convaincue car elles savaient que quelque chose d'horrible se préparait. Dovey demande à Soane de conduire. Chacune reste silencieuse, avec des pensées bruyantes comme des fusées. Dovey a regardé son mari détruire quelque chose en lui pendant trente ans. Plus il gagnait plus il perdait. Maintenant, il est peut-être en train de tout ruiner. Vingt-cinq années de succès effrénés lui ont-elles troublé l'esprit ? A-t-il pensé que parce qu'ils vivaient loin des lois des Blancs, elles ne pouvaient les atteindre ? Bien sûr, personne ne pouvait souhaiter un mari plus attentionné et tant qu'elle ignorait les zones d'ombre, leur mariage semblait parfait. Pourtant, la petite maison hypothéquée, où son Ami lui rendait visite, lui manque. Il n'est venu la voir qu'une fois depuis que K.D. l'a reprise, c'était dans un rêve et il s'éloignait d'elle. Elle appelait ; il se retournait. Ensuite, elle se lavait les cheveux. Elle se réveilla, déconcertée, mais heureuse de voir ses mains humides de mousse.

Soane se reproche de ne pas avoir parlé, simplement parlé, à Deek. De ne pas lui avoir dit qu'elle savait à propos de Connie ; que la perte de leur troisième enfant était un jugement contre elle — pas contre lui. Quand Connie eut sauvé la vie de Scout, toute la rancœur de Soane contre elle s'évapora et, parce qu'elles étaient devenues des amies intimes, elle croyait avoir aussi pardonné à Deek. En ce moment, elle se demandait si sa peur de suffoquer dans un air trop rare pour y respirer, son deuil inconsolable pour ses fils, sa façon de garder vivante sa douleur en refusant de lire leurs dernières lettres, n'étaient que des moyens de le punir sans en avoir l'air. De toute façon, elle savait que faire fuir les femmes du Couvent avait quelque chose à voir avec leur mariage. Harper, Sargeant et certainement Arnold n'auraient pas levé la main sur ces femmes si Deek et Steward ne les avaient pas manipulés et autorisés à le faire. Si seulement elle avait parlé vingt-deux ans plus tôt. Simplement parlé.

« À quoi penses-tu ? » Dovey rompit le silence.

« À rien.

— Ils ne vont pas leur faire du mal, hein ? »

Soane arrêta les essuie-glace. On n'en avait plus besoin maintenant. « Non, répondit-elle. Simplement leur faire peur. Pour qu'elles s'en aillent, je veux dire.

— Pourtant, les gens parlent tout le temps d'elles. Comme si c'était... de la boue.

— Elles sont différentes, c'est tout.

— Je sais, mais avant ça suffisait.

— Ce sont des femmes, Dovey. Rien que des femmes.

— Des putains, oui, et bizarres en plus.

— Dovey !

— C'est ce que dit Steward et s'il le croit...

— Ça m'est égal qu'elles le soient... » Soane ne pouvait rien imaginer de pire. Toutes deux se turent.

« Lone dit que K.D. est parti là-bas.

— Ça ne m'étonne pas.

— Tu crois que Mable est au courant ? Ou Priscilla ? demanda Dovey.

— Je crois pas. Sans Lone, est-ce qu'on le serait ?

— Ça va bien se passer à mon avis. Aaron et Pious vont les arrêter. Et les Beauchamp. Même Steward va pas se laisser entraîner par Luther. »

Et les sœurs éclatèrent de rire, de petits rires pleins d'espoir, pour apaiser leurs craintes alors qu'elles fonçaient dans l'air éclatant de l'aube.

Consolata se réveille. Quelques secondes plus tôt elle a cru entendre des pas descendre l'escalier. Elle a pensé que c'était Pallas qui venait nourrir le bébé allongé près d'elle. Elle tâte sa couche pour voir s'il faut le changer. Quelque chose. Quelque chose. Son sang se glace. Consolata ouvre la porte et entend des pas qui s'éloignent, trop lourds, trop nombreux pour être ceux d'une femme. Elle se demande si elle doit ou non déranger le bébé endormi. Puis, elle enfile rapidement une robe, bleue avec un col blanc, et décide de laisser le bébé sur le petit lit. Elle monte l'escalier et voit tout de suite un corps allongé par terre dans l'entrée. Elle se précipite et prend la femme dans ses bras, en étalant du sang sur sa joue et sur le côté gauche de sa robe. Le pouls bat dans son cou mais n'est pas très sensible ; la respiration est faible. Consolata frotte les cheveux crépus sur la tête de la femme et commence à y entrer, profond, plus profond pour trouver le point de lumière. Des coups de feu claquent dans la pièce d'à côté.

Des hommes tirent par la fenêtre sur trois femmes qui courent dans le trèfle et les genêts d'Écosse. Consolata entre, en hurlant « Non ! »

Les hommes se retournent.

Consolata ferme à demi les paupières à cause du soleil puis lève les yeux comme si quelque chose avait attiré son attention au-dessus de la tête des hommes. « Tu es revenu, dit-elle », et elle sourit.

Deacon Morgan a besoin des lunettes de soleil mais elles sont au fond de la poche de sa chemise. Il regarde Consolata et voit dans ses yeux ce qui y a été asséché, comme en lui-même. Il y a du sang près de ses lèvres. Cela lui coupe le souffle. Il lève la main pour arrêter celle de son frère et découvre lequel des deux est le plus fort. La balle entre dans le front de Consolata.

Dovey crie. Soane regarde fixement.

« La mort peut prendre quelque temps. » Lone a un besoin désespéré de Doublemint alors qu'elle étanche le sang qui coule de la blessure de la femme blanche. Ren et elle l'ont transportée sur le canapé de la salle de jeux. Lone n'arrive pas à entendre son cœur, et bien que l'on ait l'impression de sentir encore le battement du pouls dans son cou, trop de sang a quitté le corps de cette femme aux poignets aussi petits que ceux d'un enfant.

« Quelqu'un est allé chercher Roger ? hurle-t-elle.

— Oui », lui répond-on en criant.

Le bruit à l'extérieur de la pièce lui fait mal à la tête et lui donne une irrésistible envie de mâcher. Lone quitte la femme pour voir ce qui se passe afin de sauver une vie ou deux dans ce gâchis.

Dovey pleure dans l'escalier.

« Dovey, il faut la fermer maintenant. J'ai besoin d'une femme qui réfléchit. Viens voir ici, et va chercher de l'eau ; essaie d'en faire boire à la fille qui est là-dedans. » Elle la tire vers la cuisine dans laquelle se trouve Soane.

Un peu avant, Deacon Morgan avait porté Consolata dans la cuisine, et il l'avait tenue dans ses bras pendant tout le temps qu'il avait fallu aux femmes pour débarrasser la table. Il l'avait posée doucement comme si un geste brusque avait pu lui faire mal. Quand Consolata fut bien installée — l'imperméable de Soane plié sous la tête — alors seulement ses mains se mirent à trembler. Puis il alla aider ceux qui s'occupaient des hommes blessés. Menus, incapable de retirer le couteau enfoncé dans son épaule, gémissait de douleur. La tête de Harper enflait, mais c'était Arnold Fleetwood qui semblait souffrir de commotion. Et il fallait s'occuper de la mâchoire fracturée et du poignet brisé de Jeff. D'autres habitants de Ruby, troublés par le premier convoi, étaient arrivés, augmentant le désordre et le tintamarre. Le révérend Pulliam enleva le couteau de l'épaule de Menus et il eut beaucoup de mal à faire accepter à Harper et à Menus Jury et aux Fleetwood d'aller à l'hôpital de Demby. Un message en provenance du fils de Deed Sands annonça que Roger devait revenir de Middleton ce matin, dès qu'il serait rentré, sa fille l'enverrait au Couvent. Pulliam finit par convaincre les hommes et il emmena les blessés en voiture.

La voix des hommes retentissait encore. Entre les accusations bruyantes et les défenses lugubres mais plus calmes, sous l'agression des questions et des prophéties de malheur, il fallut au moins une demi-heure avant que quelqu'un pense à demander ce qu'il était arrivé aux autres femmes. Quand Pious posa la question, Sargeant indiqua « là-bas dehors », avec un geste de la tête.

« Elles se sont sauvées ? Chez le shérif ?
— Je crois pas.
— Quoi, vieux ?
— Elles sont tombées. Dans l'herbe.
— Vous avez massacré toutes ces femmes ? Pour quelle raison ?
— Maintenant on va avoir la police des Blancs sur le dos comme la damnation !
— On n'est pas venus ici pour tuer qui que ce soit. Regardez ce qu'elles ont fait à Menus et à Fleet. C'était de la légitime défense ! »

Aaron Poole regarda K.D. qui avait donné cette explication. « Vous êtes entrés chez elles et vous ne vous attendiez pas à ce qu'elles vous repoussent ? » Le mépris qu'on pouvait lire dans ses yeux était évident mais pas aussi glaçant que celui de Luther.

« Qui avait les fusils ? demanda Luther.
— Nous, mais c'est oncle Steward qui... »

Steward le gifla sur la bouche et, sans Simon Cary, un autre massacre aurait pu avoir lieu. « Retenez-le ! » hurla le révérend Pulliam et, montrant K.D. du doigt : « T'es dans le pétrin, fiston. »

Pious donna un coup de poing dans le mur. « Tu nous a déjà déshonoré. Maintenant, tu veux nous détruire ? Quel genre de mal t'as dans la peau ? » Il avait d'abord regardé Steward, mais maintenant son œil fixait Wisdom, Sargeant et les deux autres.

« Le mal est dans cette maison, dit Steward. Descendez à la cave pour voir par vous-mêmes.
— Mon frère raconte des mensonges. C'est nous qui avons fait ça. Nous seuls. Et nous en portons la responsabilité. »

Pour la première fois depuis vingt et un ans, les frères jumeaux se regardèrent droit dans les yeux.

Pendant ce temps, Soane et Lone DuPres ferment les deux yeux pâles mais ne peuvent rien faire au troisième œil, humide et sans paupières, qui est au milieu.

« Elle a dit "Divine", murmure Soane.
— Quoi ? » Lone essaie de recouvrir le corps avec un drap.
« Quand je suis allée la voir. Juste après que Steward... Je lui ai tenu la tête et elle a dit : "Divine". Puis quelque chose comme "Il a une tête divine, il dort de façon divine." Elle rêvait, je crois.
— Enfin, elle a été tuée d'une balle dans la tête, Soane.
— Qu'est-ce qu'elle a vu, tu crois ?
— Je ne sais pas, mais c'était une douce pensée, même si c'était sa dernière pensée. »
Dovey entre et dit : « Elle est morte.
— Tu es sûre ? demande Lone.
— Va voir toi-même.
— J'y vais. »
Les sœurs recouvrent Consolata avec le drap.
« Je ne la connaissais pas aussi bien que toi, dit Dovey.
— Je l'aimais beaucoup. Dieu m'est témoin, je l'aimais, mais personne ne la connaissait vraiment.
— Pourquoi est-ce qu'ils ont fait ça ?
— Ils ? Tu veux dire "lui", non ? C'est Steward qui l'a tuée. Pas Deek.
— À t'entendre, on dirait que tout est de sa faute.
— Ce n'est pas ce que je voulais dire.
— C'est quoi alors ? Qu'est-ce que tu voulais dire ? »
Soane ne sait pas ce qu'elle veut dire, elle veut seulement savoir où trouver un morceau de savon pour faire disparaître la moindre tache. Mais cet échange modifie irrévocablement leur relation.

Ahuris, en colère, tristes, effrayés, les gens s'entassent dans les voitures, et retournent vers les enfants, le bétail, les champs, les taches domestiques et l'incertitude. Comme ils ont travaillé dur pour cette ville ; comme ils étaient loin autrefois de l'horreur dont ils viennent d'être témoins. Comment une mission si pure et si sainte avait-elle pu se dévorer elle-même et se transformer pour devenir semblable au monde qu'ils avaient fui ?
Lone a dit qu'elle voulait rester avec les corps jusqu'à l'arrivée

de Roger. Melinda demande : « Comment vas-tu revenir ? Ta voiture est chez nous. »

Lone soupire. « D'accord, les morts ne bougent pas. Et Roger a beaucoup de travail qui l'attend. » Dans la voiture qui s'éloigne, Lone se retourne et regarde la maison. « Beaucoup de travail. »

Il n'en eut aucun. Quand Roger Best revint à Ruby, il ne changea même pas de vêtements. Il fit ronfler le moteur de l'ambulance/corbillard et fila vers le Couvent. Trois femmes tombées dans l'herbe, lui avait-on dit. Une dans la cuisine. Une autre dans l'entrée. Il chercha partout. Chaque touffe d'herbe, chaque carré de genêt d'Écosse. Le poulailler. Le potager. Chaque rang de maïs dans le champ derrière. Puis chaque pièce : la chapelle, la salle de classe. La salle de jeux était vide ; la cuisine aussi — un drap et un imperméable sur la table, seuls signes indiquant qu'un corps s'était trouvé ici. À l'étage, il regarda dans les deux salles de bains, dans chacune des huit chambres. De nouveau dans la cuisine, dans l'office. Puis il descendit dans la cave, il marcha sur les peintures du sol. Il ouvrit une porte qui donnait sur une réserve de charbon. Derrière une autre porte, un petit lit et une paire de chaussures vernies sur la coiffeuse. Aucun corps. Rien. Même la Cadillac n'était plus là.

Save-Marie

« Voici pourquoi nous sommes ici : dans ce moment unique de tristesse et de douleur — en contemplant la vie brève et la mort inacceptable et incompréhensible d'un enfant — nous confirmons, suspendons ou perdons notre foi. Ici, dans la fragilité de cet instant, dans ce lieu, toutes nos questions, toutes nos peurs, notre indignation, notre trouble, notre désolation, semblent se fondre, arracher la terre de sous nos pieds, et nous avons l'impression de tomber. Ici, peut-être pouvons-nous dire qu'il est temps de nous arrêter, de prolonger ce moment et de rejeter les platitudes sur les oiseaux qui tombent sous Ses yeux ; sur les bons qui meurent jeunes (cet enfant n'a pas eu le choix d'être bon) ; ou sur la mort qui est la seule démocratie. L'heure est venue de poser les questions que nous avons vraiment à l'esprit. Qui pourrait faire cela à un enfant ? Qui pourrait permettre cela pour un enfant ? Et pourquoi ? »

Sweetie Fleetwood ne voulait pas en discuter. Son enfant ne reposerait pas sur la terre de Steward Morgan. C'était tout à fait nouveau : la question du lieu des enterrements ne s'était pas posée à Ruby depuis vingt ans, et il y eut de l'étonnement ainsi que de la tristesse quand cela devint nécessaire. Quand Save-Marie, la plus jeune des enfants de Sweetie et de Jeff mourut, les gens pensèrent que les autres, Noah, Esther et Ming, suivraient rapidement. Le premier avait reçu un prénom fort pour un fils fort et aussi parce que c'était le prénom de son arrière-grand-père. On appela la seconde Esther en souvenir de l'arrière-grand-mère qui avait aimé et soigné le premier avec tant de générosité. On donna à la troisième un prénom auquel Jeff tenait — quelque chose qui avait un rapport avec la guerre. Enfin, le prénom de la dernière enfant était une requête (ou une lamentation) : Save-Marie, et qui pouvait dire que cette demande n'avait pas trouvé de réponse. Aussi la discussion acharnée sur le choix d'un vrai cimetière n'avait pas lieu seulement à cause de ce que souhaitait Sweetie ni de l'attente d'autres enterrements, mais parce que, pour des raisons compliquées, la faucheuse n'était plus interdite à Ruby. Par conséquent, Richard Misner présidait un terrain consacré et lançait une nouvelle institution. Mais pour Sweetie la question de savoir s'il fallait utiliser le cimetière ad hoc — où reposait Ruby Smith — ne se posait même pas. Sous l'influence de son frère, Luther, elle reprocha à Steward d'avoir mis son mari et son beau-père dans le pétrin et dit qu'elle préférait faire comme Roger Best (il avait creusé une tombe sur sa propriété) et que ça lui était complètement égal que vingt-trois années se soient passées depuis cet enterrement rapide auquel si peu de gens avaient assisté.

La plupart des habitants de Ruby comprenaient pourquoi elle faisait une telle histoire (le mélange du chagrin et de l'accusation lui tournait la tête) mais Pat Best pensait que l'entêtement de Sweetie était plus calculé. Rejeter une offre des Morgan, laisser planer un doute sur la droiture de Morgan pouvait lui permettre d'extorquer quelques faveurs des poches de Morgan. Si la théorie des AB de Pat était correcte, la rancune de Sweetie plaçait ces derniers dans la position inconfortable de devoir décider d'avoir un vrai cimetière officiel dans une ville remplie d'immortels. Quelque chose de sismique s'était produit depuis juillet. Et ils se trouvaient là, sous un ciel brouillé, par une douce journée de novembre, réunis à près de deux kilomètres de la dernière maison de Ruby, sur un terrain qui appartenait évidemment aux Morgan, mais personne n'avait le courage de le dire à Sweetie. Debout parmi la foule qui entourait les Fleetwood en deuil, Pat retrouva quelque chose qui ressemblait à de la stabilité. Plus tôt, pendant le service funèbre, l'absence d'éloge l'avait fait pleurer. Maintenant elle se sentait comme d'habitude, amusée et sans passion. Au moins, elle espérait être sans passion, et elle espérait que ce qu'elle ressentait était bien de l'amusement. Elle savait que d'autres portaient des jugements différents sur son attitude. Richard Misner lui en avait rapporté quelques-uns (« Triste. Triste et froide »), mais c'était une érudite, pas une romantique, et elle se cuirassa contre les paroles funèbres de Richard Misner afin d'observer l'assistance.

Richard Misner et Anna Flood étaient revenus deux jours après l'agression contre les femmes du Couvent, et il avait mis quatre jours pour apprendre ce qui s'était passé. Pat lui donna les deux versions de l'histoire officielle : premièrement que neuf hommes étaient allés parler aux femmes du Couvent pour les convaincre de s'en aller ou de réformer leur conduite ; il y avait eu une bagarre ; les femmes avaient pris d'autres formes et avaient disparu comme par enchantement. Deuxièmement (la version Fleetwood-Jury), que cinq hommes étaient allés chasser les femmes ; que quatre autres — les auteurs — étaient allés les retenir ou les arrêter ; ces quatre-là avaient été attaqués par les femmes mais ils avaient réussi à les mettre en fuite et elles s'étaient sauvées dans la Cadillac ; malheureusement, certains des cinq avaient perdu la tête et avaient tué la vieille femme. Pat laissa Richard Misner choisir l'interprétation qu'il préférait. Elle ne lui donna pas la sienne : que neuf AB avaient assassiné cinq femmes inoffensives, (a) parce que ces femmes étaient impures (pas AB) ; (b) parce que ces femmes étaient impies (au mieux des fornicatrices, au pire des avorteuses) ; et (c) parce qu'ils le *pouvaient* — ce qui signifiait pour eux être un 8-rock et ce qu'exigeait aussi le « contrat ».

Richard ne crut pas ces histoires qui devenaient rapidement parole d'Évangile, et il en parla aux deux autres pasteurs, Simon Cary et Senior Pulliam, qui éclairèrent d'autres parties du récit. Mais comme ni l'un ni l'autre ne s'était décidé sur la signification de la fin et que par conséquent ils s'étaient montrés incapables d'en formuler un compte rendu crédible et susceptible de donner la base d'un sermon, ils n'avaient pu apaiser le mécontentement de Richard. Ce fut Lone qui lui fournit les détails lugubres que plusieurs personnes s'empressèrent de contredire parce que, affirmèrent-elles, on ne pouvait faire confiance à Lone. Elle était la seule à avoir supris la conversation des hommes autour du Four, et qui savait ce qu'ils s'étaient vraiment dit ? Comme le reste des témoins, elle était arrivée au Couvent après qu'on eut tiré les coups de feu ; en outre, Dovey et elle pouvaient fort bien se tromper et personne ne savait si les deux femmes du Couvent avaient été tuées ou seulement blessées ; finalement, elle n'avait vu personne en dehors de la maison, vivant ou mort.

Quant à Lone, la façon dont on réinventait l'histoire finit par la perturber ; la façon dont les gens la transformaient pour se donner le beau rôle. En dehors de Deacon Morgan qui n'avait rien à dire, tous les hommes qui avaient participé à l'attaque racontaient une histoire différente, et leurs familles et leurs amis (qui n'étaient pas allés au Couvent) les soutenaient, renforçaient leur mérite, remaniaient l'affaire et inventaient des informations supplémentaires. Les DuPres, les Beauchamp, les Sands et les Poole confirmaient la version de Lone, mais leur réputation d'exactitude et d'intégrité elle-même ne put empêcher une vérité travestie de s'imposer dans d'autres familles. S'il n'y avait pas de victimes, l'histoire du crime n'était qu'un jeu. Aussi Lone la ferma et garda ce qu'elle sentait comme certain replié dans sa tête : Dieu avait donné une seconde chance à Ruby. Il avait rendu Sa présence si visible et si indiscutable que même les excessivement arrogants (comme Steward) et les incorrigiblement stupides (comme son menteur de neveu) auraient dû le voir. Il avait vraiment ramassé et reçu Ses servantes en pleine lumière, pour l'amour de Dieu ! Sous leurs yeux mêmes, pour l'amour du Christ ! Comme ils l'accusaient de mentir, elle décida de se taire et d'observer comment la main de Dieu traitait les incrédules et les faux témoins. Sauraient-ils à qui ils avaient parlé ? Ou s'écarteraient-ils plus encore de Sa voie ? Une chose était sûre : ils voyaient le Four ; ils ne pouvaient lire ou prononcer de travers, et ils avaient donc intérêt à se dépêcher de réparer la plaque avant qu'il ne soit trop tard — ce qui était peut-être déjà le cas car les jeunes en avaient de nouveau changé les mots. Ils ne s'appelaient plus Sois le Sillon de Son Front. Le graffiti sur la hotte du Four disait maintenant : « Nous Sommes le Sillon de Son Front. »

Quelle que soit l'importance des divisions sur ce qui s'était effectivement passé, Pat savait que le fait énorme et sur lequel tout le monde s'accordait, c'était que tous ceux qui s'étaient trouvés là-bas avaient quitté les lieux persuadés que les fédéraux seraient trop heureux de s'abattre sur la ville (après tout, ils avaient tué une Blanche), pour arrêter tous les commerçants de Ruby. Quand ils apprirent qu'il n'y avait pas de morts à signaler, à transporter ou à enterrer, ils en éprouvèrent un tel soulagement qu'ils commencèrent à oublier ce qu'ils avaient effectivement fait ou vu. Sans Luther Beauchamp — qui racontait l'histoire la plus accablante — et sans Pious, Deed Sands et Aaron — qui corroboraient l'essentiel de la version de Lone — toute l'affaire aurait peut-être été tout bonnement éliminée. Pourtant, même eux ne pouvaient se résoudre à parler de morts non naturelles dans une maison sans cadavres qui pouvaient peut-être conduire à la découverte de morts naturelles dans une voiture pleine de cadavres. Bien qu'elle ne soit pas dans la confidence de beaucoup de gens, Pat tira de ses conversations avec son père et avec Kate, et de discussions délibérément espionnées, que quatre mois plus tard, ils remâchaient toujours le problème et demandaient à Dieu qu'Il les guide s'ils avaient tort : si la loi des Blancs pouvait, en contradiction avec tout ce qu'ils savaient et croyaient, traiter de questions qu'autrefois ils réglaient entre eux. Les difficultés bouillonnaient et embarrassaient tout le monde : les accusations, les prières pour la compréhension et le pardon, l'arrogance de la légitime défense, les mensonges éhontés, et toute une foule de questions que Richard Misner ne cessait de leur poser. Aussi l'enterrement fut-il une pause, pas une fin.

Peut-être avaient-ils eu toujours raison à propos de cette ville, se dit Pat, en observant ses concitoyens. Ruby a peut-être de la chance. Non, se reprit-elle. Même si les preuves de l'attaque étaient invisibles, il n'en allait pas de même des conséquences. Il y avait Jeff, le bras autour de sa femme, tous deux l'air raisonnablement tristes mais aussi un peu imbus de leur importance, parce que maintenant Jeff était l'unique propriétaire du magasin de meubles de son père. Arnold, brusquement devenu un très vieil homme affligé d'une migraine persistante, avec sa chambre à lui maintenant, depuis qu'Arnette était partie ; il baissait la tête et ses yeux se posaient partout sauf sur le cercueil. Sargeant Person avait toujours l'air suffisant : aucun propriétaire n'attendait de loyer pour ses terres et, sauf si un contrôleur s'intéressait (et jusqu'à ce qu'il le fasse) à un hameau minuscule peuplé de Noirs sans problèmes, vivant dans la crainte de Dieu, son avarice ne connaîtrait pas de bornes. Harper Jury, incorrigible, portait un costume bleu sombre et une blessure à la tête qui, comme une médaille, lui permettait de prendre l'attitude du guerrier ensanglanté mais qui n'avait pas cédé devant le mal. Menus était le plus malheureux. Il n'avait plus de clients dans la boutique d'Anna, en partie parce que son épaule brisée limitait sa capacité à manier ses instruments de coiffeur mais aussi parce que son penchant pour la boisson s'était étendu à un plus grand nombre de jours dans la semaine. Sa dégradation allait rapidement vers sa conclusion. À Wisdom Poole revenait la part la plus ingrate. Soixante-dix membres de la famille le tenaient pour responsable (comme ils avaient fait avec ses frères Brood et Apollo) d'avoir sali la réputation de leurs ancêtres, ils ne lui laissaient ni paix ni statut et ils le réprimandèrent chaque jour jusqu'à ce qu'il tombe à genoux et pleure devant tous les fidèles du Saint Rédempteur. Après s'être confessé publiquement, s'être confié, et être devenu plein de remords, il entama des conversations hésitantes avec Brood et Apollo. Arnette et K.D. construisaient une maison neuve sur un terrain de Steward. Elle était de nouveau enceinte et tous deux espéraient se trouver bientôt en position de rendre la vie impossible aux Poole, aux DuPres, aux Sands et aux Beauchamp, en particulier à Luther qui saisissait la moindre occasion pour insulter K.D. La suite la plus intéressante concerna les frères Morgan. Les traits qui les distinguaient s'érodèrent : le tabac (ils abandonnèrent en même temps le cigare et la chique), les chaussures, les vêtements, la barbe. Pat pensait qu'ils se ressemblaient sans doute plus qu'à leur naissance. Mais à l'intérieur, la différence était trop profonde pour qu'on ne la vît pas. Steward, insolent et sans repentir, prit K.D. sous son aile, il s'ingénia à rendre riches le neveu et le petit-neveu de seize mois (d'où la maison neuve), il fit entrer discrètement K.D. à la banque, en attendant que Dovey revienne, ce qu'elle semblait sur le point de faire parce qu'il y avait manifestement un froid entre elle et Soane. Les sœurs n'étaient pas d'accord sur ce qui s'était passé au Couvent. Dovey avait vu Consolata tomber mais elle maintenait qu'elle n'avait pas vu qui avait appuyé sur la détente. Soane savait, et avait besoin de savoir, une chose : ce n'était pas son mari. Elle avait vu sa main se déplacer vers celle de Steward, pour l'avertir et l'arrêter. Elle l'avait vu et le disait, encore et encore, à tous ceux qui voulaient l'entendre.

C'était Deacon Morgan qui avait le plus changé. Comme s'il avait regardé le visage de son frère et qu'il ne s'aimait plus. À la surprise générale, il avait noué une amitié (enfin, une relation) avec quelqu'un d'autre que son frère, dont la cause, la raison et le fondement formaient un mystère. Richard Misner ne parlait pas, aussi on ne savait avec certitude que la marche pieds nus qui avait eu lieu en public.

On était en septembre et il faisait encore chaud quand Deacon Morgan s'avança vers Central Avenue. Des chrysanthèmes à droite, des chrysanthèmes à gauche de l'allée de briques qui menait à son imposante maison blanche. Il portait son chapeau, son costume, un gilet et une chemise blanche. Pas de chaussures. Pas de chaussettes. Il pénétra rue Saint-Jean où il avait planté des arbres tous les quinze mètres, tant son optimisme était grand vingt ans plus tôt. Il tourna à droite dans Central. Il y avait bien dix ans que les semelles de ses chaussures, et encore moins ses pieds nus, n'avaient touché autant de ciment. Juste après la maison d'Arnold Fleetwood, presque à l'angle de la rue Saint-Luc, un couple lui dit : « B'jour, Deek ». Il les salua de la main, les yeux fixés au loin. Lily Cary le salua depuis la véranda de sa maison, près du croisement de la rue Saint-Marc, mais il ne tourna pas la tête. « Ta voiture est en panne ? » demanda-t-elle en regardant ses pieds. Devant le bazar d'Harper, à l'angle de Central et de la rue Saint-Matthieu, il sentit plus qu'il ne vit des yeux attentifs qui le suivaient. Il ne tourna pas la tête et ne jeta pas un regard par la fenêtre de la Morgan Savings and Loan Bank quand il s'approcha de la rue Saint-Pierre. Il traversa au croisement et se dirigea vers la maison de Richard Misner. La dernière fois qu'il y était venu, six ans plus tôt, il était en colère, soupçonneux mais certain que son frère et lui auraient le dessus. Ce qu'il ressentait, maintenant, était quelque peu exotique pour un jumeau — le sentiment d'être incomplet, une solitude sourde, qui le privait d'appétit, de sommeil et de bruit. Depuis le mois de juillet, il avait l'impression que les gens parlaient à voix basse ou criaient de très loin. Soane l'observait mais, heureusement, elle ne se lança pas dans une dangereuse conversation. Comme si elle avait compris que si elle le faisait, ce qu'il dirait retirerait la vie de leur vie. Il lui dirait peut-être que la verdure du printemps avait été détruite ; qu'en dehors de cette perte, elle était magnifique, plus belle qu'il pensait qu'une femme pouvait l'être ; que ses cheveux rebelles encadraient un visage aux traits si aigus qu'il avait envie de le toucher ; que lorsqu'elle avait parlé, son sourire faisait paraître le soleil stupide. Il dirait peut-être à sa femme qu'il avait d'abord pensé que c'était à lui qu'elle avait parlé — « Tu es revenu » — mais il savait maintenant que ce n'était pas le cas. Et qu'immédiatement il avait désiré savoir ce qu'elle voyait, mais que Steward, qui ne voyait rien ou qui voyait tout, les avait arrêtés brusquement de peur qu'ils connaissent un autre monde.

Plus tôt, ce même matin de septembre, il avait pris un bain et s'était habillé avec soin, mais il n'avait pu se résoudre à couvrir ses pieds. Il tripota ses chaussettes sombres et ses chaussures brillantes pendant un long moment, puis il les reposa.

Il frappa à la porte, et enleva son chapeau quand l'homme plus jeune ouvrit.

« Il faut que je vous parle, révérend.

— Entrez. »

Deacon Morgan n'avait jamais consulté ni fait de confidence à personne. Toutes ses conversations intimes avaient été des conversations muettes avec son frère, ou menaçantes avec ses compagnons. Il parlait à sa femme d'une manière obscure qu'il pensait appropriée. Personne ne lui avait jamais demandé de transcrire en discours la matière brute qu'il exposa au révérend Misner. Ses mots sortaient comme des lingots de fer qu'un apprenti forgeron retire du feu — brûlants, difformes, qui ne se ressemblent que par leur incandescence. Il parla d'un mur à Ravenne, en Italie, blanc dans le soleil de fin d'après-midi avec des ombres couleur lie-de-vin sur les bords. De deux enfants sur un banc qui lui offraient un coquillage en forme de S — comme leurs visages sont ouverts, et les cloches bruyantes. De l'eau salée qui lui brûlait le visage sur un navire militaire. De jeunes métisses en pantalon qui leur faisaient des signes depuis une conserverie. Puis il lui parla de son grand-père qui marcha pieds nus pendant trois cent cinquante kilomètres plutôt que de danser.

Richard l'écoutait avec beaucoup d'attention et ne l'interrompit qu'une fois pour lui offrir de l'eau fraîche. Bien qu'il ne comprît pas de quoi parlait Deacon, il voyait bien que la vie de cet homme était inhabitable. Deacon se mit à parler d'une femme qu'il avait eue ; comment il l'avait dédaignée parce que ses façons dissolues et faciles lui avaient donné la liberté de l'abandonner et de la mépriser. Que tandis qu'il était la proie de l'adultère, pendant une courte période (très courte), son long remords venait de ce qu'il était devenu ce que maudissaient les Pères fondateurs : le genre d'homme qui s'érige en juge, qui chasse et même détruit ceux qui sont dans la nécessité, différents et sans défense.

« Qui est cette femme ? » lui demanda Richard.

Deacon ne répondit pas. Il passa le doigt à l'intérieur de son col de chemise, puis commença une autre histoire. Apparemment, son grand-père, Zechariah, avait été la cible d'injures personnelles ainsi que d'articles de presse qui décrivaient ses malversations dans ses fonctions. Il était une gêne pour les Noirs et une menace et une plaisanterie pour les Blancs. Personne ne put ni ne voulut l'aider à trouver un autre travail, ni les Blancs, ni les Noirs. On lui refusa même un emploi d'instituteur dans une pauvre école primaire de campagne. Les Noirs en position de l'aider étaient peu nombreux (la crise de 73 fut sévère), mais ils prirent la dignité de Zechariah pour de la froideur et son langage recherché pour de l'arrogance, de la moquerie ou les deux à la fois. La famille perdit sa jolie maison et ils allèrent vivre tous les neuf chez une sœur ; Mindy, sa femme, trouva de la couture à domicile, et les enfants firent des petits boulots. Peu de gens savaient et peu se souvenaient que Zechariah avait un frère jumeau, et avant qu'il change de nom, on les appelait Coffee et Tea, Café et Thé. Quand Café obtint son poste au Congrès de l'État, Thé sembla aussi satisfait que tout le monde. Et quand on chassa son frère, lui aussi fut insulté et humilié. Un jour, des années plus tard, son jumeau et lui passaient devant un bar et des Blancs, amusés par leur double visage, voulurent obliger les frères à danser. Quand l'obligation prit la forme d'un pistolet, Thé, avec raison, obéit aux Blancs, bien que ce fût un homme adulte, plus âgé qu'eux. Café, lui, reçut une balle dans le pied. À partir de ce jour, ils ne furent plus frères. Café commença à imaginer une autre vie ailleurs. Il contacta d'autres hommes, d'anciens législateurs qui avaient connu les mêmes mésaventures que lui — Juvenal DuPres et Drum Blackhorse. Tous trois formèrent le noyau des Pères Fondateurs. Inutile de dire que Café ne demanda pas à Thé de se joindre à leur voyage en Oklahoma.

« J'avais toujours pensé que Café — Grand Papa — eut tort », dit Deacon Morgan. « Il eut tort dans ce qu'il fit à son frère. Thé était son jumeau après tout. Aujourd'hui j'en suis moins sûr. Je pense que Café eut raison parce qu'il vit chez Thé quelque chose qui ne s'expliquait pas seulement par le comportement de quelques jeunes Blancs saouls. Il vit quelque chose qui lui fit honte. La façon dont son frère considérait les choses ; les choix qu'il faisait quand il s'y heurtait. Café ne le supporta pas. Non pas parce qu'il eut honte de son frère, mais parce que la honte était en lui. Elle l'effrayait. Aussi il s'en alla et n'adressa plus jamais la parole à son frère. Pas un mot. Vous voyez ce que je veux dire ?

— Cela a dû être dur, dit Richard.

— Je dis qu'il ne lui a plus jamais dit un seul mot et il n'a laissé personne prononcer son nom.

— Manque de mots, dit Richard. Manque de pardon. Manque d'amour. Perdre un frère est une chose difficile. Choisir d'en perdre un, eh bien, c'est pire que la honte originelle, non ? »

Deacon regarda ses pieds un long moment. Richard resta sans bouger à côté de lui. Il finit par relever la tête et dit :

« J'ai une longue route à parcourir, révérend.

— Vous y arriverez, dit Richard Misner. Ça ne fait aucun doute. »

Richard et Anna ne croyaient pas à la disparition en masse et commode des victimes et, dès leur retour, ils allèrent voir par eux-mêmes. À part un berceau d'un blanc étincelant dans une chambre avec le mot DIVINE épinglé sur la porte, et un peu de nourriture, il n'y avait rien qui indiquait qu'on avait récemment vécu dans le Couvent. Les poulets vagabondaient ou étaient à moitié dévorés par des rôdeurs à quatre pattes. Les plants de piment fleurissaient mais le reste du jardin était à l'abandon. Le champ de maïs de Sargeant apportait la seule touche humaine. Richard regarda à peine le sol de la cave. Mais Anna l'examina aussi précisément que sa lampe le lui permettait et elle vit les choses terribles qu'avait décrites K.D., mais il ne s'agissait pas de la pornographie qu'il avait vue, ni des gribouillages de Satan. À la place, elle vit l'agitation de femmes qui essayaient de maîtriser, sans se faire piétiner, les monstres qui les réduisaient en esclavage.

Ils sortirent de la maison et restèrent dans la cour.

« Écoutez, lui dit Anna. L'une d'elles, ou peut-être plus, n'était pas morte. Personne n'a vraiment regardé — ils ont simplement supposé. Et entre le départ des gens de Ruby et l'arrivée de Roger, elles ont fichu le camp. Et elles ont emmené celles qui étaient mortes avec elles. Simple, vous êtes d'accord ?

— D'accord, dit Misner mais il n'avait pas l'air convaincu.

— Ça fait des semaines maintenant, et personne n'est venu poser de questions dans le coin. Elles n'ont pas dû en parler, alors pourquoi devrions-nous le faire ?

— À qui était le bébé qui se trouvait là ? Le berceau est neuf.

— Je ne sais pas, mais ce n'était sûrement pas celui d'Arnette. »

Il répéta « d'accord », avec le même doute dans la voix. Puis : « Je n'aime pas les mystères.

— Vous êtes pasteur. La croyance de toute votre vie est un mystère.

— La croyance est mystérieuse ; la foi est mystérieuse. Mais Dieu n'est pas un mystère. Nous, si.

— Oh, Richard », dit-elle comme si c'en était trop.

Il lui avait demandé de l'épouser. « Voulez-vous m'épouser, Anna ?

— Oh, je ne sais pas.

— Pourquoi ?

— Votre passion est trop maigre.

— Pas quand cela est important. »

Elle ne s'était jamais attendue à être aussi heureuse et en revenant à Ruby, au lieu de préparer l'annonce du grand événement, ils firent la liste de ce qui ressemblait à l'effondrement total d'une ville.

« Est-ce qu'on emporte les poulets ? Ils vont se faire manger de toute façon.

— Si vous voulez, répondit-il.

— Je ne veux pas. Je vais simplement regarder s'il y a des œufs. » Anna entra dans le poulailler en plissant le nez et en marchant dans un demi-pied d'épaisseur de saleté. Elle chassa quelques poules pour prendre les cinq œufs qu'elle jugea sans doute frais pondus. Quand elle ressortit, les deux mains pleines, elle appela : « Richard ? Vous avez quelque chose pour que je mette les œufs ? » À l'entrée du jardin, une chaise d'un rouge délavé avait basculé sur le côté. Au-delà, il y avait les fleurs et la mort. Des pieds de tomates desséchés et de petites pousses vertes qui s'étaient ressemées toutes seules, avec des fleurs jaunes ; des roses trémières roses si hautes que les têtes se repliaient sur un chapelet de fleurs aplaties ; la dentelle de fanes de carottes, brunes et mortes à côté des pointes vertes et dressées des oignons. Des melons mûrs s'étaient ouverts et montraient leur chair rouge et juteuse. Anna poussa un soupir devant ce mélange d'abandon et cette croissance indomptable. Les cinq œufs d'un brun chaud dans les mains.

Richard s'approcha. « C'est assez grand ? » Il déplia son mouchoir.

« Peut-être. Voilà, tenez-les pendant que je regarde si les piments sont sortis.

— Non, attendez, répondit-il. Je vais y aller. » Il replia les coins du mouchoir sur les œufs.

C'est quand il revint, alors qu'ils se tenaient près de la chaise, elle balançant les œufs bruns dans le mouchoir blanc, lui avec des doigts qui semblaient deux fois plus longs à cause des piments — verts, rouges et noir prune — qu'ils le virent. Ou plutôt, le sentirent, car il n'y avait rien à voir. Une porte, dit-elle plus tard. « Non, une fenêtre, dit-il en riant. C'est la différence entre nous. Vous avez vu une porte ; j'ai vu une fenêtre. »

Anna rit elle aussi. Ils s'étendirent sur le sujet : que signifiait une porte ? Une fenêtre ? Ils se concentraient sur le signe et non sur l'événement ; excités par l'invitation et non par la fête. Ils savaient que c'était là. Ils le savaient si bien qu'ils restèrent pétrifiés pendant un long moment avant de reculer et de courir vers la voiture. Les œufs et les piments étaient sur le siège arrière ; l'air conditionné soulevait le col d'Anna. Et ils rirent un peu en roulant, et échangèrent de fausses insultes pour savoir lequel était pessimiste, lequel optimiste. Lequel avait vu une porte se fermer ; lequel une fenêtre s'ouvrir. Tout pour ne pas ressentir le même frisson ou dire à haute voix la question qu'ils se posaient. Que se serait-il passé, si l'on avait franchi une porte qui avait besoin d'être ouverte, ou une fenêtre déjà levée qui faisait signe ? Qu'y aurait-il eu de l'autre côté ? Qu'est-ce que cela aurait bien pu être ? Aurait bien pu être ?

Le révérend Misner retenait l'attention de tous et n'avait plus que quelques mots à offrir. Il fixait les hommes coupables, dont sept, avec une sorte d'instinct primitif de protection, s'étaient regroupés, à l'écart semblait-il du reste de l'assemblée. Sargeant, Harper, Menus, Arnold, Jeff, K.D., Steward. Wisdom se tenait tout prêt de sa famille ; et Deacon n'était pas là. Richard n'avait pas de pensée généreuse pour ces hommes. Qu'ils soient les premiers ou les derniers, qu'ils représentent les plus anciennes familles noires ou les plus récentes, le meilleur de la tradition ou le plus pathétique, ils avaient fini par tout trahir. Ils pensent avoir été plus malins que les Blancs alors qu'en réalité ils les imitent. Ils pensent qu'ils protègent leurs femmes et leurs enfants, alors qu'en réalité, ils les blessent. Et quand les enfants mutilés appellent au secours, ils regardent ailleurs pour la cause. Nés d'une haine ancienne, une haine qui avait commencé quand une espèce d'hommes noirs en avait méprisé une autre, et quand cette autre espèce avait porté la haine à un autre niveau, leur égoïsme avait jeté aux ordures deux cents ans de souffrance et de triomphe dans un instant d'une telle suffisance et d'une telle erreur, que cela paralysait l'esprit. Ruby, que les Écritures n'effrayaient pas, que le vacarme de sa propre histoire assourdissait, Ruby lui semblait un échec inutile. Le désir de bonheur permanent était merveilleusement humain, et l'imagination humaine pour l'atteindre était bien faible. Bientôt Ruby sera comme n'importe quel village de campagne : les jeunes y rêveront d'ailleurs ; les vieux seront pleins de regret. Les sermons seront éloquents mais de moins en moins de gens y feront attention ou les relieront à la vie quotidienne. Comment pourront-ils tenir tout ça ensemble, se demanda-t-il, ce paradis durement conquis, défini seulement par l'absence des damnés, des indignes et des autres ? Qui les protégera de leurs chefs ?

Soudain, Richard Misner sut qu'il allait rester. Pas seulement parce que Anna le voulait, ni parce que Deek Morgan était venu le trouver pour une sorte de confession, mais aussi parce qu'il n'y avait pas de meilleure bataille à mener, ni de meilleur endroit où se trouver qu'au milieu de ces gens scandaleusement beaux, insuffisants et fiers. En outre, le fait de mourir leur était peut-être nouveau mais pas celui de naître. L'avenir attendait à la porte en haletant. Roger aura sa station-service et on construira la bretelle entre les deux routes. Des étrangers ne cesseront d'aller et venir, et certains voudront un sandwich et une boîte de bière. Alors, qui sait, il y aura peut-être aussi un petit restaurant. K.D. et Steward seront disposés à parler de télévision. Ça ne se faisait pas de sourire à un enterrement, aussi Misner imagina la petite fille dont il avait été une fois autorisé à tenir les mains détruites. Cela l'aida à retrouver le fil de ses pensées. La question qu'il avait posée à la place de ces gens qui assistaient à l'enterrement avait besoin d'une réponse.

« Puis-je suggérer qu'il ne s'agit pas là des questions importantes. Ou plutôt que ces questions sont celles de la douleur mais non de l'intelligence. Eh bien, étant l'intelligence elle-même, la générosité elle-même, Dieu nous a donné l'Esprit pour connaître Sa subtilité. Pour connaître Son élégance. Sa pureté. Pour savoir que "ce qui est semé n'est pas en vie avant de mourir." »

Le vent se renforça un peu mais pas suffisamment pour déranger l'assistance. Misner perdait leur attention ; ils se tenaient devant la tombe ouverte, fermés à tout sauf à leur propre méditation. Leurs pensées funèbres se mêlaient à des projets pour le Thanksgiving, à des jugements sur leurs voisins, aux bavardages de la vie quotidienne. Misner s'empêcha de pousser un soupir avant de conclure ses remarques par une prière. Mais quand il baissa la tête et regarda le couvercle du cercueil, il vit la fenêtre dans le jardin, il sentit qu'elle faisait un signe vers un autre endroit — ni la vie ni la mort —, mais là-bas, tout là-bas, donnant forme à des pensées qu'il ne savait pas avoir.

« Attendez. Attendez. » Il criait. « Pensez-vous que c'était une vie brève, pitoyable, sans valeur parce qu'elle ne s'accordait pas à la vôtre ? Laissez-moi vous raconter quelque chose. L'amour qu'elle a reçu était vaste et profond, et l'attention dont elle a été entourée était douce et infatigable, et cet amour et cette attention l'ont tellement enveloppée que ses rêves, ses visions, les voyages qu'elle a faits ont rendu sa vie aussi convaincante, aussi riche, aussi précieuse que n'importe laquelle de nos vies et sans doute plus sainte. Notre malheur c'est de ne pas connaître au cours de notre longue vie ce qu'elle a connu chaque jour de sa vie si brève : bien que la vie dans la vie soit bornée et la vie après la vie, éternelle, Il est toujours avec nous, dans la vie, après la vie, et en particulier entre les deux, Il attend pour que nous connaissions la splendeur. » Il s'arrêta, troublé par le contenu et la forme de ce qu'il venait de dire. Puis, comme pour s'excuser auprès de la petite fille, il lui parla doucement directement.

« Oh, Save-Marie, ton nom a toujours ressemblé à "Sauve-moi". "Sauve-moi". Y a-t-il d'autres messages cachés dans ton nom ? J'en connais un qui brille pour que tous puissent le voir : il n'y eut jamais un moment où tu ne fus pas sauvée, Marie. Amen. »

Ses mots le gênaient un peu, mais au cours de cette journée, rien n'avait jamais été clair.

Billie Delia s'éloigna lentement de l'assistance. Elle était restée près de sa mère et de son grand-père en lançant des sourires d'encouragement à Arnette, mais maintenant elle avait envie d'être seule. C'était son premier enterrement, et elle se demandait combien cela avait coûté pour qu'on fasse appel aux talents de son grand-père. Mais surtout elle pensait à l'absence des femmes qu'elle avait aimées. Elles s'étaient si bien occupées d'elle, sans la gêner avec leur sympathie, elles ne lui avaient manifesté qu'une gentillesse ensoleillée. Elles avaient examiné son visage meurtri et enflé et elles avaient coupé des tranches de concombre pour ses paupières après lui avoir fait boire un verre de vin. Aucune n'avait cherché à savoir ce qui l'avait conduite ici mais elle pouvait le leur raconter et elles l'écouteraient si elle le voulait. Celle qui s'appelait Mavis était la plus gentille, et la plus drôle s'appelait Gigi. Billie Delia était peut-être la seule de toute la ville à ne pas se demander où se trouvaient les femmes ni comment elles avaient disparu. Elle se posait une autre question : quand reviendront-elles ? Quand réapparaîtront-elles, avec des yeux lançant des éclairs, des peintures de guerre et des mains énormes pour éventrer et écraser cette prison qui se donnait le nom de ville ? Une ville qui avait essayé de ruiner son grand-père, qui avait réussi à anéantir sa mère et qui avait bien failli la briser elle-même. Un trou paumé dirigé par des hommes dont le pouvoir de contrôle était hors de tout contrôle et qui avaient le culot de décider qui pouvait vivre et qui ne le pouvait pas, et où ; qui avaient vu dans des femmes vivantes, libres et sans armes, une mutinerie de juments et qui s'étaient débarrassés d'elles. Elle espérait de tout cœur que les femmes soient loin d'ici, attendant leur heure, couvrant leurs ongles de vernis argenté et aiguisant leurs incisives — mais loin d'ici. C'est-à-dire qu'elle espérait un miracle. Un vœu pas tellement insensé puisqu'un petit miracle avait déjà eu lieu : Brood et Apollo s'étaient réconciliés et s'étaient mis d'accord pour attendre qu'elle se décide. Elle savait, autant qu'eux, qu'elle ne le pourrait jamais et que leur trio ne prendrait fin qu'avec eux. Cela aurait fait hurler de rire les femmes du Couvent. Elle voyait même leurs dents pointues.

La mise en semi-liberté demanda des années mais aboutit. Manley Gibson mourrait dans une cellule avec d'autres comme lui, et pas attaché sur la chaise sans personne de sa famille pour le regarder. C'était une bonne chose. Une chose formidable. Il obtint l'autorisation de sortir et maintenant il faisait partie de l'équipe qui travaillait sur la route du lac. Le lac était si bleu. Le repas du Kentucky Fried Chicken si bon. Il pourrait peut-être s'évader. C'était une plaisanterie. Un condamné à perpète de cinquante-deux ans en cavale. Pour aller où ? Retrouver qui ? Il était en taule depuis 1961, et avait laissé une fille de onze ans qui ne lui écrivait plus et, sur la seule photo qui lui restait d'elle, elle avait treize ans.

Le repas était particulier. Ils s'installaient au bord du lac, bien en vue des gardes mais près de l'eau quand même. Manley s'essuya les mains avec les petites serviettes en papier. À sa gauche, près d'un bouquet d'arbres, une jeune femme étala deux couvertures sur l'herbe et posa une radio entre les deux. Manley se retourna pour voir comment réagissaient les gardes : une civile (et une femme en plus) au beau milieu d'eux. Les gardiens en armes faisaient les cent pas sur la route au-dessus. Apparemment, ils ne l'avaient pas vue.

Elle alluma la radio et se leva, révélant un visage qu'il avait déjà vu quelque part. Rien au monde n'aurait pu l'empêcher de dire d'une voix sifflante : « Gigi ! »

La fille regarda dans sa direction. Manley essaya de se contenir et s'approcha des arbres d'un air nonchalant, en espérant que les gardes penseraient qu'il allait pisser.

« Je me trompe pas ? C'est toi ?

— Papa ? » Au moins, elle avait l'air content de le voir.

« C'est toi ! Nom de Dieu, je le savais ! Qu'est-ce que tu fais là ? Tu savais que j'étais en semi-liberté ?

— Non, j'en savais rien du tout.

— Bon, écoute, je suis pas libéré, rien, mais je suis plus en cabane. » Manley se retourna pour voir si les autres les avaient remarqués. « Parle doucement », murmura-t-il. « Alors qu'est-ce que tu fais là ? » Il remarqua ses vêtements pour la première fois. « T'es dans l'armée ?

Gigi sourit. « D'une certaine façon.

— D'une certaine façon ? Tu veux dire que tu y étais ?

— Oh, papa, n'importe qui peut acheter ce genre de fringues. » Gigi rit.

« File ton adresse, ma chérie. J'vas t'écrire pour tout te raconter. Des nouvelles de ta mère ? Son vieux est toujours en vie ? » Il se dépêchait ; on allait siffler la fin du déjeuner d'une minute à l'autre.

« J'ai pas encore d'adresse. » Gigi souleva sa casquette et la remit.

« Non ? Bon, ben, tu m'écris toi, d'accord ? Aux bons soins de la prison. Je te mettrai sur ma liste demain. Je peux en recevoir deux par mois... »

On entendit le coup de sifflet. « Deux », répéta Manley. Puis : « Dis-moi, t'as toujours le médaillon que j't'avais donné ?

— Oui.

— Oh, ma chérie, oh, ma chérie, ma petite fille. » Il tendit la main pour la toucher mais il s'arrêta et dit : « Faut que j'y aille. Ils vont me sanctionner. Aux bons soins de la prison, tu te rappelleras ? Deux par mois. » Il s'en alla à reculons sans cesser de la regarder. « Tu me donneras de tes nouvelles ?

Gigi releva sa casquette. « Oui, papa. Je t'en donnerai. »

Plus tard, alors que Manley était assis dans le car, il repassa en détail tout ce qu'il avait vu de sa fille. Sa casquette militaire et son pantalon de treillis — tenue camouflée. Ses rangers, son T-shirt noir. Et maintenant qu'il y repensait, il aurait pu jurer qu'elle s'en allait. Il regarda vers le lac, qui s'assombrissait sous le soleil bas mais plus beau.

Gigi enleva ses vêtements. Les nuits refroidissaient l'eau, et le soleil avait de plus en plus de mal à la réchauffer le lendemain. Dans cette partie du lac on pouvait nager nu sans problème. C'était le paysage du lac : une eau vert bleu, de grands arbres droits et — là où ne venaient ni bateaux ni pêcheurs — une solitude qu'auraient appréciée des princes. Elle prit une serviette et se sécha les cheveux. Ils n'avaient pas poussé de plus de deux centimètres mais elle aimait la façon dont le vent, l'eau, des doigts ou des orteils s'y glissaient. Elle ouvrit une bouteille de gel d'aloès et commença à s'en frotter la peau. Puis elle resserra la serviette autour d'elle et regarda vers le lac, où son compagnon arrivait vers le rivage.

La quinzième toile, comme la première, avait besoin qu'on y revienne. La première tentative pour se souvenir du menton avait déçu Dee Dee, mais quand elle décida de ne pas dessiner la mâchoire mais de souligner seulement le bas du visage de sa fille avec une ombre, elle s'aperçut que les yeux n'étaient pas bons. Ils étaient meilleurs sur la quinzième toile mais il y manquait toujours quelque chose. La tête était belle mais le corps, froid et inintéressant, semblait avoir besoin d'une autre forme — à la hanche ou au coude. N'ayant jamais éprouvé de contrainte qui ne fût sensuelle, elle était déconcertée par l'énergie qu'elle se sentait capable de puiser en elle pour refaire entièrement la silhouette. Les yeux l'accusaient ; la nuance de la peau lui échappait ; et les cheveux étaient systématiquement comme un chapeau.

Dee Dee s'assit par terre et, en faisant rouler son pinceau entre ses doigts, elle examina son travail. Elle se releva en poussant un grand soupir et passa dans le salon. Ce fut au moment où elle venait de boire la première gorgée de margarita qu'elle la vit qui traversait la cour, un sac ou quelque chose du même genre attaché sur la poitrine. Mais elle n'avait plus de cheveux. Plus du tout de cheveux et une tête de bébé était posée contre elle juste sous sa poitrine. Elle s'approcha encore et Dee Dee aperçut deux jambes potelées, rondes comme des petits pains, qui sortaient de l'espèce de sac sur la poitrine de sa mère. Elle posa son verre de margarita et appuya le visage contre la vitre de la baie. Pas d'erreur. C'était bien Pallas. Une main sur le fond du sac, dans l'autre une épée. Une épée ? Pallas avait sur le visage un sourire épanoui. Et sa robe — garance et terre de Sienne — tournoyait autour de ses chevilles à chaque pas. Dee Dee lui fit un signe et cria son nom. Ou essaya. Alors qu'elle pensait « Pallas », qu'elle formait le nom dans son esprit, ce qui sortit de sa bouche était différent, comme « urg » et « neh, neh ». Sa langue marchait de travers. Pallas se déplaçait rapidement mais ne se dirigeait pas vers la porte d'entrée. Elle contourna la maison. Dee Dee, prise de panique, courut dans l'atelier, attrapa la quinzième toile, et se précipita dans le patio, elle la tenait en l'air et criait, « Urg, Urg. Neh ! » Pallas se retourna, plissa les yeux et s'arrêta comme si elle essayait de savoir d'où venait le bruit, puis, n'y réussissant pas, elle reprit son chemin. Dee Dee s'immobilisa pensant que c'était peut-être quelqu'un d'autre. Mais, avec ou sans cheveux, c'était bien son visage, non ? Elle connaissait quand même le visage de sa fille, non ? Autant que le sien.

Dee Dee vit Pallas une seconde fois. Dans la chambre d'amis (où Carlos — ce fils de pute — dormait), elle cherchait sous le lit. Alors qu'elle la regardait, sans oser parler de peur que ne sorte de sa bouche que le gargouillis, Pallas se releva. Avec un grognement de satisfaction, elle souleva une paire de chaussures qu'elle avait laissée là lors de sa dernière et première visite. Des sandales, mais très chères, en cuir pas en plastique ou en corde. Pallas ne se retourna pas ; elle s'en alla en passant par les portes vitrées coulissantes. Dee Dee la suivit et l'aperçut monter dans une voiture délabrée qui attendait sur la route. Il y avait d'autres personnes dans la voiture mais le soleil se couchait et Dee Dee ne put savoir s'il s'agissait d'hommes ou de femmes. Ils s'en allèrent dans un ultraviolet si intense qu'elle en eut le cœur brisé.

Sally Albright, qui marchait vers le nord, vers Calumet, s'arrêta brusquement devant la vitre du Country Inn de Jennie. Elle était sûre, presque sûre, que la femme assise toute seule à une table de quatre était sa mère. Sally s'approcha pour regarder sous le chapeau de paille de la femme. Elle ne voyait pas bien le visage mais les ongles, les mains qui tenaient le menu étaient indiscutables. Elle entra dans le restaurant. Une dame près de la caisse dit : « Puis-je vous aider ? » Maintenant, à chaque fois qu'elle entrait quelque part, les gens s'arrêtaient. À cause de la couleur de ses cheveux. « Non, répondit-elle à la dame. Je cherche... oh, elle est là », et, faisant celle qui est sûre d'elle, elle se dirigea tranquillement vers la table de quatre. Si elle se trompait elle dirait : « 'Scusez-moi, je croyais que c'était quelqu'un d'autre. » Elle se glissa sur une chaise et regarda attentivement le visage de la femme.

« Maman ? »

Mavis leva les yeux. « Oh, mon dieu, dit-elle en souriant. Regardez-moi ça !

— Je n'étais pas sûre, le chapeau tout ça, enfin, c'est toi. »

Mavis rit.

« Eh bien. Je le savais. Mon dieu, maman. Ça fait... des années !

— Ouais. J'ai juste fini. J'ai une coupure pour le déjeuner. Je travaille à... »

La serveuse leva son carnet de commande. « Vous avez choisi ?

— Oui, répondit Mavis. Un jus d'orange, du maïs, et deux œufs sur le plat cuits de chaque côté.

— Du bacon ? demanda la serveuse.

— Non, merci.

— Nous avons de très bonnes saucisses, en chapelet ou toutes seules.

— Non merci. Il y a du coulis sur les gâteaux ?

— Bien sûr. Dessus ou à côté ?

— À côté, s'il vous plaît.

— Pas de problème. Et vous ? » Elle s'adressait à Sally.

« Un café seulement.

— Oh, allez, dit Mavis. Prends quelque chose. C'est pour moi.

— Je veux rien.

— T'es sûre ?

— Ouais. Je suis sûre. »

La serveuse s'en alla. Mavis replaça le set de table et son assiette. « C'est ça que j'aime bien ici. Ils vous laissent choisir. Du coulis dessus ou à côté, tu vois ?

— Maman ! Je veux pas parler du menu ! » Sally avait l'impression que sa mère se défilait, en faisant comme si leur rencontre n'avait pas d'importance.

« T'as jamais eu beaucoup d'appétit.
— Où est-ce que t'étais ?
— Ben, je ne pouvais pas revenir, non ?
— Tu veux parler de cette histoire de mandat d'arrêt ?
— Je veux parler de tout. Et toi ? Tu vas bien ?
— En gros. Frankie va très bien. Il a des A partout. Mais ça marche pas aussi bien pour Billy James.
— Oh, pourquoi ?
— I'traîne avec de vraies petites merdes épouvantables.
— Oh non.
— Tu devrais aller le voir, maman. Lui parler.
— Oui.
— Tu vas le faire ?
— Je peux manger avant ? » Mavis éclata de rire et enleva son chapeau.

« Maman. Tu t'es coupé les cheveux. » Et encore — cette sensation de défilade. « C'est joli, remarque. Tu aimes les miens ?
— C'est mignon.
— Non. C'est pas mignon. J'ai pensé que j'aimerais avoir des pointes blondes, mais j'en ai marre maintenant. Je vais peut-être me les couper aussi. »

La serveuse arriva et disposa les plats avec soin. Mavis sala son maïs et fit tourner le morceau de beurre posé dessus. Elle sirota son jus d'orange et dit : « Ooh, c'est frais. »

Tout sortit d'un seul coup parce qu'elle avait l'impression qu'il fallait qu'elle se dépêche. Si elle devait dire quelque chose, il fallait qu'elle aille vite. « J'avais peur tout le temps, maman. Tout le temps. Même avant les jumeaux. Mais quand t'es partie, ça a été pire. Tu peux pas savoir. Je veux dire, j'avais peur de m'endormir.

— Goûte, ma chérie. » Mavis lui tendit son verre de jus d'orange.

Sally but une gorgée rapide. « Papa, c'était... une merde, je sais pas comment t'as pu supporter ça. Il se saoulait et il essayait de m'embêter, maman.

— Oh, ma petite.

— Mais je me défendais. Je lui disais que la prochaine fois

qu'il tomberait dans les pommes, je lui trancherais la gorge. J'l'aurais fait.

— Je suis désolée, dit Mavis. Je savais pas quoi faire d'autre. Tu as toujours été plus forte que moi.

— T'as jamais pensé à nous ?

— Tout le temps. Et j'suis même revenue pour essayer de vous apercevoir.

— Tu déconnes ? » Sally eut un grand sourire. « Où ?

— À l'école surtout. J'avais trop peur pour aller à la maison.

— Tu la reconnaîtrais pas. Papa s'est remarié avec une femme qui lui botte les fesses s'il marche pas droit et s'il nettoie pas la cour. Elle a un fusil aussi. »

Mavis rit. « Elle a raison.

— Mais je suis partie. Charmaine et moi, on s'est trouvé un endroit pour nous deux, à Aubrun. Elle est...

— T'es sûre que tu ne veux pas quelque chose ? C'est très bon, Sal. »

Sally prit une fourchette, la glissa dans l'assiette de sa mère, et ramassa des grains de maïs écrasés dégoulinants de beurre. Quand la fourchette arriva dans sa bouche, leurs regards se croisèrent. Alors Sally ressentit la plus belle des choses. C'était long, profond, lent, éclatant.

« Tu vas repartir, maman ?

— Il faut, Sal.

— Tu vas revenir ?

— Bien sûr.

— Mais tu vas essayer de parler à Billy James, hein ? Ça plairait à Frankie. Tu veux mon adresse ?

— Je vais parler à Billy James et dire à Frankie que je l'aime.

— J'en ai marre de tout, maman. J'avais tellement peur tout le temps.

— Moi aussi. »

Elle était debout, au-dehors. Les gens qui sortaient du restaurant se mêlaient à la foule de ceux qui faisaient leurs courses avec leurs gosses.

« Embrasse-moi, mon bébé. »

Sally mit les bras autour de la taille de Mavis et commença à pleurer.

« Allons, allons, dit Mavis. Pas de ça maintenant. »

Sally resserra son étreinte.

« Aïe, dit Mavis en riant.
— Qu'est-ce qu'il y a ?
— Rien. J'ai un peu mal au côté, c'est tout.
— Tu vas bien ?
— Impeccable, Sal.
— Je ne sais pas ce que tu penses de moi, mais je t'ai toujours aimée, toujours, même quand...
— Je le sais, Sal. De toute façon, maintenant, je le sais. » Elle replaça une mèche de cheveux noirs et jaunes derrière l'oreille de sa fille, et elle l'embrassa sur la joue. « Compte sur moi, Sal.
— Je te reverrai, hein ?
— Au revoir, Sal. Au revoir. »

Sally regarda sa mère disparaître dans la foule. Elle passa le doigt sous son nez, puis elle posa la main sur sa joue qui avait été embrassée. Lui avait-elle donné son adresse ? Où allait-elle ? Avaient-elles réglé ? Quand avaient-elles payé la caissière ? Sally se toucha les paupières. Une minute, elles mangeaient des gâteaux ; la minute d'après elles s'embrassaient dans la rue.

Plusieurs années plus tôt, elle avait été vérifier chez la nourrice, et elle l'avait vue — une femme joyeuse et pas bête que les enfants avaient l'air d'aimer. Donc, parfait. Un point c'est tout. Parfait. Elle pouvait continuer sa vie. Ce qu'elle fit. Jusqu'en 1966, quand son regard fut attiré par les petites filles avec de grands yeux chocolat. Seneca était plus âgée maintenant, treize ans, mais elle vérifia auprès de Mrs Greer pour savoir si elle était restée en contact.

« Vous êtes qui ?
— Sa cousine Jean.
— Eh bien, elle est restée là seulement un petit peu... quelques mois en fait.
— Est-ce que vous savez...
— Non, ma petite. Je ne sais rien du tout. »

Ensuite, alors qu'elle ne s'y attendait pas, elle fut distraite par des centres commerciaux, des files d'attente pour des billets de théâtre, des autocars. En 1968, elle fut certaine de l'avoir repérée à un concert de Little Richard, mais la foule l'empêcha d'aller voir de plus près. Jean restait discrète sur sa recherche dérangeante. Jack ne savait pas qu'elle avait eu une enfant avant (à quatorze ans) et ce ne fut qu'après leur mariage quand elle eut un enfant de lui, qu'elle commença cette recherche des grands yeux. Ces apparitions se produisaient à des moments tellement inattendus, dans des endroits si étranges — une fois, elle crut que la fille qui sautait de l'arrière d'une camionnette était son enfant — que, lorsque finalement elle tomba sur elle en 1976, elle voulut appeler une ambulance. Jean et Jack traversaient le parking du stade sous les lumières aveuglantes des projecteurs. Une fille se tenait devant une voiture et du sang lui coulait des mains. Jean vit d'abord le sang et les yeux chocolat.

« Seneca ! » hurla-t-elle et elle se précipita vers elle. Quand elle s'approcha, elle fut arrêtée par une autre fille qui tenait une bouteille de bière et un chiffon et qui commença à laver le sang.

« Seneca ? cria Jean par dessus la tête de la deuxième fille.
— Oui.
— Que s'est-il passé ? C'est moi.
— Des morceaux de verre, dit la deuxième fille. Elle est tombée sur des morceaux de verre. Je m'occupe d'elle.
— Jean ! Tu viens ! » Jack se trouvait à quelques voitures de là. « Mais où diable es-tu ?
— J'arrive. Une minute. D'accord ? »
La fille qui lavait les mains de Seneca levait de temps en temps son visage renfrogné vers elle. « Il reste des morceaux de verre ? » demanda-t-elle à Seneca.

Seneca se frotta l'intérieur des mains, d'abord l'une puis l'autre. « Non. Je ne crois pas.
— Jean ! La circulation va être terrible, chérie.
— Tu ne te souviens pas de moi ? »
Seneca leva les yeux, la lumière lui fit des yeux très noirs. « Je devrais ? D'où ?
— À Woodlawn. On habitait dans les cités au nord de Woodlawn. »
Seneca secoua la tête. « J'habitais à Beacon. À côté du terrain de jeux.
— Mais tu t'appelles bien Seneca, n'est-ce pas ?
— Oui.
— Eh bien, je m'appelle Jean.

— Madame, votre vieux vous appelle. » L'amie essora le chiffon et versa le reste de la bière sur les mains de Seneca.

— Ouïe », dit Seneca à son amie. « Ça brûle. » Elle secoua les mains.

« J'ai dû faire une erreur, dit Jean. Je pensais que vous étiez quelqu'un que j'ai connu à Woodlawn. »

Seneca sourit. « C'est pas grave. Tout le monde peut se tromper. »

L'amie dit : « Ça va maintenant. Regarde. »

Seneca et Jean regardèrent toutes les deux. Elle avait les mains propres, plus une goutte de sang. Juste quelques lignes qui ne laisseraient peut-être pas de marques.

« Formidable !

— Allons-y.

— Bien, au revoir.

— Jean !

— Au revoir. »

Jack appuya sur l'accélérateur en regardant dans le rétroviseur et demanda : « C'était qui ?

— Une fille que je croyais avoir connue avant. Quand j'habitais dans les cités au nord de Woodlawn. Dans les HLM.

— Quelles HLM ?

— À Woodlawn.

— Y a jamais eu de HLM à WoodLawn, dit Jack. C'était à Beacon. Elles sont détruites aujourd'hui, mais ce n'était pas à Woodlawn. Beacon est toujours au même endroit. Juste à côté de l'ancien terrain de jeux.

— Tu en es sûr ?

— Sûr que j'en suis sûr. Tu perds la mémoire. »

Dans le silence de l'océan, une femme, noire comme du charbon de bois, chante. À côté d'elle, il y a une femme plus jeune, qui appuie la tête sur les genoux de celle qui chante. Des doigts abîmés courent dans les cheveux, thé foncé. Toutes les couleurs des coquillages — froment, rose, perle — se mêlent dans le visage de la plus jeune femme. Ses yeux émeraude adorent le visage noir encadré d'un bleu céruléen. Autour d'elles, sur la plage, les détritus laissés par la mer luisent. Des capsules de bouteilles à côté d'une sandale déchirée. Un petit poste de radio danse sur la vague qui se brise.

Rien n'égale la consolation qu'apporte la chanson de Piedade, bien que les paroles évoquent des souvenirs qu'aucune n'a jamais eus : d'une vieillesse en compagnie de l'autre ; de conversations partagées et de pain rompu, encore fumant ; du bonheur simple de rentrer chez soi pour être chez soi — la quiétude de revenir là où l'amour a commencé.

Quand l'océan se gonfle en lançant les rythmes des vagues vers la côte, Piedade regarde pour voir ce qui est venu. Un autre navire, peut-être, mais différent, qui se dirige vers le port, équipage et passagers, perdus et sauvés, tremblants car ils ont été inconsolables pendant quelque temps. Maintenant, ils vont se reposer avant de reprendre le travail sans fin pour lequel ils ont été créés, ici-bas, au paradis.

Table

Ruby	9
Mavis	31
Grace	65
Seneca	95
Divine	163
Patricia	213
Consolata	253
Lone	307
Save-Marie	337

Composition : Graphic-Hainaut SA à Vieux-Condé
Impression : Société Nouvelle Firmin-Didot au Mesnil-sur-l'Estrée
Dépôt légal : mai 1998
N° d'édition : 1418 - N° d'impression : 42923